Gert Ueding

Die anderen Klassiker

Gert Ueding

Die anderen Klassiker

Literarische Porträts aus zwei Jahrhunderten

Verlag C. H. Beck München

CIP-Kurztitelaufnahme der Deutschen Bibliothek

Ueding, Gert:
Die anderen Klassiker : literar. Porträts aus
2 Jh. / Gert Ueding. – München : Beck, 1986.
ISBN 3 406 31507 0

ISBN 3 406 31507 0

Umschlagentwurf: Bruno Schachtner, Dachau

Satz und Druck: C. H. Beck'sche Buchdruckerei, Nördlingen
Printed in Germany

Inhalt

Anstatt einer Einleitung

Die Schriftsteller in diesem Buch sind keine Unbekannten, einige von ihnen hat jeder gelesen, und in den meisten Bücherschränken steht zumindest Wilhelm Busch. Dennoch sind sie hier unter jener Perspektive zusammengfaßt, die Lessing „Rettung" nannte. Er verstand darunter allerdings nicht zuerst die Rettung vergessener oder bewußt vernachlässigter Autoren, die eine solche Behandlung nicht verdienten, sondern eher so etwas wie Rehabilitierung und angemessene Einschätzung von Person und literarischem Werk. „Ich selbst kann mir keine angenehmere Beschäftigung machen, als die Namen berühmter Männer zu mustern, ihr Recht auf die Ewigkeit zu untersuchen, unverdiente Flecken ihnen abzuwischen, die falschen Verkleisterungen ihrer Schwächen aufzulösen, kurz alles das im moralischen Verstande zu tun, was derjenige, dem die Aufsicht über einen Bildersaal anvertrauet ist, physisch verrichtet." Mit solchen Überlegungen eröffnete Lessing seine ‚Rettungen des Horaz', eines Schriftstellers, dessen literarische Bedeutung auch im 18. Jahrhundert durchaus feststand.

Etwas anders sieht es hier aus; die Namen in diesem Band haben gewiß eines gemeinsam: daß nicht nur das mit ihnen verknüpfte Charakterbild in der Geschichte schwankt oder undeutlich geworden ist, sondern auch die ästhetische Einschätzung ihres Werkes keine Kontinuität erfahren hat; nur darin war man sich immer einig: sie gehören nicht zu den kanonischen Autoren deutscher Sprache. Doch welchen Sinn kann es haben, sich Schriftstellern zuzuwenden, die ihr Publikum verloren haben oder nur noch zum raschen, unbekümmerten Verzehr tauglich scheinen, wenn die kulturelle Gemeinsamkeit in Frage steht, in die sie erneut einbezogen werden sollen? Und es ist wahr, von Ketzern kann man nur reden, wenn die Orthodoxie geklärt ist; aber gibt es überhaupt noch einen Kanon deutschsprachiger Literatur, und gehört es nicht gerade zu den Errungenschaften eines demokratischen Bildungsverständnisses, Kanonisierungen in allen Lebensbereichen aufzulösen und zu verhindern?

So jedenfalls lautet ein populärer Einwand, und auch die abschätzig gemeinte Bezeichnung Elitebildung liegt dann ganz nahe. Natürlich kursieren noch andere Argumente in diesem Streit, und sie sollen hier wenigstens erwähnt werden. Fast alle laufen zuletzt auf einen radikalen Strukturwandel hinaus, auf die Denunziation tradierter Kultur und deren Ersatz durch neue Formen kultureller Aktivität. Sozialverhalten, Solidarität, unreglementierte Geselligkeit in neuen Kommunikationszentren, Alltagsästhetik lauten die Stichworte, die Vorreiter dieser Bewegung sind einflußreich bis heute, Literatur erkennen sie allenfalls, wie Musik und bildende Kunst, als Form bürgerlicher Kultur an, die es zu überwinden gilt; wenn sie literarische Werke im Unterricht besprechen, so nur, weil sie sich der Verpflichtung des Lehrplans nicht entziehen können, aber sie tun es widerwillig und mit kaltem Herzen. Es gibt eine sehr wirkungsvolle Koalition von technokratischen Bildungsreformern, antibürgerlicher Gesinnung, dem modischen Trend in allen Geisteswissenschaften und einer kleinlauten Gefälligkeitsgermanistik, die sich wieder einmal reibungslos den Zeitläufen anpaßt aus dem verstörten Verhältnis zur eigenen Geschichte.

Doch vergessen wir eines nicht: die Kritik am literarischen Kanon, die nach einigem Vorgeplänkel massiv in den sechziger Jahren einsetzte, hatte ihre unabweisbaren Gründe. Ein mehr oder weniger differenzierter, aber insgesamt festumrissener Kanon literarischer Werke gehörte schon zur Schulausbildung. Im Mittelpunkt die klassische deutsche Literatur, zeitgenössische Werke nur, wenn sie auch klassischen oder wenigstens klassizistischen Maßstäben zugänglich waren, also Carossa und Weinheber oder Binding und Bergengruen. Vom Abiturienten erwartete man, daß er ‚Wallenstein' und ‚Faust', ‚Die Leiden des jungen Werthers' und ‚Aus dem Leben eines Taugenichts', ‚Die Glokke' und ‚Hyperions Schicksalslied' gelesen hatte, mit der Frage nach Knigge oder Bürger, Wienbarg oder Glaßbrenner hätte man freilich wenig Glück gehabt. Germanistische Seminare setzten gewisse kanonische Grundkenntnisse voraus, in den Instituten konnten die Studenten umfangreiche Leselisten erwerben, die helfen sollten, ihre literarische Bildung in diesem Sinne zu vervollständigen. So ausgerüstet kamen sie als Referendare oder Lehrer an die Schule, der Kreislauf war geschlossen, aber er ähnelte vielfach einer Mühle, die automatisch weiterklapperte, ohne noch irgendwelche geistigen Energien freizusetzen. Die Lesebücher und Leselisten dienten vor allem einem erstarrten Bildungsverständnis, sie fälschten die Tradition und förderten bloß affirmatives Denken; Pedanterie, passives Auswendiglernen, Ablehnung der Moderne waren meist die Folgen. Ganze Epochen blieben verschlossen: Aufklärung war nur unvollkommene Vorbereitung der Klassik, das Junge Deutschland bloß wesenlose Tagesliteratur, Kafka, Musil, Broch zeugten vom schlimmen Verlust der Mitte. Maß, Klarheit, Vollkommenheit hießen die ästhetischen Tugenden, schon das meiste von Jean Paul, von Tieck, von E. T. A. Hoffmann bestand nicht vor ihnen, von Knigges und Klingers Romanen, von der Knopp-Trilogie, den Meistern des Feuilletons, der Literaturkritik, der politischen Rede ganz zu schweigen. Soviel steht fest: die literarische Tradition war von ihren scholastischen Sachwaltern längst ausgehöhlt und zum leeren Popanz geworden, als sich ihre Schüler einen Jux daraus machten, ihn purzeln zu lassen. Weg mit den alten Schwarten, etwas Neues lesen, etwas Erregendes, was uns angeht, worin Gegenwart und Zukunft nicht von Staub und Dogmatismus erdrückt werden – es steckte Neugier und Wissenslust in diesen Parolen, eine produktive Unruhe, die es nicht bei den verordneten Rezepten aushielt.

Und wie reagierten die Universitäten, die Schulen, die literarischen Institutionen darauf? Gab es eine gründliche, eine heftige, eine polemische Diskussion, einen Streit der Meinungen und Schulen, einen Kampf um die Bewertung Goethes, Kleists oder Stifters, um das Gewicht der Epochen, der Aufklärung oder der Romantik, um die Stellung der Gegenwartsliteratur und die Funktion von Kitsch und Kolportage? Nein, das alles gab es, von unbedeutenden Ausnahmen wie dem Züricher Literaturstreit abgesehen, nicht. Statt dessen arrangierten sich die Bildungsinstitutionen ohne viel Aufhebens untereinander. Um ja nicht den neuen Trend zu verpassen, läutete man das Ende des Gutenbergzeitalters ein, sprach von der Erweiterung des Literaturbegriffs, die Lehrpläne der Hochschulen und Schulen wurden beherrscht von Trivialliteratur und Werbetexten, Jerry Cotton und der Bildzeitung, Marx und Engels; aus den Verlagsverzeichnissen verschwanden die literarischen Titel, Schriftsteller hörten auf zu schreiben oder verkündeten untergangssüchtig den Tod der Literatur. Am folgenreichsten: die von den konkreten Werken abgewandte scholastische Methodendiskussion. Sie täuschte Interesse an der Literatur nur vor, zitierte sie allenfalls zur Illustration historischer und sozialer Prozesse, als Anschauungsmaterial eines theoretischen Diskurses, der sich fortzeugend selbst hervorbrachte und im Wortsinne unfruchtbar blieb. Kein Zweifel, was wir heute überall an kleinen Veränderungen beobachten können, in Vorlesungsverzeichnissen und Lektüreempfehlungen, auf dem literarischen Markt und beim privaten Leseverhalten, aber auch bei den Bemühungen, dem Deutschunterricht wieder einen angemessenen Platz im Fächerkanon und der Literatur als Lehrgegenstand ein neues Gewicht zu geben, all das sind oft erst schüchterne Versuche, einen unhaltbar gewordenen Zustand zu überwinden. Doch hüte man sich vor der falschen Alternative, die so nahe liegt und hier und da, wie zu hören, bereits munter praktiziert wird. Die Rückkehr zum alten Kanon, seiner Ästhetik, seinem Bildungsverständnis kann nicht die Antwort auf jene höhere Form von Analphabetismus sein, zu der vorher erzogen wurde. Auch die obsolete Existenz-und-Wesen-Germanistik wird nicht dadurch plötzlich lebendig, daß sie wieder einzelne Seminarveranstaltungen füllt. Die alten Schläuche verderben nur abermals den Wein, entstellen die Literatur und bringen uns ein weiteres Mal um ihre wichtigsten Qualitäten: die Aufsässigkeit, die utopische Tendenz, die ästhetische Lust. Wir brauchen einen neuen literarischen Kanon aus vielen Gründen, darunter auch den, jene falsche Alternative zu verhindern, mindestens zu erschweren, also auch zur Zucht der Germanistik, damit nicht nochmals Leib und Glieder vom Kopfe her faulen.

Der wichtigste Grund ist das freilich nicht. Ein literarischer Kanon, wurde gesagt, ist nicht nur Spiegel eines Bildungsverständnisses, sondern schafft es auch, er ist ein wichtiger ideologiebildender Faktor, woran die Germanistik nur ungern erinnert wird. Eben darin besteht seine produktive Wirksamkeit. So erwartete Gervinus im 19. Jahrhundert von der Vollendung der Literatur die „politische Wiedergeburt des humanistischen Deutschland“ und sah seine Aufgabe darin, „aus dem allbekannten herauszugreifen und durch Anordnung und Verbindung zu wirken.“ Genauer kann man Entstehung, Begründung und Funktionsweise eines literarischen Kanons nicht beschreiben. Und ist nicht immer noch die kulturelle Identität der Deutschen das einzige Unterpfand ihrer nationalen? Könnte, sollte dieser Kanon nicht auch, im Gegenzug, vor jeder Borniertheit und Erstarrung schützen, indem er die subversiven Traditionen ebenso berücksichtigt wie jene Werke, die nach Ernst Jüngers fruchtbarer Unterscheidung über Geschmacksfragen hinaus sind, aber auf ihre Weise unvergleichlich, weil sie einen Einblick geben „in das Gefüge der Welt mit Paradiesen und Höllen, mit Gipfeln und Abgründen“? Denn eben: der literarische Kanon muß lebendiges Gedächtnis sein, das nicht nur Daten und Kenntnisse, sondern auch die Kontinuität der geschichtlichen Erfahrungen, der Gefühle, der Willensäußerungen, der sinnlichen Empfindungen verbürgt.

Daraus folgt die beinah paradox wirkende Forderung nach einem offenen Kanon, offen nach vorne, zur Entwicklung unserer Literatur, aber auch zurück in die Geschichte, offen also für Revisionen im Lichte neuer Erfahrungen, für Erweiterungen, Änderungen, auch Tilgungen. Kein literarischer Katechismus, aber auch keine zufällige Loseblattsammlung, die sich jeder nach eigenem Geschmack und eigener Beschränktheit zusammensucht. Seine Tendenz muß klar erkennbar sein, nicht verstohlen hinter einer vorgeblichen Pluralität versteckt, denn er ist ideologiebildend und soll es sein: darin besteht seine grundlegende Legitimation. Er bildet nicht bloß ab, ein Fähnchen im Zeitenwinde, sondern wirkt weiterbildend im Rahmen einer Geschichte, die von den Anfängen des griechischen Dramas bis in die Zukunft eines freien, unentfremdeten Lebens reicht.

Von der unheilbaren Liebe als Stimulans der Poesie
Der Dichter Gottfried August Bürger

1. Amtmann und Dichter

„Seine Berühmtheit erreichte Herr A. W. Schlegel eigentlich nur durch die unerhörte Keckheit, womit er die vorhandenen literarischen Autoritäten angriff ... Nachdem wir von jenem Erstaunen, worin jede Vermessenheit uns versetzt, zurückgekommen, erkennen wir ganz und gar die innere Leerheit der sogenannten Schlegelschen Kritik. Zum Beispiel wenn er den Dichter Bürger herabsetzen will, so vergleicht er dessen Balladen mit den altenglischen Balladen, welche Percy gesammelt ... Aber der Tod ist nicht poetischer als das Leben. Die altenglischen Gedichte ... geben den Geist ihrer Zeit, und Bürgers Gedichte geben den Geist der unsrigen. Diesen Geist begriff Herr Schlegel nicht. Sonst würde er in dem Ungestüm, womit dieser Geist zuweilen aus den Bürgerschen Gedichten hervorbricht, keineswegs den rohen Schrei des ungebildeten Magisters gehört haben, sondern vielmehr die gewaltigen Schmerzlaute eines Titanen, welchen eine Aristokratie von hannövrischen Junkern und Schulpedanten zu Tode quälten. Dieses war nämlich die Lage des Verfassers der ‚Lenore' und die Lage so mancher anderen genialen Menschen, die als arme Dozenten in Göttingen darbten, verkümmerten und im Elend starben ... Der Name ‚Bürger' ist im Deutschen gleichbedeutend mit dem Worte citoyen."[1]

Wie gut hätten ihm diese bestimmten Worte getan, wären sie noch zu seinen Lebezeiten gefallen. Ein Verwandter von Geist und Herzen schrieb sie fast vier Jahrzehnte nach Bürgers einsamem, erbärmlichen Tod: Heinrich Heine anläßlich der Musterung der „Romantischen Schule". Ja: Bürger war ein Volksmann mit aufrührerischem Geist, einen Demagogen gar nannten ihn seine Feinde, weil er die menschliche Emanzipation, weil er Freiheit, Gleichheit, Brüderlichkeit auf seine poetische Fahne geschrieben hatte. Grund genug, daß ihn Heine mit dem Ehrentitel der Französischen Revolution, citoyen, ehrte, aber auch Grund genug, daß er verdächtig blieb, daß seine Kritiker über seine Popularität gesiegt haben und daß schließlich nur noch der Gemeinplatz des in sich selbst zerrissenen, unvollendeten Poeten in den Literaturgeschichten überlebte. „Es ist traurig anzusehen, wie ein außerordentlicher Mensch sich gar oft mit sich selbst, seinen Umständen, seiner Zeit herumwürgt, ohne auf einen grünen Zweig zu kommen. Trauriges Beispiel: Bürger."[2] So urteilte auch Goethe, und Gemeinplätze dieser Art sind meist nicht allein aus der Luft gegriffen; zudem konnte man sich diesmal sogar auf Bürger selber berufen. „Was zuförderst meinen Geist und mein Herz betrifft, so mögen Sie zwar wohl glauben, Beides aus meinen öffentlichen Werken so hinlänglich zu kennen, um sich in Ansehung dieser Stücke volle Genüge für Ihre Wünsche versprechen zu dürfen ... Allein daraus dürfen Sie auf vollkommenen und unbefleckten Adel meiner Seele keinen Schluß machen. Es wäre sonst eben so viel, als ob Sie von einigen schönen Blüthen auf gesunde und unverdorbene Schönheit und Vollkommenheit des Baumes, welcher sie trug, schließen wollten. Auch ein wurmstichiger, mehr als halb verrotteter Stamm mag, wenn er sonst nur ursprünglich guter Art ist, noch immer deren einige hervorbringen ... Mein Charakter und meine Gesinnungen möchten zwar vielleicht noch etwas mehr werth seyn, als meine Geistes-Talente. Dennoch fühle ich, daß ich mit jenen noch weit unzufriedener seyn muß, als mit diesen. Denn ... (ich) fühle ... gar wohl die Möglichkeit, diese Vollkommenheit zu erreichen, wenn ich nur nicht von Trägheit, Weichlichkeit, Leichtsinn und Sinnenlust mich so oft abhalten ließe."[3] Das sind deutliche Worte. Bürger war 43 Jahre alt, als er sie schrieb, und er schrieb sie als Beichte, die das unglücklichste Verhältnis seines mühseligen Lebens einleiten sollte. Freilich kommt auch hier alles auf den Maßstab an. Nimmt man die natürlich imaginäre Richtschnur dessen, was er hätte leisten können, wenn seine Lebensverhältnisse andere gewesen, sein Charakter anders, sein Talent beständiger gewesen wären, so mag man recht haben, aber es ist dann eigentlich ein ganz neuer Mensch, den man sich wünschte. Halten wir uns an die Tatsachen, halten wir uns an das, was er seinem Unstern abgetrotzt, ja abgepreßt hat, halten wir uns an sein unzuverlässiges Genie, welches Schmerz, Elend und seelische Torturen aller Art als Stimulanzien der Schöpfungskraft benötigte.

Bürger stammt, wie so viele seiner Kollegen im 18. und frühen

19. Jahrhundert, aus einem protestantischen Pfarrhause. In Molmerswende in der Harzer Grafschaft Falkenstein wurde er in der Silvesternacht des Jahres 1747 geboren. Die häuslichen Verhältnisse waren sehr beengt, Geld fehlte immer, dafür gab es reichlich Streit und dramatische Ehezerwürfnisse. Der Vater, ein redlicher, aber spießig beschränkter Dorfpfarrer, dem nichts über die gefüllte Pfeife ging, die Mutter, eine impulsive, leidenschaftliche, charaktervolle Frau, aber ungebildet, mit einer vitalen Freude an allem Vulgären, Derb-Volkstümlichen. „Ein Lieblingsschlagwort der polternden Predigersfrau ... ist uns aufbewahrt: die Hölle sei mit Pfaffenköpfen gepflastert, nur eine Stelle sei noch leer, und da werde der Kopf ihres Mannes hinkommen."[4] Zündstoff genug gab es in dieser Ehe, Streit und Mißhelligkeiten waren an der Tagesordnung, die Erziehung Gottfried August Bürgers kam darüber natürlich zu kurz und beschränkte sich im wesentlichen auf das Lernen von Lesen und Schreiben. Bibel und Gesangbuch wurden seine bevorzugte Lektüre, ganze Kapitel aus der Offenbarung Johannis, „Ein feste Burg ist unser Gott" oder „O Ewigkeit du Donnerwort" wußte er auswendig – alles in allem keine schlechte Schule fürs spätere Dichterleben. Er besuchte dann auch das Pädagogium in Aschersleben, später in Halle. Faulheit und Übermut, Konzentrationsmangel und allerlei poetisches Allotria waren die Punkte, über die seine Lehrer lamentierten. Christian Heinrich Boie, der spiritus rector des Göttinger Hainbundes, Freund und Förderer Bürgers, hat später in einem langen, freundlichen und doch klarsichtigen Brief den Werdegang seines Freundes beschrieben. „Er hat in Halle Theologie studirt, unter Meuseln einmal disputirt, und, mehr durch Genie als durch Fleiß, so viel gelernt, daß er sicher sein Glück gemacht haben würde, wenn nicht sein freyes lustiges Leben die Herren Theologen verhindert hätte, ihm gute Zeugnisse zu geben ... Das war das Unglück meines Freundes. Ohne alle Erziehung, ohne Geschmack wurde er auf das Pädagogium zu Halle geschickt ... Er lernte etwas und vertauschte die Schule mit der Universität. Hier fuhr er fort wechselweise zu schwärmen und zu studiren ... Er sah selbst ein, daß es mit der Theologie nicht gehen würde, und beredete seinen Grosvater, von dem er abhängt, ihn nach Göttingen zu schicken, um die Rechte zu studiren. Das that er auch mit einem Eifer, der ihn in einigen Jahren geschickt darin machte, fand aber noch immer Zeit, die schönen Wissenschaften gründlicher zu studiren, als man sie gemeiniglich zu studiren pflegt."[5] Aus dieser Zeit stammt das erste Gedicht Bürgers, das uns überliefert ist.

Füllt Becher und Glas
Mit reichlichem Maß!
Trinkt, Brüder!
Füllt wieder
Und leeret das Faß!

Mit Myrten umlaubt
Und Rosen das Haupt,
Weil Kränze
Dem Lenze
Kein Winter noch raubt.

Die Jugend verfliegt,
Die Freude versiegt.
Drum kommet
Es frommet,
Und trinkt euch vergnügt![6]

Elf Strophen lang ist das gesamte Trinklied; und wenn es auch ganz nach dem Muster der anakreontischen Trinkpoesie gefertigt wurde, war es gewiß nicht ohne autobiographische Bedeutung. Bürger war bekannt als Hans Liederjahn, ein Bruder Lustig, wie ihn der Spießer verabscheut. So populär er unter Studenten und ihren Marketenderinnen im Städtchen, so verrufen war er in allen ehrbaren Kreisen, und das waren schon immer diejenigen, die über Posten und Bestallungen zu entscheiden hatten. Kein Wunder, daß es lange dauerte, bis Bürger schließlich eine Stelle bekam, die ihren Mann ernährte, und ohne die tatkräftige Hilfe seiner Freunde, Boies vor allem, hätte er auch sie nicht erhalten. „Ich bin Amtmann über ein ganz artiges Gericht, das Gericht AltenGleichen, geworden ... Eine Familie von Gerichtsherrn, die aus 7 Stimmen und Theilhabern an dem Gericht besteht, wovon jeder sein eigenes Interesse hat, welchen insgesammt es der hiesige Beamte nie recht machen kann, wo also der Fehde und des Cujonirens von einer oder der andern Seite nie ein Ende wird! – Verwilderte Unterthanen etc. etc. etc.! Das ist mein Looß, geliebter Freünd! das ist mein Looß! Ich weiß nicht, ob ich es lange ertragen kann."[7] Bürgers Klagebriefe an die Freunde, an Christian Heinrich Boie vor allen, an die Grafen Stolberg, an Gleim und Cramer, Miller und Goeckingk, vermitteln ein sehr deutliches Bild von der Misere eines deutschen Schriftstellers im 18. Jahrhundert. Dabei mußte er noch froh sein über dieses Gerichtsamt. („habe nun verhören und protocolliren müssen, daß ich schwarz werden möchte. Hohle der Teüfel alle solche Arbeit"[8]) Immerhin war es keine von den ganz subalternen Stellen, mit denen sich manche seiner Freunde zufrieden geben mußten. Der Sohn eines früh verstorbenen Pfarrers, mittellos und ohne hochgestellte Gönner, voller Schulden aus einem liederlich-leichtsinnigen Studentenleben, konnte nicht mehr erwarten, und ein freies Schriftstellerdasein – Lessings Beispiel lehrte es – war unter den zurückgebliebenen deutschen Verhältnissen noch nicht möglich. So lebte er mit einem leidlichen Auskommen, aber entfernt von seinen Freunden, in tiefer Provinz in der Nähe Göttingens, weit außerhalb der wenigen kulturellen Zentren Deutschlands, ganz auf sich gestellt, von Besuchen abhängig und den wenigen Büchern, die ihm gelegentlich seine Freunde vom Hainbund oder die Autoren selbst zuschickten. Die karg bemessene gerichtsfreie Zeit reichte kaum aus, die vielen dichterischen Pläne, die er hatte, wenigstens teilweise zu verwirklichen. „Ich habe alle meine Poetërey vergessen. Es will mir nichts mehr klingen und klappen und arm an Gedanken bin ich auch."[9] Wie in einem „dumpfen Grabe"[10] fühlte er sich in seinen Amtsgeschäften eingeschlossen. Vollends unerträglich aber sollte die Situation für ihn werden, als die Frau des Hofrats Liste, seines Hausherrn, dessen Mittagsgast er auch war, in Melancholie und Depressionen verfiel und ihm den Aufenthalt zu einem, wie er klagte, „fatalen Hauscreuz"[11] machte. „Ich möchte toll werden, daß ich durch Tollheit abgehalten werde, an meinem Werk zu arbeiten",[12] schreibt er an Boie, und man spürt jetzt schon großes Selbstbewußtsein, wenn er von „meinem Werk" spricht. Es ist auch jenes Gedicht damit gemeint, das ihn mit einem Male in ganz Deutschland berühmt machte, als es 1774 im Göttinger Musenalmanach publiziert wurde, die ‚Lenore', der Neubeginn und zugleich erste Höhepunkt der deutschen Balladendichtung, ein Werk von 32 Strophen, das, nach seines Autors Ziel, in seinem Genre nichts weniger werden sollte als Goethes Götz für das deutsche Drama. Das klang überspannt und sollte doch Wirklichkeit werden. ‚Lenore' eroberte nicht nur das gebildete Lesepublikum, sondern auch die unteren Schichten des Volkes und geisterte bald in halbmündlicher Überlieferung und manch kurioser Variation durch die Gesindestuben des Landes – durchaus zum Stolze Bürgers. „Nun fange ich nach und nach an für Lenores Schicksal ruhig zu werden. Denn Griechen und Ungriechen [also Gebildete und Ungebildete] bewundern sie. Sie schweift itzt schon auf dem Eichsfelde bey dem eichsfeldischen Adel umher. Ich recitirte sie vorige Woche in Sennickerode und hatte das Vergnügen, daß jede Stelle, die ich bewundert haben wollte, schon beym hersagen mit Verzuckung und applaudirenden Ausruf bemerkt wurde ... Nächstens will ich nun auch die Probe bey unsrer (Hausmagd) *Christine* machen."[13] Sie wird zu seiner Zufriedenheit ausgefallen sein, die Ballade wurde zum poetischen Gassenhauer der Zeit, lange sind die Verse im Ohr der Leser geblieben:

Lenore fuhr ums Morgenrot
Empor aus schweren Träumen:
‚Bist untreu, Wilhelm, oder tot?
Wie lange wirst du säumen? –
Er war mit König Friedrichs Macht
Gezogen in die Prager Schlacht
Und hatte nicht geschrieben,
Ob er gesund geblieben.[14]

2. Mit zwei Schwestern verheiratet

Der Erfolg machte Bürger trunken, er sprühte vor Übermut, sein Selbstbewußtsein wuchs übergroß, und dann gab es auch noch in seinem Privatleben plötzlich Anlaß zu Hochstimmungen aller Art. Jede Gelegenheit benutzte er, wenn die Gerichtsstube in Gelliehausen seine Gegenwart nicht unbedingt erforderte, zu einem Aufenthalt in Niedeck. Hier nun beginnen die privaten Irrungen und Wirrungen, die Gottfried August Bürger zwar zu einem der bedeutendsten Liebeslyriker – er selber hätte vorgezogen zu sagen: Minnesänger – der neueren deutschen Literatur gemacht haben, sein Dasein aber auch zu einem fast beispiellosen Wechselbad aus Glück und Jammer, Freude und Qual. Dabei schien sich zunächst alles zum Guten zu schicken. Im Hause des befreundeten Justizamtmannes Leonhart zu Niedeck lernte Bürger eine für ihn ungewöhnliche Heiterkeit und Zufriedenheit kennen, berufliche Widrigkeiten gerieten in Vergessenheit, selbst seine dichterischen Ambitionen traten zeitweise zurück.

Minnesold läßt Amt und Ehren,
Goldnen Sporn und Ritterschlag,
Läßet ohne Neid entbehren,
Was der Kaiser geben mag.

Ehre lacht nicht halb so hold,
Als der Minne Freüdensold![15]

Die Verse geben Bürgers Stimmung in diesen Monaten um den Jahreswechsel 1773 auf 1774 trefflich wieder. Sein Bericht an Boie über seine neuen glücklichen Lebensverhältnisse ist ganz im Ton einer launigen Idylle gehalten, nach der er sich zeit seines Lebens gesehnt hat, ohne daß er freilich je ihre Verwirklichung ertragen hätte. „Weil ich in dem Bedlam zu Gelliehausen weder Ruhe noch Rast habe, so hab' ich mir hier ein Hüttchen aufgebauet und ich bin nur an Gerichts- und Geschäfftstagen dort gegenwärtig. Wißt Ihrs schon, Freünd, daß ich mich hier verplempert habe? . . . Sehn Sie, mein liebster Boie, endlich haben wir denn auch die Schuld der Natur bezahlen und uns bis zum heürathen verlieben müssen. – Ach! da kommt sie her, die minnigliche, die mein Herz mit allen ihren Tugenden und Fehlern, so wie sie da ist, über alles in der ganzen weiten Welt liebt. Mag sie doch andern nichts seyn, mir ist sie alles."[16] Dorette ist 18 Jahre alt, als Bürger sie im September 1774 heiratet. Eigentlich heißt sie Dorothea Marianne und ist die zweitälteste Tochter seines Niedecker Freundes Leonhart. Ein eher stilles und unscheinbares Mädchen, aber belesen und gebildet.

In einer späteren Lebensbeichte, gerichtet an seine nachmalige dritte Frau Elise Hahn, läßt Bürger ihr wenig Gerechtigkeit widerfahren, und die meisten Biographen haben dieses doch sehr interessierte, seinen aktuellen Absichten entsprechende Geständnis für bare Münze genommen und behauptet, er habe Dorette – und nicht deren zwei Jahre jüngere Schwester Auguste, genannt Molly – nur deshalb geheiratet, weil sie ein Kind von ihm erwartete. Doch die Briefe aus diesen Monaten, auch wenn sie an die vertrautesten Freunde gerichtet waren, sprechen eine ganz andere Sprache, die gewiß ebenso glaubwürdig ist. „Mein kleines Weib, das beste, sanfteste, redlichste Geschöpf unter der Sonne, hat mir vor wenigen Wochen ein kleines Mädgen mit Lebensgefahr geboren. Weib und Kind sind meine ganze und *einzige Freude.*"[17] Gleichwohl muß seine heftige Gefühlsverwirrung schon bald nach Eheschließung und Geburt des Kindes eingesetzt haben, wenn er ihr auch, wie er in der eben erwähnten Lebensbeichte schreibt, zunächst keine große Bedeutung beigemessen hat. „Ich habe *zwey Schwestern* zu Weibern gehabt. Auf eine sonderbare Art, zu weitläufig hier zu erzählen, kam ich dazu, die erste zu heirathen, ohne sie zu lieben. Ja, schon als ich mit ihr vor den Altar trat, trug ich den Zunder zu der glühendsten Leidenschaft für die zweyte, die damahls noch ein Kind und kaum vierzehn bis fünfzehn Jahr alt war, in meinem Herzen. Ich fühlte das wohl; allein aus ziemlicher Unbekanntschaft mit mir selbst hielt ich es, ob ichs mich gleich nicht ganz ableugnen konnte, höchstens für einen kleinen Fieberanfall, der sich bald geben würde. Hätte ich nur einen halben Blick in die grausame Zukunft tun können ... Mein Fieber legte sich nicht, sondern wurde durch eine Reihe von fast zehn Jahren immer heftiger, immer unauslöschlicher. In eben dem Maaße, als ich liebte, wurde ich von der Höchstgeliebten wieder geliebt. O, ich würde ein Buch schreiben müssen, wenn ich die Martergeschichte dieser Jahre und so viele der grausamsten Kämpfe zwischen Liebe und Pflicht erzählen wollte."[18] Bürger hat dieses Buch nicht in dem Sinne geschrieben, wie er es hier meint, in Literatur verwandelt hat er seine unglückselige Liebesgeschichte dennoch. Ja, der eigentliche Schlüssel zu ihr ist gerade in der Verstrickung von Literatur und Leben zu suchen, mit der Bürger nun in seiner Zeit durchaus nicht alleine steht. Eine Martergeschichte ist sie freilich erst geworden, nachdem es ihm nicht mehr gelang, seine wachsende Zuneigung zu Molly mit seiner ersten Liebe zu Dorette in Einklang zu bringen. Der neue Konflikt, der sich damit in seinem Leben ankündigte, wurde nämlich zunehmend verschärft durch die gemeinsame, lebendige Nähe, in der die Gefühle dieser drei Menschen sich dauernd begegneten, und jeder Wechsel, jede Nuance der Stimmung des einen zu ganz widersprüchlichen Empfindungen bei den beiden anderen führen mußte.

„Es war einmal ein Graf ... Den trieb ein Gefühl frommer Pflicht von seiner Gemahlin, von seinen Gütern, nach dem Gelobten Lande ... Er war ein Biedermann; er liebte sein Weib, nahm Abschied von ihr, empfahl ihr sein Hauswesen, umarmte sie, und zog. Er zog durch viele Länder, kriegte, und ward gefangen. Seiner Sklaverei erbarmte sich seines Herrn Tochter; sie löste seine Fesseln, sie flohen. Sie geleitete ihn aufs neue durch alle Gefahren des Kriegs – Der liebe Waffenträger! – Mit Sieg bekrönt ging's nun zur Rückreise – zu seinem edlen Weibe! – Und sein Mädchen? – Er fühlte Menschheit! – er glaubte an Menschheit, und nahm sie mit. – Sieh da, die wackre Hausfrau, die ihrem Gemahl entgegeneilt, sieht all ihre Treue, all ihr Vertrauen, ihre Hoffnungen belohnt, ihn wieder in ihren Armen ... Wer (aber) ist's, die dort verschleiert mit dem Gefolge naht? Sanft steigt sie vom Pferde

– ‚Hier!‘ – rief der Graf, sie bei der Hand fassend, sie seiner Frau entgegenführend – ‚hier! sieh das alles – und sie! nimm's aus ihren Händen – nimm mich aus ihren Händen wieder! Sie hat die Ketten von meinem Halse geschlossen, sie hat den Winden befohlen, sie hat mich erworben – hat mir gedient, mein gewartet! – Was bin ich ihr schuldig! – Da hast du sie! Belohn sie.‘ ... An ihrem Halse rief das treue Weib, in tausend Tränen rief sie: ‚Nimm alles, was ich dir geben kann! Nimm die Hälfte des, der ganz dein gehört – Nimm ihn ganz! Laß mir ihn ganz! Jede soll ihn haben, ohne der andern was zu rauben.''[19] Was mag Gottfried August Bürger empfunden haben, als er diese Geschichte las? Cäcilie erzählt sie in Goethes Jugenddrama ‚Stella‘, das ihm der Autor am 2. Februar 1776 zugeschickt hatte, zu der Zeit wohl kaum ahnend, auf welche seelische Bereitschaft gerade dieses Schauspiel bei dem „lieben Bruder", wie er Bürger im Begleitbrief anredet, stoßen mußte. Behandelt es doch dessen Lebensthema, die Doppelliebe eines unentschlossenen Mannes, die im Drama allerdings durch den Edelmut der beiden Frauen zur allseitigen Erfüllung gelangt. Ein solches Happy-End – Goethe ersetzte es später übrigens durch eine tragische Wendung – hat es in Bürgers Leben nicht gegeben, auch wenn er es in geniezeitlichem Überschwang schon manchmal verwirklicht glaubte. Ein Jahr lang, von seiner Trauung bis zum September 1775, lebte Bürger mit seiner Frau im Hause seiner Schwiegereltern, und als beide dann in das neuerbaute Haus in Wöllmershausen gezogen sind, dauert es kaum zwei Jahre, bis auch Molly, nach dem Tode des Vaters, folgt. Damit entsteht jene Lebensgemeinschaft, die Bürger später in seiner Beichte als vernünftiges Arrangement idealisierte. „Was der Eigensinn weltlicher Gesetze nicht gestattet haben würde, das glaubten drey Personen sich zu ihrer allerseitigen Rettung vom Verderben selbst gestatten zu dürfen. Die Angetraute entschloß sich, mein Weib öffentlich und vor der Welt nur zu heißen, und die andere, in geheim es wirklich zu seyn."[20] Das klingt nicht anders als eine Paraphrase von Goethes ‚Stella‘ und ist auch nachträgliche Stilisierung. In Wirklichkeit war es eine wahrhaft tragische Verbindung, in der sogar die besten Eigenschaften eines jeden von ihnen in der Verknüpfung mit den Fehlern des anderen Qualen erzeugen mußten. Bürger warb immer offener um Molly, um so leidenschaftlicher, je bestimmter die Absage war; Dorette entschuldigte sein Verhalten mit jener Liebe und Bewunderung, die sie selber für die jüngere, hübschere und temperamentvollere Schwester hegte; Molly fühlte sich zu ihrem Schwager hingezogen, seine lyrischen Liebeserklärungen erregten sie, aber religiöse und moralische Skrupel weniger als Liebe zur größeren Schwester hießen sie, Bürger die Erfüllung seiner Wünsche zu verweigern. An diesen widersprüchlichen Verhältnissen empfindet Bürger, der ihre treibende Kraft bleibt, ein zwiespältiges, aber starkes Vergnügen. Seine leidenschaftliche Sucht nach Erregung wird um so mehr befriedigt, je aussichtsloser die Lage der beiden Frauen wird. Schließlich verlangt Dorette eine Bereinigung ihres Verhältnisses, das in den Augen der Welt (schon schwatzen die Dienstboten) so mißlich wie moralisch fragwürdig ist. Molly verläßt für kurze Zeit das Haus, aber die von Dorette erhoffte Wirkung bleibt aus, sogar das Gegenteil tritt ein. Bürger macht sie für seinen Verlust verantwortlich, sein Hang zu verzweifelter Ausschweifung ängstigt sie, und sie weiß: auch Molly leidet dieselben Schmerzen. So willigt sie erneut zum unseligen Leben selbdritt ein. Liest man Bürgers Briefe aus diesen Jahren, vor allem an Sprickmann und Goeckingk, die Vertrauten seiner intimen Familienverhältnisse, so macht man sich leicht ein falsches Bild von der Bedeutung, die seine zweideutige Lage für ihn besaß. „Könnte ich nur meiner Frau ein hinlängliches Auskommen anweisen, so . . . wanderte (ich auf immer) zum Dorf hinaus. Aber ach! – würde ich dem Geyer entfliehen, der mir täglich und stündlich das immer wieder wachsende Herz aus dem Leibe hackt? Gott im Himmel! Was soll daraus noch werden? –– Ich darf nicht einmal *wünschen*, denn die Wünsche, die allein zu meinem Heil abzwecken könnten, scheinen mir schwarze Sünde, wovor ich zurückschauere."[21]

Mit den großen Leidenschaften bringen diese Jahre zugleich den Höhepunkt seines Schaffens, in denen seine schönsten Liebesgedichte, seine bedeutendsten Balladen entstehen. Er gehörte unbezweifelt zu den wichtigsten und berühmtesten Dichtern unter der literarischen Jugend in Deutschland. Was nicht heißt, daß er etwa der Komödiant seiner eigenen Lebenstragödie gewesen wäre. Die Verzweiflung, die aus seinen Briefen und Gedichten spricht, ist kein Rollenspiel, die Gewissensbisse, die er über sein Verhalten empfindet, verwirren sein ganzes Selbstverständnis.

Schön Suschen.

Schön Suschen kannt' ich lange Zeit,
Schön Suschen war wohl fein,
Voll Tugend war's und Sittsamkeit,
Das sah ich klärlich ein.
Ich kam und ging, ich ging und kam,
Wie Ebb' und Flut zur See;
Ganz wohl mir that es, wenn ich kam,
Und wenn ich ging, nicht weh.

Und es geschah, daß nach der Zeit
gar andres ich vernahm.
Da that's mir, wenn ich schied, so leid,
So wohl mir, wenn ich kam.
Da hatt' ich keinen Zeitvertreib
Und kein Geschäft, als sie.
Da fühlt' ich ganz an Seel' und Leib
Und fühlte nichts, als sie.

Ich war wohl dumm und stumm und taub,
Vernahm nichts, außer ihr;
Sah nirgends blühen Blum' und Laub,
Nur Suschen blühte mir.
Nicht Sonne, Mond und Sternenschein,
Mir glänzte nur mein Kind;
Ich sah wie in die Sonn' hinein
Und sah mein Auge blind.

Und wieder kam gar andre Zeit;
Gar anders ward es mir.
Doch alle Tugend, Sittsamkeit
Und Schönheit blieb an ihr.
Ich kam und ging, ich ging und kam,
Wie Ebb' und Flut zur See.
Ganz wohl mir that es, wenn ich kam,
Und wenn ich ging, nicht weh.

Ihr Weisen, hoch und tiefgelahrt,
Die ihr's ersinnt und wißt,
Wie, wo und wann sich alles paart?
Warum sich's liebt und küßt?

Ihr stolzen Weisen, sagt mir's an!
Ergrübelt, was mir da,
Ergrübelt mir, wo, wie und wann?
Warum mir so geschah?

Ich selber sann wohl Nacht und Tag
Und wieder Tag und Nacht
So wundersamen Dingen nach,
Doch hab' ich nichts erdacht.
Drum Lieb' ist wohl wie Wind im Meer;
Sein Sausen ihr wohl hört,
Allein ihr wisset nicht, woher
Er kömmt, wohin er fährt.[22]

3. Die Naturmacht der Liebe

Immer wieder taucht dieses Motiv in seiner biographischen Lyrik auf: Die unerklärliche Überwältigung des Menschen durch Gefühl und Leidenschaft. Einem Naturereignis gleich, betrachtet Bürger sein Liebesschicksal, und es gibt sicher keinen Grund, an seiner Überzeugung zu zweifeln. „Nothwendig muß ich einmal wieder aus meiner Höle hervor und mich in der Welt ein wenig umsehen, damit ich wieder andres Blut bekomme. Aber oh! – alle Gesundbrunnen der weiten Welt werden den Brand nicht kühlen, der mir in allen Adern und in dem innersten Marke wüthet."[23] Bürger war von einer schmerzgepeinigten Empfindsamkeit und fühlte sich darüber hinaus zu dem Leiden, das er selber empfand oder anderen zufügte, vom Schicksal oder von der Natur oder von Gott verdammt. Ein Getriebener, nicht ein frei Handelnder, ein Opfer, kein Täter. Doch hinderte ihn diese Überzeugung dann auch wieder nicht, seine Unfreiheit und Abhängigkeit in seinen Werbungsgedichten an Molly mit rhetorischem Geschick einzusetzen, um ihren moralischen Widerstand zu besiegen. So in der ‚Elegie. Als Molly sich losreißen wollte':

War denn diese Flammenliebe
Freier Willkür heimgestellt?
Nein! Den Samen solcher Triebe
Streut Natur ins Herzensfeld.
Unaustilgbar keimen diese,

Sprossen dicht von selbst empor,
Wie im Thal und auf der Wiese
Kraut und Blume, Gras und Rohr.

⋮

O so laß es denn gewähren,
Da Genesung nicht gelingt!
Laß uns lieber Krankheit nähren,
Eh' uns gar das Grab verschlingt! –
Suche nicht den Strom zu hemmen,
Der so lang' sein Bett nur füllt
Bis er zornig vor den Dämmen
Zum Vertilgungsmeer entschwillt."[24]

Die Liebe ist für Bürger eine Naturmacht, der sich zu widersetzen ebenso töricht wäre, wie den Lauf der Gestirne oder die Umdrehung der Erde hemmen zu wollen. Moralische oder religiöse Einwände läßt er nicht gelten, sie sind ihm kalte Vernünftelei, die nur Unglück produziert und das Herz schwer macht. Daß Dorette so denkt, weiß er, daß er ihre Grundsätze nicht zu besiegen vermag, hat er einsehen müssen. Aber Molly besitzt ein anderes Temperament, und sie leidet wie er an derselben unerfüllten Liebe, das ist das beste Gegengift gegen Konventionen und Prinzipien. Mit allen Mitteln der neuen empfindsamen Kultur kämpft er gegen die entnervende Tugendhaftigkeit der Geliebten. Das Herz folge seinen eigenen Gesetzen, betont er, es stehe für die Macht und Berechtigung des Gefühls, nur das Herz gebe uns die Gewißheit, ob wir richtig oder falsch handelten, nur in ihm finde sich der Schlüssel zur Welt und des Lebens. Bürger identifiziert Wirklichkeitserfahrung und Empfindungsäußerung, predigt Tag für Tag gegen das platte, empfindungslose Leben, das schon wie ein vorgezogener Tod sei, er gefällt sich in den verschiedenen Posen des Stürmers und Drängers („Wie wird mir so herzlich bange / Wie so heiß und wieder kalt, / Wann in diesem Sturm und Drange / Keuchend meine Seele wallt!"[25]), und es muß ein sonderbares Leben gewesen sein, das diese drei Personen immerhin einige Jahre gemeinsam geführt haben. Bürger jedenfalls fand gerade in dessen leidenschaftlichen und qualvollen Beziehungen die Voraussetzungen für seine poetischen Inspirationen. Glück, Ruhe und Regelmäßigkeit der Empfindungen waren ein unzuträgliches Klima für seine Dichtungen. Er benötigte die starken Erregungen, die persönlichen Mißhelligkeiten, die Drohung des Skandals, seine Phantasie entzündete sich an ihnen und formte daraus die dramatischen Begebenheiten, die seinem alltäglichen Dasein fehlten. Er zeigte sich so heftig, phantastisch und reizbar, machte Dorette zum Gegenstand leidenschaftlicher Aversion, Molly zum Zielpunkt seiner unmäßigen Wünsche, weil er nur in starken Affekten sich auch lebendig fühlen konnte und weil sie die einzige Möglichkeit geblieben waren, seine Existenzform: Vereinzelung, Isolation und Einschnürung aller schöpferischen Kräfte, wenigstens im momentanen, unmittelbaren Gefühlserlebnis zu überwinden.

Die grenzenlose Gefühlsbereitschaft, der Anspruch auf alle subjektiven Freiheiten über gesellschaftliche, moralische, religiöse Zwänge, die Kultivierung der Seelenkräfte, Schwärmerei und Selbstbeobachtung – das alles sind Kennzeichen einer neuen Generation von Schriftstellern, deren wichtigste Vertreter sich eine Zeitlang um Goethe geschart hatten und deren Bibel (gleich nach Rousseau) die ‚Leiden des jungen Werthers' werden sollte. „Laß dich herzlich umarmen, oder, da du mir zu hoch stehest, deine Kniee umfassen, du Gewaltiger, der du, nach dem großmächtigsten Shakespear, fast allein vermagst, mein Herz von Grund aus zu erschüttern und diese trocknen Augen mit Thränen zu bewässern! Gestern abend erst hab ich *Werthers Leiden* gelesen. Du bist mir diese Nacht im Traum erschienen, und ich habe – mein Weib hats gehört – in deinen Armen überlaut geschluchst."[26] Das ist die für die Wertherrezeption typische enthusiastische Tonart, und sie paßt vollkommen zu der Ausdrucksweise, mit der Bürger auch sonst, sei es in Briefen, sei es in Versen, seiner eigenen Gefühlsverwirrung Ausdruck verleiht. Vergegenwärtigt man sich seine Lebenssituation, das Richterdasein in der Provinz, die „beständigen Händel und Zänkereien"[27] mit seinen Vorgesetzten, die drückenden Existenznöte, die dauernde Abhaltung von seinem eigentlichen Berufe: seinem dichterischen Werk, die Isolierung in der Provinz, weitab von den Zentren der Kultur und Geselligkeit, schließlich die Aussichtslosigkeit seiner Hoffnung, daß dieses Dasein sich jemals grundlegend ändern könnte, so haben wir wie in einem Modell die wichtigsten Bedingungen versammelt, die für die verbreitete Gefühlslage der jungen bürgerlichen Intelligenz in diesem letzten Drittel des 18. Jahrhunderts verantwortlich sind. Bürgers Enthusiasmus, sein Schwanken zwischen den Extremen tiefer Hoffnungslosigkeit und schwärmerischer Gefühlsinnigkeit, der vor dem Bilde der Geliebten die ganze Welt verschwendet, die Konzentration auf seine verwirrenden Liebeserfahrungen, seine erotische Anfälligkeit, die ihn auch zu der unglücklichsten Liaison seines Lebens mit Elise Hahn inspirieren sollte – alle diese Merkmale seines Lebens dokumentieren den Versuch der Selbstverwirklichung jenseits der sozialen und politischen Schranken. Wenn er in Briefen an Sprickmann und Goeckingk von einem Robinsondasein weitab von aller Zivilisation und fern den gesellschaftlichen Zwängen schwärmt, so offenbart dieser – im übrigen wiederum durchaus zeitgemäße – Wunschtraum die reale Struktur seines Daseins, freilich ins Positive gewendet. „O Robinso Crusoë's Insel! Wer auf dir allein wäre, umschirmet von den wolkenhohen Brandungen des Ozeans!"[28] Seine Liebe zu Molly mit allen ihre Konsequenzen vermittelte ihm das Gefühl der Selbstverwirklichung, in ihr vereinigten sich Literatur und Leben und befriedigten seine persönliche und dichterische Existenz zugleich.

Für sie mein Eins und Alles.
Sonett.

Nicht zum Fürsten hat mich das Geschick,
Nicht zum Grafen noch zum Herrn geboren,
Und fürwahr, nicht Hellers Wert verloren
Hat an mich das goldbeschwerte Glück.

Günstig hat auch keines Wessirs Blick
Mich im Staat zu hoher Würd' erkoren.
Alles stößt, wie gegen mich verschworen,
Jeden Wunsch mir unerhört zurück.

Von der Wieg' an bis zu meinem Grabe
Ist ein wohl ersungnes Lorbeerreis
Meine Ehr' und meine ganze Habe.

Dennoch auch dies eine, so ich weiß,
Spendet' ich mit Lust zur Opfergabe,
Wär', o Molly, dein Besitz der Preis.[29]

Die Exaltationen Bürgers sind gerade in ihrer das Pathologische streifenden Wollust des Schmerzes identisch mit dem für alle seine literarischen Mitstreiter gleichen Mechanismus der Leidenschaft. In ihnen werden ebenso wie in der erotischen Schwärmerei der Kunstfigur Werther alle die negativen Tendenzen wirksam, die die spätaufklärerische Kritik an der Empfindsamkeit herausstellte. Zuallererst jene Illusion des Selbsthelfertums, die im prometheischen Willen des einzelnen schon schöpferische Allmacht wirken sah. „Die erste Eigenschaft des Schwärmers ist die unchristliche und kindische Begierde, die Einrichtung der Welt, nach seinen kleinen Vorurtheilen und Bedürfnissen abändern zu wollen",[30] diagnostizierte der Popularphilosoph Johann August Eberhard. Zum anderen standen aber auch die persönlichen Folgen im Mittelpunkt der Kritik, die die zwanghafte Vereinigung, gar Verwechslung von Literatur und Leben für alle Beteiligten haben mußte. In seiner Abhandlung ‚Über naive und sentimentalische Dichtung' hat Schiller auch die psychischen Verheerungen analysiert, die der ungehemmten Hingabe an die Gefühlskräfte folgen. „Ein fortgesetzter Hang zu dieser Empfindungsweise muß zuletzt notwendig den Charakter entnerven und in einen Zustand der Passivität versenken, aus welchem gar keine Realität, weder für das äußere noch innere Leben, hervorgehen kann."[31] Die Liebe hat zwar Bürgers ganzen Empfindungsreichtum aufgeschlossen, aber zugleich auf einen einzigen Gegenstand, seine daraus entstandenen Leiden, Konflikte und Glücksmomente konzentriert. In seinen Briefen wird deutlich, wie sehr ihn dieser erzwungene Rückzug auf die private Misere an der Entfaltung und Vervollkommnung seines Talentes hinderte: „Gott gebe nur meinem Körper Gesundheit und meiner Seele ihren Ton wieder. Ach! freilich belastet geheimer Kummer schon seit einigen Jahren mein Herz; und jetzt geht mir das Wasser fast bis an die Seele. Entweder ich gehe bald zu Grunde, oder ich genese. Aber kann ich genesen? Schwerlich anders, als der Halbgeräderte, zum Krüppel."[32]

4. Von der Anstößigkeit des Unglücks

Die Lebensweise Bürgers widersprach den bürgerlichen Moralauffassungen in ganz besonderem Maße: schien es doch so, als zeige sich darin eine Lebensauffassung, die die bürgerliche Propaganda im 18. Jahrhundert als spezifisch höfische Dekadenz zu geißeln gewohnt war. Mätressenwirtschaft, Verfall von Sitte und Anstand, Zerstörung der bürgerlichen Familie durch den adligen Wollüstling, das waren die zentralen Themen des bürgerlichen Trauerspiels ebenso wie des empfindsamen Romans in Richardsons Manier, der sich mit Sophie von La Roches ‚Geschichte des Fräuleins von Sternheim' auch in Deutschland durchgesetzt hatte. Eine Moral, wie sie Goethe in seiner ‚Stella' vertrat und Bürger sie zu leben versuchte, verstieß gegen die Ehrbarkeit und verletzte damit eines der wichtigsten moralischen Leitmotive des 18. Jahrhunderts. Zwar erstreckte sich die Forderung der Ehrbarkeit zunächst auf die „echte und rechte" Herkunft, erfaßte darüber hinaus aber den ganzen Lebensbereich des bürgerlichen Menschen, insbesondere die Familie und alle Hausgenossen, die der Obhut und Fürsorge des Hausherrn unterstanden. Ehrbar konnte man den Lebenswandel Bürgers nun gewiß nicht nennen, und wäre es ihm in einer Residenzstadt vielleicht gelungen, seine sträflichen Neigungen zur Schwägerin einige Zeit länger zu verbergen, im dörflichen Gelliehausen war das unmöglich. Vollends natürlich, als Molly nach vielen Kämpfen und mannigfachen Widerständen seinen Werbungen nachgegeben hatte und nun wirklich den Platz einnahm, der Dorette nach allen weltlichen und geistlichen Gesetzen zukam. Freilich, was einem Pastor Zuch oder General von Uslar als eine freimütige, allein dem Sinnengenuß dienende und daher um so verwerflichere Lebensgemeinschaft vorkam, das war viel mehr eine Quälerei zu dritt, eine gegenseitige Abhängigkeit ohne Aussicht, eine rechte Hölle zuzeiten, aus Gewissensqualen, Schwäche und Schmerz.

An die kalten Vernünftler.

Ich habe was Liebes, das hab' ich zu lieb;
Was kann ich, was kann ich dafür?
Drum sind mir die kalten Vernünftler nicht hold,
Doch spinn' ich ja leider nicht Seide noch Gold,
Ich spinne nur Herzeleid mir.

Auch mich hat was Liebes im Herzen zu lieb;
Was kann es für's liebende Herz?
Auch ihm sind die kalten Vernünftler nicht hold;
Doch spinnt es ja leider nicht Seide noch Gold,
Es spinnt sich nur Elend und Schmerz.

Wir seufzen und sehnen, wir schmachten uns nach,
Wir sehnen und seufzen uns krank.
Die kalten Vernünftler verargen uns das;
Sie reden, sie thun uns bald Dies und bald Das
Und schmieden uns Fessel und Zwang.

Wenn ihr für die Leiden der Liebe was könnt,
Vernünftler, so gönnen wir's euch
Wenn wir es nicht können, so irr' es euch nicht!

Wir können, ach leider! wir können es nicht,
Nicht für das mogolische Reich!

Wir irren und quälen euch Andre ja nicht;
Wir quälen ja uns nur allein.
Drum, kalte Vernünftler, wir bitten euch sehr,
Drum laßt uns gewähren und quält uns nicht mehr,
O laßt uns gewähren allein!

Was dränget ihr euch um die Kranken herum
Und scheltet und schnarchet sie an?
Von Schelten und Schnarchen genesen sie nicht.
Man übet ja Tugend, man übet ja Pflicht;
Doch Keiner thut mehr als er kann.

Die Sonne, sie leuchtet; sie schattet, die Nacht;
Hinab will der Bach, nicht hinan!
Der Sommerwind trocknet: der Regen macht naß;
Das Feuer verbrennet. – Wie hindert ihr Das? –
O laßt es gewähren, wie's kann!

Es hungert der Hunger, es dürstet der Durst;
Sie sterben von Nahrung entfernt.
Naturgang wendet kein Aber und Wenn. –
O kalte Vernünftler, wie zwinget ihr's denn,
Daß Liebe zu lieben verlernt?[33]

Der Appell mußte ungehört verhallen oder vielleicht gar das Gegenteil bewirken. Denn die unerhörte Offenheit, mit der Bürger in seinen lyrischen Selbstbekenntnissen seine skandalösen Liebesprobleme ausbreitete, verstieß gegen ein weiteres Tabu: daß nämlich private Unregelmäßigkeiten, sollten sie denn einmal vorkommen, unter dem Ausschluß der Öffentlichkeit zu geschehen hätten.

Es ist dann aber nicht äußerer Einfluß, der zu einer wichtigen Änderung im Bürgerschen Hause führt. Im Mai 1782 zieht Molly zu Friederike Müllner, einer Schwester Bürgers, nach Langendorf in Obersachsen, damit wenigstens die Geburt des illegitimen Sohnes den Bürgerskandal nicht perfekt mache. Er selber bleibt mit Dorette zurück und bemüht sich, das Geheimnis auch innerhalb der Familie zu wahren: als offizieller Anlaß für Mollys Entfernung aus seinem Hause wird die Pflegebedürftigkeit seiner Schwester ausgegeben. Die poetische Klage über die Trennung erschüttert noch heute:

Mollys Abschied.

Lebe wohl, du Mann der Lust und Schmerzen!
Mann der Liebe, meines Lebens Stab!
Gott mit dir, Geliebter! Tief zu Herzen
Halle dir mein Segensruf hinab!

Zum Gedächtnis biet' ich dir statt Goldes –
Was ist Gold und goldeswerter Tand? –
Biet' ich lieber, was dein Auge Holdes,
Was dein Herz an Molly Liebes fand.[34]

In Bürgers Leben tritt nun eine Phase relativer Ruhe und Stabilität. Er widmete sich jetzt mehr seiner Aufgabe als Herausgeber des ‚Göttinger Musenalmanachs', der er 1778 geworden war, und nimmt immer wieder Anläufe, sein ungeliebtes Gerichtsamt loszuwerden. Bevor es dazu kommt und die Familie nach Göttingen zieht, weil Bürger Aussicht auf eine Universitätsprofessur hat, stirbt Dorette nach langer und schmerzvoller Krankheit. „Mehrere Monate lang sah ich sie täglich dahin sterben, ohne ihre Wiederherstellung auch nur hoffen zu dürfen ... Ich selbst gab meinen Landhaushalt nun gänzlich auf ... und zog Michaelis 1784 nach Göttingen, wo ich mit gutem Beifall anfing Collegia zu lesen und dabei mein hinlängliches Auskommen fand ... (Ich verband mich) mit Derjenigen, die seit zehn oder zwölf Jahren, nach einem mir unerklärlichen Verhängniß, das Unglück meines Lebens gewesen war, um sie dadurch zum Glück meines noch übrigen Lebens umzuschaffen."[35] Bürger hat später diese Zeit mit seiner Molly als die glücklichste seines Lebens bezeichnet. Sie war nur von allzu kurzer Dauer. Den Bericht an seinen Schwager schrieb er am 20. Dezember 1785, nur fünf Tage später wird ihm von ihr eine Tochter, Auguste, geboren, und am 9. Januar 1786 stirbt Auguste Marie Wilhelmine Eva, geborene Leonhart, Bürgers Molly, am Wochenbettfieber. „Ich bin ein armer unheilbarer Mensch bisher gewesen, und werde es bleiben bis in mein Grab neben der Unvergeßlichen; ein armer an Kraft, Muth und Tätigkeit gelähmter Mensch ... Wann wird der Schwarm von tausend und abermal tausend Erinnerungen aufhören, meine Seele zu umflattern ... O wie könnte ich ihrer vergessen?"[36]

5. Das Schwabenmädchen – eine verunglückte Münchhauseniade

Bürger hat seine Erinnerung in vielen Gedichten wachgehalten, und welche Bedeutung gerade diese nie zur vollkommenen Erfüllung gelangte Liebe für ihn besaß, zeigt noch einmal und ganz paradoxerweise das leichtsinnige Abenteuer seiner dritten Heirat, mit Elise Hahn, dem Stuttgarter „Schwabenmädchen", die in einem Gedicht dem ihr persönlich unbekannten, aber angeschwärmten Dichter Bürger öffentlich ihre Liebe erklärt hatte: „Denn träten tausend Freier her, / Und böthen Säcke Goldes schwer, / Und du begehrtest mein, / Dir weigert ich nicht Herz noch Hand; / Selbst um mein liebes Vaterland / Tauscht' ich dich ein."[37] Bürger ging wider den Rat aller Freunde auf dieses Angebot ein, gerade das Abenteuerliche, Ungewohnte daran war wohl der wichtigste Reiz für ihn. Aber nicht der unglückliche Verlauf dieser Ehe – Bürger hat ihn in seiner „Ehestandsgeschichte" bis in intime Einzelheiten dargelegt –, sondern das Wagnis fesselte ihn, gab ihm wenigstens für kurze Zeit jenen Enthusiasmus, jene Lebendigkeit wieder, die er als Ergebnis seines Liebens und Leidens immer gebraucht hat.

Allein die Liebe, und zwar nicht die des gewöhnlichen, normalen Lebens, die eingeht in die nüchterne Prosa des Alltags, sondern die bizarre, verwickelte, exorbitante Liebe, der noch zusätzlich das Flair von Konventionsbruch und moralischer Schuld anhaftet, vermochten ihn zu fesseln, nur die starke Empfindung, die heftige Unruhe des Gemüts vermittelten ihm das Bewußtsein seiner selbst. Die Liebe zu Molly nutzte sich nicht ab, weil sie nie seßhaft werden konnte, weil der dauernde Wechsel von Glück und Unglück, Erfüllung und Verweigerung seine Gefühlswelt in dauernder Erregung hielt. Molly starb zu früh, als daß er eine andere Erfahrung mit ihr hätte machen können. Die romantische Werbung Elise Hahns schien der Auftakt eines neuen abenteuerlichen Romans, der ihm die verlorene Lebendigkeit zurückbringen sollte. Aber der erniedrigende und aufreibende Kampf mit einer untreuen Frau trug nur possenhafte Züge und war von einer quälenden Monotonie, die ihn vollends niederdrückte. So blieb nur noch die Erinnerung an die Geliebte und die Trauer darüber, daß sein Kampf um die Freiheit der Gefühle mit ihrem Tod seinen Sinn verloren hatte.

Auf die Morgenröte.
Sonett.

Wann die goldne Frühe, neugeboren,
Am Olymp mein matter Blick erschaut,
Dann erblass' ich, wein' und seufze laut:
Dort im Glanze wohnt, die ich verloren!

Grauer Tithon! Du empfängst Auroren
Froh aufs neu', sobald der Abend taut;
Aber ich umarm' erst meine Braut
An des Schattenlandes schwarzen Thoren.

Tithon! Deines Alters Dämmerung
Mildert mit dem Strahl der Rosenstirne
Deine Gattin, ewig schön und jung:

Aber mir erloschen die Gestirne,
Sank der Tag in öde Finsternis,
Als sich Molly dieser Welt entriß.[38]

Das letzte Jahrzehnt in Bürgers Leben ist aber nicht nur eine Chronik der Verzweiflung und Zerrüttung. Er stürzte sich in Arbeit, studierte die kantische Philosophie, war der erste, der in Göttingen darüber las und daher bald schon als Kantianer galt, veranstaltete eine Zweite Ausgabe seiner Gedichte und schrieb ein Buch, das bis heute eine ungebrochene Popularität besitzt, freilich unabhängig von seinem Autor, der dahinter fast so verschwand wie Swift hinter ‚Gullivers Reisen' oder Defoe hinter ‚Robinson Crusoes Leben und Abenteuern': ‚Wunderbare Reisen zu Wasser und Lande, Feldzüge und lustige Abentheuer des Freyherrn von Münchhausen, wie er dieselben bey der Flasche im Cirkel seiner Freunde selbst zu erzählen pflegt.' So lautet der vollständige Titel. Den erzählfreudigen Baron hat es wirklich gegeben, ein Zuhörer seines Zirkels hatte die ersten Geschichten anonym in einer humoristischen Sammlung veröffentlicht, aber die erste umfangreichere Buch-Ausgabe war in England erschienen. „Es ist in der Tat eine etwas sonderbare Erscheinung, die folgenden Erzählungen, die auf deutschem Grund und Boden erzeugt sind ... endlich im Auslande gesammelt ... zu sehen. Vielleicht ... weiß der Engländer besser, was Laune heißt, wieviel sie wert ist und wie sehr sie dem Ehre macht, der sie besitzt."[39] Bürger hat dieses Kleinod der Lügengeschichtenliteratur, deren Tradition bis in die Antike zurückreicht, wieder vollkommen in der deutschen Literatur eingebürgert, es ist das Buch geworden, in dem er am vollkommensten sein Ideal eines populären und doch belangvollen, eines wirksamen und doch kunstreichen Schriftstellers verwirklichte. Gewiß, den Stoff fand er vor, aber er gab ihm die Form, in der er Literatur wurde, ähnlich so vielen anderen volkstümlichen Büchern vom Till Eulenspiegel bis zu den Märchen der Gebrüder Grimm, von Hans Sachs' Schwank- und Fastnachtsspielen bis zu den Faustbüchern des 17. und 18. Jahrhunderts. Die erste Auflage erschien im Todesjahr Mollys, 1786, zwei Jahre später eine erweiterte Ausgabe. Was ihn an diesen Geschichten faszinierte, macht ihre Wirksamkeit bis heute aus: Walter Rehm hat Münchhausen einen „Übermenschen im kleinen"[40] genannt, und er ist wirklich ein Meister der Tapferkeit und Geistesgegenwart, der jeden Zufall zu seinen Gunsten wendet, sich durch nichts düpieren läßt und mit den Mitteln der Übertreibung und Aufschneiderei die menschlichen Narrheiten und die Torheiten seiner Zeit auf ergötzliche, oft satirisch-scharfe Weise bloßstellt. Ein Überlebenskünstler und Schelm dazu, der all das besaß, was dem unglücklichen Poeten Bürger mangelte.

„Nicht zum Speculieren, zum Wirken ist diese Welt" Adolph Freiherr von Knigge

1. Herkunft und Erziehung

Das Grundbuch bürgerlichen Lebens und Strebens hat ein Adliger geschrieben: Adolph Freiherr von Knigge, oder wie er sich, demonstrativ seine Adelsbezeichnung bei ihrer ursprünglichen Bedeutung nehmend, nannte: der freie Herr Knigge. Ins Bewußtsein des breiten bürgerlichen Publikums ist er als Autor eines „Benimmbuches" eingegangen, das im Jahre 1788, ein Jahr vor der Französischen Revolution, erschien, in zahlreichen Auflagen, mit Seitenstücken und Ergänzungen auf dem Buchmarkt des ganzen 19. Jahrhunderts seinen festen Platz hatte und eine so große Popularität genoß, daß der Autor schließlich mit seinem Werk identifiziert wurde: „der Knigge", damit meinte man das Buch des Anstands und der Höflichkeit, nicht mehr „diese(n) tiefe(n) Kenner der Menschen und Bestien",[1] wie Heine den Freiherrn genannt hat. Ein Komplimentierbuch aber hatte Knigge gar nicht schreiben wollen: „Leuten von gewissem Stande und einer nicht ganz gemeinen Erziehung ist das in der ersten Jugend schon eingeprägt worden."[2] So dürfen die späteren Auflagen meist nicht mehr mit der ursprünglichen Abhandlung ‚Über den Umgang mit Menschen' verwechselt werden, und was heute noch mit Knigges Namen im Titel Absatz findet, zeugt nur noch sehr entfernt von der Wirkungskraft dieses bürgerlichen Grundbuchs.

Nicht zufällig aber machten sich besonders Adlige – wie später etwa noch Friedrich von Rumohr mit seiner ‚Schule der Höflichkeit' (1834) – darum verdient, den Menschen das ethisch und sozial richtige Handeln und Verhalten in einer bürgerlich geprägten Gesellschaft zu lehren. Hatte doch die europäische Adelskultur vor allem unter dem Einfluß humanistischer Bildung eine Gesellschaftsethik entwickeln können, die zwar in toto nicht bürgerlichem Interesse entsprach, aber mit ihrer Orientierung an der gesellschaftlich-rednerisch bestimmten

Kultur der Antike, wie sie besonders durch Ciceros Schriften vermittelt wurde, doch sehr viele die höfische Gesellschaft transzendierende, weil nicht an sie gebundene Elemente enthielt; das selbst noch dort, wo der absolute Vorrang des Geburtsadels vor allen anderen Ständen restituiert wurde wie im ‚Buch vom Hofmann' des Grafen Baldassare Castiglione (1528), jenem Muster und Vorbild einer ganzen höfischen Literaturgattung, in welcher der Zusammenschluß von Hofideal und humanistisch-rhetorischer Bildung vollendet erscheint.

Dem Sproß aus altem Geschlecht, das seine Ahnenreihe bis zum Jahre 1135 zurückverfolgen konnte, hatte es gewiß niemand an der Wiege gesungen, daß er dereinst zu einem der populärsten Schriftsteller für das erst im 18. Jahrhundert neu entstandene bürgerliche Lesepublikum in Deutschland werden sollte. Am 16. Oktober 1752 als einziger Sohn des Oberhauptmanns, Hofgerichtsrats, Deputierten der Calenbergischen Ritterschaft Philipp Karl Freiherr von Knigge und seiner Frau, einer geborenen Freiin Knigge, geboren, genoß Adolph eine ganz standesgemäße Erziehung durch verschiedene Hofmeister. Darunter war Johann Adolf Schlegel, ein bekannter Dichter und Kanzelredner in Hannover, Vater der soviel berühmter gewordenen Gebrüder Schlegel, ein Schriftsteller, der der klassizistischen französischen Schule anhing; auf kunsttheoretischem Gebiete ebenso bewandert wie als Autor von Kirchenliedern, Fabeln und Erzählungen gerühmt. Bei ihm lernte der Schüler nicht nur die Prinzipien der Aufklärungsästhetik, auch praktische Übungen in allen literarischen Gattungen fehlten nicht. Dreizehn Jahre war Adolph von Knigge alt, als er sein erstes Werk schrieb: ‚Die Lehre von Gott', lautete der Titel und war gewiß vom Unterricht Schlegels inspiriert. 1763 starb die Mutter, drei Jahre später begann für den jungen Freiherrn die erste Leidenszeit. „1766 starb auch sein Vater und ließ 100000 Rthlr. Schulden zurück, so daß die Gläubiger, welche schon früher auf eine Sequestration der Kniggeschen Güter angetragen, diese nun wirklich in Besitz nahmen und dem Sohne eine geringe Competenz zum Unterhalt aussetzten; er bekam jährlich 500 Rthlr., wurde von seinen Vormündern in Hannover bei dem Cammer-Sekretair Augspurg in die Kost gegeben und dort in der Folge durch den lutherischen Prediger Schlegel confirmiert ... Herr Augspurg fand ihn unwissender als die gewöhnlichsten Kinder in solchem Alter zu seyn pflegen. Er suchte nun seinen Zögling selbst davon zu überzeugen, wie weit er noch in jeder Hinsicht zurück sey; dies gelang; der junge Mensch fing an sich zu schämen, sein

Ehrgeiz erwachte und spornte ihn zu so kraftvoller Anstrengung, daß er mit Hülfe eines vortrefflichen Gedächtnisses und ausgezeichneter Natur-Anlagen in kurzer Zeit seine Mitschüler nicht nur einholte, sondern ihnen zuvoreilte."[3]

In dem biographischen Abriß, den die Tochter Philippine von Knigge über ihren Vater verfaßt hat, werden die familiären Verhältnisse mit großer Zurückhaltung behandelt. Denn der Herr von Bredenbeck und Pattensen, Erbherr auf Leveste und Thale, hatte sein Vermögen mit adliger Großzügigkeit durch ein verschwenderisches Leben, bei glanzvollen Festen und Spielen vertan, so daß dem schwächlichen und verwöhnten Knaben Adolph nichts davon übriggeblieben war. Der bittere Zwang, sich unter fremden Verhältnissen zurechtzufinden, hat ihn schon früh geprägt und seine Aufmerksamkeit für alle möglichen Lebenslagen geschärft. Eine Überlebenskunst, der er nach eigenem Zeugnis aber auch angenehme Seiten abgewann. „Ich bin von jeher ein sehr geselliges Geschöpf gewesen, habe mich gerne unter Menschen von allerley Ständen gemischt. Das ist das Mittel, die allgemeine Sprache des Umgangs zu lernen und eine gewisse Geschmeidigkeit zu erlangen, wodurch wir uns und Andern dies Erden-Leben sehr erleichtern."[4] Oder: „Ich verachte den Satz, daß man aus den Menschen machen könne, was man wolle, wenn man sie bei ihren schwachen Seiten zu fassen verstünde. Nur ein Schurke kann das und will das, weil nur ihm die Mittel zu seinem Zwecke zu gelangen, gleichgültig sind; der ehrliche Mann kann nicht aus allen Menschen alles machen und will das auch nicht; und der Mann von festen Grundsätzen läßt auch nicht alles aus sich machen. Aber das wünscht und das kann jeder Rechtschaffene und Weise bewirken, daß wenigstens die Bessern ihm Gerechtigkeit widerfahren lassen; daß niemand ihn verachte; daß er Frieden von außen her habe; daß man ihn in Ruhe lasse, daß er Genuß aus dem Umgange mit allen Klassen von Menschen schöpfe; daß andre ihn nicht mißbrauchen oder bei der Nase herumführen."[5] Solche Lebensmaximen waren Knigge nicht an der Wiege gesungen worden, er mußte sie sich erst durch harte Enttäuschungen, durch Entbehrungen und Verwirrung erkämpfen. Kein Zweifel aber, daß es ihm schon in seiner Jugend gelang, seine durch die bisherige höfische Erziehung gewonnenen Verhaltensweisen mit einer neuen Realität in Einklang zu bringen.

Allen Zeugnissen zufolge war Adoph, als er am 23. Oktober 1769 als Siebzehnjähriger die Universität Göttingen bezog, um Jura zu studieren, ein ganz kavaliersgemäß erzogener junger Hofmann, mit Kenntnissen in den wichtigsten Wissenschaften, die ihm für seine spätere Laufbahn nützlich sein konnten. Schon 1771 wurde er auf Betreiben einer Tante durch den Einfluß seines Oheims zum Hofjunker und Kammerassessor beim Landgrafen Friedrich in Kassel ernannt. Aber noch waren seine Studien nicht beendet, und er erhielt großzügig Urlaub für die nächsten anderthalb Jahre. In Göttingen wohnte der Student, wenn er nicht gerade auf Reisen war, bei dem Buchhändler und Verleger des Musenalmanachs Dietrich, der auch an den jungen Professor Lichtenberg vermietet hatte. Das sind auch schon einige Stichworte zu dem geistigen Nährboden, von dem der Schriftsteller Knigge zeit seines Lebens zehren sollte. *Der eigentliche Schöpfer* der Göttinger Universität „ist der Freiherr Gerlach Adolf von Münchhausen gewesen. Über eine Generation war der Leibnizschüler Kurator der Universität. Toleranz hieß das Prinzip. Atheismus war da so verpönt wie ‚Enthusiasmus', das ist pietistische Schwärmerei. Die Akademischen Gesetze von 1763 mahnten die aus aller Herren Kleinstaaten kommenden Studenten, ‚vor allem Anscheine des verbotenen Nationalismus sich zu hüten!' Die Professoren hatten die Freiheit der Lehre und des Druckes. Seit Haller waren hier die Naturwissenschaften zu Hause ... Hier stand auf deutschem Boden die Wiege der positiven Forschung; alles war hier auf historischen Realismus gestellt; hier arbeitete man die neuen kritischen und exakten Methoden aus."[6] Und hier versammelte sich Anfang der siebziger Jahre ein dichterischer Jugendbund, der auf den Spuren Klopstocks eine neue deutsche, volkstümliche, nationale Literatur schaffen wollte und dessen Organ eben jener berühmte Musenalmanach wurde, den Dietrich verlegte. Voß, Hölty, Bürger, die Gebrüder Stolberg waren die bekanntesten Beiträger. Freundschafts- und Vaterlandsschwärmerei, ein neuer liedhafter Ton in der Lyrik neben reckenhafter Bardenpoesie, heftige Gefühlsschwärmerei, aber auch Studium der Antike: der Göttinger Hainbund war ein Schmelztiegel verschiedenster Tendenzen und Einflüsse, einig nur in der programmatischen Gegenposition zur rationalistischen Aufklärung. Zur Feier von Klopstocks Geburtstag, so erzählt Voß, saßen alle „in Feierkleidern um den Tisch, der mit Flaschen voll Rheinwein blinkte; am oberen Ende stand ein Lehnstuhl, worauf Klopstocks Werke lagen; aus den Oden ward vorgelesen. Vater Klopstock und Vater Rhein machten die Unterhaltung warm; man schwebte in Höhen der Begeisterung; man blickte mit edlem Unwillen auf den Leichtsinn, der damals Ernst und Gefühl für das Große hinwegtändelte. Der *verständige* Boie suchte Entschuldigung; man ward heftiger. Einer trug die *Komischen Erzählungen* herbei. Verbrannt! rief es umher; und sogleich lodert die Flamme auf. – Hier auch, rief ein anderer, das Fratzengesicht aus dem Taschenbuch! (Wielands Bildniß in Schmids Almanach). Ein Jubel entstand, da dreimal das arme Bild von der Hitze wieder auffuhr."[7] Knigge ist nie Hainbündler gewesen, aber natürlich mit den Ideen, den Programmen, dem neuen Lebens- und Dichtstil bekannt geworden. Das war der andere Pol des Göttinger Geisteslebens, und er hat ihn in sich aufgenommen, ohne doch die ältere Gegenrichtung zu verdammen. Ein Zug zur Schwärmerei fehlte auch ihm nicht, er las begeistert Rousseau und die „seelenvollen englischen Schriftsteller",[8] also Richardson, Fielding oder Sterne – aber gleichzeitig besuchte er eifrig die Vorlesungen Boehmes oder Pütters, berühmte Rechtsgelehrte, die ganz dem älteren rationalistischen Geist der Aufklärung zugehörten. Beiden Richtungen blieb er verpflichtet, beiden verdankte er die besondere Prägung seines Geistes, beide lassen sich in seinem Werk aufzeigen, ohne daß sie aber eigentlich miteinander versöhnt wurden. Diese Polarität entsprach seinem Charakter. In dem Roman von 1791 „Das Zauberschloß oder die Geschichte des Grafen Tunger" gibt es eine aufschlußreiche Selbstcharakteristik, die Knigge dem Erzähler in den Mund legt. „An allen Freuden und Leiden meines Lebens; an allem, was Gutes und Böses an mir ist; an allem, was ich Nützliches und Schädliches je gethan habe, ist die Beschaffenheit meines Temperaments Schuld, dessen Wärme, Lebhaftigkeit und rastlose Thätigkeit von Jugend auf mich, Trotz der Stimme der kältern Vernunft, fortgestoßen hat; und noch jetzt, da reifere Jahre, widrige Schicksale und Erfahrungen aller Art mich in eine ruhigere Stimmung gesetzt haben sollten, kämpfe ich manchen Kampf in dieser sonderbaren Gemüthsart."[9]

2. Vom Hofmann zum bürgerlichen Schriftsteller

Nach dem Studienabschluß schien es, als ob Knigge die übliche Hofmannskarriere machen würde, er stand beim Landgrafen von Hessen-Kassel in hoher Gunst, vergalt sie ihm durch allerlei agronomische Aktivitäten und die Gründung einer Fabrik für Meerschaumpfeifen, ohne aber dabei besonders erfolgreich zu sein. Das schadete zunächst nichts. Er heiratete 1773 Henriette von Baumbach, eine Hofdame der Landgräfin, zwei Jahre später wurde die einzige Tochter Philippine geboren, wenig später nahm er seinen Abschied in Kassel, es hatte ihm an dem diplomatischen Geschick gefehlt, das dazu gehörte, in einer intriganten, aus Günstlingen, Neidern, Projektmachern und Schmeichlern zusammengesetzten Hofgesellschaft zu bestehen. Denkt man daran, wie er selber immer wieder seinen Charakter schildert, die Unausgeglichenheit seines Temperaments, seinen hellen und aufgeklärten Kopf, den Abscheu vor Lügen und Heuchelei, seine pedantische Ordnungsliebe und Sparsamkeit, schließlich jenen moralischen Enthusiasmus, der aus seinen Werken spricht – so ist das alles zusammengenommen die Charakteristik eines bürgerlichen aufgeklärten Intellektuellen, und er zeigt gerade damit, wie viel ihn bereits von der Konvenienz seines Standes trennt. Denn eben darin besteht die Tugend des vollkommenen Hofmannes, daß keine seiner Eigenschaften durch Ausschließlichkeit die andere überwiegen darf. Grazia, Anmut, die Castiglione als Kardinaltugend des Hofmannes nennt, beruht auf der harmonischen Übereinstimmung aller Fähigkeiten und Anlagen, und wenn der Autor des ‚Buchs vom Hofmann' der Kunst der witzigen und spaßigen Rede eine lebenswichtige Bedeutung unter den höfischen Umgangsformen einräumte, so äußert sich darin zwar zunächst der Einfluß, den die humanistische Kultur seit dem 15. Jahrhundert aufs höfische Leben ausübte, deutet aber auch an, wie gefährlich die Ausübung gerade dieser geselligen Kunst sein konnte. Spott, Ironie und Satire gehörten zur höfischen Unterhaltung, waren aber auch die einzigen zugelassenen Formen der Kritik an Personen und sozialen Verhältnissen. Bei allen Arten des Scherzens, betont Castiglione, „hat man jedoch die Veranlagung der Gemüter der Zuhörer in Betracht zu ziehen ... Wenn also der Hofmann beim Spotten und Scherzen Rücksicht auf Zeit, Personen und seine Stellung nimmt und nicht zu aufdringlich dabei ist ... dann wird er witzig genannt werden können."[10]

Die Grundlagen eines ständigen geheimen Konflikts waren also gegeben, und es konnte nur eine Frage der Zeit sein, daß er offen ausbrach. Hofkabalen, satirische Bemerkungen, die weitergetragen wurden, ungeschickte Reaktionen, schließlich die „Rache eines verschmähten Weibes",[11] wie er es in kaum verhüllter Anspielung auf die Landgräfin mehrfach formulierte, und auch ein Schuß Übermut und Leichtsinn kamen zusammen, und der beneidete Günstling hatte ganz schnell den Boden seiner höfischen Existenz verloren. Nun begannen die Wanderjahre, die führten ihn durchs Hannöversche, durch die Rheingegenden, ins Elsaß, nach Lothringen und Obersachsen, an den Hof des Erbprinzen Wilhelm von Hessen, schließlich nach Heidelberg, wo er seine ruhigsten Jahre verbrachte, bevor er 1787 nach Hannover zurückkehrte, in der Hoffnung, das väterliche Erbe retten zu können. Immer wieder machte er auf dieser Lebensreise dieselben Erfahrungen wie in Kassel: ein glänzender Anfang, Wohlwollen, Freundschaft, Erfolg scheinen ihm in den Schoß zu fallen, aber dann gibt es eine Wende und den Sturz, den Abschied, die Resignation. „Der Verfasser des lehrreichen Buches über den Umgang mit Menschen, dieser scharfsinnige Beobachter des menschlichen Herzens, vergaß ganz, daß selbst die Besten unter uns leichter eine Verleumdung ihres Charakters, ihrer Sitten verzeihen, als einen witzigen Einfall, der ihre kleinen Torheiten oder korperlichen Gebrechen in ein komisches Licht stellt."[12] Nach allen Plänen und hochfliegenden Projekten, nach allen Versuchen, eine angemessene Anstellung zu erhalten, die ihn und seine Familie hätte ernähren können, blieb zum Schluß nur die Stelle eines Oberhauptmanns in kurfürstlich-hannöverschen Diensten in Bremen übrig – und das langte auch diesmal nicht hin und her. Wie immer war er auch in dieser letzten Epoche seines Lebens angewiesen auf die Schriftstellerei. Er schrieb unglaublich viel, denn er mußte davon leben, auch hat er nie ein Hehl daraus gemacht, daß sein Werk sich über ganz verschiedene Stockwerke im Hause der Literatur verteilt. „Niemand kann lebhafter als ich selbst fühlen, welcher Ausfeilung meine zuerst herausgegebenen Schriften noch bedurft hätten, um irgend einen Grad von Vollkommenheit zu erreichen. Indessen wurden sie und werden noch immer häufiger gelesen und öfter aufgelegt, als sie es verdienen. Der Verleger bat um mehr Ware von der Art, machte mir vorteilhafte Bedingungen und ich wies den Erwerb nicht von mir."[13] Das freimütige Bekenntnis steht in der Einleitung zu seinem berühmten Buch ‚Über den Umgang mit Menschen' (1788). Zwei Jahre später ergänzt er in dem ‚Aufrichtigen Geständniß meiner Poligraphie' diese Selbstdiagnose noch um einen immerhin entlastenden Aspekt. „Wegen dieser schriftstellerischen und allen übrigen großen, schweren Sünden empfinde ich herzliche Reue, und hoffe, man wird am jüngsten Tage säuberlich mit mir verfahren, wenn ich von jedem unnützen Worte Rechenschaft geben soll; schädliche, verderbliche Worte habe ich wissentlich nie drucken lassen."[14] 44 Bände umfaßte seine Oeuvre bis zu diesem Jahre, und bis zu seinem Tode 1796 sollten noch gut zwanzig

Bände dazukommen. Ein unglaublich fleißiger Schriftsteller, der morgens um fünf Uhr aufstand, um sich an seinen Schreibtisch zu setzen, der eine ausgedehnte Korrespondenz führte mit dem Pädagogen Joachim Heinrich Campe, dem Lyriker Gottfried August Bürger, mit Freunden aus Hamburg und Hannover, der in Freimaurerlogen tätig, in politische Händel verwickelt war, sich aber auch intensiv um seinen Hausstand kümmerte und mit seinen bescheidenen Mitteln jene „häusliche Glückseligkeit"[15] zu verwirklichen trachtete, die er im „Umgang mit Menschen" als Krone des Lebens pries. Nicht nur einer literarischen Gattung hat er sich gewidmet, wenn er auch in einigen mehr, in anderen minder glücklich war. Spätere Generationen haben ihm aus dieser Vielseitigkeit einen Vorwurf gemacht: „Knigge hat viele Bände gefüllt. Er mußte von der Feder leben. Es kam ihm stets mehr auf ‚redlichen Erwerb' als auf die Sache an. Er dilettierte auf zahlreichen Gebieten. Auch in der Musik . . ."[16]

Der Literaturhistoriker Erich Schmidt formulierte in der ‚Allgemeinen Deutschen Biographie' gegen Ende des 19. Jahrhunderts das inzwischen längst übliche Urteil. Der Vorwurf trifft weniger Knigge, als daß er von dem Unverständnis jenem Schriftstellertypus gegenüber zeugt, den er repräsentiert. Ein Vorwurf zudem, der aus der generellen Abwehrhaltung der Germanistik gegen die Epoche rührt, der Knigge angehörte. 150 Jahre lang, bis in die Mitte dieses Jahrhunderts, galt die Aufklärung als bloße Vorbereitung der großen deutschen Literaturepochen Klassik und Romantik, als Vorstufe ohne Eigenwert, und nur Lessing ließ man als Ausnahme gelten. Adolph von Knigge aber war Aufklärer in allem, was er tat. Ob er eine Gesellschaft zur Förderung des Ackerbaus gründete, um die neuen wissenschaftlichen Erkenntnisse in der Praxis der Landwirtschaft zu verwirklichen, ob er als Freimaurer „den großen Zweck des erhabenen Stifters des Christentums, Aufklärung der Menschheit und Dethronisierung des Aberglaubens und des Fanatismus durch eine stille Verbrüderung aller, die Gottes Werk lieben, fortzusetzen" (suchte),[17] wie es in der Stiftungsurkunde der Deutschen Union heißt, der sich Knigge nach seinem Austritt aus dem Illuminaten-Orden anschloß; ob er als Popularphilosoph die empiristische, auf Erfahrung und Beobachtung gegründete Methode englischer Philosophen mit der rationalistischen Vernunftlehre der Leibniz-Wolffschen Philosophie in Einklang zu bringen versuchte oder ob er Dramen, Reiseberichte, politische Satiren oder Gesellschafts- und Staatsromane schrieb: sein Ziel blieb es, die Aufklärung auf allen

Gebieten des Lebens und Denkens gleichmäßig zu verbreiten, jenen „Ausgang des Menschen aus selbstverschuldeter Unmündigkeit"[18] zu befördern, der nach Kants berühmter Definition den eigentlichen Hauptinhalt des Jahrhunderts bilden sollte. Hinter dieser Vielseitigkeit steckt ein Persönlichkeitsideal, das in unserer auf Arbeitsteilung und Spezialisierung gegründeten Welt gänzlich fremd geworden ist: alle schöpferischen Anlagen zu entfalten, die den Menschen als Menschen auszeichnen, nicht einseitig den Verstand auf Kosten des Empfindungsvermögens, die Beobachtungsgabe auf Kosten der Denkfähigkeit auszubilden, nicht Abdruck eines einzigen Geschäfts zu werden, nicht bloß Dramatiker oder Romancier oder Essayist oder Literaturkritiker zu sein, sondern in allen diesen Gattungen das Talent zu erproben, also ein allseitig gebildeter und wirkender Mensch zu werden, das waren die eigentlichen Lebensziele, und hinter ihnen steckt die Persönlichkeitskonzeption des uomo universale der Renaissance. Wir haben dieses Selbstverständnis in Leben und Werk eines anderen großen deutschen Schriftstellers bewundern gelernt, dem Goethes nämlich, und dabei vergessen, daß ihm nur eine besonders augenfällige, besonders glanzvolle Verwirklichung der für das ganze 18. Jahrhundert herrschenden Bestrebungen gelungen ist.

3. Roman meines Lebens

In seiner bürgerlichen Existenz immer auf die Schriftstellerei angewiesen, bietet Knigges Leben eine jener mißglückten Proben aufs Exempel der Berufsschriftstellerei im 18. Jahrhundert, wie sie vor ihm schon Klopstock und Lessing durchgemacht hatten. Es gibt wirklich kaum eine literarische Gattung, in der er sich nicht versucht hätte, selten vergaß er, eine Anregung, ein gebräuchliches Thema oder erfolgversprechendes literarisches Motiv in seinen Romanen zu verarbeiten. Eine an Wieland geschulte, elegante Prosa verband er mit Stoffen und Problemen, die den Einfluß Rousseaus, Sternes und Fieldings verraten; die Einwirkung des spanischen Schelmenromans, der Schauer- und Geistergeschichte, des sentimentalen Familienromans und der aufklärerischen Staatsutopie wird überall in der Handlungskonstruktion sichtbar. In seinen Gedanken ‚Ueber Schriftsteller und Schriftstellerey' lobt er den Roman, weil keine andere Gattung ihm geschickter erscheint, „das Nützliche mit dem Gefälligen zu verbinden und ernsthafte, wichtige Wahrheiten in ein angenehmes Gewand zu hüllen",[19] eine schon traditionelle Auffassung, wie er sie auch in Eschenburgs ‚Theorie und Literatur der schönen Wissenschaften' hatte nachlesen können; doch er erläutert diese Definition in einer für sein Selbstverständnis und für seine literaturgeschichtliche Bedeutung kennzeichnenden Weise: „Hier werden Bilder aus dem würklichen Leben dargestellt, ohne daß der Maler sich einem so vielfachen Zwange zu unterwerfen braucht, wie der dramatische Schriftsteller. Den unbedeutendsten Stoff, wahr oder erdichtet, kann er mit dem größten Erfolge nutzen. Er lässt so viele Personen aus allen Ständen auftreten, wie ihm beliebt, in so fern er sie nur zu Einer Haupt-Gruppe zu vereinigen versteht. Er kann eine unendliche Mannigfaltigkeit von Characteren auf den Schauplatz bringen. Er lässt seine Personen handeln, schreiben, erzählen, dichten, raisonniren über hohe und niedre Gegenstände, sich mit einander unterhalten; und wenn er ihnen die kühnsten Meinungen und Grundsätze in den Mund legt, darf niemand ihn zur Verantwortung ziehn, in so fern diese Meinungen und Grundsätze nur zu dem Charakter der Personen passen. Die Lenkung ihrer Schicksale ist in seiner Hand; seine Phantasie beglückt einzelne Menschen, Familien und ganze Völker."[20] Knigge kannte seine Aufgabe und seine literarischen Verdienste sehr genau und gab sich auch häufig selbstkritisch Rechenschaft über sein Metier. Rückblickend auf seinen ersten Roman, den ‚Roman meines Lebens', nennt er ohne Beschönigung dessen Fehler („ein unzusammenhängendes Werk, ohne Einheit des Plans – buntschäckichte Gemälde, mit Gewalt an einen Faden gereyht ..."),[21] besteht aber auch auf seinen Vorzügen: „Damals fehlte es uns in Teutschland würklich noch an Büchern, in welchen die Sitten der höheren Stände geschildert gewesen wären. Wenig Romanenschreiber hatten Bekanntschaft mit dieser Classe von Menschen und Die, welche im Stande gewesen wären, Bilder von der Art zu liefern, wurden, wenn nicht durch ihre äußern Verhältnisse, doch durch eine gewisse sclavische Furcht vor den Großen der Erde, die gottlob! seit zehn Jahren durch Hülfe der Publizität sehr abgenommen hat, zurückgehalten, manches Unwesen laut zu rügen, worüber sie in der Stille seufzten oder – lachten."[22] ‚Der Roman meines Lebens' war 1781 erschienen, und denkt man an die ‚Geschichte des Fräuleins von Sternheim', selbst an die ‚Leiden des jungen Werthers' mit ihren Hofkulissen, muß man Knigges Urteil zustimmen. Denn auch der verehrte Wieland hatte zur Kenntnis des besonderen sozialen Gepräges der höfischen Gesellschaft meist nur indirekt und im Spiegel galanter Stoffe und Motive beigetragen. Eigene Beobachtung, individuelle Erfahrung sind die Stichworte, die Knigge immer wieder aufführt, seine Tätigkeit zu begründen, sie umschreiben auch die Position, von der aus er seine mitunter recht herbe Aufklärungskritik führt. Er mißt die Ideale und Zielvorstellungen an der Wirklichkeit, die er erlebt, und von hier aus werden dann manche der schon sakrosankten Aufklärungsweisheiten zu recht hohlen Gemeinsprüchen. „In dem Städtchen, wo ich wohnte, hatte die goldne Aufklärung schon herrliche Fortschritte gemacht; Es gab da schöne Geister und Deisten und Weltbürger, gelehrte Frauenzimmer, Clubbs, Lese-Gesellschaften, ein Caffeehaus, ein Liebhaber-Concert, Mitglieder geheimer Gesellschaften ... Die Prediger sprachen von Denkfreyheit, die Aerzte von Charlatanerie, die Advocaten von Uneigennützigkeit, der Bürgermeister declamirte über die Rechte der Menschheit, und es trieb ein Buchhändler hier sein Wesen, der Calender für das Landvolk verlegte, und Romane, Journale und Theaterstücke verkaufte."[23] Wie hier in der Einleitung zum ‚Zauberschloß' entwirft Knigge in allen seinen Romanen auch das Bild einer kleinbürgerlichen Gesellschaft, in der Aufklärung, Tugend, Moral, Menschheit als Spießerweisheiten behandelt werden, denen keine Lebenswirklichkeit entspricht. Wenn es ihm, eigenem Urteil nach, auch künftig „zu sehr an Phantasie und Laune fehlt, um die Aufmerksamkeit der Leser durch interessante Verwicklungen und überraschende Lagen ... zu fesseln",[24] so ist doch die Verwirklichung des jeweiligen Romanschemas oder Handlungsmusters jedesmal „Resultat aller Nachforschungen und Erfahrungen über unser Erdenleben",[25] die sein abenteuerliches Leben ausmachten.

„Kann den Menschen etwas näher angehn als eine mit Treue und Beobachtungsgeist geschriebene Lebensgeschichte eines andern, auch noch so geringen Menschen?"[26] fragt er schon im 11. Brief des ‚Roman meines Lebens'. Dieser realistische Grundzug in seiner gesamten Lebens- und Kunstanschauung macht selbst die Werke noch bedeutend und interessant, die ästhetisch mißlungen sind. Ihrer Weltklugheit entspricht Weltfülle, und wie brüchig der Erzählfaden, wie nachlässig die Handlungskonstruktion auch sein mag, der Leser wird durch sehr lebendige Szenen aus deutschen Landen, durch farbige Sittenschilderungen der höfischen Gesellschaft, durch historische Charakteristiken und typische Lebensläufe aus dem 18. Jahrhundert reichlich entschädigt. Scharf gezeichnete Genrebilder, karikaturistisch verzerrt in den satirischen Schriften, in den polemischen Lob- und Tadelreden, geistreiche, sinnlich farbige Schilderungen der volkstümlichen, bürgerlichen und adligen Lebensformen in den Romanen und Erzählungen. Dennoch kann man Knigge nicht einen realistischen Schriftsteller im Sinne jener Doktrin nennen, der die Abbildrichtigkeit über alles geht und deren Wurzeln erst im 19. Jahrhundert zu suchen sind. Zwar bedenkt er den Romanleser (vor allem aber die Romanleserin mit ihrem „unbezwinglichen Trieb, schreckliche Szenen, Exekutionen, Operationen, Wunden und dergleichen anzuschaun, jämmerliche Mordgeschichten zu hören")[27] mit wenig schmeichelhaften Eigenschaften, warnt seine Leser, ihre „Gehirnnerven durch Romanlesen und andere phantastische Träumereien"[28] zu überspannen, aber dergleichen Winke und Verdikte gelten nur der einseitigen Exaltation und Schwärmerei. Über Herrn von Mildenburgs Konstitution bemerkt der Erzähler: „Er kommt dadurch in so manche unangenehme Lage, daß sein Herz immer seinem Kopf davonläuft. Seine Leidenschaften sind es, die unaufhörlich an ihm nagen. Er raisonniert zu wenig und fühlt zu seinem Unglücke zu viel. Seine Systeme sind Kinder jener Leidenschaften und der daraus erzeugten Launen."[29] Knigges Ideal ist die harmonische Vereinigung der Gegensätze, der gemeinsame „Einfluß() der Schriftstellerey auf Verstand, Herz und Sitten":[30] „Der, welcher unbestimmte, schwankende Ideen über Gegenstände, welche der Menschheit wichtig sind, berichtigt und beleuchtet; Der, welcher edle Grundsätze der Religion, Moral und echten Weisheit, durch einen lebhaften Vortrag und durch hinreißende Herzens-Beredsamkeit, anschaulicher, interessanter macht, den Keim des Guten in den Seelen der Leser durch die erquickende Wärme seines Enthusiasmus zur Reife bringt, in guten Vorsätzen bestärkt und den Heroismus hoher Tugenden erweckt; der macht sich sehr verdient um die Menschheit."[31] Das Pathos der rhetorischen Wirkungsästhetik der Aufklärung, kennzeichnend für die gesamte Wirksamkeit Knigges, kulminiert aber in dem Ideal der Menschenbildung und bürgerlichen Geselligkeit, das der in seiner Wirkung auf die sozialen und kulturellen Lebensformen der Folgezeit gar nicht zu überschätzende Diskurs von 1788 ‚Über den Umgang mit Menschen' entwirft. Erst Knigge hat aus einem neuen sozialen Interesse heraus die Verbürgerlichung des Hofmanns konsequent dargestellt und betrieben.

4. Synthese höfischer und bürgerlicher Erziehungsideale

Die Adelserziehung in Deutschland ist seit Anfang des 17. Jahrhunderts – die ersten Übersetzungen romanischer Hofliteratur erscheinen Ende des 16. Jahrhunderts – ohne das höfische Bildungsideal des „Cortegiano", der sowohl Hofmann wie Weltmann sein sollte, kaum vorstellbar. Denn daß Sitte und Lebensart den Menschen machen, diese humanistische Überzeugung verteidigt auch Castiglione ausdrücklich. Dummheit nennt er es, wenn der Hofmann seine Vorzüge verbirgt, während er sie doch nur durch Kunst zu ihrer glänzenden Erscheinung zu bringen habe. „Und wenn ihr einen Edelstein habt, der sich ungefaßt als schön erweist und in die Hände eines guten Goldschmiedes kommt, der ihn durch richtige Fassung noch sehr viel schöner erscheinen läßt, dann werdet ihr nicht sagen, daß jener Goldschmied die Augen dessen, der ihn sieht, betrügt!"[32] Als Messer Federico in derselben Unterredung etwas salopp den Vorwurf der Täuschung für solche Veredlung wenigstens scheinbar akzeptiert, betont er doch wenig später, daß der Hofmann nicht „den Namen eines Lügners oder Eitlen"[33] erwerben dürfe und in allen Gesprächen darauf zu achten habe, „nicht das Wahrscheinliche zu verlassen und auch nicht zu oft jene Wahrheiten zu sagen, die das Aussehen von Lügen haben"[34] – eine zutiefst rhetorische Lehre, die gerade der Wahrheitsfindung verpflichtet ist.

Der vollkommene Hofmann ist ganz nach dem rhetorischen Modell des Vir bonus, des guten und edlen Mannes, entworfen, auch wenn weder Volksversammlung noch Gericht, sondern die höfische Geselligkeit den Ort seiner praktischen Bewährung definiert. Universale Bildung, die sich nie in bloße trockene Fachgelehrsamkeit versteigen darf, eine Konversation, die alles Gekünstelte und Gezierte vermeiden, schließlich in allem Verhalten, allen Handlungen und Tätigkeiten Leichtigkeit (sprezzatura) und Anmut (grazia) zeigen muß. Die Überzeugung, daß Sprache wirkungsbezogenes Mittel der Verständigung und Medium aller kulturellen Tätigkeiten sei, daß aber der Sprechende in allen seinen Äußerungen und seiner ganzen Erscheinung seine eigene Wahrheit darstelle und sich daher ihr angemessen zu verhalten habe, die Überzeugung schließlich, die für die soziale Organisation strukturbildend bleiben sollte, daß nämlich die Verfügung über die Form auch die Verfügung über den Inhalt bedeute, ob gentilhomme oder honnête homme, ob der Gebildete oder der Gentleman – sie alle sind ohne diese Überzeugung nicht denkbar, die selbst in der Verfallsfigur des Dandy noch bis zur Farce übertrieben weiterlebte. In allen diesen Musterbildern wurde der Vir bonus, wenn auch den jeweiligen sozialen Repräsentationsbedürfnissen der auf sie zugeschnittenen Individuen angepaßt, zu einer merkwürdig konsistent bleibenden Idealfigur. Er widersteht nicht dem historischen Wandel, sondern hält sich durch ihn durch: als Verpflichtung und Orientierungsgestalt in einem historischen Prozeß, in dem der humanistische Auftrag dieses Bildes bislang nur ästhetisch verwirklicht werden konnte, nicht aber in sozialer Realität aufging. Jede Erfüllung wirkte auch hier noch als Schändung, und der Abstand zwischen Ideal und Wirklichkeit garantierte immer die historische Kontinuität des Idealbildes. Insofern gerade auch der Vir bonus Zeichen seiner eigenen Wahrheit und des Falschen ist, konnte er immer wieder die entscheidende Bedeutung als Legitimationsideal in der Geschichte der sozialen Veränderungen in Europa gewinnen, ob diese nun revolutionären Charakters waren oder nicht.

Erst die humanistische Konstruktion des Cortegiano macht auch sichtbar, welche Folgen es haben mußte, wenn ein Adliger die wirkungsmächtigste Darstellung des bürgerlichen Bildungsideals geben sollte – orientierten sich doch die dem Bürgertum allein eigenen Wertvorstellungen fast gänzlich an den ökonomisch notwendigen Tugenden des Kaufmanns oder Handwerkers. Knigges Buch, das bereits im Titel programmatisch das humanistische Ideal der Gleichheit führt, ist daher nicht nur seiner sozialen Wirksamkeit nach mit dem Werk Castigliones zu vergleichen, vielmehr rücken beide durch die Invarianz ihrer Idealinhalte nahe aneinander, welche sich in beider Erbe rhetorisch-humanistischer Bildung zeigt. Deren Vermittlung geschieht nun gewiß nicht allein über den hannöverschen Freiherrn. Obwohl der Anteil des Adels bei der Mitarbeit an Moralischen Wochenschriften gering blieb, darf er doch auch nicht unterschätzt werden, wie überhaupt gewisse Aristokratisierungstendenzen im Bürgertum, auch die traditionelle Nähe von höherem Bürgertum und Landadel mit dazu beigetragen haben, das humanistische Bildungsideal höfischer Prägung in bürgerliches Denken zu überführen. „Die Väter der Aufklärung", schreibt Eugenio Garin und meint Locke, Hume und Shaftesbury ebenso wie die französischen Enzyklopädisten, „blieben in ihren Idealen die Söhne des Humanismus und riefen noch immer Sokrates und Platon, Cicero und Cato als Heilige an."[35] Verbindungsglieder zwischen adliger und bürgerlicher Kultur gab es viele und verschiedene –

des Freiherrn Knigge Summe bürgerlicher Lebensklugheit ist eines der für die deutschen Verhältnisse wichtigsten. Gerade die deutsche Popularphilosophie, die neben Leibnizschen Gedanken, englischen und französischen Einwirkungen auch die im engeren Sinne rhetorische Tradition des humanistischen Bildungsideals aufgriff, hat in Knigge einen publizistisch geschickten und intellektuell lebendigen Gefolgsmann gefunden. Seine Erörterung ‚Von einigen nöthigen besondern Eigenschaften eines guten Schriftstellers' stimmt bis in Wortwahl und Satzstruktur mit den Überlegungen zusammen, die er in der Einleitung zum ‚Umgang' über den Mangel an geselliger Bildung anstellt. Fragt er dort: „Was ist es, das diese Wirkung hervorbringt, indeß Werke von tiefer Gelehrsamkeit und voll neuer, kühner Ideen, unbemerkt und ungenützt bleiben"[36] – so erstaunt er hier: „Was ist es, das diesen fehlt und andre haben, die bei dem Mangel wahrer Vorzüge alle Stufen menschlicher, irdischer Glückseligkeit ersteigen?"[37] Lautet die Antwort hier, daß ihnen eben der „esprit de conduite"[38] fehle, so dort, daß es die „lichtvolle Darstellung"[39] sei, die den Erfolg des Schriftstellers ausmache. Kein Zweifel, Knigge begreift nach dem Muster der Rhetorik den Umgang mit Menschen als „gesellschaftliche Beredsamkeit", als Kunst der Rede, ob sie sich nun im Medium der Sprache, der Mimik oder Gestik, der Kleidung und des persönlichen Gepräges oder in der Art und Weise ausdrückt, wie sich einer im bürgerlichen oder politischen Leben gibt.

Knigges Konzeption ist also bereits eine Synthese aus aristokratisch-höfischen und bürgerlichen Lebensauffassungen und Umgangsformen, die zwar heftigen polemisch-antifeudalistischen Tendenzen Raum gibt (der hannöversche Freiherr erweist sich als Meister der Lob- und Tadelrede besonders eindringlich in den Kapiteln seines Werks, in denen er die sozialen Gegensätze, etwa Hof- und Landleben, in scharfer Antithetik ausmißt), im ganzen aber ein bürgerliches Selbstbewußtsein vorstellt, das es sich leisten kann, den Umgang mit Hofleuten als ein Kapitel unter sehr viel anderen abzuhandeln. Knigges Abhandlung repräsentiert eben damit und mit der so wirkungsvollen Unbefangenheit, mit der Hofmanns- und Citoyen-Ideal in Einklang gebracht werden, eine schon fortgeschrittene Stufe der bürgerlichen Entwicklung. Ganz anders noch hatte der fünfzig Jahre ältere Johann Christoph Gottsched argumentieren müssen, sehr viel rigoroser schloß er sich wieder an die antike Tradition an, um so in einem großen Rückgriff ein Bildungsideal formulieren zu können, das den bürgerlichen Bestrebungen seiner Zeit entsprach, d. h. gerade ihrer Unreife und ihren geringen Erfolgsaussichten auf politischem Gebiet, jedenfalls in Deutschland. Die sprachpflegerischen Bemühungen, die nicht nur Gottscheds Tätigkeit, sondern auch die fast der gesamten bürgerlichen Intelligenz im 18. Jahrhundert kennzeichnen, bedeuten ja nicht nur ein Ausweichen vor den historisch in Deutschland noch nicht auf der Tagesordnung stehenden politisch-revolutionären Auseinandersetzungen, eine Flucht aus Handlungshemmung und Kompensation politischer Machtlosigkeit, wie es sich dem historischen Blick nur von sehr weit oben darstellt, sondern ebenso die Erkenntnis, daß die Konstituierung einer bürgerlichen Lebensform für die Verwirklichung der eigenen historischen Möglichkeiten von konstitutiver Wichtigkeit sein würde. Sprache aber ist nicht nur deren Medium, sondern ebenso die Bedingung ihrer Möglichkeit: Sprache als nationale, bürgerliche, allgemeine und gleiche Verkehrsform von Menschen. „Unsere teutsche Sprache", führt Knigge im 5. Kapitel seiner ganz rhetorischen Poetik ‚Ueber Schriftsteller und Schriftstellerey' aus, „ist in der That noch nicht genug auf feste, allgemein angenommene Regeln gegründet."[40] Wollte sich das Bürgertum als politisch konkurrenzfähig erweisen, so mußte es sich auch seinen eigenen Verhältnissen, Bedürfnissen und Hoffnungen angemessene Kommunikationssysteme schaffen; dazu gehört vorzüglich das eine kulturelle Legitimation, den Zusammenhalt nach innen wie die Repräsentation nach außen als bürgerliche Identität stiftende System des gesellschaftlichen, geselligen Umgangs, in dem die Sprache nicht nur den Vorrang hat, sondern das die Sprache voraussetzt und von ihr abgeleitet ist. Der Autor des sprichwörtlich gewordenen und zu Unrecht so verrufenen Buches ‚Über den Umgang mit Menschen' hat die für die bürgerliche Entwicklung, für die Herausbildung einer spezifisch bürgerlichen Lebensart und sozialen Verhaltensweise folgenreichste Konsequenz aus dem von Gottsched schon mit ähnlichen Intentionen wieder aufgegriffenen rhetorischen Ideal der Menschenbildung gezogen.

Knigges Werk war im 19. Jahrhundert in jeder gebildeten Familie anzutreffen und wurde auch in den Schulen als vorbildliches Lesebuch benutzt, leider mit fortschreitendem Jahrhundert in immer fragwürdiger werdenden Bearbeitungen. Dieser Freiherr aus alter Adelsfamilie hat dem Bildungsideal des trotz aller politischen Enttäuschungen zu kulturellem Selbstbewußtein gefundenen Bürgers seiner Epoche zusammenfassend und ordnend Ausdruck gegeben, er hat anhand von

Beispielen und begründeten Anweisungen wie durch die Konstruktion eines normativen Idealtyps die sittliche Vervollkommnung des Bürgers zum wahrhaft vorbildlichen Menschen befördern helfen wollen – wie sehr er sich mit seinen ganzen Bemühungen als Schriftsteller mit dem Humanitätsideal der deutschen Klassik eins weiß, ist ebenso unverkennbar wie meist unbeachtet, erschien er doch bisheriger Literaturgeschichtsschreibung allzusehr als „bloß" politischer Tagesschriftsteller ohne bleibende Wirkung. Knigge wollte ein Erziehungsbuch schreiben, das den Moral- und Tugendbegriffen des Bürgertums und damit auch seinen sozialen und politischen Vorstellungen verpflichtet die Ausbildung des bürgerlichen Individuums organisieren sollte. Sein wahrer Adressat ist *der* Mensch, und wenn er auch glaubt, im bürgerlichen Mittelstande den richtigen Sachwalter seines humanistischen Interesses gefunden zu haben, so bezeichnet doch dieser mit usurpatorischem Pathos vorgetragene Anspruch die ideologische Position, von der aus die feudale Gesellschaftsordnung kritisiert und aufgehoben wurde. Der Begriff Mensch gehörte in dieser Periode der bürgerlichen Literatur mit seiner allgemeinen, generalisierenden, Standesunterschiede demonstrativ einebnenden Bedeutung in eine sozialrevolutionäre Disposition, der auch Begriffe wie Freiheit, Gleichheit, Brüderlichkeit, Glückseligkeit, Menschenrechte und Natürlichkeit ihre enorme Wirkung verdankten. Knigges Vorgehen, aus eigenen Beobachtungen die Grundsätze des Richtigen und Falschen im menschlichen Verhalten zu erschließen, zeigt deutlich deren inneren Zusammenhang mit der neuen Naturforschung: an die Stelle einer vorgegebenen, überlieferten Systematik tritt die Beobachtung der Wirklichkeit, die freilich nach Gesetzen und Regeln geordnet ist, die es zu erfahren gilt. „Man muß die Gemüthsarten der Menschen studieren, in so fern man im Umgange mit ihnen auf sie wirken will"[41] Dennoch ist Knigges Erfahrungskunst natürlich nicht voraussetzungslos, der Maßstab des richtigen und falschen Verhaltens wird nicht allein ganz empirisch und pragmatisch nach der gesellschaftlichen Wirkung geeicht. Schon seine grundlegende Überzeugung vom menschlichen Charakter als eines wirkenden, geselligen verdankt er der Überlieferung, die die Prinzipien seiner eigenen Erziehung hergegeben, durch Vermittlung Castigliones und Gracians den Begriff höfischer Geselligkeit auch in Deutschland geprägt hatte und die von den bürgerlichen Schriftstellern von Thomasius bis hin zu Jean Paul und Friedrich Schiller dem Bürgertum als Korrektiv ungeselliger Lebensart empfohlen wurde. Das Bildungsideal der Klassik hat viel mehr, als bisher allgemein angenommen, diese aktive, nach außen gerichtete Tendenz, bedeutet Erfahrung mit der Wirklichkeit, sich abarbeiten an ihr, verändernd in sie eingreifen und selber verändert aus diesem Prozeß hervorgehen. Diese Konzeption bestimmt bis in Einzelheiten Knigges Abhandlung, in allen Kapiteln kehrt das Prinzip der Beoachtung, der Beschreibung menschlichen Verhaltens, der anschließenden Analyse, Interpretation und Wertung wieder und bewirkt, daß der ‚Umgang' neben allem anderen auch noch eine vorzügliche, sehr lebendige und durch Erfahrung beglaubigte, systematisch vorgetragene Sozialgeschichte menschlicher Verhältnisse darstellt, wie sie in der zweiten Jahrhunderthälfte das Leben in den Großstädten und auf dem Lande, in höfischen und privaten Zirkeln ausmachten. Und wenn er die von ihm gelehrte Umgangskunst scharf von der Kunst des lügnerischen Scheins abgrenzt, so ist damit schon nicht mehr allein die höfische Kultur gemeint; mit der „schändlichen, niedrigen Gefälligkeit des verworfenen Sklaven, der sich von jedem mißbrauchen läßt, sich jedem preisgibt; um eine Mahlzeit zu gewinnen dem Schurken huldigt, und um eine Bedienung zu erhalten, zum Unrechte schweigt, zum Betruge die Hände bietet und die Dummheit vergöttert",[42] wird ein spezifisch bürgerliches Verhalten der freiwilligen Unterordnung kritisiert, ein sozialpsychologisches Syndrom vor allem des deutschen Bürgertums. Solchem Verhalten entgegen stellt Knigge Biederkeit, Bürgerlichkeit und Rechtschaffenheit, sie sind ihm Leittugenden und Bildungsziele, die letztlich auch die Unterscheidung des falschen vom richtigen Umgang möglich und nochmals den dezidiert bürgerlichen Standort sichtbar machen, den dieser Adlige in den Auseinandersetzungen seiner Zeit einnahm. Mehrmals betont Knigge, daß er vor allem für Menschen „mittleren Standes" schreibe, und viele seiner Leitbegriffe und Vorstellungen sind in dieser bürgerlichen Schicht verankert. So auch sein Ideal der häuslichen Glückseligkeit, der Kontrapunkt adliger Erziehung.

Die Wirkung, die das erfolgreichste Buch des ins bürgerliche Lager übergelaufenen Freiherrn Knigge auf seine Zeitgenossen wie das ganze 19. Jahrhundert ausgeübt hat, ist noch einige ausführliche Untersuchungen wert, und sie beschränkt sich nicht nur auf die Durchdringung adlig-humanistischer Bildungsvorstellungen und pragmatischer Bedürfnisse des aufsteigenden Bürgertums. Indem Knigge einen Schwerpunkt seiner Bemühungen in der Veredlung des häuslichen Lebens sieht und die familiäre, häusliche Glückseligkeit als die höchste der Freuden preist, zieht er bereits sehr weitreichende und auch zu anderen Zwecken brauchbare Konsequenzen aus der berufsbürgerlichen Trennung des Lebens in einen öffentlichen und einen Privatbereich. Zwar hatten auch schon die Moralischen Wochenschriften, hatten Schriftsteller wie Diderot oder Gellert den „Sinn für häusliche Freuden und das Familienband"[43] geweckt und ausgebildet, doch erweist sich Knigge auch hier als der geniale Kompilator, der die verschiedenen Tendenzen der ganzen Gesellschaft seiner Zeit höchst wirkungsvoll zusammenfaßt und in einen einheitlichen bürgerlichen Bildungsplan integriert. Mit der Übernahme bürgerlicher Idolatrie des häuslichen Lebens hat er dann selber den Grundstein zu der unangemessenen Rezeption seines Werkes im 19. Jahrhundert gelegt, die vor allem im Aussparen der rhetorisch-humanistischen Elemente seines Bildungsideals bestand und damit auch die Eliminierung aller auf politische Verwirklichung des Bürgers zielenden Akzente bedeutete. Auf sie aber war es Knigge angekommen, selbst wo er Tischregeln abfragt und neue Kleiderordnungen gibt. Statt dessen betonte man seine Anweisungen zur privaten Glückseligkeitsbeförderung, weit ab vom feilen Treiben der großen Welt; seine Lobreden auf die harmonische Gemeinschaft der Familie, auf die Freundschaftsbande, auf die gesellige Vertraulichkeit im kleinen Kreise dienten dann zur Legitimation einer bürgerlichen Haltung in Deutschland, wie sie schon Norbert Elias eindringlich als Ausdruck politischer Machtlosigkeit und Resignation beschrieben hat.

Es ist gewiß müßig, den Anwalt der „bürgerlichen Emancipation"[44] in Deutschland vor seinen falschen Erben in Schutz zu nehmen. Er sah seine Aufgabe selber darin, die Hindernisse zu beseitigen, „die auch oft den verständigsten Menschen abhalten, früh genug, zu seinem und andrer Glücke diesen Grad von Bildung, diese allein des Namens der Aufklärung würdige Vervollkommnung zu erlangen";[45] daß diese Aufgabe durch Erziehung allein nicht lösbar ist, blieb zu erkennen einer späteren Generation von Schriftstellern vorbehalten. Doch ist es eben dieses Selbstverständnis, das Knigge zu einem politischen Schriftsteller ohne Misere hat werden lassen – es führte ihn ganz natürlich zu der rhetorischen Auffassung seines Berufs, wie er sie ausführlich in seinem Buch ‚Ueber Schriftsteller und Schiftstellerey' formuliert: „Schriftstellerey ist also öffentliche Mittheilung der Gedanken; gedruckte Unterhaltung; laute Rede, an Jeden im Publico gerichtet, der sie hören will; Gespräch mit der Lesewelt; und aus diesem Gesichtspunkte betrachtet, können wir die Rechte und Pflichten der Schriftsteller bestimmen.“[46] Die Form seiner Werke, der Briefroman, die Auflösung der Handlungen und Schilderungen in Dialoge, dauernde Anrede und Appell an den Leser, verwirklicht diese Ansicht. Knigges Verdienst, meinte Karl Gödeke, der 1844 eine Bearbeitung des ‚Umgangs‘ und im selben Jahr auch eine Studie über ‚Knigges Leben und Schriften‘ veröffentlichte, bestünde in der Popularisierung zeitgenössischer Gedanken: „diejenigen, welche die großen neuen Ideen einzelner bevorzugter Geister zu verarbeiten und gleichsam aus zweiter Hand zu verbreiten wissen, gelten auch etwas in dem Überschlage der Geschichte.“[47] Der ‚Umgang mit Menschen‘ aber ist die durchaus eigenständige Leistung Knigges und auch der literarischen Bedeutung nach ein Werk, das Unterhaltsamkeit mit Gedankenreichtum, polemische Beredsamkeit mit stilistischer Klarheit, Genrerealismus mit idealistischem Enthusiasmus zu verbinden weiß und daher auch der heutigen Lesewelt Gelegenheit zu jenem geselligen Gespräch, jener sokratischen Unterhaltung mit seinem gebildeten, gesitteten und beredten Verfasser gibt, die ihr sonst wohl allenthalben fehlen mag.

5. Aufklärungs-Romane

Hinzu treten neben einigen kulturhistorisch wichtigen und auch literarisch bedeutsamen Reiseberichten, die voller Anekdoten, Witz und feiner Beobachtungskunst stecken, neben einigen weiteren kulturkritischen Essays wie dem späten ‚Über Eigennutz und Undank‘ vor allem zwei Romane, die zur Entdeckung und zu neuer Lektüre reizen und denen Knigge einen festen Platz auch in der noch ungeschriebenen Chronik des deutschen Romans verdanken wird: die ‚Geschichte Peter Clausens‘; 1783 bis 1785 in drei Teilen erschienen, und die 1792 veröffentlichte ‚Reise nach Braunschweig‘. Das besagt nicht, daß die übrigen Romane Knigges nichts taugten oder gar nicht lesenswert wären. Ihre literarische Qualität schwankt sehr, Weitschweifigkeiten, stilistisches Ungeschick, trockene Reflexionen, unverhüllte didaktische Zwecksetzung bringen sie partienweise um den Gewinn der Unterhaltung, des Vergnügens und der interessanten Belehrung, die sie anderweitig vermitteln. Wer aber über Knigges Lebensgeschichte, über die sozialen und politischen Umstände seiner Wirksamkeit unterrichtet sein will, greift weiter zum ‚Roman meines Lebens‘, auch in der Geschichte des Grafen Tunger findet man autobiographische Passagen und einige gesellschaftssatirische Kabinettstückchen, und die ‚Verirrungen des Philosophen' gehören ebenso wie die ‚Geschichte des armen Herrn von Mildenburg' oder die ‚Geschichte des Amtsrhats Gutmann' zum Typus des moralkritisch-didaktischen Aufklärungsromans, der heute vor allem von literaturhistorischem Interesse ist, weil seine Erziehungsziele allzu vordergründig nach Gottscheds Rezept in eine exemplarische Fabel gekleidet wurden; ‚Benjamin Noldmanns Geschichte der Aufklärung in Abyssinien' schließlich vereinigt den Satiriker und politischen Publizisten Knigge in einer bewußt anstößigen Mischform. „Herr von Knigge hat sich in allen seinen Schriften als ein Mann gezeigt, der Welt und Menschen nicht aus der Ferne durch die Lorgnette, sondern in der Nähe mit freyem, sicherem Auge beobachtet hat, und besonders vertraut ist mit den Nuditäten und Gebrechen der Hof- und Drathmenschen, und sich nicht täuschen ließ von dem erbettelten Glanze, womit sie sich vor der Welt brüsten. Peter Clausens Geschichte ist ein treuer Spiegel des Menschen-Lebens, besonders an kleinen Höfen; und der Leser, der es gewohnt war, sich von Romanschreibern Geschöpfe vorführen zu lassen, die (man) schwerlich unter (einer Menschenrasse) würde registrieren können, findet hier auf jedem Schritte eine Bekanntschaft aus der wirklichen Welt, und stößt alle Augenblicke auf ‚Männer', wie er sie zu Hunderten in Antichambern und an den Tafeln der Großen kennenlernte."[48]

Die zeitgenössische Rezension der zweiten verbesserten Auflage der Geschichte Peter Clausens – sie erschien 1794 – pointiert nur die eine Seite des Romans: Peter Clausens abenteuerliche Schelmenreise durch die Höhen und Tiefen der zeitgenössischen Gesellschaft. Ein farbiges Panorama der Zeit entfaltet sich, um die Entwicklung eines naiven Jünglings zum freien Mann sichtbar zu machen, eines Jünglings, der, durch böse Beispiele und falsche Freunde verführt, zum Dieb und Betrüger wird, dann seine Erfahrungen als gewissenloser Modeschriftsteller in klingende Münze umsetzt, darauf zum Hochstapler wird, schließlich als Hofmann aufsteigt, einer Intrige zum Opfer fällt, sich nach „Ruhetal" zurückzieht und dort das Leben eines bescheidenen, rechtschaffenen Mannes abseits vom feilen Treiben der Welt führt.

Der Roman wurde viel übersetzt, als ‚Le Gil Blas allemand' machte er auch in Frankreich Erfolg, aber der farbige, bunte, fast durchweg witzig und leicht geschriebene Schlemenroman ist nur die eine Seite des Buches. Der zweite Teil der Geschichte Peter Clausens enthält nämlich den Traum des Herrn Brick, eine der schönsten Sozialutopien der deutschen Literatur des 18. Jahrhunderts, in der sich Arkadien und Utopien ganz rousseauistisch mit dem Wunschbild der glückseligen Insel verbinden und, den zeitgenössischen Reisebeschreibungen folgend, mit der Südseeinsel Tahiti identifiziert wurde. In ‚Benjamin Noldmanns Geschichte der Aufklärung in Abyssinien' nimmt Knigge dieses Romanschema nochmals mit größerer satirischer Kunstfertigkeit auf. Motive und Muster des Abenteuerromans, die weite Reise in unbekannte Fernen, Stürme, Schiffbruch, lebensbedrohende Gefahren, wunderbare Rettungen, werden mit Gesellschaftssatire und Sozialutopie zu einem Roman verknüpft, der seine aufklärerischen Zwecke auf unterhaltsame Weise zum Ausdruck bringt. Freilich ist Noldmanns abyssinische Geschichte viel mehr als die Peter Clausens eine Staats- und Gesellschaftssatire, die keine psychologischen Motive, keinen individuellen Bildungsroman mehr abgibt, sondern durch die Darstellung fremdländischer, exotischer Verhältnisse der heimatlichen Welt den Spiegel vorhalten soll. Knigge plante, den zweiten Teil dieses Romans dem französischen Nationalkonvent als Anregung für eine neue Staatsverfassung zukommen zu lassen.

„Der kleine Roman, den man hier dem Drucke übergiebt, ist, in Stunden der Erholung von ernsthaftern Geschäften, geschrieben, um das Gefühl der heftigen cörperlichen Leiden, wovon der Verfasser seit mehr als Jahres Frist unaufhörlich gepeinigt wurde, durch unschuldigen Scherz zu mildern, geschrieben, um, bey Sorgen mancher Art, durch leichten Witz, sich in harmloser Stimmung zu erhalten . . . Der Verfasser hat bis jetzt in seine Schriften ähnlicher Art, die Behandlung wichtigrer Gegenstände einzuflechten und die Sitten der sogenannten höhern Menschenclassen zu schildern gesucht; hier versteigt er sich nicht so hoch und widmet diese Arbeit auch nur solchen Lesern, denen es darum zu thun ist, ihre Augen einmal von Höfen, Fürsten, Staatshändeln und gelehrten Kampfplätzen ab, auf ländliche Scenen und lachende Bilder gelenkt wissen zu wollen".[49]

‚Die Reise nach Braunschweig', der Knigge diese Vorrede voranstellt, erschien 1792, vier Jahre vor seinem Tode. Sein leichtester, unbeschwertester, humoristischer Roman ist Produkt der schlimmsten Leidenszeit, die er durchzumachen hatte, eine Medizin, die sich der arme Herr von Knigge selbst verschrieben hatte, als keine anderen

Mittel mehr helfen wollten. Vier Honoratioren aus dem Dorf Biesterberg begeben sich auf eine Fahrt von einigen Tagesreisen, um in Braunschweig den Aufstieg des berühmten Luftschiffers Blanchard mit dem Ballon zu erleben. Nach dem Vorbild des empfindsamen, humoristischen Reiseromans englischer Provenienz entfaltet Knigge einen kurzweiligen Bilderbogen, in dem zahllose Mißgeschicke, Entführungen, Zimmerverwechslungen, Liebesgeschichten, Irrungen und Wirrungen aller Art die Reisenden verfolgen. So ist ein Roman entstanden, in dem die Komik des alltäglichen Lebens fast schon in der Manier Wilhelm Buschs über alle großen Zwecke triumphiert, ein Roman, der für uns heute gerade deshalb neben Witz und Unterhaltung, neben anekdotischer Komik und Parodie den Blick ins ausgehende 18. Jahrhundert öffnet, nicht auf seine Haupt- und Staatsaktionen, auf seine großen Ideale und erhabenen Zwecke, sondern auf die Dinge und Umstände des gemeinen, gewöhnlichen Lebens mit seinen Sitten, seiner Denkungsart, seiner Lächerlichkeit und Weltklugheit, seiner Torheit und Weisheit. Auch dies ein Gemälde des menschlichen Umgangs, doch in niederländischer oder Sternescher Manier und mit gelassener Heiterkeit geschrieben.

Adolph Freiherr von Knigge ist am 6. Mai 1796, erst 44 Jahre alt, in Bremen gestorben. Sein Freund Friedrich von Rebmann hat den teilnehmenden Nachruf geschrieben und darin vor allem des praktischen Aufklärers gedacht, als der sein Name noch einige Jahre überleben sollte. „Die Toren und Narren in Deutschland feiern ein Freudenfest, und die Klugen und Rechtschaffenen trauern, denn es starb ein edler deutscher Mann, Adolph, Freiherr von Knigge. Seit sechs Jahren an sein Bett geschmiedet, der edelsten aller Gottesgaben, der Gesundheit beraubt, war er dennoch ununterbrochen tätig fürs Wohl der Menschheit. Jeden Augenblick, den ihm seine Berufsgeschäfte übrigließen, jeden Augenblick, worin die Schmerzen seines körperlichen Zustandes ihn nicht völlig zu Boden drückten, wandte er zu Arbeiten an, die ganz Deutschland zur Genüge bekannt sind. Unermüdet geißelte er Toren und Affen, wo er sie fand, und züchtigte Bösewichter, lohnte, teilte der Welt aus dem Schatz seiner praktischen Menschenkenntnis Erfahrungen mit, die er, ach! nur zu teuer erkauft hatte, und half, unterstützte, tröstete wenigstens die unschuldig Leidenden. Mit männlichem Mute griff er jedes Vorurteil an, wo er es fand, und achtete nicht der unmenschlichen Neckereien, womit das Heer der Pinsel und Buben ihn, wie jeden rechtlichen Mann, um so heftiger verfolgte, da diese elenden

Pygmäen vor dem Talente und dem unerschöpflichen Witze des guten Knigge zu beben Ursache hatten ... So ruhe denn sanft in deiner Gruft, edler, oft verkannter Dulder! Verfolgter Freund des Rechts und der Wahrheit, Feind jedes schändlichen Aberglaubens und jedes Wahnes, unermüdeter Arbeiter für Menschenglück, ruhe sanft."[50]

Ein verbannter Göttersohn
Friedrich Maximilian Klinger

1. Russischer General

„In Gesellschaft, die ihm zusagte, war Klinger, wenn überhaupt bei guter Laune, außerordentlich angenehm und interessant, aber im Dienst und seinen Untergebenen gebenüber kalt wie der steinerne Gast im Don Juan. Klinger hatte bei hohem Wuchs und regelmäßigen Gesichtszügen eine starre Physiognomie. Nie hat ihn jemand im Corps lächeln sehen."[1] Klingers Charakterbild schwankt sehr in der russischen Geschichte; Legenden, Gerüchte, Klatsch ranken sich um den schweigsamen, verschlossenen General und Direktor des Petersburger Kadettencorps; die Bewertung seiner Wirksamkeit hängt ganz vom Standpunkt des Gewährsmannes ab. Sein Großneffe und unübertroffener Biograph M. Rieger berichtet, daß Klingers Wirken zunächst in großem Ansehen stand und man es in Moskau und Petersburg sogar als Auszeichnung betrachtete, die Söhne in seinem Institut erzogen zu wissen. Diese Einschätzung ändert sich nach 1812, also nach dem Rückzug Napoleons, dem Untergang der Großen Armee, der Eroberung Bessarabiens im Krieg gegen die Türkei. Klingers unrussisches Wesen, seine Zurückhaltung, seine Unkenntnis oder doch mangelhafte Fertigkeit in der russischen Sprache, seine Bevorzugung des Französischen erregen nun in der Atmosphäre einer nationalistischen Reaktion gegen die bisherige Westorientierung breiter und einflußreicher Kreise in der russischen Gesellschaft Verdacht und Mißtrauen.

Klagen über die ungerechte Behandlung von Zöglingen werden zu politischen Manifestationen, Klingers unerschütterlicher Gerechtigkeitssinn zu verständnisloser Starrheit und seine Zurückhaltung als Verachtung ausgelegt. Allerlei böse Geschichten laufen um: seine stehenden Redensarten, so heißt es, seien eine Verhöhnung des russischen Volkes, der einzige Russe – habe er gesagt – den er achten könne, sei der Dichter Schukowski;[2] „die Menschen und auch die Russen"[3] laute eine seiner Sottisen, und eigentlich kenne er nur drei russische Wörter: „na turmu jewo"[4]: fort mit ihm ins Gefängnis. Rieger hat wohl recht, wenn er derlei Berichte und Geschichten aus der Zeit der nationalistischen Reaktion in den Bereich der Legende, des politischen Klatsches und der bewußten Diffamierung verweist. Dennoch sind sie natürlich nicht ganz aus der Luft gegriffen, auch unverdächtigere Zeugen, Besucher aus dem Auslande, den deutschen Staaten, stimmen mit Faddei Wenediktowitsch Bulgarin überein, der Klinger so anschaulich mit dem steinernen Gast aus Mozarts Oper vergleicht. Er war selber einst Zögling des Corps und von Klinger besonders gefördert worden, später wurde er zu einem zwielichtigen Politiker und opportunistischen Schriftsteller, der seinem ehemaligen Gönner nicht sehr viel Gerechtigkeit widerfahren läßt. Aber auch Ernst Moritz Arndt berichtet von einer ganz ähnlichen Erfahrung während seines Petersburger Aufenthalts 1812: „Man kennt ja seine Schriften, es ist etwas kaltes Geistiges und Dämonisches, doch über diese Welt oft Emporschwebendes darin; doch weht bei einzelnen Anstrichen und Anhauchen des edlen Gefühls im Ganzen ein kalter stolzer Wind vornehmer Betrachtung darüber hin ... Es erschien in dem General doch zu sehr der russische General; wenn man Blick und Gebärde an ihm betrachtete, hatte er davon auch wohl vieles aus Deutschland mitgebracht. – Doch erblickte man in seinen prächtigen Augen und in seinem Antlitz, dessen Herrlichkeit an das Antlitz seines Jugendgenossen Goethe erinnerte, daß Jahre gewesen waren, wo er die Welt wie ein fröhliches deutsches Blumengefild, nicht wie ein hartes asiatisches Rußland empfunden hatte."[5]

2. Genie-Zeit

Wie hatte es dazu kommen können, auf welche Weise war aus dem „rohe(n) ungeschlachte(n) Naturmensch(en)" (Bertuch), aus dem „Löwenblutsäufer" (Wieland), dem aufsässigen Stürmer und Dränger dieser bis zur Statuenhaftigkeit beherrschte Hofmann geworden? Eine wirklich unbeschwerte Zeit hat es freilich in Klingers Leben nie gegeben. Der Vater, Konstabler bei der Frankfurter Artillerie, starb schon 1760 an den Folgen eines Unfalls wenige Tage vor dem 8. Geburtstag des Sohnes. Die Witwe, Tochter eines Sergeanten, 32 Jahre alt und mittellos, aber tatkräftig, hatte für drei Kinder zu sorgen, zwei Töchter und den Sohn Friedrich Maximilian, ein anderer Sohn war nur knapp ein Jahr alt geworden. Sie wurde Wäscherin und verkaufte Feuersteine in einem kleinen Laden am Fartor.

Mit Hilfe des Gymnasialprofessors Zink gelangte der junge Friedrich auf die Frankfurter Gelehrtenschule, verdiente sich im Chor der Currendschüler etwas hinzu, bekam dann eine Kalfaktorstelle am Gymnasium und gab später Privatunterricht für jüngere Schüler. Nachdem er die Schule im Herbst 1772 verlassen hat, vergehen eineinhalb Jahre, bevor er sich als Student an der Universität Gießen immatrikuliert, um Jura zu studieren. Er wird durch weiteren Unterricht Geld fürs Studium verdient, im übrigen aber mit seinen Freunden in der engen Witwenstube im Rittergäßchen oder im Goetheschen Haus am Hirschgraben über Kunst und Literatur, die vergangene deutsche Freiheit und die ungewisse Zukunft geredet haben – bis tief in die Nächte hinein, begeistert von den Möglichkeiten, die er in sich fühlt, von den selbstverfaßten Texten, von der gefühlsreichen Freundschaft, die für manche Unbill des täglichen Lebens entschädigt.

„Man liebt an dem Mädchen was es ist, und an dem Jüngling was er ankündigt, und so war ich Klingers Freund, sobald ich ihn kennen lernte. Er empfahl sich durch eine reine Gemütlichkeit, und ein unverkennbar entschiedener Charakter erwarb ihm Zutrauen. Auf ein ernstes Wesen war er von Jugend auf hingewiesen; er, nebst einer ebenso schönen und wackern Schwester, hatte für eine Mutter zu sorgen, die, als Witwe, solcher Kinder bedurfte, um sich aufrecht zu erhalten. Alles was an ihm war, hatte er sich selbt verschafft und geschaffen, so daß man ihm einen Zug von stolzer Unabhängigkeit, der durch sein Betragen durchging, nicht verargte."[6] So heißt es in ‚Dichtung und Wahrheit', 3. Teil, 14. Buch.

Ob Goethe Klinger, wie es nach dieser berühmten Schilderung erscheint, erst 1769 kennenlernte, oder ob der junge Friedrich bereits als kleiner Knabe zu Füßen der Frau Rat Goethe gesessen hatte („Wie manche Stunde hab ich vertraut bei ihr auf den Stuhl genagelt zugebracht und Märchen gehört"),[7] wie er sich in einem Brief erinnert, sei dahingestellt, jedenfalls war auch Klinger unter den jungen Schriftstellern und Intellektuellen, die seit Beginn der siebziger Jahre die Errungenschaften ihrer Väter mit keckem Spott verhöhnten, dann wegfegen wollten, um an ihre Stelle eine neue, Kraft und Bewegung, Gefühl und Enthusiasmus verkörpernde Kultur zu setzen. Der Autor des ‚Götz von Berlichingen' war ihr Haupt und Meister, um den sie sich alle scharten: Wagner und Kayser, Lenz und Klinger, Schlosser und Riese. „Noch lange, nachdem die rasche Woge der 70er Jahre verrauscht war, sah man an der niedrigen Lehmwand der armen Frau Klinger die Silhouetten von Lavater, Maler Müller, Heinse, Füßli u. A."[8] Auch wenn die Grafen Stolberg und Miller durch Frankfurt kamen, besuchten sie Klinger in der mütterlichen Wohnung. „Klingers Äußeres", erinnert sich Goethe, „war sehr vorteilhaft. Die Natur hatte ihm eine große, schlanke, wohlgebaute Gestalt und eine regelmäßige Gesichtsbildung gegeben; er hielt auf seine Person, trug sich nett, und man konnte ihn für das hübscheste Mitglied der ganzen kleinen Gesellschaft ansprechen. Sein Betragen war weder zuvorkommend noch abstoßend, und, wenn es nicht innerlich stürmte, gemäßigt."[9]

In Gießen traten zu den alten dann neue Freunde: Ernst Schleiermacher, Sohn eines Arztes, der spätere Gründer der Kunst- und Naturaliensammlung in Darmstadt, auch ein Freund Mercks, den Klinger durch ihn kennenlernte, Boie, der auf seiner Durchreise Gießen berührte und in dessen Musenalmanach 1776 dann eines der wenigen lyrischen Erzeugnisse Klingers (‚Sophiens Liebe') erscheinen sollte: Man dichtete, las sich vor, begeisterte sich an den eigenen Gefühlen, schwärmte von Liebe, Natur und menschlicher Gleichheit, auf Sympathie und Enthusiasmus gegründet. Klinger steuerte zunächst nur Verse bei („Nie sah ich was, das diesem glich:/ Mein Mädchen engelrein/ Beim ersten Strahl der Sonne schlich/ In Garten ganz allein."),[10] bevor er zum Dramatiker wurde. Aber man trieb auch sonst allerlei geniezeitliches Allotria. Erzählt die Schwester Agnes in einem Brief an Kayser: „Lenz war hier und ich habe ihn nicht gesehen. Mein Bruder und Ernst sind ihm entgegen geritten drei Stunden. Nun, lieber Bruder, will ich Ihnen auch sagen wie die Jungen gekleidet waren. Einer wie der andre; so weit geht ihre Gleichheit, daß sie sogar einerlei Stöck, Hüt und Schnallen haben. Sie machten in Frankfurt groß Aufsehens, jeder Kerl blieb stehen und gaft sie an. Als sie Lenz entgegen ritten hatten sie ihre blauen Frack und gelben Westen an, weiße Hüt mit gelben Bendern – und so sind sie Lenz in der Stadt vor der Kutsche her ritten. War das nicht herrlich, so einem Jungen wie Lenz ist vor zu reiten."[11] Mit dem Werther-Kostüm trug man das Programm auf dem Leibe. Gemeinsam waren nicht nur solche Vergnügungen, man half sich auch aus, wenn einer in Not geriet. Goethe schenkte dem unbemittelten Freund die Manuskripte seiner Fastnachtsspiele und als der sie für ihn bei Weygand in Leipzig veröffentlichen läßt, war das Honorar für Klinger.

Im Juni 1776 bricht Klinger seine juristischen Studien ab und reist nach Weimar, wo Goethe am 11. eben dieses Monats zum Verdruß der Weimarer Hofgesellschaft zum Geheimen Legationsrat mit Sitz und Stimme im Staatsrat ernannt worden war, bei 1200 Talern Gehalt. Inzwischen galt Klinger als ein begabter Dramatiker der neuen Bewegung. Sein Erstling ‚Otto' von 1773/74, ein Ritterdrama im Stile des ‚Götz', ist in seiner Haltung und Sprache aber derart kraftgenialisch übertrieben und so in Grausamkeitsphantasien und exzessiven Gemütszuständen schwelgend, daß es schon streckenweise wie die Parodie der eben von Goethe kreierten Mode erscheint. Aber es traf den gewaltsam unterdrückten Ton der jungen Generation, noch Schiller hörte daraus den gewaltigen Aufruf zu eigener genialischer Produktivität. Das nächste Stück hieß ‚Das leidende Weib' und handelte von dem unheilvollen Einfluß der Lektüre auf die weibliche Sittlichkeit: „Das Werk eines jungen Menschen, bej dem die Aufwallungen jugendlicher Hitze noch in der ersten Gärung sind",[12] urteilte Johann Joachim Eschenburg in der ‚Allgemeinen Deutschen Bibliothek'.

Besonderen Erfolg aber hatte Klinger mit seinem dritten Drama, den 1774 entstandenen ‚Zwillingen'. Das Stück erhielt vor Leisewitz' ‚Julius von Tarent' den ersten Preis der Ackermannschen Schauspielertruppe für ein „Orginalstück", das „a) in Ansehung seines sittlichen Inhalts auf die Bühne gebracht werden dürfte; b) seine Aufführung keine außerordentlichen Kosten erfordert, c) es nicht die Anzahl der agierenden Personen überstiege, die man billiger Weise auf einer deutschen Bühne erwarten könnte".[13] ‚Die Zwillinge', eine blutige Historie um Erstgeburtsrecht und Brudermord, hatte nur mäßigen Bühnenerfolg, machte aber Klinger in kurzer Zeit einem größeren deutschen Publikum bekannt: „ein Meisterstück"[13] befand Goethes Schwager Schlosser. Das Zwillingsthema besaß ja deswegen so große Faszination für diese Schriftsteller und ihr junges Publikum, weil sie darin ihre eigenen Hoffnungen und Ängste, die Überzeugung, das Erstgeburtsrecht auf die Zukunft zu besitzen, und die Befürchtung, darum betrogen zu werden, so bildkräftig malten. Den ‚Zwillingen' folgten kurz hintereinander dann zwei weitere Kraftstücke (‚Die neue Arria', ‚Simsone Grisaldo'), so daß Wieland bemerkte: „Eurem Klinger sollte nun, dächt' ich, nach gerade doch auch allemal ein Wort der kritsichen Ermahnung ans Herz gelegt werden – oder wollt ihr ihn lieber noch fort tollen lassen?"[15]

3. Wirrwarr

Klinger tollte fort, nun auch in Weimar. „Ich kann dir nicht sagen wie gut und treu die Menschen aus Goethes Cirkel, der groß ist, hier sind. Gestern abend war ich in Goethes Garten, und laß auf einem Rasen Siz in meinem Homer. Da kam ein Schwarm Prinzen und Herrn. Baron von Knebel spürte mich auf, kam zu mir und machte auf die herrlichste Art Bekandtschaft mit mir, daß ich mich ihm eben so gleich überliefern mußte. Er führte drauf Prinz Constantin zu mir der ein Engel ist wie sein Bruder der Herzog (...) Auch liebt man meine Schriften sehr hier. Goethes Liebe für mich ist unendlich reich und groß. Und verflucht seyen alle Augenblicke des Zweifels und Wankens."[16] In einem anderen Brief an Schleiermacher ergänzt Klinger: „Ich war Zeit über in einem unendlichen großen und vornehmen Schwall von Leben (...) War den langen Tag unter den Prinzen, aß und ritt mit ihnen, tollte und was so ist ...[17] Auch auf dem Papier ging die wilde Jagd weiter. Das Ergebnis: eine Komödie, die ‚Der Wirrwarr' heißen sollte („Ich hab die tollsten Originalen zusammengetrieben. Und das tiefste tragische Gefühl wechselt immer mit Lachen und Wiehern.")[18] Die melodramatische Handlung geht wieder um einen Familienzwist, um Liebe, Todesfeindschaft und geheimnisvolle Maskeraden, und es gibt kaum eine wahrscheinliche Episode, kaum eine übliche Redesituation, kaum einen regelmäßigen Dialog. Wirrwarr ist alles in diesem Stück und eben deshalb zeigt es auf geradezu vollkommene Weise ein Bild der inneren Verhältnisse dieser Generation und ihr ganzes modisches, kulturelles Gepräge. Goethe benutzt im ‚Wilhelm Meister' den Ausdruck Verworrenheit, wenn für die subjektive Erfahrung die verschiedenen Zeiten ununterscheidbar ineinandergehen. Als Wilhelm auf der Bühne in der ehemaligen Kapelle der Turmgesellschaft sein vergangenes Leben vorgespielt erhält, „befand (er) sich durch die Gegenwart und die Erinnerung in der verworrensten Lage"[19] Am Schluß der Novelle ‚Wer ist der Verräter' in den Wanderjahren beschreibt der Erzähler den Seelenzustand des Helden kurz vor der glücklichen Lösung: „Scheu vor dem Tageslichte, das im höchsten Glanze über ihn hereinschien, die Blicke begegnender Menschen verneinend, aufsuchende fürchtend, schritt er vorwärts und gelangte zu dem großen Gartensaal. Dort wollten ihm die Kniee versagen, er stürzte hinein und warf sich trostlos auf den Sofa unter dem Spiegel: mitten in der sittlichbürgerlichen Gesellschaft in solcher Verworrenheit befangen, die sich wogenhaft um ihn, in ihm hin und herschlug. Sein vergangenes Dasein kämpfte mit dem gegenwärtigen, es war ein greulicher Anblick."[20]

Es sind solche Kämpfe, die Klingers Dramen weniger schildern (wie hier) als vielmehr in sich austragen, und auch das geschieht mitten in der sittlich-bürgerlichen Gesellschaft, zu ihrem gänzlichen Mißvergnügen. Ihr gemeinsamer Fluchtpunkt ist eine besondere Zeiterfahrung, in der sich Vergangenheit, Gegenwart, Zukunft gleichsam zusammenballen, so daß keine Orientierung mehr möglich scheint. Gerade in den von der Kritik seit Erscheinen des Stückes als Schwächen verurteilten Einfällen und Eigenarten liefert es eine Folge von sehr suggestiven Vorstellungen und Bildern für diesen selber so unklaren Zustand. Der Fluch einer alten Familienfehlde, das kolportagehafte Spiel mit Raub, Mord, Scheintod und Wiederkunft, die wilden Phantastereien der Zukunft, die zufälligen Entdeckungen des Augenblicks: das sind alles sehr genaue Ansichten einer Jugendkultur, und sie bestimmt sämtliche Vorgänge des Dramas bis in Einzelheiten, bis in den Bericht des rätselhaften Kapitäns, wie er Bushy und Hubert allein in einem Boot dem tobenden Sturm ausgesetzt hat. Wirrwarr ist das beste Stichwort für die Erfahrung der Zwischenzeit, die noch keine Richtung hat, für eine Generation auch, die aufgebrochen ist, aber ihr Ziel noch nicht kennt, sich umhergetrieben, als ein Spielball fremder Kräfte und der eigenen noch undeutlichen Antriebe fühlt.

Klinger hat das Stück dann umgetauft, und die Ironie der Literaturgeschichte will, daß der neue Name zur populären Bezeichnung der ganzen Bewegung wird, obwohl der ursprüngliche so viel genauer gepaßt hätte. Denn ‚Sturm und Drang', wie er es nun auf Rat seines neuen, eben in Weimar eingetroffenen Freundes Christoph Kaufmann nennt, trifft zwar das Gärende, Wildbewegte, Aufbrechende der neuen Realitätserfahrung, nicht aber die ausweglose Verworrenheit, die ihr zugrunde liegt: als objektiver und subjektiver Zustand in einem. Freilich: Kaufmann, ein Reisender in Geniewaren, Selbstdarsteller aller modischen Torheiten und Idol der Salons, die mit der Zeit gingen, ein Scharlatan, der das Geniewesen zum allgemeinen Pläsier auch mitten in der Gesellschaft verkörperte, hatte ein sicheres Gespür für wirkungsvolle Propagandasprüche. Der Titel für Klingers Komödie ist sein einziges dauerhaftes literarisches Kunststück geblieben, zweifelhaft auch dies – wie das ganze Titelbild, das er selbst zu der von ihm benannten Bewegung nicht müde wurde darzustellen.

4. Verhinderter Soldat

Im Herbst 1776 verläßt Klinger Weimar, seine Hoffnungen auf eine Anstellung haben sich nicht erfüllt, die Beziehungen zu Goethe und seinem Kreis sind durch Intrigen und Indiskretionen Kaufmanns zerstört, seine Aussichten auf eine anderweitige Berufsmöglichkeit trüber denn je. Was kann schon ein Intellektueller plebejischer Herkunft erwarten, wenn er nicht die Protektion höfischer Kreise genießt, ein Jurastudium ohne rechte Überzeugung und festen Abschluß absolviert hat und zudem ein kantiger Brausekopf ist? „Wenn mich Wieland sieht erfreut er sich und meine Gestalt thut ihm wohl (...) Ihr seyd für iede civil Bedienung zu groß! Militair wär seine Idee. Er meint ich sollte Lieutnant unter den Preußen werden."[21] Allein der Plan zerschlug sich wegen der dafür ungünstigen Friedenszeiten, ebensowenig wurde aus der Offiziersstelle bei den deutschen Söldnertruppen in Amerika. Dafür fand er als Theaterdichter ein Engagement bei der Seylerschen Schauspielertruppe in Leipzig, der bedeutendsten neben Schröders Unternehmen in Hamburg, bearbeitete für sie den ‚Sturm und Drang' und ‚Das leidende Weib' für die Bühne und schrieb eine neue kraftgenialische Staatsaktion: ‚Stilpo'.

Für Klinger begann eine unruhige Wanderzeit, von Dresden nach Frankfurt, dann nach Mannheim und Mainz, Köln und Düsseldorf, immer in Geldnot, denn Seyler ist ein unzuverlässiger Prinzipal und darüber hinaus fehlen die nötige Ruhe und Konzentration zur Arbeit. Erst auf dem Sommersitz der Jacobis von Pempelfort kam er etwas zu sich, begann ein Werk in der Manier von Lucians Göttergesprächen ‚Der verbannte Göttersohn', vielleicht die maßloseste Konfession der Geniezeit. Aber das alles bringt kein Geld ein. Seyler zahlt nicht, die Familie daheim drängt. Klinger versucht sich als Unterhaltungsschriftsteller mit einem Roman ‚Der neue Orpheus', eine wunderliche Mixtur aus französischen Feenmärchen, erotischem Roman und Staatssatire; bewußte Montage der erfolgversprechenden Elemente des zeitgenössischen Unterhaltungsromans, nur lose durch die Geschichte Bambinos zusammengehalten, dem eine böse Fee von Geburt auf den entscheidenden Ausweis seiner Männlichkeit vorenthalten hat, so daß er nun auf seiner Fahrt, das Fehlende zu erlangen, die merkwürdigsten Abenteuer erlebt. Scharfe Gesellschaftskritik wechselt mit zweideutigen Dialogen, Märchenszene mit politischer Karikatur.

Nachdem Klinger im Februar 1778 die Seylersche Truppe verlassen hat, beginnt ein noch gefährdeteres Wanderleben als zuvor. Nach Zürich zu Lavater und Philipp Christoph Kayser, dem Jugendfreund und späteren Romgefährten Goethes, nach Emmendingen zu Schlosser (Cornelia war im vergangenen Jahr gestorben), wo schon Lenz, krank und zerrüttet, untergekrochen war; nochmals der Plan, in Amerika zu kämpfen, diesmal aber auf der richtigen Seite und für die Freiheit der Kolonien. Aber dann kommt es zu jenen Unstimmigkeiten zwischen Österreich und Preußen um Niederbayern mit dem anschließenden Bayrischen Erbfolgekrieg, und Klinger wird Leutnant im Freicorps des K. K. Hauptmanns Chevalier de Wolter. Im Quartier arbeitet er am dritten Teile des ‚Orpheus', dessen Erfolg ihn zu immer neuen Fortsetzungen ermuntert (bis 1780 erschienen insgesamt sieben Teile; 1790 arbeitet Klinger den Roman um und gibt ihm einen neuen Titel: ‚Bambinos sentimentalisch-politische, comisch-tragische Geschichte').

Der Friede von Teschen am 13. Mai 1779 beendet Klingers militärische Laufbahn vorläufig, wieder steht er vor dem alten Lebens- und Berufsproblem, wieder reist er, schreibt dazwischen, reist weiter: Ulm, Zürich, Basel, dann wieder Emmendingen. „Klinger ist nun bei mir", schreibt Schlosser am 14. Oktober an Merck. „Ich wollt, seinetwegen mehr als eines Menschen wegen, daß es wieder Krieg gäbe. Die Zeit wird ihm oft verwünscht lang, und ihm wär's gut, wenn strenge Subordination ihn amüsieren hülfe."[22] Das ist ein durchgängiges Merkmal in Klingers Leben, allein, einsam gelang es ihm nicht, die Widersprüche seines Charakters, seine helle Empfindlichkeit und reaktive Gewaltsamkeit, seine düsteren, zu Pessimismus und Verzweiflung neigenden Leidenschaften und seinen klaren, an den französischen Rationalisten geschulten Verstand in Übereinstimmung, wenigstens zu gegenseitiger Duldung zu bringen. Eins unterdrückte das andere – oder heillose Zerrissenheit herrschte. Dieser Widerspruch durchzieht auch sein geistiges Leben, er blieb immer zugleich Rousseauist und Voltairianer, und allein die Strenge und der Zwang äußerer Verhältnisse konnten ihm zur Befriedigung seiner Person verhelfen – mit welchen Verlusten, das sollte vor allem die Folgezeit erweisen.

Einen Krieg konnte ihm Schlosser nicht verschaffen, wohl aber Eingang am gräflichen Hofe zu Montbéliard, wo der Bruder des regierenden württembergischen Herzogs, Friedrich Eugen, residierte. Damit eröffnet sich die entscheidende Wende in Klingers Leben, durch die Vermittlung dieses neuen Gönners sollte er eine Stelle in der russischen Armee erhalten. Der Antritt verzögert sich etwas, die Wartezeit verbringt Klinger in Basel im Hause des vermögenden Kaufmanns und Bildungsbürgers Jakob Sarasin, eines Freundes von Iselin und Lavater. Hier entsteht, in Freundschaftslaune, unterstützt von Sarasin, Pfeffel und Lavater, „bei ländlicher Muße in einer Sommerwohnung in Pratteln"[23] Klingers übermütigstes und merkwürdigstes Werk, der kleine satirische Roman ‚Plimplamplasko, der hohe Geist (heut Genie). Eine Handschrift aus den Zeiten Knipperdollings und Doctor Martin Luthers. Zum Druk befördert von einem Dilettanten der Wahrheit'. Die komische Abrechnung mit dem fratzenhaften Geniewesen Kaufmanns und der eigenen Vergangenheit, ein derber Entwicklungsroman in einer künstlich-kunstvollen altertümlichen Sprache geschrieben, voller Wortwitz und Situationskomik, ein Sprachexperiment, das wir heute erst zu schätzen wissen, aber den Zeitgenossen als bloß launisches Nebenprodukt erscheinen mußte. Zurückgekehrt nach Montbéliard schreib Klinger am 30. August 1780 an Jakob Sarasin: „Überzeugt, mein Schiksaal werde Sie interessieren, schreib ich Ihnen, daß meine Aussichten auf Rußland ausnehmend schmeichelhaft und glüklich sind. Ich werde gewiß meinen Weg dort bald und geschwind machen. Den 1. Sept. reis ich von Basel nach Petersburg ab."[24]

5. Hofmann in russischen Diensten

Als Leutnant im Bataillon de Marine und Ordonanzoffizier des Großfürsten und Zarewitsch Paul gehörte Klinger zum Petersburger Hofstaat, seine Rolle als Vorleser und homme de lettres der Hofgesellschaft brachte ihn in eine enge persönliche Beziehung zu dem später durch seinen Cäsarenwahn berüchtigt gewordenen Zaren und seiner Frau Sophie Dorothea von Württemberg. Er war in das Rußland der Potemkinschen Dörfer geraten, der Kulissenwelt in der Regierungszeit Katharinas II. Deren Versuche, europäisches Denken, die fortgeschrittene Kultur Westeuropas durch Reformbemühungen den von ganz anderen sozialen und religiösen Überlieferungen geprägten Verhältnissen des eigenen Landes aufzupfropfen, waren zwar nicht bloße Scheingefechte, blieben aber fremde Zutat und verkamen in Verschwendung und Günstlingswirtschaft nach altrussischer Tradition, im Schlendrian und einem rücksichtslosen Kampf um die Macht, mit dem Katharina ihre Herrschaft errungen hatte und nun dauernd aufs neue zu befestigen gezwungen war. Der Petersburger Hof wirkte dagegen wie eine Idylle inmitten einer verderbten, von Machtentfaltung und untergründiger Barbarei, von verschwenderischem Glanz des hauptstädtischen Lebens und dem Elend und der Dumpfheit des Volkes geprägten Welt.

Bevor Klinger freilich festen Fuß fassen und seine neuen Lebensverhältnisse kennenlernen konnte, muß das großfürstliche Paar (Katharina gedenkt den Zarewitsch so am besten von möglichen eigenen Herrschaftsgelüsten abzulenken) zu einer Gesellschafts- und Bildungsreise durch Europa aufbrechen. Klinger reist mit im achtzigköpfigen Gefolge: nach Wien, wo er sich mit einer unbekannt gebliebenen und bald gestorbenen Frau verlobt („ich habe ... in meinen blühendsten Jahren eine Frau in Wien geliebt, die an Geist, Schönheit und Bildung eine der ersten ihres Geschlechts war. Ich habe sie geliebt mit aller Kraft des Herzens u Geistes, mit allen meinen Fähigkeiten."),[25] dann nach Italien („Das Glük, das ich in Venedig, Neapel, Rom und hier fand, hatt ich nie geahndet."),[26] nach Paris („durch meinen Aufenthalt in Italien bin ich für die französische Musik ganz verdorben.").[27] Auf der Rückreise trennt er sich kurzzeitig von der großfürstlichen Reisegesellschaft, besucht Montbéliard, Zürich, Basel, die alten Freunde in der Schweiz, Schlosser in Emmendingen, Schleiermacher in Darmstadt, die Mutter und die Schwester in Frankfurt. Dann geht die Reise zusammen mit dem Großfürsten durch Deutschland, die Schweiz, über Wien zurück nach Rußland. Friedrich Maximilian Klinger hat Deutschland nicht wieder betreten.

Im Herbst 1782 ist er wieder in Petersburg, wenige Monate später wird das russische Heer gegen die Türkei mobilisiert, aber es kommt nicht zum Krieg; im Sommer 1784 tritt Klinger erneut in den Dienst des Großfürsten. Die Karriere im Kriege blieb ihm versagt, nun begann sie im Frieden, und sie ist um so erstaunenswürdiger, weil sie durch keine militärische Großtat, sondern allein durch Selbstdiziplin, Geradheit und Unbestechlichkeit errungen wird. Die „harte Heterogenität", die einst Goethe am Freunde beklagte („Klinger (ist unter uns) wie ein Splitter im Fleisch, er schwürt, und wird sich heraus schwüren leider."),[28] war nicht verschwunden, er hatte sie gegen sich selbst gekehrt. Das trägt Züge einer Selbstvergewaltigung, einer dauernden, zum Charakter verfestigten Selbstaggression, die alle überschießenden Antriebe und Leidenschaften, die Glut einer aufrührerischen, sich selbst unklaren Natur, den Wirrwarr eines Menschen, der nur soziale, berufliche, kulturelle Schranken in seinen Lebensverhältnissen findet, zu überwältigen sucht und die äußere Gewalt, die ihm angetan wird, zur eigenen zweiten Natur macht. Bewußt kultivierte Klinger diese Haltung der Unberührbarkeit und Erstarrung, um die Leiden seines Lebens wenigstens notdürftig abwehren zu können. Eine verzweifelte Bemühung und Klinger hat sich in seinen Briefen wiederholt mit deutlicher Bitterkeit darüber ausgesprochen: „Ihnen kann ich wohl mit Vertrauen sagen", schreibt er an Fanny Tarnow, „u Sie werden es mir glauben, daß ich in meinem Innern Seyn, jünger, stürmender u brennender bin, als ich es in meiner Jugend war ...[29] Das schreibt der undurchsichtige, kalte, im Dienst nie lächelnde Hofmann, der russische General, der seinen Besuchern so unnahbar, fremd und abweisend gegenübertrat.

1785 tritt Klinger in das adlige Landkadettencorps ein, eine militärische Bildungsanstalt, welche die Zöglinge im Alter von fünf oder sechs Jahren aufnimmt, um sie nach 15 Jahren als Fähnriche, Leutnants oder Kapitäne in die Armee zu entlassen. Das Kadettencorps gehörte zu den wenigen Bildungsanstalten des Riesenreiches, seine kulturelle Bedeutung war daher groß, die Errungenschaften der Aufklärung, philanthropische und humanistische Bestrebungen bestimmten die Erziehung. Klinger hatte sich endgültig für einen seßhaften Beruf entschieden: 1788 heiratet er Elisabeth, die Tochter eines Obersten („Aus der großen Welt trat sie zu mir ein, als ich noch Subalterner war; sie wußte sich von dem ersten Augenblick an in mein einfaches Wesen und Leben so zu schicken, daß sie keinen Blick mehr rückwärts tath.")[30] und wird Kapitän. Er führt eine gute Ehe, aber zwei Söhne sterben noch im frühen Kindesalter, der dritte, Alexander, wurde 1812 in der Schlacht bei Borodino verwundet und starb an den Folgen seiner Verletzungen.

„Ich bin gegenwärtig Prémier Major und Kapitän in adligen Landkadettencorps, welcher Rang bei der Armee um zwei Stufen höher gerechnet wird", berichtet er Schleiermacher am 14. Juni 1789. „Diesen Winter hoff ich Obristleutnant zu werden. Du siehst also, daß ich meinen Weg im Militair glüklich gemacht habe, und glüklicher machen kann (...). Aber all diese glükliche Aussichten würd' ich aufgeben, wenn ich auf eine honette Art im Vaterland angestellt werden könnte. Dieser Wunsch füllt mein Wachen und Träumen aus, u jedes Jahr, das ich nun noch hier verlebe, ist eine Reihe peinvoller Wünsche."[31] Obwohl nicht so schnell, wie Klinger hoffte, aber doch unaufhaltsam vollzog sich sein Aufstieg. Im November 1796 starb Katharina und nun folgte ihr der fast 40 Jahre alte in allen seinen selbständigen Regungen von der Mutter unterdrückte, unselbständig gehaltene Paul, der sich nach hoffnungsvollen Anfängen zu einem mißtrauischen, kleinlichen, grausamen Despoten entwickelte. Für alles, was ihm angetan wurde, wünschte er sich alsbald schadlos zu halten, und vor allem die ausländischen, westeuropäischen Einflüsse wurden von ihm mit rigorosen Maßnahmen rückgängig gemacht.

Klinger freilich hatte unter der launischen Herrschaft Pauls I. weniger zu leiden, die alte, sehr enge persönliche Freundschaft schützte ihn nicht nur vor den grausamen Demagogenverfolgungen, sondern beschleunigte seine Karriere als russischer Staatsdiener. Zu Beginn des Jahres 1798 wurde er zum Oberstleutnant, im Dezember zum Generalmajor und leitenden Erzieher des Kadettencorps ernannt. Ende Februar 1801, einen Monat, bevor Paul durch eine Verschwörung gestürzt und grausam ermordet wurde, avancierte er zum Direktor des Kadettencorps. Doch auch diese Gunstbeweise vermochten ihn nicht in seiner Freiheitsliebe wankend zu machen. „Ich habe das Schrecklichste, was mein Geist kennt, im Traum gesehen. Ich habe die alte vergangene Tyrannei als gegenwärtig neu entstanden, scheußlich wirkend geträumt. Ich hörte mein und der Geängsteten Wehklagen im Traume. Der Tyrann lauschte lächelnd auf das Wehklagen",[32] so beschreibt die Nr. 451 der ‚Betrachtungen und Gedanken' rückblickend seine Erfahrungen jener Jahre. Dennoch gerät Klinger, als er zufällig kurz vor Ausbruch der Verschwörung von dem Umsturzplan erfährt, in schwere Gewissenskonflikte.

„Unvergeßlich bleibt mir der Abend", berichtet der Oldenburgische Gesandte in Petersburg, „an welchem er (Klinger) auf die Ermordung des Kaisers Paul zu sprechen kam. Er, ganz unbekannt mit dem Vorhaben, besucht zufällig spät abends in Geschäften den Grafen Pahlen, wird nicht in das Zimmer hereingelassen, sieht jedoch durch die geöffnete Thür, als der Diener ihn meldet, sämtliche Verschworne sitzen, die sich mit Wein und andern hitzigen Getränken zu ihrem blutigen Vorhaben anfeuern und hört die Rufe: nieder mit Paul, Tod dem Tyrannen! In der schrecklichsten Ungewißheit, was er thun soll, nicht wagend zum Kaiser zu gehen, den er selbst nicht liebte, und der zu so später Stunde Niemanden mehr vor sich ließ, rennt er in der heftigsten Gemütsunruhe durch die Gassen, läuft endlich wieder zu Pahlen, um ihn zu warnen, sein Plan sei verrathen – und findet Niemanden. Das blutige Werk ist also schon vollbracht, oder wird es binnen kurzem sein! Klinger erzählte, was ich nur kurz, mit wenigen Worten wiederzugeben vermag, ausführlich mit großer Lebendigkeit, und schilderte mit großer Wahrheit seinen Zustand in dieser Nacht."[33]

Pauls Nachfolger Alexander I. wirkte wie eine Erlösung, und Klinger begrüßte ihn enthusiastisch wie den idealen Fürsten. Im Frühjahr 1802 erhält er das kurländische Krongut Druckenhof auf Lebenszeit verliehen, als Ersatz für das unbezahlte Direktorenamt während Pauls Regierungszeit. Seine Ämter, Ehren und Orden häufen sich: Oberdirektor des Pagencorps (1801) und Conseilmitglied des Fräulein- und Katharinenstifts (1802), Mitglied des Oberschulrats und Kurator der von Paul gestifteten deutschen Universität in Dorpat (1803). Klinger beschäftigt sich nun bis 1816 vor allem mit erziehungs- und bildungspolitischen Fragen, entwirft Pläne für die Einrichtung von Volksschulen, zur Reorganisation der militärischen Erziehung, für die Ordnung der Universität. Unter dem Einfluß der außenpolitischen Entwicklung und der russischen Reaktion begann sich aber die liberal-aufklärerische Politik Alexanders zu verändern und mehr und mehr in die alten Gleise zaristischer Tradition zurückzulaufen. Diese abermalige Enttäuschung, verbunden mit dem Tod des einzigen verbliebenen Sohnes („Meine unglükliche Frau liegt schon 4 Monathen und noch in der höchsten Nervenschwäche. Es ist Hoffnung zum Leben, aber welch ein Leben erwartet sie? für uns ist alles hin – ich kann das Leben nicht wieder finden, lebe nur in einem Gedanken, in einem Gefühl – das des unendlichen Verlusts. Ich habe keinen Zwek mehr zu leben."),[34] läßt ihn resignieren. 1816 bittet Klinger um Entlassung aus dem Schulkollegium und Entbindung vom Kuratorenamt, fünf Jahre später gibt er auch seine übrigen Ämter auf. Trotz Verleihung der Ehrendoktorwürde durch „seine" Universität (1827) und des Alexander Newski-Ordens durch den Zaren (1830) lebt er bis zu seinem Tode am 9. März in immer größerer Vereinsamung „leiblich in Rußland, geistig in Deutschland".[35]

Nur manche Besucher vermochten ihn noch aus seiner Erstarrung und Verödung zu lösen: Karoline von Egloffstein, der preußische Finanzrat Semler, der ein Jahr zu Verhandlungen über einen Handelsvertrag mit Rußland in Petersburg lebte, und vor allem die Schriftstellerin Fanny Tarnow, die ihre Begegnungen mit Klinger zu einer feinen und treffenden Charakteristik verarbeitete. („Homer und Plato nannte er seine Gesellschafter, seine Bücher seinen Umgang; das verhinderte ihn aber nicht, Menschen zu sehen und mit ihnen zu leben; solche finde man überall. Einsam sei er innerlich geblieben diese 38 Jahre, nirgends habe er Sinn für höheres Leben, nirgends Würdigung einer poetischen Ansicht desselben gefunden.'')[36] Zu seiner großen Freude hatte sich schließlich nach 1814 aber das gute Verhältnis zu Goethe, auch durch Vermittlung der Gräfin Karoline von Egloffstein, wiederhergestellt, dem ,,unwandelbaren Freunde'',[37] wie er ihn in dem nun neu begründeten Briefwechsel nennt.

Ein erregender Lebenslauf, dessen Erfolge gegen die eigenen Antriebe, Wünsche und Hoffnungen erkämpft wurde, über den wir aber nur spärlich unterrichtet sind, weil Klinger berufliche, politische, öffentliche Gegenstände aus seiner Korrespondenz ausgeschlossen und in seinem Werk bis auf wenige Ausnahmen allenfalls verschlüsselt angedeutet hat. Schon die Zarin Katharina hatte, wie Friedrich Stolberg nach seiner russischen Reise berichtet, ,,ein Büreau von 70 Secretären und Schreibern, welche *alle Briefe* der Fremden und vieler Einheimischen öffnen und bedenkliche Stellen copiren. Der Chef dieses Büreau ist ein Mann von sehr vielem Verstande, ein Deutscher, der mit zügelloser Freiheit von der ekelhaften Cultur der russischen Nation spricht.''[38] Seinem Freunde Schleiermacher mußte Klinger daher schon 1790 raten: ,,Du kannst mir über alles schreiben, nur bitte ich dich kein Verhältniß (von welcher Art es sey) des Landes zu berühren, in dem ich lebe u dem ich Dank schuldig bin.''[39] Unter Paul, der überall nur Verschwörer, Feinde, Revolutionäre witterte, wurden die Zensurverordnungen noch schärfer, er ließ sogar jegliche Einfuhr ausländischer Bücher verbieten. Schließlich hielten auch die Liberalisierungsbemühungen des jungen Alexander nicht lange vor, und als Klinger gestorben war, vernichtete die Witwe alle seine Aufzeichnungen, Unterlagen und Briefschaften. In den letzten 25 Jahren seines Lebens hat er nichts Neues mehr geschrieben, nur ab 1809 einige Jahre an der Herausgabe der ,Gesammelten Werke' gearbeitet, die 1815 mit dem 12. Band abgeschlossen wird. Längst nicht alles findet dabei noch Gnade vor seinen Augen.

6. Die ,,schimmernde Hoffnung auf reineres Dasein''

Die beiden ersten russischen Jahrzehnte waren die fruchtbarste Zeit im Leben des Schriftstellers Klinger. In den ersten Jahren entstanden drei

Stücke: ‚Die falschen Spieler', ‚Elfriede' und ‚Der Schwur', im ukrainischen Feldlager 1783 ein kleiner kritisch-satirischer Roman ‚Der goldene Hahn. Ein Beitrag zur Kirchen-Historie', der im märchenhaften Gewande Klingers an Voltaire geschulte Religionskritik vorträgt. 1784 folgte ein historisches Drama ‚Konradin', ein Jahr später die erste (verschlüsselte) Dramatisierung eines zeitgeschichtlichen russischen Stoffes, das um Potemkin spielende Drama ‚Der Günstling'. Bis 1790 schließt sich eine Reihe von vier Dramen an, in denen Klinger antike Stoffe bearbeitete: ‚Medea in Korinth' (1786), ‚Aristodymos' (1787), ‚Damokles' (1790), ‚Medea auf dem Kaukasus' (1790). Das überlieferte Modell wird zum Spiegel zeitgenössischer Bezüge und überraschender Entsprechungen, feudalabsolutistische Tyrannei (‚Damokles') und nationale Verblendung (‚Aristodymos') gehören Klingers eigener Erfahrungswelt an. Auch die folgenden Stücke aus diesen Jahren sind politische Dramen: ‚Roderico' (1786), eine Variation der Geschichte, die Schiller im ‚Don Carlos' dramatisierte, ‚Die zwei Freundinnen' (1788), eine Sittenkomödie, und die zweite Dramatisierung eines russischen Stoffes ‚Oriantes', die ins antike Thrakien verlegte Episode aus der Geschichte Peters des Großen: die Auseinandersetzung zwischen dem Zaren und seinem Sohne Alexej, der auf Betreiben seines Vaters des Hochverrats angeklagt, zum Tode verurteilt worden und an den Folgen der Torturen 1718 gestorben war. In Klingers Drama liegt das Recht auf seiten des Sohnes, der die Ideale Rousseaus und dessen Kulturkritik vertritt, während der Vater die Zivilisierung seines barbarischen Volkes mit Hilfe ausländischer (griechischer) Berater vorantreibt, dafür aber um so barbarischer am eigenen Sohne handelt. Klinger hat offensichtlich in dieser Geschichte ein Modell seiner russischen Erfahrungen gesehen, sie zeigt, wie pessimistisch er Katharinas Politik beurteilte und daß er – ironischerweise – eher den Positionen der altrussischen Partei zuneigte, die ihn verdrängte, kaum daß sie später unter Alexander zu Macht und Geltung gekommen war.

Aber nicht die Dramen sind die bedeutendsten Werke Klingers, sondern seine nach 1790 entstandenen Romane, und sie allein hätten genügt, Klinger einen hervorragenden Platz in der deutschen Literaturgeschichte zu sichern, wären die sozialen und politischen Hoffnungen des Bürgertums in seinem Heimatland nicht so jämmerlich enttäuscht worden. Die philosophischen und satirisch-politischen Romane Klingers sind den geistigen Errungenschaften der Aufklärung in bitterer Konsequenz treu geblieben und begründeten noch einmal zusammenfassend das Zeitalter der Vernunft. „Ich wagte in den folgenden Bänden, was, so viel mir bekannt ist, kein Schriftsteller vor mir gewagt hat, ich faßte den wenigstens kühnen Entschluß, auf einmal den Plan zu zehn ganz verschiednen Werken zu entwerfen, und zwar so, daß jedes derselben ein für sich bestehendes Ganze ausmachte, und sich am Ende doch alle zu einem Hauptzwecke vereinigten."[40]

Klingers Romanwerk ist, in Anlage und Ausführung, ein ganz singuläres Ereignis in der deutschen Literatur, Kontrapunkt zu Goethes Projekt einer großen Konfession, das dann in ‚Dichtung und Wahrheit' seinen reinsten und auch vollkommensten Ausdruck gefunden hat. Während Goethe später den Plan seiner Selbstlebensbeschreibung mit der „Hauptaufgabe der Biographie" erläutert, „den Menschen in seinen Zeitverhältnissen darzustellen, und zu zeigen, inwiefern ihm das Ganze widerstrebt, inwiefern es ihn begünstigt, wie er sich eine Welt- und Menschenansicht daraus gebildet, und wie er sie ... wieder nach außen abgespiegelt",[41] also für eine mehr biographische Geschichtsschreibung plädiert, sieht Klinger seine Rolle viel mehr im Sinne Balzacs: als Sekretär des Geschichtsschreibers, der die Gesellschaft selber ist. „Diese so verschiednen Werke", fährt er mit seiner Vorrede fort, „sollten meine aus Erfahrungen und Nachdenken entsprungne Denkungsart über die natürlichen und erkünstelten Verhältnisse des Menschen enthalten, dessen ganzes moralisches Daseyn umfassen und alle wichtigen Seiten desselben berühren. Gesellschaft, Regierung, Religion, Wissenschaften, hoher idealischer Sinn, die süßen Träume einer andern Welt, die schimmernde Hoffnung auf reineres Daseyn über dieser Erde sollten in ihrem Werthe und Unwerthe, in ihrer richtigen Anwendung und ihrem Mißbrauche aus den aufgestellten Gemälden hervortreten ..."[42] Klingers Romanwerk ist Fragment geblieben, ‚Das zu frühe Erwachen des Genius der Menschheit' ist nur als Bruchstück ausgeführt und der zehnte Band, wohl als autobiographischer Rechenschaftsbericht geplant, blieb aus politischen Rücksichten ungeschrieben. An seiner Stelle erschienen die ‚Betrachtungen und Gedanken über verschiedene Gegenstände der Welt und der Literatur' (1803–1805), eine Sammlung von Aphorismen, kleinen Essays und kurzen Dialogen, vergleichbar den Werken der französischen oder englischen Moralisten – nicht die eigentlich geplante Krönung jenes kühnen Bauwerks, das er aufzurichten gedachte, aber doch sein aus vielen kleinen Bruchstücken zusammengesetzter Schlußstein.

Mit Balzac, der sich immer ebenso als Moralist wie als Erzähler der

„von so vielen Historikern ausgelassenen Geschichte"[43] bekannt hat, verbindet Klinger die Absicht, ein umfassendes inneres und äußeres Gemälde seiner Zeit zu entwerfen, eine Geschichte ihrer Sitten zu schreiben und die moralische Welt in ihrer ganzen Abscheulichkeit zu enthüllen. Gewiß, die Mittel, mit denen Balzac diese selbstgestellte Aufgabe erfüllen wird, stehen Klinger noch nicht zur Verfügung, seine ästhetischen Anschauungen sind noch ganz der Aufklärung, Voltaire und Rousseau, Lessing und Schiller verpflichtet, so daß ihm die realistische Naturgeschichte der menschlichen Gesellschaft nicht gelingen konnte, die in der ‚Comédie humaine' erscheint: „Die rohe Einbildungskraft oder der idealische Sinn soll und muß den heterogenen Stoff der Wirklichkeit durchglühen, zerschmelzen, läutern, verarbeiten und mit dem Glanze überziehen, der diese Wirklichkeit des Stoffs den Sinnen täuschend darstellt, ohne den Glauben an sein nur verhülltes Daseyn aufzuheben."[44] Hinzu kam die Situation des Exils, die ihn von dem Leben der Gesellschaft isolierte, deren wechselvolle Geschichte er schreiben wollte.

Dennoch entstehen innerhalb nur eines Jahrzehnts in schneller Folge: ‚Fausts Leben, Thaten und Höllenfahrt' (1791), ‚Geschichte Giafars des Barmeciden' (1792), ‚Geschichte Raphael de Aquillas' (1793), ‚Reisen vor der Sündflut' (1794/95), ‚Der Faust der Morgenländer' (1796), ‚Die Geschichte eines Teutschen der neuesten Zeit' (1796/98), ‚Der Weltmann und der Dichter' (1798), ‚Das zu frühe Erwachen des Genius der Menschheit' (1798/1804), ‚Sahir, Evas Erstgeborener im Paradiese' (1798). Ein Romanwerk, in dem einmal die historische (‚Raphael', ‚Giafar'), dann die philosophische (‚Faust', ‚Genius'), die politische (‚Geschichte eines Teutschen', ‚Weltmann'), schließlich die religions- (‚Sahir') und kulturkritische (‚Reisen vor der Sündflut', ‚Faust der Morgenländer') Perspektive dominiert, die aber alle einen gemeinsamen Fluchtpunkt haben: die menschliche Tragödie, die bis zur Komödie und Farce hinabreicht. Klingers Romanwerk wurde aus dem kulturellen Gedächtnis der Deutschen nicht wegen seiner Unvollkommenheiten verdrängt, die man leicht über seiner ästhetischen Kraft, seinem sittlichen Enthusiasmus und seiner unbestechlichen Wahrheitsliebe vergißt, sondern weil es sich den herrschenden kulturellen Tendenzen in der deutschen Geschichte des 19. Jahrhunderts verweigerte. Wider Willen hat Jean Paul in seiner ‚Vorschule der Ästhetik' die geistige Legitimation und innere Form von Klingers Romanwerk gleichermaßen auf den Begriff gebracht, das „Ideal und Wirklichkeit, statt auszusöhnen, noch mehr zusammen hetzt".[45]

Klinger war ein sehr vielseitiger Schriftsteller, der den knappen, aphoristischen Stil ebenso beherrschte wie den leidenschaftlichen Dialog, dem sowohl genaue Sittenschilderungen gelangen als pathetische Greuelbilder und der den Märchenton so traf wie den niederländischen Geschmack bei Schilderung häuslicher Szenerien. Eine Literaturgeschichte, die immer nur aus der Perspektive der Heroen geschrieben wurde und deren ästhetischer Maßstab einer klassizistischen Vollkommenheit verpflichtet blieb, mußte ihn in die Fußnoten verbannen, weil jeder seiner Romane, wie wiederum Jean Paul urteilte, „wie ein Dorfgeigenstück, die Dissonanzen in eine schreiende letzte auflöse".[46] Klingers programmatisch verkündete Absicht war es schließlich gewesen, „die ganze menschliche Gesellschaft mit ihren Wundern und ihren Thorheiten, ihren Scheußlichkeiten und ihren Vorzügen"[47] darzustellen, und da gab es freilich keinen versöhnlichen Schluß. Heraus kam vielmehr eine Montage aus philosophischem Diskurs und historischem Roman, aus bitterer Satire und derber Kolportage, aus frostiger Allegorie und farbigem Bildwerk. ‚Wirrwarr' in einem ganz anderen Sinne, als es der junge Stürmer und Dränger gemeint hatte, beherrscht als ästhetisches Prinzip dieses Werk und hat es bis heute so inkommensurabel gemacht, wie es das schon den befremdeten Zeitgenossen war.

Inzwischen gehört die klassizistische Ästhetik, die ihn verbannte, der Vergangenheit an, und nichts mehr stünde der Absicht im Wege, Fjodor Iwanowitsch Klinger, wie er im ‚Russischen biographischen Wörterbuch' heißt, nach mehr als zweihundert Jahren wieder in die deutsche Literatur einzubürgern, ihm vor allem den Platz eines zukunftweisenden Außenseiters in der Geschichte der deutschen Literatur zuzuerkennen. Auch er ein deutscher Schriftsteller ohne Misere, den Goethe, als er von seinem Tod erfuhr, gegenüber dem Kanzler von Müller mit den Worten charakterisierte: „Das war ein treuer, fester, derber Kerl wie keiner."[48]

Eichenkranz der Bürgertugend
Ludwig Uhland

1. Politische Romantik in Schwaben

Friedrich Theodor Vischer hat die Denkwürdigkeit aus dem Jahre 1849 überliefert. Die Frankfurter Nationalversammlung bestand nicht mehr, das Rumpfparlament war nach Stuttgart gezogen: gegen den heftigen Protest des Abgeordneten Uhland aus dem Wahlkreis Tübingen-Rottenburg, der für diesen „Winkelkonvent"[1] nun völlige Einflußlosigkeit befürchtete. Doch kam es noch schlimmer. Am 18. Juni trieben königliche Husaren befehlsgemäß die letzten Parlamentarier auseinander, verfolgten, traktierten und mißhandelten sie noch auf den Straßen, ein Offizier tat sich besonders hervor, schreckte dann aber zurück, als er neben seinem Pferd plötzlich das kahle Haupt und die darum gelegten weißen Locken Ludwig Uhlands erkannte. So hat er nur eine „einzige Verletzung" davongetragen: „das bittere Gefühl der unziemlichen Behandlung, welche dem letzten Reste der Nationalversammlung in meinem Heimatlande widerfahren ist."[2] Er harrte aus bis zum trübseligen Ende: „Wir mußten bleiben, dem Volk sein Anrecht auf ein Parlament zu erhalten ..."[3]

Der sanfte Dichter war ein aufsässiger, mutiger und treuer Mann. Nichts haßte er mehr als Servilität und Feigheit, Fahnenflucht und Unzuverlässigkeit. In ihm hatten Freunde wie Feinde einen, auf den sie bauen konnten, daher zählte zu den schlimmsten Enttäuschungen seines Lebens die Erfahrung, daß das Volk, das er zeitlebens besungen („In Fährden und in Nöten zeigt erst das Volk sich echt, / Drum soll man nie zertreten sein altes gutes, Recht."),[4] in dem er den Kraftquell der Geschichte, die Hoffnung der Zukunft gesehen hatte, daß dieses Volk sich selbst verriet, als seine Stunde gekommen war.

An der Wiege war es ihm nicht gesungen worden, daß er zu einem der bekanntesten Volksmänner Deutschlands werden sollte. Der Sproß einer alteingesessenen Tübinger Bürgerfamilie, die Theologen und Gelehrte, Beamte, Ärzte und Lehrer in ihrer Geschichte aufzuweisen hatte, sollte sich würdig dieser Reihe anschließen. Mit 14 Jahren, im

Wintersemester 1801, begann er mit dem Jurastudium, war aber in der Artistenfakultät schnell mehr zu Hause als im juristischen Hörsaal. Dennoch legte er 1808 das juristische Examen mit dem Prädikat „vorzüglich gut" ab und promovierte dann mit einer Dissertation ‚Über die teilbare oder unteilbare Natur der Servituden im Römischen Recht' (1810). Die Poesie kam darüber nicht zu kurz, eine Gruppe jugendlicher Schöngeister bildete sich um ihn, die bekanntesten waren Justinus Kerner, Karl Mayer, Heinrich Köstlin, später Varnhagen von Ense. Man schwelgte in schwärmerischen Freundschaften, wanderte, dichtete zusammen, formulierte ein literarisches Manifest und bekämpfte die letzten Vertreter einer engstirnig gewordenen Aufklärung. „Die Romantik ist nicht bloß ein phantastischer Wahn des Mittelalters. Sie ist hohe, ewige Poesie, die im Bilde darstellt, was Worte dürftig oder nimmer aussprechen; sie ist das Buch voll seltsamer Zauberbilder, die uns im Verkehr verhalten mit der dunkeln Geisterwelt; sie ist der schimmernde Regenbogen, die Brücke der Götter, worauf, nach der Edda, sie zu den Sterblichen herab- und die Auserwählten zu ihnen emporsteigen. Hat denn stets der absprechende Unglaube der neuen Zeit bessern Grund als der verrufene Aberglaube der alten? Auch hat der beständige Umgang mit dem Wunderbaren, das von allen Seiten über uns hereinhängt, so vielen den Sinn dafür benommen. Sie haben es verwechselt mit ihrer Gemeinheit, und wem noch der höhere Blick geblieben, den nennen sie Schwärmer. Nun so laßt uns Schwärmer heißen und gläubig eingehn in das große romantische Wunderreich, wo das Göttliche in tausend verklärten Gestalten umherwandelt!"[5]

Die literarische Kleinkunst dieser Jahre erhielt dann den etwas hochtrabenden Namen „Tübinger Romantik", wobei sich bei Uhland aber auch schon früh gewisse Selbstzweifel einstellten, auch ein Ungenügen an allzu freischwebender dichterischer Existenz. An den Freund Karl Mayer schrieb er schon 1809: „Ich wende mich oft weniger aus Lust und Drang, als um mich aus den Bedrängnissen zu flüchten, zur Poesie. Die Resultate mögen aber auch darnach sein. Es ist vielleicht nicht so übel, wenn der Dichter in seinem Innern etwas zerfällt und ihm das jugendliche Schwelgen in Gefühlen und Reflexionen vergeht, damit er mehr das Äußere, das Leben ergreife, aber dann muß auch ein Äußeres, ein Leben dasein und vor allem muß er selbst Dichter sein".[6] Obwohl auch Uhland in die kriegerischen Töne seiner Zeit einstimmte („Wann: ‚Freiheit!' ‚Vaterland!' ringsum erschallet, / Kein Sang tönt schöner in der Männer Ohren, / Im Kampfe, wo solch heilig Banner wallet, / Da wird der Sänger kräftig neugeboren."),[7] war er doch an den literarischen Querelen, den Durchsetzungskämpfen der romantischen Schule mehr interessiert als an dem unaufhaltsamen Aufstieg Napoleons oder den Freiheitskämpfen der Tiroler. Es bedurfte erst des württembergischen Verfassungskampfes, um den homo politicus in ihm so recht zu wecken. Er war 28 Jahre alt, als er sein erstes landespolitisch engagiertes Gedicht schrieb, es ist den Landständen gewidmet, verficht ihr „heilig Recht",[8] die bürgerlich-liberalen Grundsätze gegen die absolutistische Staatsgewalt. Eine Linie, die er von nun an als Politiker im Verfassungsstreit kompromißlos vertrat. Seine agitatorischen Gedichte wurden auf Flugblättern gedruckt und kursierten im ganzen Lande. „Wo je bei altem, gutem Wein / Der Württemberger zecht, / Da soll der erste Trinkspruch sein: / *Das alte gute Recht!*"[9] Als der König den Landtag auflöste, wurde der Ton schneidender, rebellischer: „*Freiheit* heißt nun meine Fee, / Und mein Ritter heißet *Recht*".[10]

Man sieht: Niederlagen haben ihn nie eingeschüchtert, sondern seinen Widerstand nur geschärft. Schwäbischer Starrsinn paarte sich darin mit dem Selbstbewußtsein einer unabhängigen Gelehrten- und Bürgerfamilie, die seit Generationen tief im Tübinger Universitätsleben verwurzelt war. Damit hatte es nämlich schon im frühen 19. Jahrhundert seine besondere Bewandtnis. Empört mußte die Stuttgarter Landesregierung zu wiederholten Malen feststellen, „daß ein Teil der Bürgerschaft zu Tübingen bei jedem Anlasse das Beispiel des Übermuts und des Ungehorsams zu geben bereit sey."[11] Kein Wunder, daß Ludwig Uhland den amtlichen Plänen, die Universität von Tübingen nach Stuttgart („in eine kleinere Hof- und Kanzleistadt")[12] zu verlegen, beredt entgegen trat.

Der kleine bescheidene Mann in der anspruchslosen Bekleidung, den Besucher für einen Handwerker oder seinen eigenen Diener hielten und den die Droste-Hülshoff schlicht „ein gutes, schüchternes Männchen"[13] nannte, dieser Ludwig Uhland war doch ein in allen rhetorischen Künsten bewanderter Redner. Seine Plädoyers im Stuttgarter Landtag gegen den Staatsgefährdungsparagraphen und für die Pressefreiheit, gegen die Benachteiligung und Diffamierung der Juden und für die volle rechtliche Gleichstellung aller Bürger, schließlich die beiden Aufsehen erregenden Reden vor dem Parlament der Paulskirche sind Musterbeispiele für die in Deutschland so seltene Kombination von Sachverstand und politischer Eloquenz, von sozialem Engagement und freiheitlicher Gesinnung.[14] Dabei besaß er gar keine natürliche Beredsamkeit. Für Varnhagen war er „der entschlossenste, hartnäckigste Schweiger, der mir noch vorgekommen";[15] ein vielfach bezeugter Charakterzug, der auch seine parlamentarische Arbeit im Frankfurter Bundestag prägte. Er schrieb ungemein wirkungsvolle und sachlich überzeugende Reden, doch las er sie, und das bisweilen sogar stockend, ab: er mußte, so beschrieb ihn Willibald Alexis, „um zu wirken, ganz von der Fülle seines Gegenstandes hingerissen sein."[16]

Man hat ihn zum Konservativen machen wollen, weil er der organisch gewachsenen Überlieferung unbedingte Autorität zuerkannte, doch wie falsch sind dergleichen papierne Klassifizierungen gegenüber dem vollen unzensierten Leben eines unabhängigen Mannes! Die Willkür der Staatsführung, der selbstherrliche Egoismus der deutschen Fürsten, bürgerlicher Untertanengeist und die Unfreiheit des Volkes galten ihm als die verhängnisvollsten Übel der Gegenwart. Er saß auf der linken Seite des Parlaments und stimmte auch meist mit der Linken, die großdeutsche Lösung hielt er für die einzige wahre Alternative zu der unglücklichen staatlichen Zerrissenheit Deutschlands: „Meine Herren! Wir sind hierher gesandt, die deutsche Einheit zu gründen, wir sind nicht gesandt, um große Gebiete und zahlreiche Bevölkerungen von Deutschland abzulösen, Gebiete, ... welche auch in den trüben Tagen des Deutschen Bundes deutsches Bundesland waren. Nur die Fremdherrschaft, nur die Zeit der tiefsten Schmach hat Deutschland zerrissen, jetzt aber soll der Tag der Freiheit, der Tag der Ehre aufgehen, und jetzt steht es uns nicht an, mit eigenen Händen das Vaterland zu verstümmeln."[17] Die große Rede gegen das Erbkaisertum („Ich gestehe, einmal geträumt zu haben, daß der großartige Aufschwung der deutschen Nation auch bedeutende politische Charaktere hervorrufen werde, und daß hinfort nur die Hervorragendsten an der Spitze des deutschen Gesamtstaates stehen werden. Dies ist nur möglich durch Wahl, nicht durch Erbgang."),[18] diese Rede, die Hofmannsthal zu den klassischen Stücken deutscher Prosa rechnete, gipfelte in den sofort berühmten Worten: „Glauben Sie, meine Herren, es wird kein Haupt über Deutschland leuchten, das nicht mit einem vollen Tropfen demokratischen Öls gesalbt ist."[19]

2. Nachruhm

Muß man gesondert erwähnen, daß Uhland nach dem Scheitern des Parlaments, nachdem er sich in seine Tübinger Gelehrtenstube zurückgezogen hatte, nichts von seinen Überzeugungen preisgegeben hat? In seinem polemischen Prospekt der ‚Romantischen Schule' hatte ihm Heinrich Heine schon 1833 den „Eichenkranz der Bürgertugend"[20] verliehen und seine „demokratische und protestantische Gesinnung"[21] gepriesen. „Herr Uhland repräsentiert eine ganze Periode, und er repräsentiert sie jetzt fast allein, da die anderen Repräsentanten derselben in Vergessenheit geraten und sich wirklich in diesem Schriftsteller alle resumieren."[22] Das ist nun schon ein zweideutig gemeintes Lob, doch hat die Folgezeit zunächst nur dessen positive Seite bestätigt. „Der unerhörte Ruhm Ludwig Uhlands im 19. Jahrhundert stellt ein noch nicht befriedigend gelöstes Forschungsproblem dar",[23] übertraf zeitweise sogar die Popularität Schillers und Goethes, Heines oder Börnes. Grillparzer nannte ihn den „letzten deutschen Dichter",[24] Hebbel den „ersten Dichter der Gegenwart"[25] und das Bürgertum des Kaiserreichs feierte in ihm den Sänger deutscher Minne und Treue. Seine Lieder gehören zu den meistvertonten in deutscher Sprache, einige von ihnen wurden Volkslieder (‚Bei einem Wirte, wundermild, / Da war ich jüngst zu Gaste'),[26] die Balladen (‚Es gingen drei Jäger wohl auf die Pirsch', ‚Des Sängers Fluch' oder ‚Schwäbische Kunde': „Als Kaiser Rotbart lobesam / Zum heil'gen Land gezogen kam ...")[27] gerieten ebenso in den Lektürekanon der höheren Schulen wie die Tragödie vom Schwabenherzog Ernst. In Fontanes ‚Unwiederbringlich' begeistert sich Graf Holk für Uhlands Ballade ‚Schloß am Meer', dessen Anfang er unter einem Kupferstich zitiert fand, ohne den Autor zunächst zu erkennen: „‚Vorzüglich, Christine. Gefällt mir auch', lachte Holk. ‚Und von Uhland, sagst du. Allen Respekt davor."[28] Doch zeigt hier der ironische Unterton schon an, daß sich Uhlands Publikum mehr und mehr auf die Leser der Goldschnitt-Lyrik einzuschränken begann. Eine populäre Lithographie des 19. Jahrhunderts[29] zeigt die beiden Schriftsteller Justinus Kerner und Gustav Schwab vereint mit Uhland in der idyllischen Ecke einer Gartenwirtschaft bei einem Glase Wein, ein knorriger Eichenbaum, im Hintergrund ein paar Häusergiebel, ein sanft ansteigender Berg mit Burgruine vervollständigen das trauliche Bild. Uhland immerhin ist stehend darauf zu sehen, mit ernster Miene, die rechte Hand im nachdrücklichen Rednergestus erhoben. Diese Mischung, meine ich, machte die Popularität Ludwig Uhlands aus; Bürgerstolz und Romantik, Vernünftigkeit und Empfindung, Zeitgenossenschaft und Häuslichkeit schienen in seiner Person harmonisch vereint. Keine Heinesche Zerrissenheit oder jungdeutschschroffe Aufsässigkeit, doch auch nicht bloß träumerische Weltabgewandtheit oder romantische Wanderseligkeit kennzeichneten seinen Charakter. Der bürgerliche Sinn für die Realitäten des Lebens, Augenmaß und unbestechliche Rechtlichkeit ergaben den sicheren und nie verlassenen Grund seines poetischen Talents. So ist es wohl vor allem das geläufige Vorurteil vom 19. Jahrhundert, von seinem restaurativen, irrationalen, unpolitischen Grundzug, wodurch uns das Verständnis von Uhlands überragender, nicht bloß deutscher, sondern europäischer Geltung schwergemacht wird.

Doch was ist davon übrig geblieben? Ein paar geflügelte Worte, einige vollendete Gedichte in den entsprechenden Anthologien:

Nachtreise

Ich reit ins finstre Land hinein,
Nicht Mond noch Sterne geben Schein,
Die kalten Winde tosen.
Oft hab ich diesen Weg gemacht,
Wenn goldner Sonnenschein gelacht,
Bei lauer Lüfte Kosen.

Ich reit am finstern Garten hin,
Die dürren Bäume sausen drin,
Die welken Blätter fallen.
Hier pflegt ich in der Rosenzeit,
Wann alles sich der Liebe weiht,
Mit meinem Lieb zu wallen.

Erloschen ist der Sonne Strahl,
Verwelkt die Rosen allzumal,
Mein Lieb zu Grab getragen.
Ich reit ins finstre Land hinein
Im Wintersturm, ohn allen Schein,
Den Mantel umgeschlagen.[30]

Hier und da findet man auch noch das Gedicht auf die Wurmlinger Kapelle, die Verse ‚Auf den Tod eines Kindes'[31] oder das Frühlingslied von 1813:

Frühlingsglaube

Die linden Lüfte sind erwacht,
Sie säuseln und weben Tag und Nacht,
Sie schaffen an allen Enden.
O frischer Duft, o neuer Klang!
Nun, armes Herze, sei nicht bang!
Nun muß sich alles, alles wenden.

Die Welt wird schöner mit jedem Tag,
Man weiß nicht, was noch werden mag,
Das Blühen will nicht enden.
Es blüht das fernste, tiefste Tal:
Nun, armes Herz, vergiß der Qual!
Nun muß sich alles, alles wenden.[32]

Insgesamt ein bescheidener Nachruhm, zu dem auch paßt, daß seine Werke bis in die jüngste Zeit in keiner belangvollen Ausgabe verbreitet waren[33] und von einer lebendigen Uhlandforschung (so man nicht schon die schüchternen Ansätze dafür nehmen will) die Rede nicht sein kann.

3. Schriftsteller, Germanist, Rhetor

„Fehlt das äußre freie Wesen, / Leicht erkrankt auch das Gedicht".[34] Uhland lebte in den finsteren und kalten Zeiten der Reaktion („Alles Leben eingeschneit!"),[35] und wenn nach 1816 seine lyrische Produktivität plötzlich aufhörte, um dann erst um 1829 für kaum fünf Jahre nochmals einzusetzen, so hat das gewiß am wenigsten mit den Eigenheiten und der schnellen Erschöpfbarkeit seiner dichterischen Phantasie zu tun, wie die meisten bis heute glauben. Man lese seine Klagen über die eisige, poesiefeindliche Zeit („Man findet jetzt in Deutschland ... keinen Wetteifer in der Poesie, kein lebendiges und wiederbelebendes Interesse für dieselbe ... Indessen bis ich mich wieder zu eigener Hervorbringung angeregt fühle, soll mir die Poesie wenigstens geschichtlich nahebleiben."),[36] lese, was er seinen Studenten im ‚Stilistikum' am 12. August 1830 zum Lobe der Juli-Revolution zu sagen hatte,[37] lese, wie er am 23. September ein Gedicht von Gustav Pfizer kommentierte: „In diesem Liede springt aus dem neuesten Kampfe, wie aus Schwertschlägen der Funke, sogleich die rechte Idee leuchtend hervor, daß die Zeit des Bürgertums herangereift, d. h. die höchste, jedem Würdigen, aber nur diesem zugängliche Standes- und Rangstufe der geistlichen und sittlichen Bildung."[38] Ja: die Stuttgarter Regierung hatte schon ihre Gründe, warum sie im Frühjahr dieses Jahres dem Antrag der Tübinger Universität, Uhland zum Professor für altdeutsche Literatur zu ernennen, nur zögernd nachgekommen war. Dieser Dichter gehörte eben viel mehr auf die Seite des jungen als auf die des alten Deutschland. Eine Trennung von Literatur und Leben hat es nie für ihn gegeben, weder für seine Schriftstellerei noch für seine kurze Tätigkeit als akademischer Lehrer (schon Anfang des Jahres 1833 sitzt er wieder auf den Stuttgarter Abgeordnetenbänken), noch sogar für seinen Rückzug in die Stube des Privatgelehrten, 1849, nach dem Scheitern seiner demokratischen Politik: „Eine Arbeit dieser stillen Art setzt sich freilich dem Vorwurf aus, daß sie in der jetzigen Lage des Vaterlandes nicht an der Zeit sei. Ich betrachte sie aber nicht lediglich als eine Auswanderung in die Vergangenheit, eher als ein rechtes Einwandern in die tiefere Natur des Volkslebens, an dessen Gesundheit man irre werden muß, wenn man einzig die Erscheinung des Tages vor Augen hat ..."[39]

Und wirklich, geht man in Richtung dieses Satzes, findet man die Einheit in Leben und Werk des aufrechten Mannes, womit er in seiner Zeit weit über Württemberg hinaus und in die Zukunft gewirkt hat und die ihn uns heute erneut bedeutsam machen kann. Ob er auszog in die romantische Landschaft (seine Wanderlieder und Naturgedichte) oder in die Geschichte eines idealisierten Mittelalters, seines freiheitlich-volkstümlichen Gepräges wegen (die Balladen, Dramen, literarhistorischen Studien), ob er sich der romantischen Sehnsucht hingab („dies Hervortreten der Weltgeister, diese Menschwerdung des Göttlichen')[40] oder den tagespolitischen Fragen widmete, es waren Grenzüberschreitungen ins Nächste, Antizipationen von Zukunft in der Gegenwart. „Gedeihen und Absterben der Volkspoesie hängt überall davon ab, ob die Grundbedingung derselben, Teilnahme des gesamten Volkes, fest stehe oder versage ..."[41] Das Mittelalter war ihm Gesundbrunnen und produktive Erinnerung zugleich als ein riesiges, kaum erforschtes Reservoir phantasiekräftiger, zukunftsgeladener Bilder und Exempel, in deren Lichte er auch Walther von der Vogelweide deutet. „Wir haben zuvor gesehen, in welch heiterem Lichte unserm Dichter seine frühere Lebenszeit erscheint. Mit stets düsterern Farben malt er die Gegenwart. Er klagt um die alte Ehre, um die alten getreuen Sitten. Treue und Wahrheit sind viel gar bescholten. Leer stehen die Stühle, wo Weisheit, Adel und Alter saßen ehe Recht hinket, Zucht trauert und Scham siechet. Die Sonne hat ihren Schein verkehret, Untreue ihren Samen ausgestreut auf allen Wegen, der Vater findet Untreue bei dem Kinde, der Bruder lügt dem Bruder, geistlicher Orden selber trüget, der uns doch zum Himmel leiten sollte. Der Dichter erkennt hierin die schreckbaren Zeichen des nahenden Weltgerichts. Mit tiefem Kummer hält er dem politischen und sittlichen Verfalle seines Vaterlands dessen früheren Glanz entgegen: ‚O weh! was Ehren sich fremdet von deutschen Landen! Witz und Mannheit, dazu Silber und Gold!' ‚Ich sah hiervor einmal den Tag, da unser Lob war gemein allen Zungen, wo kein Land uns nahe lag, es begehrte Sühne oder es war bezwungen. Reicher Gott! wie wir nach Ehren da rungen!'''[42] Kein Zweifel, daß sein Studium der mittelalterlichen Poesie, der germanischen Mythologie und nordischen Sagenwelt (der größte Teil wurde erst posthum veröffentlicht) mitunter Eigenwert entwickelte, wie das jede Sache tut, auf die man sich wirklich einläßt. Doch zuletzt war alles Mittel zu einem umfassenden Wirkungszweck. „Ich sehe die Freiheit für eine Bedingung des Glücks an, weil sie die Würde des Menschen ausmacht ..."[43] Daher betrachtete er auch die Literaturwissenschaft niemals als ein spezialisiertes Fachstudium, sah sogar schon die Gefahr, daß die Germanistik gesellschaftlich und historisch um so bedeutungsloser würde, je mehr sie sich zu einer separaten wissenschaftlichen Disziplin entwickelte. Statt dessen sollte sie erneut die Einheit von Literatur und Volksleben stiften, sollte die Geschichte des deutschen Volkes nach seiner Literatur schreiben. Klarheit, Verständlichkeit, Lebendigkeit, prägnante Kürze, mit einem Wort: Popularität in einem unbanalen Sinne, der Schulfuchserei wie der Vereinfachung gleichermaßen feind. Was verschlägt es, daß die Forschung über Walther von der Vogelweide heute in vielem anders denkt und mehr weiß, wenn sie ihn doch nicht zum aktuellen Ereignis zu machen versteht? Simplizität und Artistik zeichnen nicht nur seine Gedichte, sondern auch seine politische und wissenschaftliche Prosa aus. Schon den Studenten in seinem ‚Stilistikum' hatte er eingeschärft: „Mitteilungen aus dem Innern einer besondern Szienz für einen weitern Kreis haben allerdings nicht unbedeutende Schwierigkeiten; aber eben die Bekämpfung dieser Schwierigkeiten scheint mir, wie ich schon früher angedeutet, auch für die eigene Verständigung des Mitteilenden nützlich zu sein. Andern klar zu werden, welche in diese besondern Studien nicht eingeweiht sind, dazu scheint mir hauptsächlich das erforderlich, daß die ersten und durchgreifendsten Begriffe und Einteilungen möglichst deutlich dargelegt werden. Ist hier, in der Grundlage, die Verständigung gewonnen, so wird man schon kühner fortbauen dürfen."[44] Oder bei der Besprechung eines anderen Aufsatzes über die Belebung des Rechts: „Die sogenannten Fakultätswissenschaften von ihrer lebendigen, allgemein menschlichen Seite darzustellen, ist eine Aufgabe, die ich schon bei der Eröffnung dieser Stunden als eine für dieselben geeignete bezeichnet habe. Am schwierigsten mag die Lösung der Aufgabe eben bei der Rechtswissenschaft erscheinen, weil wirklich auch sie am meisten ausgesetzt ist, an ihrem innern Leben verkümmert zu werden."[45]

Bei seinen historischen Balladen, seinen Dramen vom freundestreuen Schwabenherzog oder von Ludwig, dem Verfechter deutscher Stammeseinheit (‚Ludwig der Baier'), kommt zur geschichtlich-politischen Wirkungsabsicht noch ein kräftiger Schuß Kolportage aus der Gegend von Spieß, Cramer oder Vulpius hinzu, deren Ritterromane der Junge einst verschlungen hatte. Da ist alles holzschnittartig komponiert, mit kräftigen und eindeutigen Gefühlen, klaren und unmißverständlichen Charakteren, einfachen und geraden Handlungsverläufen: Geschichtskolportage, literarische Pendants zu den populären Bilderbogen, die das 19. Jahrhundert so liebte, doch in Sprache und Versgestalt von hoher Formkunst.

Denn Ludwig Uhland war ein sehr bewußt arbeitender Dichter, ein Schriftsteller und Redner, der das Handwerkliche seiner Kunst nie leugnete, wenn er sich auch dem Einfluß der romantischen Genieästhetik (zum eigenen Schaden) nicht hat entziehen können. Seine Gedichte vor allem – und in schöpferischen Phasen schrieb er manchmal vier, fünf an einem Tag – unterstellte er jenem irrationalen Schöpfungsdrang, den die Romantiker kultivierten. Doch ist auch hierbei Vorsicht angebracht. Die „Sicherheit der Form",[46] die auch Heine an Uhlands Gedichten rühmte, wurde ihm nicht geschenkt, wie der Vergleich mit den ganz unselbständigen Gedichten des jungen Studenten zeigt, sondern eben durch Studium und imitatio, Nachahmung und Übung erworben. Er war kein Mann der Improvisation, Reden und Vorlesungen wurden zuvor sorgfältig ausgearbeitet und schriftlich fixiert, die Anekdote will sogar wissen, daß er den Tadel des Dienstmädchens zuerst schriftlich formuliert habe.

Nirgendwo zeigt sich aber diese handwerkliche Überzeugung von seiner Profession schöner als in den stilistischen Übungen, die er in vier Semestern zwischen 1830 und 1832 an der Tübinger Universität gehalten hat. Eine Art Schreibschule, an der vor allem Mediziner und Juristen, Theologen und auch einige Philologen teilnahmen, das vollständige Manuskript harrt bis heute der Edition. Die Studenten verfaßten Parabeln und Gedichte, wissenschaftliche Aufsätze und Naturbetrachtungen nach vorgegebenen Themen, und der Meister examinierte dann die Produkte nach allen Regeln der Kunst. Doch mit welcher Souveränität und geistigen Weise geschieht das! Ästhetische Diskussionen greifen über in politische Plädoyers und umgekehrt, Reflexionen über den Volksliedton münden in die Erörterung ursprünglicher Lebenssitten, die gattungstheoretische Bestimmung der Balladen wird zur Geschichtsphilosophie in nuce, und die Kommentare zur wissenschaftlichen Vortragsweise gipfeln in dem Bekenntnis zur literarischen Form in allen Wissenschaften.

Es gibt nur wenige Schriftsteller in der Geschichte der deutschen Literatur, die sich mit diesem Ludwig Uhland vergleichen ließen. Seine Dramen und viele seiner Gedichte und Balladen, seine politischen Reden, literaturhistorischen Essays und germanistischen Abhandlungen wird man nicht zuerst um ihrer selbst willen lesen, sondern als Sprachrohr und Spiegelbilder ihres Autors. Dessen Imago (einen „Freund deutscher Volksfreiheiten und deutscher Nationaleinheit"[47] hat er sich genannt) ist das eigentliche Erbe, das er uns hinterlassen hat. Ein Zeitgenosse hat das gewußt, als er nach Uhlands Tod am 13. November 1862 dem Freunde schrieb: „Ach, was haben wir verloren, das *Gewissen Deutschlands*!"[48]

Rhetorik der Tat
Ludolf Wienbarg und seine Ästhetischen Feldzüge

1. Leben auf der Flucht

In der ‚Romantischen Schule' erwähnt ihn Heinrich Heine nur einmal nebenbei, rechnet Ludolf Wienbarg zwar zu den „Chorführern"[1] des „Jungen Deutschland", aber das erscheint ihm auch schon genug der Ehre, nachdem er immerhin Laubes und Gutzkows zuvor mit begeisterten Worten gedacht hatte. Man kann darin eine vorausschauende Weitsicht sehen (denn wirklich ist Wienbargs Name mehr verblaßt als der Gutzkows, selbst Laubes) oder auch einfach die Folge davon, daß Heines großer literaturgeschichtlicher Essay zweifellos ein Konkurrenzunternehmen zu Wienbargs Ostern 1834 erschienener Hauptschrift darstellte.

Von allen Jungdeutschen verstand sich der gebürtige Altonaer am besten mit Gutzkow, die gemeinsame soziale Herkunft – der Vater war Schmied – mag zu diesem Einverständnis beigetragen haben. Das Werk, das ihn mit einem Male berühmt machte, erschien bei Hoffmann und Campe in Hamburg, dem Hausverlag der neuen Oppositionsliteratur. ‚Ästhetische Feldzüge. Dem jungen Deutschland gewidmet von L. Wienbarg' stand auf dem Titelblatt; wenn auch vor dieser Widmung der Name „Junges Deutschland" bereits unter den befreundeten Schriftstellern geläufig gewesen sein mag (ja, Strodtmann behauptet sogar, Julius Campe habe ihn seinem Autor in den Mund gelegt), zum Kampfruf, zur Chiffre des Aufbruchs und der Zukunft, der Absage an die verkrusteten, erstarrten, lähmenden deutschen Verhältnisse, zur zündenden, aufregenden Parole wurde dieser Name erst durch die Feldzüge des jungen Kieler Privatdozenten Ludolf Wienbarg, dessen akademische Karriere von neidischen Kollegen und einer mißtrauischen Universitätsbürokratie schon nach kurzer Zeit beendet worden war. Wie Gutzkow mußte sich Wienbarg sein Geld als Berufsschriftsteller verdienen, gemeinsam versuchten sie es mit der ‚Deutschen Revue', aber anders als Gutzkow gelang es ihm auf die Dauer nicht, sich gegen die Übermacht einer feindseligen, verständnislosen

Umwelt zu behaupten. „Abends traf ich in Hochheim in dem Gasthause, wo ich übernachten wollte, eine Gesellschaft von Ortsgästen, mit denen ich bald in freundliche Unterhaltung gerieth. Der Gasthalter, ein alter Mann mit silbernem Hauptschmuck, legte mir sein Fremdenbuch vor, mit dem Gesuche, meinen Namen einzuzeichnen. Kaum war diese Herkömmlichkeit abgemacht, als Einer nach dem Andern sich aus dem Zimmer entfernte. Vielleichte entdeckte der Wirth ein Zeichen der Befremdung darüber auf meinem Gesicht, denn der kam auf mich zu und sagte mit herzlichem Händedruck: nehmen Sie ihnen das nicht übel, Herr Doktor! Es sind junge Beamte, die ihre Carriere zu machen haben, und alleweil geht es bei uns in Nassau derartig her, daß die geringste Verdächtigung und die grundloseste Angabe sie unglücklich machen kann. Wir erleben alle Tage, daß Leute wegen eines im Wirtshause gesprochenen Wortes Nachts aus dem Bett geholt und eingesteckt worden sind. Keiner traut mehr dem Andern."[2] Ein Schlüsselerlebnis, die Signatur eines ganzen Lebens in eine kurze Szene gefaßt. Wienbargs Versuche, irgendwo in Deutschland eine Existenz zu gründen, gleichen einem dauernden Spießrutenlauf, einer immerwährenden Flucht vor Polizei und Gerichten, bis ihm schließlich (1836) nur der nördlichste Zipfel Deutschlands, Helgoland, als Zuflucht blieb: „wo Englands stolze Flagge weht".[3] „Man ist so schwach, allein, verlassen, im Dunkeln der Gewalt gegenüber"[4] – es sind anders erschütternde Töne, die ihm nun kommen, sie deuten schon voraus auf das Ende.

Das Exil auf der Nordseeinsel lieferte den Stoff zu dem einzigen bedeutenden Werk, das Wienbarg nach den ‚Ästhetischen Feldzügen' noch verfaßt hat: 1838 erschien sein ‚Tagebuch aus Helgoland' in Campes Verlag, da lebte er, halbwegs geduldet, schon zwei Jahre in Hamburg. Doch die Verfolgungen, die wirtschaftliche Not, die zermürbende Unsicherheit seines Schriftstellerdaseins begannen schon bald ihre Wirkung zu tun, Wienbargs geistige und seelische Kräfte verbrauchten sich schnell. Er begann zu trinken, lebte von Almosen, kam herunter. Campes Sohn, Julius junior, hat ihn so beschrieben: „In den fünfziger Jahren, aus denen ich Wienbarg persönlich kannte (eine Hünengestalt mit weiblicher Flüsterstimme und zerrissenen Schuhen), war er schon weit dem Alkoholismus verfallen und führte nur noch ein verfallenes Dasein, welches ihn ab und zu zu uns führte, um meinen Alten anzuschnorren und ihm dann auf seiner Bratsche vorzupeipen, die er die Manie hatte, zu einem Solokonzertinstrument erheben zu wollen – das lag ihm mehr am Herzen wie die Literatur."[5]

Widerrufen hat er – wie mancher seiner Mitstreiter, wie Mundt oder Laube – nie. Als er am 2. Februar 1871 in der Schleswiger Irrenanstalt als gerade 68jähriger stirbt, da war der einst überlegene, kraftvolle Mann nur noch ein lange ausgebrannter Fall, geschwächt von Krankheit und Alkoholismus. In der sorgfältig geführten Krankengeschichte lesen wir von heftiger Angst und Unruhe, er fühlte sich immer noch verfolgt, auf einem Schandkarren und mit einer Schandglokke durch die Straßen gefahren, Mordmaschinen sah er gegen sich gerichtet, eine Bande von Häschern belauerte jede seiner Regungen. Über die Realität seiner Phantasien hat man nicht nachgedacht, ihn nur, wenn es zu arg wurde, in die Zwangsjacke gesteckt und mit hohen Chloraldosen traktiert – bis endlich das Herz darüber stehenblieb.

2. Jungdeutsche Beredsamkeit

Und wie enthusiastisch hatte es begonnen. „*Dir junges Deutschland, widme ich diese Reden, nicht dem alten.* Ein jeder Schriftsteller sollte nur gleich von vornherein erklären, welchem Deutschland er sein Buch bestimmt und in wessen Hände er dasselbe zu sehen wünscht ... *Dir, junges Deutschland, widme ich diese Reden,* flüchtige Ergüsse wechselnder Aufregung, aber alle aus der Sehnsucht des Gemüts nach einem besseren und schöneren Volksleben entsprungen. Ich hielt sie als Vorlesungen auf einer norddeutschen Akademie, hoffe aber, sie werden den Geruch der vier Fakultäten nicht mit sich bringen, der bekanntlich nicht der frischeste ist."[5] Das Überraschendste an Wienbargs hinreißender Beredsamkeit ist, daß er ihr überall zu widersprechen scheint, wo die Rede aufs Thema Rhetorik kommt. Und wirklich: von antirhetorischem Affekt sind Ludolf Wienbargs Schriften ganz durchdrungen. In dem Meisterwerk seiner Beredsamkeit, den ‚Ästhetischen Feldzügen', spricht er der französischen Sprache jeden poetischen Charakter ab, sie sei bloß rhetorischer Natur. „Ich weiß nicht", fährt er fort, „ob die Franzosen ein rein poetisches Produkt zustande gebracht haben, ich wüßte keins, wo nicht der Redner den Poeten überwöge oder wenigstens ihm den Rang abzulaufen versuchte; selbst in der neuesten romantischen Schule, an deren Spitze Victor Hugo steht und die ohne Zweifel an poetischem Gehalt die altfranzösischklassische überflügelt, spielt die Rhetorik, die Floskelei, die Tiradensucht die Hauptrolle."[7] Insofern der junge Kieler Privatdozent davon überzeugt ist, daß Deutschland in der Redekunst seinem westeuropäischen Nachbarn nichts Vergleichbares an die Seite zu stellen habe, daß aber Poesie und Rede scharf zu trennen seien und was man auf dem einen Gebiet schuldig bleibe, dafür um so glänzender auf dem anderen wettmache, insofern also, – um es nochmals mit Wienbargs Worten zu sagen – die „Kunst der Rednerei, der Witzelei, der Phantasterei" ersetzt werden soll durch „Natur, Wahrheit, Herzlichkeit",[8] können wir sein Werk als ein typisches Zeugnis jener Rhetorik-Verachtung ansehen, die uns aus der Literatur des 19. Jahrhunderts so vertraut ist. Aber nicht darauf will ich hinaus, denn der so lange gültige Gemeinplatz vom Niedergang der Rhetorik hat ja schon einigen begründeten Widerspruch erregt und wirkt inzwischen etwas abgegriffen. Der ganzen antirhetorischen Polemik liegt doch auch im 19. Jahrhundert eine prinzipielle Zweideutigkeit zugrunde, die sich wiederum in Wienbargs Werk mit aller Schärfe ausgeprägt hat: handelt es sich dabei doch um einen Prozeß der Redekunst gegen sich selbst, gleichsam um einen Bürgerkrieg, um es in der Metaphorik Wienbargs zu formulieren. Der Schriftsteller, der alle Literatur unter das Primat der Wirkung stellte, der jeden Satz, den er geschrieben, selbst die Streitschrift gegen die plattdeutsche Sprache, wie er selber sagt, „auf unmittelbare praktische Wirkung ... berechnet",[9] der überall den Anschluß an das wirkliche Leben forderte, der Heine bewunderte, weil der aus der Prosa eine Waffe gemacht habe,[10] dieser Schriftsteller, der das „Protestieren gegen die Historie" als die „große Erbschaft" ansah, „die Luther uns übermacht hat",[11] und der über nichts so klagt wie darüber, daß der Glaube und das Handeln gehemmt, daß „staatsbürgerliche und politische Thätigkeit"[12] ins Stocken geraten seien; der leidenschaftliche Redner schließlich, der Abrechnung mit der Zeit halten, der seine ästhetischen Feldzüge ganz buchstäblich als eine Kriegserklärung an das alte Deutschland aufgefaßt wissen wollte, der eine müde Zeit, eine Zeit der Ruhe und Ordnung, der Restauration und politischen Lethargie allein durch die Kraft seiner Worte aufrühren wollte und den dann das preußische Oberzensurkollegium mit dem Lob bedachte: „Bei dem jetzt vorzüglich aufgeregten Zustande der Jugend halten wir die Stimme eines solchen Volkstribuns für eine gefährliche"[13] – diesr Ludolf Wienbarg plädierte für deutsche Poesie gegen französische Rhetorik, für Goethe und gegen Schiller (den er einer „oft undeutschen und hohlklingenden Paradesprache"[14] zeiht), für das natürliche Leben und gegen Geschichte, Bildung und Wissenschaft!

Ich glaube nicht, daß wir es zur Erklärung dieser und aller anderen Widersprüche mit den Einschätzungen bewenden lassen können, mit denen sich die Forschung einen Reim darauf zu machen suchte, also etwa, daß er kein eigenständiger Denker gewesen, seine Ästhetik eklektischen, ja seine Schriften insgesamt ideologischen Charakters seien und daß er im übrigen hemmungs- und unterschiedslos abgeschrieben habe, bei Hegel und Humboldt über die indische Kunst, bei Schiller über die ästhetische Erziehung, bei Herder über Ursprung und Entwicklung der Sprachen, bei Goethe über das Verhältnis von Literatur und Leben.[15] Das ist alles nicht aus der Luft gegriffen, er zitiert diese Schriftsteller – und es sind noch mehr, als ich hier genannt habe –, er zitiert sie ausführlich und oft ohne weiteren Nachweis, was ihm später sogar den Plagiatsvorwurf eingetragen hat. Wie nun, bemerken wir verblüfft, konnte ein solches Machwerk dann die jederzeit dokumentierbaren Wirkungen entfalten? Theodor Mundt schöpfte daraus die „Hoffnungen des Vaterlandes",[16] für Gustav Kühne wurde er damit zum „Propheten in der Wüste",[17] und kein Geringerer als Karl Gutzkow bescheinigte ihm, „theoretisch am reinsten die Grundzüge einer Literatur gezeichnet (zu haben), welche wir als die eigentlich neue begrüßen sollten."[18] Die Ungereimtheiten gehen noch weiter, denn dieselben Literaturhistoriker, die ihm jede Originalität und Leistung absprechen, halten doch mit Walter Dietze daran fest, ihn als den „bedeutendste(n) Theoretiker des Jungen Deutschland"[19] zu sehen und seine ‚Ästhetischen Feldzüge' als Programmschrift zu lesen. – Ich glaube, man kann jetzt schon den Satz wagen, daß Ludolf Wienbarg im Positiven wie im Negativen das Opfer seiner eigenen antirhetorischen Polemik wurde, daß er, mit anderen Worten, in das ganz zeittypische Spannungsfeld zwischen theoretischer Rhetorik-Verachtung und ganz selbstverständlicher rhetorischer Praxis geriet, das noch heute bei der Erforschung des 19. Jahrhunderts aus Unkenntnis zu den merkwürdigsten Schlußfolgerungen Anlaß gibt.

Ludolf Wienbarg gehörte zu denen, die die Aufklärung in das 19. Jahrhundert retteten, eine kämpferische Aufklärung, die sich mit Sturm-und-Drang-Voluntarismus aufgeladen hatte, mit einem anarchischen, sprengenden Freiheitspathos, das sich auf Rousseau berief, das einzige wirkliche Genie, das er den Franzosen zugestand, der einzige, der „eine neue Welt von Gedanken entzündete"[20] und dem er sich selber verwandt fühlte. Die Triebfeder seines Wirkens war nicht die Vergangenheit, sondern die Zukunft, und sein Ziel war, die Gegenwart, diese Übergangszeit, ein Stück näher an den Augenblick der Wende heranzuführen. ,,Wir sind krank an unserer Historie, und wir werden vielleicht darüber hinsterben, ehe wir uns den Mut fassen, den unheilbaren Sitz unserer Krankheit einzusehen, und uns dem wunderbaren Genius anvertrauen, der verjüngend durch die Welt schreitet. Jedoch steht dem Trübsinnigen, das in dieser Ansicht für uns liegt, der Spruch der Hoffnung gegenüber, daß ein Augenblick alles umgestalten kann, so im Schicksal des einzelnen als im Schicksal der Völker und Nationen.''[21] War er der Demagoge und Revolutionär, den Metternichs Spitzel und preußische Zensoren in ihm sahen? Politische Knechtschaft und soziale Unterdrückung haßte er wie Ludwig Börne. ,,Ich fange an'', schrieb, nein predigte er, ,,den Reichthum für ein großes Unglück, ja in Augenblicken für ein Verbrechen zu halten'',[22] und zitierte das Jesus-Wort von dem Reichen, der nur schwer ins Himmelreich komme. Aber sein Grunderlebnis war nicht wie das des Frankfurter Juden: schon mit dem ersten Atemzuge unterdrückt zu sein, sondern die Einschränkungen seiner menschlichen Entfaltungsmöglichkeiten, ein Entfremdungserlebnis eigentlich. Nichts konnte er so wenig ertragen wie ,,die allgemeine Lethargie und Stagnation'' (Heine),[23] wie das Wintermärchen-Deutschland, wie die Vereisung aller Lebensverhältnisse. Das ist das Grundmotiv seines Kampfes: ,,Wir selbst sind die Träger der abgestorbenen Zeit, wir selbst sind verhüllt von Kopf bis zu Füßen, sprechen und handeln im Charakter unserer Maske, bewußtlos wie die Menge, mit Bewußtsein wie viele. Nur wenige haben die Aufrichtigkeit, mit dem Finger auf ihre Maske hinzudeuten, noch wenigere den Mut, sie sich und andern vom Antlitz zu reißen.''[24] Ja, er war ein Aufklärer und Kämpfer, ein Revolutionär mit prophetischem Gestus, woran die Zeit krankte, das war auch seine Krankheit und er wollte sie mit biblischer Radikalität ausreißen, ausbrennen, wollte den ,,Fluch der Zeit''[25] mit seiner gewaltigen Beredsamkeit bannen, Hoffnung säen, wo Furcht herrschte, und sah sich in seinen glücklichsten, seinen kraftvollsten Momenten wohl schon als Sieger in dem ,,Kampf zwischen dem alten und dem neuen Genius'':[26] ,,Welche Lippe hat aber das Wort ausgesprochen, worin sich der neue Geist inkarnieren will, wo ist der Messias, wo sind die Apostel, wo sind die gemeinsamen Symbole dieses Geistes?''[27] So forscht er und fordert dann seine Hörer auf, gemeinsam mit ihm die Antworten auf die

Fragen der Epoche zu suchen: „Sieh auf die Zeit, betrachte die nächste Vergangenheit, erforsche die Gegenwart und beachte, was sich im Kleinen und Großen lebendig regt und den Progressus der Geschichte bildet, beachte vor allen Dingen die Phänomene deines eigenen Geistes, schwärme nicht, aber sei noch weniger stumpfsinnig, reibe dir nur die Augen aus und sieh, was in dir und um dich vorgeht."[28] Er war, sagte ich, Aufklärer und Kämpfer, Revolutionär und Prophet, er war dieses alles zusammen und mehr: ein leidenschaftlicher und überwältigender Redner, der auf praktische Wirkung aus war. Dementsprechend verhielt er sich zu seinem Gegenstand, nicht als Philosoph oder Kunsttheoretiker, und dementsprechend verhielt er sich zu seinem Publikum, nicht als ordentlicher Privatdozent, als er im Sommer 1833 in Kiel jenes öffentliche Kolleg las, das ein Jahr später als Buch erschien. Das Datum markiert den frühen Höhepunkt in Ludolf Wienbargs Lebensgeschichte, es ist zugleich der Umschlagspunkt in eine endlos sich hinziehende Leidens- und Verfolgungsgeschichte. Daß er unbarmherziger und konsequenter verfolgt und geächtet wurde als die meisten seiner Kombattanten, hatte natürlich seinen Grund: in den Worten des preußischen Oberzensurkollegiums klingt er durch. In Wienbargs Rhetorik (und ich meine damit seine Theorie und Praxis der Beredsamkeit) begegnen sich Rede und Tat auf eine neue, eine um so gefährlichere Weise, als ihre Bezugspunkte Volkstümlichkeit und nationale Eigenart sein sollten.

3. Rede und Tat

„Lassen Sie ein Dichtergenie gleich dem des Shakespeare die Polenrevolution, den Kampf und Untergang der Freiheit, großartig poetisch in ruhiger Zeit auf die Bretter bringen, ‚welche nicht die Welt sind, sondern die Welt bedeuten', wie Schiller sagt, dann werden Sie hören, wie alle Urteile sich vereinigen, wie das Parterre klatscht, wie die Fähndriche sich in die Brust werfen, wie die Kritiker ihre Brillen wischen, welcher Enthusiasmus sich in den Logen verbreitet ... Woher diese Erscheinung? Hat der Dichter Begeisterung und Schmerz der Tat erst hinzugedichtet, oder gehören sie nicht vielmehr der Tat an; hat der Dichter Erhabenes und Schönes aus seinem Hirn geboren, oder ist nicht bereits die Tat erhaben und schön, liegt alles, was so mächtig rührt, nur darin, daß es in Versen ausgesprochen und in fünf Akte verteilt ist, oder hat die Poesie einen tieferen Grund, weswegen sie zum Herzen spricht? Ja, die Poesie hat einen tieferen Grund. Die dramatische Poesie wäre gar keine ohne die Poesie der Tat ..."[29] Man kann auch diesmal nicht sagen, es wären eigentlich originelle Gedanken, die Wienbarg hier äußert. Selbst das historische Beispiel, die Polenrevolution, gehört zu den stehenden Anzeigen der jungdeutschen Publizistik. Von Fichte, der an allen Anfang die Tat, nämlich die Tathandlung des sich selbst setzenden Subjekts, gestellt hatte, leitete sich eine ganze „Philosophie der Tat"[30] her, die die Welt verändern wollte, und Heine sieht denn auch in seiner Vision einer deutschen Revolution „bewaffnete Fichteaner auf den Schauplatz treten".[31] Das Buch freilich, in dem er derart die deutsche Philosophie zum Quellgrund „revolutionäre(r) Kräfte"[32] promovierte und in dem der vielzitierte Satz steht: „Der Gedanke geht der Tat voraus wie der Blitz dem Donner";[33] dies Buch ‚Zur Geschichte der Religion und Philosophie in Deutschland' erschien erst ein Jahr nach Wienbargs ‚Feldzügen'. Alle diese Verknüpfungen können hier kaum angedeutet werden und sind auch zweitrangig gegenüber der Frage, welche Folgerungen er daraus für seine Absichten gezogen hat.

Was ich da von Wienbarg zitiert habe, führt ins Zentrum seiner Überzeugung und Interessen. Wie kommt es zu dieser Konfrontation von Poesie und Tat? Was stellte er sich unter der Poesie der Tat vor? Die erste Frage läßt sich leicht beantworten. Er sagt selbst in den berühmt gewordenen ‚Worte(n) der Zueignung', die beginnen „Dir, junges Deutschland, widme ich diese Reden, nicht dem alten" – er sagt es dort ganz zu Anfang selbst: „Wer aber dem jungen Deutschland schreibt, der erklärt, daß er jenen altdeutschen Adel nicht anerkennt, daß er jene altdeutsche, tote Gelehrsamkeit in die Grabgewölbe ägyptischer Pyramiden verwünscht und daß er allem altdeutschen Philisterium den Krieg erklärt und dasselbe bis unter den Zipfel der wohlbekannten Nachtmütze unerbittlich zu verfolgen willens ist."[34] Wichtiger noch als die Unterscheidung der Alten und der Neuen (wobei wir zur toten Gelehrsamkeit getrost jene Rhetorik rechnen dürfen, die er später als Floskelei und Tiradensucht verspottet), wichtiger ist das Pathos der Kriegserklärung. Es ist Wienbarg durchaus ernst mit seiner kämpferischen Absicht, und wir müssen die zeitlichen Umstände bedenken, unter denen er seine Feldzüge eröffnete. Der Rausch der französischen Julirevolution war verflogen, die Freiheitsausbrüche in Deutschland waren noch schneller verhallt, die alte schlechte Ordnung war noch fester als zuvor gefügt. Doch mit der Enttäuschung über das Fanal der Revolution in Frankreich, über die mißglückten Anknüpfungsversuche in Deutschland, mit der Einsicht in die Niederlagen kam auch die Erkenntnis, daß man das eigene nationale Glück nicht von fremden Verhältnissen abhängig machen dürfe. „Die Zeiten für Theorien sind vorüber, die Zeit der Praxis ist gekommen. Ich will nicht schreiben mehr, ich will kämpfen",[35] schrieb zur selben Zeit Börne aus Paris. Auch Wienbarg will kämpfen, aber indem er schreibt (was übrigens auch Börne tut), auf eine bestimmte Weise schreibt. „Wenn die Zeit tanzt, so läßt sich leicht ihr aufspielen",[36] sagt er schon mit einem Rückblick auf seine Kieler Vorlesungen und ihre Wirkung. „Aber wenn die Zeit lahm und mißmutig, überreizt, erschlafft an der alten Gasttafel sitzt, dann muß der gottgesandte Spielmann hereintreten und durch frische, nie gehörte Töne die langweiligen Gesichter, halbgeschlossenen Augen, die hängenden Lippen, die müden Beine der Gäste in neue Thätigkeit setzen."[37] Der Beschwörung der „drückende(n) Zeit"[38] steht die Hoffnung gegenüber, die berauschende Vision ihrer Sprengung und der Befreiung von allem Masken- und Larvenwesen: „Vergebens aber schminkt sich diese alte Zeit mit Hoffnungen, die Totenfarbe schimmert hindurch; vergebens sucht sie sich an das junge Leben anzuklammern, jeder Pulsschlag drängt sie weiter zurück."[39] Von der Auffassung der Zeit als einer Übergangsepoche, „noch gemischt aus Seufzern der Hoffnung und Seufzern des Schmerzes",[40] wird nun auch die besondere Leidenschaft der Tat verständlich, die Wienbargs Reden beherrscht. Er hat sie auch in anderen späteren Schriften immer wieder begründet. In den ‚Wanderungen durch den Thierkreis' vor allem; in dem Kapitel ‚Das Unvermögen der Zeit zu glauben und zu handeln' wird dann noch ausdrücklich ein weiterer Bezug hergestellt, nämlich zur „Stockung des Glaubens".[41] Auch ein neuer Glaube war nicht mehr aus den Büchern und aus den Köpfen zu erwarten. Die Polenrevolution auf der Bühne würde zwar Zustimmung, Rührung und Mitleid erregen, so daß – wie die von mir zitierte Passage endet – „vielleicht selbst ein erstarrtes Amts- und Ministergesicht am Schluß des Stücks und der Freiheit Tränenwasser und einen Rest von Mitgefühl und Wehmut auf den Wangen hat",[42] aber diese Wirkung gilt ihm nicht nur als Abglanz der Tat selber, sondern als ihr Ersatz. War denn nicht gerade jene Literaturepoche, die die größten Beispiele der dramatischen Poesie auf die Bühne brachte, die Epoche Goethes und Schillers, eine Epoche praktischer Hemmung und Entmutigung gewesen? War es nicht, erkennt Wienbarg, „jene Zeit5für Deutschland, in der man durchaus nichts tat, nichts tun wollte, in der die Töchter der Tat oder der Begeistrung für die Tat, die *Dramen* geboren wurden?"[43] Der dramatischen Poesie gehört Wienbargs ganze Sympathie, doch er zwingt sich, sie zu zügeln. Sein historisches Verständnis der Gattungsentwicklung hat ihm den Verdacht unabweisbar gemacht, daß die dramatische Handlung die wirkliche Tat ersetzt, nicht deren stimulierendes Ergebnis ist. Ja, selbst wenn der Dichter „Stoff und Begeisterung aus der Tat" nimmt, wie es sein sollte, so verliert sie doch, sobald er sie „aus dem Leben in eine andere Welt, in die Kunstwelt" verpflanzt, ihre Wirksamkeit und bewegt die Gemüter nur noch „zur passiven Mitempfindung".[44]

Man muß sich klar machen, was diese Wendung bedeutet. Die Tat als Inspirationsmedium des Genies: das ist ein Affront gegen die Lieblingsidee der Zeit, die aus der Revolution des Geistes und der Philosophie die politische und soziale Erneuerung erwartete: eine „fast irrsinnig verzerrte Einschätzung der Philosophie",[45] wie Dolf Sternberger bemerkte. Ludolf Wienbarg teilte sie nicht, auch wenn er kein konsequenter Denker war. Er suchte nach einem Ausweg, einem Neuansatz, einer Lücke in der Phalanx der Kräfte, die die Gegenwart beherrschten und die Zukunft bedrohten. Er suchte (und folgte auch darin rhetorischem Gebrauch) in der Geschichte und fand das große, das befreiende Exempel: „Rom hat keine großen Dichter und Künstler erzeugt, noch viel weniger einen Philosophen, aber Roms Redner besaßen eine dömonische Kraft, weil die Beredsamkeit des Forums mit der Richtung ihres Geistes übereinstimmte und einen tatsächlichen Charakter trug: *Männer der Tat* hat kein Volk in so großer Zahl und so ununterbrochener Reihe aufzuweisen."[46] Das ist nun freilich ein anderer Ton, mit dem hier der Rhetorik gedacht wird, aber es ist auch eine andere Rhetorik, die er jetzt im Sinne hat. Der Rede wird von Wienbarg nichts Geringeres zugetraut, als die geschichtlichen Kräfte, die künstlich domestiziert, verfälscht, gefesselt wurden, wieder lebendig und wirksam zu machen. Sein Beispiel vom Polenaufstand dient dabei nicht nur zur bloßen Illustration, sondern ist auch die praktische Erprobung seiner Auffassung, ist eine Demonstration dafür, wie man „die Tat aufs Herz schießt wie ein(en) Blitz, entzündend, begeisternd, zu ähnlichen Taten beflügelnd".[47] Mit anderen, strengeren Worten: die Rede ist ein Werkzeug der Tat, mit der sie sich fortzeugend selbst gebiert, nicht ist die Tat das Mittel, die Intentionen der Rede zu verwirklichen. Die Unterscheidung von zweckfreier Poesie und zweckhafter Rhetorik, Begründung für die Rhetorikabwertung von Kant bis Hegel und darüber hinaus, wird damit aber hinfällig, denn der gesamte Bereich des Ästhetischen, die ganze ästhetische Produktivität wird von Wienbarg zum Medium der Tat erklärt. Nach rhetorischen Kategorien wird man dennoch meist vergeblich suchen, sie müssen aus dem ästhetischen Sprachgebrauch erst erschlossen werden. So spielt es nur eine gleichsam begriffspolitische Rolle, wenn er vom Dichter spricht, da er ihm alle rednerischen Aufgaben für die Gegenwart überträgt, ja ihn eigentlich zum Redner macht. Wie anders sollte man es sonst verstehen, daß die Wirkung vor allen anderen ästhetischen Kategorien rangiert: „Wir verlangen für Poesie und Kunst vor allen Dingen Charaktere mit scharf begrenzter Individualität, sie sollen ihren Geist auf bestimmte Zwecke richten, deren Verwirklichung fordern und anstreben, und nur in dieser Eintracht des Willens mit der Tat sehen wir poetische Lebendigkeit und poetische Wirkung."[48] Wie anders wäre es sonst zu erklären, daß das Großartige und Erhabene dem Schönen übergeordnet und dies mit dem Guten erneut verschmolzen wird, daß Popularität und Nationalbildung, die Beziehung auf die Gegenwart und die Beförderung der Zukunft zu den wichtigsten Programmpunkten der Feldzüge gehört? Und wie schließlich wäre sonst die besondere emotionale Verfassung seiner Feldzüge zu verstehen? „Behauptung der Rechte des Verstandes und des sinnkräftigen Gemüts, darauf drängt der Geist der neuen Zeit."[49]

Aber das erste war seine Sache nicht, daran hatte er nie Zweifel. Gewiß, räumt er mit dem Blick auf die Aufklärung und die idealistische Philosophie seiner Zeit ein, gewiß muß man dem Verstande dankbar sein „für die in der Befreiungssache geleistete Hülfe",[50] aber eine gehörige Portion Mißtrauen scheint ihm dabei doch immer angebracht. Immerhin hatte Hegel 1831, wenige Monate vor seinem Tode, ganz in der Rolle des preußischen Staatsphilosophen, noch einmal bekräftigt, daß die gewaltigen Umwälzungen des Geistes im Königreich Preußen politische Reformbewegungen wie in England unnötig machten.[51] Nein, Wienbarg war keineswegs gesonnen, sich vom Verstande oder von einer auf den bloßen Verstand reduzierten Vernunft „als einem neuen Despoten unter ein neues Joch spannen zu lassen".[52] Dagegen bietet er „alle edlen und großen Leidenschaften und die schöpferische Kraft der Geschichte" auf, sie sei „das bewegende Prinzip" und „ebendarum ... weil noch immer in der zertrümmerten

Welt Heroismus, Glaube und Liebe die Wache halten, gibt es eine neue Geschichte, gibt es Märtyrer der Freiheit und des Glaubens, gibt es Enthusiasten und Opfer, gibt es Hochgefühle in unserer Brust, die erhabener und reiner sind als die, welche der verwitterte Glaube und die erkaltete Liebe der Vorzeit zu erregen imstande sind."[53] Praktisch wie auch als Postulat der Ästhetik kulminieren Wienbargs Reden in der Gewalt der Affektsprache.

4. Ästhetische Weltanschauung

Wie schon einmal ein Jahrhundert zuvor werden die entscheidenden Vorstöße für eine neue Literatur vom Gebiet des Erhabenen aus geführt. Nur durch das leidenschaftlich bewegte Gemüt scheinen mächtige und dauerhafte Wirkungen möglich, und Gefühl wird nur durch Gefühl, Leidenschaft nur durch Leidenschaft erregt, so daß eine Veränderung der prosaischen stockenden Wirklichkeit auch allein von jener Poesie zu erwarten ist, die als „heilige Flammenzunge" „aus aller Herzen zu aller Herzen spricht".[54] „Es muß anders werden, das sollte das Gefühl sein, das sich aller bemächtigte, wir selbst sind dazu berufen, das starke Echo dieses Gefühls. Wieviel dürre Blätter wir dafür aus dem Kranze unseres Lebens herausreißen müssen, wieviel Unschönes wir von uns abtun, wieviel gemeine Prosa wir für ewig in den Schlamm und Schlick der abgestandenen Zeit versenken müssen, welche neuen Ansichten der Wissenschaft, der Kunst, der Poesie, der Religion, des Staats, des Lebens wir fassen und zum Eigentum unseres Herzens machen müssen, dies alles muß uns oft und lebhaft beschäftigen, und das Befreundete muß sich verbinden mit dem Befreundeten, um sich gegenseitig auszutauschen und zu befestigen."[55] Nun brauchen wir gar nicht so weit ins 18. Jahrhundert zurückzugreifen, um uns den Angelpunkt von Ludolf Wienbargs „ästhetischer Weltanschauung"[56] – ich gebrauche seinen eigenen Terminus – begreiflich zu machen. Im Athenäumsfragment 137 hatte Friedrich Schlegel seine zwiespältige Auffassung der Rhetorik dargelegt und dem „sophistischen Mißbrauch der Philosophie, (der) deklamatorische(n) Stylübung, (der) angewandte(n) Poesie, (der) improvisierte(n) Politik, welche man mit demselben Namen zu bezeichnen pflegt" die „materiale enthusiastische Rhetorik" gegenübergestellt; ihre Bestimmung sei es, „die Philosophie praktisch zu realisieren".[57] Wenn man Wienbargs

Rhetorik in diesem Sinne nun auch als enthusiastische Rhetorik bezeichnen kann, so möchte ich doch unverzüglich auf den Unterschied aufmerksam machen, der uns schon in anderem Zusammenhang beschäftigt hat. Dem Autor der Feldzüge kam es gar nicht in den Sinn, die Welt der Leidenschaften, der Wünsche, der Erwartungen, des Überschwangs mit der Gedankenwelt derart substanziell zu verknüpfen, daß mit der materialen Bestimmung des movere doch wieder nur das docere gemeint sein konnte. Vielmehr gilt Wienbargs Kritik der bisherigen Ästhetik Kants, Schillers oder Hegels gerade dem Mangel eines zeitgemäßen Inhalts, und in der Philosophie werde man ihn auch deswegen am wenigsten finden, meint er, weil sie selber einer neuen Richtung bedürfe. „Das Gefühl des Schönen muß sich vor allem erst durch das Leben befruchten", fordert er und erkennt, daß jede Begeisterung hohl, leer und wirkungslos bleibt, „die isoliert steht und ihre Quelle nicht aus der Zeit nimmt."[58] „Beantworte ich also die Frage", heißt es ergänzend in einer späteren Vorlesung, „was uns gegenwärtig als Ästhetik noch bleibt, damit, daß ich sage: die alte Ästhetik für die, die ihrer noch nicht überdrüssig geworden sind, für die andern aber das leise ästhetische Gefühl, das im Schoß der Zeit sich regt, das prophetische Gefühl einer neu beginnenden Weltanschauung, das sich von Tage zu Tage bewußter und deutlicher wird, die Einleitung zur künftigen Ästhetik."[59] Wienbargs Ästhetik-Begriff – so viel wird aus dem schon ersichtlich, was ich bisher gesagt habe – macht die philosophischen Einschränkungen wieder rückgängig, wie sie zum Beispiel durch Kant (als Kritik der ästhetischen Urteilskraft) oder Hegel (als Geschichte der sinnlichen Erscheinungsweisen der Idee) sich durchgesetzt hatten. Sein Ideal ist die Ausdehnung der Ästhetik auf alle Lebens- und Wissensbereiche, nichts gibt es, was nicht in ihrem Zuständigkeitsbereich läge: sie wird zur Universalwissenschaft. Nichts anderes besagt die Rede von der ästhetischen Weltanschauung, wenn wir sie genauer untersuchen. Wienbarg meint damit zwar auch die besondere Weise, wie ein Künstler, wie schließlich „jeder handelnde und fühlende Mensch"[60] das Eigentümlichste seiner Gesinnungs- und Denkweise zum Ausdruck bringt, doch eine solche Produktion, ob sie sich nun im Kunstwerk oder einer alltäglichen Handlung äußert, ist keine unabhängige, rein subjektive Leistung. Jedes Volk, jede Kultur, jede Zeit hat ihre eigene ästhetische Grundanschauung, sie liegt als Muster allen individuellen Anschauungen zugrunde und sie gilt es zuerst herauszufinden, wenn man die einzelnen Kunstwerke, wenn man darüber hinaus die Sitten und Lebensverhältnisse verstehen will, zu denen sie gehören. „Nach diesem denke ich mir den Ästhetiker, wie er den Begriff der Kunst entwickelt, und zwar nach dem weitesten Umfang, in dem nicht nur die Poesie und die bekannten Künste eingehen, sondern auch und vorzüglich die größte und erhabenste Kunst, die Kunst, sein inneres und äußeres Leben als einzelner, als Glied der Familie, als Glied des Staats, als Glied der Menschheit zu gestalten, die Kunst also, die sich unser sittliches und sinnliches Selbst zum Stoffe auswählt, um an ihm die Schönheit zu betätigen."[61] Selbstverständlich ist in diesen Sätzen ein ganzes Kulturprogramm enthalten, dessen Tradition weit zurückreicht, mit höfischen Ausprägungen, die Wienbarg, hätte er sie bedacht, wenig angenehm gewesen wären. Es stellt so etwas wie eine Brücke dar von jenen ästhetischen Erziehungsprogrammen der Weimarer Klassik, aber auch der Frühromantik, hinüber zur ästhetischen Weltanschauung Wagners, zu jenem Kulturoptimismus, der 1859 in den Schillergedenkfeiern eine erste Blüte erlebte, und bekräftigt die Bindung jedes Gedankens, jeder menschlichen Lebensäußerung, jeder individuellen und sozialen Handlung, ja der Sittlichkeit selbst an ihre schöne und wirkungsvolle Betätigung. „Eine männliche und edlere Moral wird sich herbilden aus dem Schoße der Zeit, eine Moral, die dem neuen Zeitalter so innig angehören wird wie die christkatholische dem Mittelalter. Jene hab ich im Sinn, wenn ich behaupte, die echte Moral müsse mitten in das Gebiet der Ästhetik verpflanzt werden ... denn aus einem Grundgefühl müssen beide entsprießen, ein Geist muß sie beide beseelen, eine Tat muß sie beide vereinigen. Es gibt vielerlei schöne Künste – die Kunst, sein eigenes Leben zu gestalten und ihm eine würdige, zeitentsprechende Form zu geben, die Moral wird eine derselben und zwar die schönste und edelste von allen."[62] Wenn man Wienbarg nun weiter zuhört, sein Loblied des „kernhaften Menschen"[63] hört, der nur auf die Konzentration seiner Kräfte um des Höchsten willen aus ist, der „Selbstkünstler"[64] ist, ein Bildner der eigenen Persönlichkeit, dem als Ideal die ästhetische Organisation der Elemente „zu einem gebildeten Ganzen"[65] vorschwebt, das aber erst „Wert und Würde"[66] gewinne durch „die Stärke und Mächtigkeit des zugrunde liegenden Lebens",[67] wenn wir hier sehen, wie sich die Idee von der Göttlichkeit des Menschen verschwistert mit der Verkündung einer neuen Moral aus der Kraft und Herrlichkeit des Lebens, dann fühlen wir uns vollends zurückversetzt in den gewaltsamen Renaissanceoptimismus – oder doch zumindest in das Sehnsuchtsbild, das ein späterer, Friedrich Nietzsche, von ihm entworfen hat. Auch schon jene mehr als rhetorische Distinktion der Starken und der Schwachen (im Sinne einer möglichen Überwältigung der Starken durch die Schwachen) ist bei Wienbarg vorgeprägt: „Solche Kraft ist aber ein Erbteil der Geburt und der einzige Adel, der die Probe der Zeit besteht. Sie kann nicht, wo sie fehlt, ersetzt, kann aber, wo sie ist, geschwächt, ja vertilgt werden. Welchem Geschlecht hat die Natur sie ganz versagt, welchem hat sie den Brunnen des Lebenswassers ganz verschlossen. Was wäre die Geschichte, welche armselige Rolle hätte selbst das Christentum auf der Weltbühne gspielt, ohne diese älteste und ewige Offenbarung und Ergießung des Lebensgeistes, welche Gabe des Himmels käme einer schwindsüchtigen und ohnmächtigen Menschheit zugute, welche Engelszunge kann ein mattes, erstorbenes Herz in Begeisterung setzen. In jener geistig-leiblichen Urkraft ruht das Gute und Schöne wie im befruchtenden Schoß, ohne sie sind beide welk und unfreundlich und verdienen den Sonnenschein des Himmels nicht."[68]

5. Poesie und Prosa

Doch ich möchte zum Ausgangspunkt dieser Überlegung zurückkehren. Denn wenn auch die geistig-leibliche Urkraft dem geschichtlichen Wandel entzogen, ja eigentlich dessen Triebkraft ist, so bleibt doch ebenso wie die jeweilige Moral auch die jeweilige Kunst an jene vergängliche Weltanschauung gebunden, die jeder Zeit eigen. Der Schluß, daß auch die Ästhetik zu den geschichtlichen Wissenschaften gehört, ist somit zwingend, denn sie erfindet nicht, sondern entdeckt, gibt nicht eigentlich Gesetze, sondern gibt sie nur zurück. Allein, so kontemplativ, wie das jetzt klingt, hat sich Wienbarg historisches Vorgehen nicht gedacht. Geschichte ist ihm, ich deutete es schon an, nicht nur die penible Geschichtserzählung, die „unleidliche, leblose Ansicht"[69] dessen, was geschehen ist, sondern die historischen Tatsachen in ihrer lebendigen Entfaltung selber. „Geschichte ist nicht das Resultat gelehrter Forschungen" – so seine überschwengliche Formulierung – „sie springt nackt und schön wie Aphrodite aus dem Schaum der Wellen, wie Minerva in unmittelbarer Vollendung aus dem Haupte der kreißenden Zeit."[70] Geschichte als lebendige Erfahrung geht ihm über alle Geschichte als bloß antiquarische Erkenntnis. „Ich fühle es, was ich geschichtliche Wahrheit nenne", und sie hat, heißt es wörtlich weiter, „für mich etwas Unmittelbares und Zuversichtliches, etwas, was allen kleinlichen Zweifel niederschlägt, was meinen Geist mit süßem Verständnis in seine Kreise zieht."[71] Insofern sich die Geschichte nach Wienbargs Ansicht "einen ihrer Lieblinge unter den Sterblichen zur Verzeichnung ihrer großen Tatengedanken"[72] wählt, um durch Begriffe und Worte auf das Gefühl zu wirken, gehört auch sie unter die Botmäßigkeit der Rhetorik, und Wienbarg spricht von ihr als „Kunst, Kunst auf ihrem höchsten Gipfel", dem nur durch „den wahren ästhetischen Begriff der Geschichte"[73] auch wissenschaftlich nahezukommen sei.

Wenn wir genau hinsehen, stoßen wir in diesen ‚Ästhetischen Feldzügen' immer wieder auf dieselbe Strategie, nämlich Kunst und Moral, Philosophie und Ästhetik, Geschichte und Politik der verderbten, stokkenden, modernden Zeit zuzuschlagen und ästhetisch verwandelt zum Werkzeug der Zukunft zu machen, wo sie sich dann gleichsam in einem zeitenthobenen Heilszustand auflösen, den er „Leben" nennt. Manche terminologische Unklarheit in Wienbargs Schriften klärt sich auf, wenn wir die unterschiedlichen Bezugspunkte bedenken, wenn wir bedenken, daß Tendenzpoesie und Zeitroman ihre überragende Bedeutung aus dem Mangel der Gegenwart beziehen, ebenso wie ästhetische Erziehung und nationale Bildung, wie Rede und Tat. Auch die schwankende Bewertung von Poesie und Prosa hat solchen Hintergrund. So ist es nicht von vornherein beklagenswert, „daß bisher die deutsche Poesie die Prosa hinter sich ließ",[74] einfach weil die Prosa in seiner Gattungshierarchie hinter der Poesie rangiert. Daß sich diese Rangfolge umkehrt, daß er es dann doch ein gutes Zeichen nennt, wenn „die sogenannte Prosa, die ungebundene Rede wirklich ungebundener und poetischer zu strömen anfängt als bisher",[75] wenn sie, die bisher ein Spiegel der „miserabeln bürgerlichen und gesellschaftlichen Zustände der Deutschen"[76] war, nun zur Waffe avanciert, die man schärfen muß,[77] so erklärt sich das eben daraus, daß sie für den „Kampf mit der Wirklichkeit"[78] besser gerüstet ist, „weil Prosa unsere gewöhnliche Sprache und gleichsam unser täglich Brot ist, weil unsere Landstände in Prosa sprechen, weil wir unsere Person und Rechte nachdrücklicher in Prosa verteidigen können als in Versen."[79] So kann die Prosa schließlich gar zum zeitgemäßen Ausdruck der Poesie werden,[80] wobei Poesie nun in jenem Herderschen Verständnis als die universale und überzeitliche Quelle aufgefaßt wird, in der jede besondere historisch variable poetische Tätigkeit wurzelt. Die neue Prosa nun, als deren exemplarischer Vertreter ihm Heine gilt, wird als vulgär, lebendig, volkstümlich auf der einen, als kühn, kriegerisch, kämpfend auf der anderen Seite bestimmt. Aber einen Wegbereiter des Realismus[81] kann man ihn dennoch nicht nennen. Er war ein unbedingter Anhänger der „Literatur von Wollenden"[82] (Ludwig Marcuse), und wenn die modernen Prosaisten auch von der Höhe des Parnaß herabgestiegen sind, wenn sie auch selber einen Teil des Publikums ausmachen, „mitten im Strom der Welt"[83] schwimmen, wenn es auch der Geist der Zeit selber ist, der des Schriftstellers Hand ergreift, und sie nicht im Dienste der Musen, sondern im Dienst des Vaterlandes stehen, verbündet „allen mächtigen Zeitbestrebungen",[84] so sind sie es doch als „Vorschwimmer", wie Wienbarg wörtlich sagt, die den „Gestaden der Zukunft entgegeneilen" und ihre ganze Kraft brauchen, um mit der Wirklichkeit zu ringen, „bis das Wirkliche nicht mehr das Gemeine, das dem Ideellen feindlich Entgegengesetzte ist –"[85] bis, so können wir ergänzen, die Verhältnisse nicht mehr so sind, daß sie Prosa erfordern.

Eine zweite bedeutsame Unterscheidung betrifft in diesem Zusammenhang die Aufteilung der Literatur in Gattungen, die Wienbarg ähnliche Schwierigkeiten bereitet, weil die Logik der Sache seinen eigenen Sympathien widerspricht. Zur Lyrik, bekennt er auch selber im Helgoländer Tagebuch, hat er keine Beziehung, so begnügt er sich in den Feldzügen auch nur mit einigen Bemerkungen zum politischen Gedicht: „Revolutionär ist die Lyrik der neuen Zeit", sie spreche „das Herz und den Geist der Zeit"[86] aus, sei eine Zweckkunst im Kampf um die Zukunft. Der junge Goethe und Byron sind seine Paradebeispiele, und es ist also nicht schwer, die Gefühlslage herauszufinden, die seiner Meinung nach zu dieser Lyrik gehört: sie stammt „aus der Gewitterregion, welche aus dem Innersten und Tiefsten der Leidenschaft Blitze in die Welt schleudert".[87]

Als die beiden wichtigen Gattungen gelten ihm Drama und Roman, wobei – ich sagte es schon vorhin – dem Drama zwar seine größte Sympathie gehört, aber die Gegenwart, die „kreißende Zeit"[88] nach seiner Einsicht zuerst des Romans bedarf. Eine Theorie des Romans soll daher seine „Feldzüge" abschließen, er verspricht sie seinen Zuhörern auch immer wieder, bleibt sie dann aber schuldig und trägt sie erst am Schluß seiner Essay-Sammlung ‚Wanderungen durch den Thierkreis' nach, die 1835 erschien. ‚Faule und frische Romane' ist das

Kapitel überschrieben, und es enthält nun auch ausdrücklich die Begründung für die zeitgemäße Rangfolge der Gattungen: „Romane sind die Hauptspeise des Publikums."[89] Der Roman also verspricht die größte literarische Wirkung, weil er das größte Publikum hat, so daß, was ihm bislang meist als Nachteil angerechnet wurde, jetzt seinen Vorrang ausmacht. Dabei verschlägt es nichts, daß die bisherige Romanproduktion eher abschreckende Exempel liefert: die historischen Romane Walter Scotts und seiner zahllosen Nachahmer sind für Wienbarg eben die faulen Fische im Schlammteich des Historismus. Doch hat er erkannt, daß das Massenpublikum ihnen nicht allein deshalb zuströmt, weil es hier mit trivialer, minderwertiger Ware bedient wird, sondern weil der Roman als Gattung seinen Bedürfnissen am vollkommensten entspricht. Wenn er nun den „zeitgeschichtlichen Sittenroman"[90] propagiert, ja verspricht, selber einen solchen zu schreiben, wenn er die neuen Dichter ermuntert „Greift in die Zeit, greift in euren eigenen Busen",[91] wenn er sie zur „Abrechnung mit der Zeit"[92] auffordert und schließlich an der historischen Romanschule moniert: „Sie hob nicht, wärmte nicht, begeisterte nicht",[93] so denkt er dabei nicht an die Alternative einer realistisch-pragmatischen Schilderung. In Wienbargs Vorstellung tendiert auch der „Roman der lebendigen Geschichte"[94] zur Gefühlsrede, die sich der Geschichtserzählung zum Zwecke der Leidenschaftserregung bedient.

„Ich wollte nämlich meinen Helden immer im Wasser halten, wie einen Fisch", erläutert er seine Absichten. „Ich meine nicht im salzigen der Nordsee, ich verstehe im großen Fahrwasser des Lebens, das mich, dich, uns alle trägt."[95] Wienbarg will nicht nur seine Romanhelden, er will den Menschen überhaupt in das Leben zurückstellen, wobei er hier unter „Leben" nicht die aktuellen Zeitverhältnisse versteht, sondern das Prinzip, aus dem heraus alles ist, die lebendige Kraft in allen Wesen und Erscheinungen. Man hat eine solche Anschauung Lebensphilosophie genannt und in ihr den antirationalistischen Affekt, das Gefühls- und Instinkthafte, kurz: den Irrationalismus hervorgehoben. Ohne nun Wienbarg nachträglich noch zum Philosophen zu machen, dürfen wir doch seine ‚Ästhetischen Feldzüge' als ein wichtiges Bindeglied in der Tradition jener Gefühlskultur betrachten, die Empfindsamkeit, Sturm und Drang mit Schelling, Novalis und Schlegel (der 1827 seine ‚Vorlesungen über die Philosophie des Lebens' hielt), schließlich mit Schopenhauer und Nietzsche zusammenschließt. Daß das Bindeglied aus der Rhetorik stammt, verdeutlicht noch einmal von überraschender Seite, wie falsch es wäre, die Geschichte der Rhetorik nur als die Geschichte ihrer Systematik zu schreiben.

6. Rhetorik des Lebens

Doch kann ich hier nur mehr versuchsweise in dieses bedeutende Thema eintreten, das in Wienbargs Lebensbegriff erneut und nicht zum letzten Male zusammengefaßt wird. „Leben, was ist Leben? Kein Wort ist schwerer oder vielmehr weniger zu definieren. Leben ist ein Hauch, ein wehender Atem, eine Seele, die Körper baut, ein frisches, wonnigliches, tatkräftiges Prinzip, und wenn es jemand nicht wüßte oder fühlte, er erinnere sich einer Stunde, wo sein Herz voll aufging, wo seine Muskeln sich spannten, seine Augen glänzten und ein männlicher Entschluß allen Hindernissen zum Trotz in seiner Seele aufstieg; auch schlage er nur das Buch des Lebens auf, die Geschichte, und frage nach den Griechen, nach den Römern, den Römern die soviel Tatenfülle auf einen kleinen Punkt der Welt, zwischen sieben armselige Hügel zusammendrängten, daß sie damit das ganze Erdenrund überschnellten. Die haben gelebt und darum sind sie auch unsterblich."[95] Wenn wir von Wienbarg auch diesmal keine Definition erwarten dürfen, so erlauben seine Behauptungen doch die Formulierung: Leben ist keine empirische Tatsache der Natur, und die vielen organischen Metaphern, mit denen er seine Auffassung erläutert, also etwa das Gleichnis von der kleinen Alpenrose, die uns beschämt, weil sie mehr über das Leben weiß als mancher Gelehrte, zeigen das deutlich.[97] Auch die Natur ist Ausdruck des Lebens, und es übersteigt sie zugleich, wie uns das Buch des Lebens: die Geschichte lehrt. „Das Leben ist des Lebens höchster Zweck",[98] in diesem prägnanten Richterspruch kulminiert dann Wienbargs emphatischer Lebensbegriff. Der Satz ist nur in einem eingeschränkten Sinne tautologisch, und es widerspricht ihm nicht, wenn Wienbarg an anderer Stelle darlegt, daß das Leben immer auf praktische Zwecke und Handlungen aus ist. Er spricht von der „geheimnisvollen Werkstatt des Lebens"[99] und enthüllt sie doch sofort, wenn er sie mit der „selbsteigene(n) schöpferische(n) Tätigkeit" des Menschen identifiziert und in Freude, Genuß und im „Spiel seiner Kräfte", im kämpferischen Streit für Recht und Wahrheit, für Unschuld und Tugend, aber gegen Lüge, Bosheit und Frevel die mächtigsten Äußerungen des Lebens sieht. „Um das Denken und die humane Bildung", fügt er hinzu, „ist es eine schöne Sache, aber fehlt ihr der Mittelpunkt, fehlt ihr das Herz, das Leben, der ungebrochene starke Wille, so ist das Denken nur ein Spiel und die Bildung ohne Gehalt. Denke dir den Blitz und fühle ihn . . . und das Wort ist selbst ein Blitz, das man denkend fühlt."[100]

Erweist sich hier die Kraft, die dem Wort Wirksamkeit verleiht, als Lebenskraft, so ist Rhetorik der Name für die besondere Wirkungsweise, die Wienbarg meint, wenn er die Formulierung vom „denkend fühlen" wählt. Beredsamkeit und Leben treten unter diesem Aspekt in eine enge Beziehung. Denn das Leben, das Wienbarg mit seinem emphatischen Begriff faßt, und das Leben in jenem pragmatischen Verständnis, wie es ihm in der Gegenwart gegenübertritt und das er ein stockendes, verdorbenes Leben nennt, widerstreiten einander ebenso wie tote Historie und lebendige Geschichte, wie unfruchtbare Wissensanhäufung und subjektive Erfahrung, wie Gegenwart und Zukunft, wie Schulphilosophie und Selbstdenken,[101] ja es ist dieser eine, grundlegende Antagonismus, diese heillose Selbstentzweiung des Lebens, die allen anderen unversöhnlichen Gegensätzen zugrundeliegt. Dialektiker im Sinne Hegels ist dieser Wienbarg gewiß nicht, denn aufheben lassen sich diese Widersprüche alle nicht, das Schlechte, Hemmende, Stockende, Unfruchtbare läßt sich nur durch Kampf, durch Krieg, durch Feldzüge überwinden. Kein Zweifel, hier wie in so vielen anderen Denk- und Stilfiguren kommt die theologische Erbschaft, kommt der verhinderte Prediger zum Vorschein, der das Licht gegen die Dunkelheit, der „heilige Flammenzungen",[102] ja: „das heilige hochgebenedeite Wort der Freiheit" aufbietet gegen den „Bund der alten Mächte".[103] „Sollen wir" – nur die Akustik des Kirchenraums scheint diesem Ton angemessen – „sollen wir wie die Juden den Messias erwarten als eine Person, oder sollen wir einer innern Ahnung Glauben schenken, die uns zuflüstert, vorüber sind die messianischen Zeiten, wo die Offenbarung ausging von einem einzigen, die Zeit selbst ist forthin der gebenedeite Schoß der Jungfrau, der vom Geist befruchtet wird, und das ist die Erfüllung der alten Weissagung von einer Zeit, wo alle Jünglinge und Jungfrauen sich dem Zuge der Begeisterung überlassen?"[104]

Nun, man kann es wohl nicht deutlicher sagen, nicht optimistischer den Sieg des Neuen über das Alte vorausschauen, nicht klarer die Wirksamkeit der Rhetorik in diesem Prozeß bestimmen. Die Gedankenfigur findet sich bereits in der Einleitung: Von den „geborene(n)

Tribunen des Volks''[105] ist dort die Rede, von Fichte, Schelling, Niebuhr, Schleiermacher und von den Gründen ihres Scheiterns. ,,Fichtes ,Reden an die deutsche Nation' verhallten nicht bloß deswegen in den Wind, weil die Nation taub war, sondern weil zwischen ihr und ihm eine Scheidewand aufgerichtet war, die selbst Fichtes eherne Stimme nicht zu durchdringen vermochte.''[106] Die Mauer ist eine eindringliche Metapher für die verkrusteten und versteinerten Verhältnisse, die das Leben von der Gegenwart, die Geschichte und Historie, alte und neue Moral trennt. Durch sie hindurch sprechen Geschichte, Moral, spricht das Leben selbst, und es bedarf nicht nur der richtigen Erkenntnis, es bedarf aller rhetorischen Kunstfertigkeit, es bedarf besonders der emotionalen Überzeugungsmittel, um das Wahre und das Richtige, um das neue Leben aus dem ,,Verpuppungszustande''[107] zu befreien und praktisch durchzusetzen. Zuletzt wird damit das Leben selber von Wienbarg zum größten und wirkungsmächtigsten Redner erklärt, und wenn es auch nichts anderes als sich selber verkündet, sei es unmittelbar in der heroischen Tat, sei es mittelbar im ästhetischen ,,Kampf mit der Wirklichkeit'',[108] so versprechen nur die Machtmittel der Rhetorik den Sieg über die mannigfaltigen Widerstände. Wenn wir uns jetzt an die vielzitierte Sentenz nochmals erinnern: ,,Der Zweck des Lebens ist das Leben selbst'', können wir sie auch richtig deuten. Keine Zweckmäßigkeit ohne Zweck, keine selbstgenügsame Objektivität ist damit gemeint, sondern Verwirklichung, Durchsetzung der eigenen Ansprüche: oder mit Wienbargs Wort: die ,,Wiedergebärung''[109] des Lebens.

Berlin, eine Hauptstadt des 19. Jahrhunderts
Adolf Glaßbrenner: Leben, Werk und Zeit

Die einzige Form, in der man noch die volle Wahrheit sagen kann, ist die Lüge.

(Adolf Brennglas: Pritsche und Knute)

1. „Eigentlich ein Ladendiener"

„Es gibt Schriftsteller, die wir nicht zu den Klassikern rechnen und welche doch auf ihrem Gebiete klassisch sind. Sie können auch einen Umfang der Wirksamkeit erreichen, der dem eines Klassikers gar nichts nachgiebt. Zu diesen Autoren rechne ich Adolf Glaßbrenner ..."[1] Eines der frühesten Urteile über Glaßbrenner und gewiß aus berufenem Munde: es stammt von Karl Rosenkranz, dem Philosophen aus der Hegelschule, der sich auch als Literaturhistoriker einen Namen gemacht hatte und bis heute mit seiner ‚Ästhetik des Häßlichen' (1853) bekannt geblieben ist. Kein Zufall sicher, daß es aus jenen Jahren überliefert ist, in denen sich Rosenkranz mit dem Problem des Negativen in der Kunst beschäftigte und dabei die Karikatur als Höhepunkt in der ästhetischen Darstellung des Häßlichen sehen wollte. Zwar betrachtete er als eigentliches Kunstideal immer noch die Schönheit, doch hat er mit seinem Buch sehr viel zur Nobilitierung seines Gegenstandes, zur Emanzipation der nicht mehr schönen Künste beigetragen. Die treffsichere und gewiß nicht unberechtigte Einschätzung Adolf Glaßbrenners mag man als erste Frucht seiner theoretischen Einsichten nehmen, der solcherart Geehrte war da freilich viel bescheidener. „Schmeicheleien!", kommentierte er im Brief an die Frau Adele am 2. Juli 1852 (gerade hatte er sein fünfundzwanzigjähriges Schriftstellerjubiläum gefeiert) dergleichen Urteile. „Ich soll etwas bedeutendes sein? Glaube das ja nicht. Ich bin eben ein ziemlich fähiger Geselle, der, mit den anderen Gesellen trabend, das Leben durchmacht. Und warum auch mehr sein wollen".[2] Seine Bescheidenheit, so scheint es, hat recht behalten. Die Literaturgeschichten verzeichnen

Glaßbrenners Namen meist nur beiläufig, im Zusammenhang mit der vormärzlichen Bewegung, oder er taucht gelegentlich als Berliner Lokaldichter auf, hat als solcher gar ein kleines Publikum behalten. Wüßte man nicht, wie die Deutschen mit ihren Schriftstellern umgehen, wie sie selbst die größten nicht schonen und ihrer vergessen, wenn eine flüchtige neue Tagesordnung sie dazu drängt; wüßte man also nicht, daß Knigge und Klinger oder Bürger und Uhland durch die gleiche Nachlässigkeit, durch Unkultur und Intoleranz aus der lebendigen Überlieferung verdrängt wurden, daß also Undankbarkeit zu unseren größten Nationaltugenden zählt – wüßte man dies alles nicht, könnte es wohl bei diesem Stand der Dinge und Glaßbrenners Selbsteinschätzung bleiben. Wie ein Menetekel für die ganze spätere Wirkungsgeschichte klingt ein Zensurverdikt aus dem Jahre 1833: „Der Redakteur Glaßbrenner ist, wie wir Ew. Exzellenz ehrerbietigst anzeigen, eigentlich ein Ladendiener."[3]

Das war nun zunächst, und Gott sei's gedankt, so unrichtig nicht. Glaßbrenner kommt aus kleinen Verhältnissen und besaß nie die Gunst großer Herren.[4] Der Vater, ein Schneidermeister, hatte es zwar mit einer Seiden- und Schmuckfederfabrikation zu leidlichem Auskommen gebracht, doch existierten noch drei Brüder, und von mütterlicher Seite war auch kein Vermögen in die Familie gekommen: Christiane Glasbrenner, geb. Hopfe, war die Tochter eines Porzellanmalers, der keine Reichtümer zu vergeben gehabt hatte. Georg Adolph Theodor Glasbrenner (so sein eigentlicher und vollständiger Name) wurde am 27. März 1810 in der Leipziger Straße 31 in Berlin geboren. Für eine gute Schulausbildung reichten die Mittel zunächst noch. Adolph (erst später schrieb er sich Adolf) ging auf das Friedrichswerder Gymnasium, er sollte Prediger werden, denn früh zeigte der Knabe ein Talent, das auch seine literarische Eigenart prägen wird. Schulanekdoten[5] berichten von rhetorischen Glanzleistungen: da wurden Stuhl oder Lehrerpult zur Rednerbühne, von der herab es pathetisch auf die Mitschüler herunterdonnerte – meist zum Zwecke eines satirischen Schlußeffekts, der die ganze erbauliche Stimmung in Lachen auflöste. Auch als Schriftsteller ist Glaßbrenner immer Redner geblieben, Journalist wurde er nur, weil er gehört werden wollte, die Beredsamkeit aber auch drei, vier Jahrzehnte nach Schiller (auf den dieser Ausspruch Adam Müllers einst gemünzt war) in Deutschland kein Publikum besaß.[6]

1824 muß Adolf Glasbrenner, gerade vierzehn Jahre geworden,

das Gymnasium verlassen, der Vater kann die Ausbildung nicht mehr bezahlen, also heißt es mitverdienen. Aus dem feurigen Redner wird jetzt wirklich eine Art Ladendiener, jedenfalls fängt er als Lehrling in einer Seidenhandlung an, und das bedeutete nicht viel anderes. Kein Wunder, daß ihn die neue Tätigkeit nicht befriedigte, wenn möglich hört er Vorlesungen an der Berliner Universität, besucht auch Hegels Kolleg, ohne sich freilich viel von seiner Philosophie aneignen zu können. Mit siebzehn, achtzehn Jahren begann seine schriftstellerische Karriere, die Anfänge sind unbedeutend und kaum vielversprechend (Rätsel und allerlei Unterhaltliches für den gebildeten Leser), doch ist der Publikationsort bemerkenswert: der ‚Berliner Courier' – ‚Morgenblatt für Theater, Mode, Eleganz, Stadtleben und Localität' – sein Herausgeber war Moritz Gottlieb Saphir, der manchem als großer deutscher Humorist galt, von anderen als flacher Vielschreiber verachtet wurde. Ganz sicher war er ein witziger Stilist, mit der „Vorliebe für Neubildungen (z. B. Kopfursache, entköpfen, häupten, Gedanken-Invalidenhaus), für Antithesen, Parallelismen, Reihung und Steigerung, kurz für alle bewährten Mittel geistreicher Rhetorik".[7] Tatsächlich war ja die Übereinstimmung der literarischen Kultur viel größer, als es die politischen Gegensätze vermuten lassen.[8] Romantik, Biedermeier – mit diesen literarischen Tendenzen im Bunde entwickelte sich die neue jungdeutsche Poesie, was von den Schematikern späterer Zeiten bis heute meist übersehen wird. Konzentration und Beschränkung der „Biedermeier" genannten bürgerlichen Kultur auf die häusliche und private Nähe, die Genügsamkeit an familiären Freuden, die Idolatrie des unverfälschten Volkslebens, die Einebnung extremer Gefühlslagen, diese Bestrebungen haben ebenso wie die romantische Wunschwelt, Mittelalter und Ritterzeit, Zaubermacht und Naturidylle, Traumleben und Reiselust viele Berühungspunkte mit den sozialen und politischen Tendenzen der kritischen Oppositionsliteratur. Diese Vielspältigkeit kennzeichnet die Bedürfnisstruktur der neuen kulturbestimmenden bürgerlichen Schichten. Ihr Lebensbereich, ihre Gefühlslage, ihre Wunsch- und Entlastungsphantasien wollten ebenso ernst genommen werden wie ihre politischen und sozialen Hoffnungen, ihre Forderung nach Gleichberechtigung und Berufssicherung. Der Erfolg und die Wirkung der politischen Schriftsteller, Glaßbrenners wie Heines, Gutzkows wie Dingelstedts oder Wienbargs lassen ebenso wie ihre Herkunft und spätere Entwicklung keine andere Erklärung zu und relativieren das Bild einer geteilten bürgerlichen Kultur in biedermeierliche, spätromantische Tendenzen hier, jungdeutsche, vormärzliche Absichten dort – so einfach gehen kulturelle Gleichungen nicht auf.

In eine schlechte Schule ist der junge Rätselschreiber also gar nicht gegangen. Saphir war ein routinierter Journalist, der das zukunftsträchtige Nachrichtenmedium, die Zeitung, zu seiner Berufssache gemacht hatte, die Anforderungen des Marktes richtig einzuschätzen wußte und sich seinen Sektor darin gesichert hatte. Glaßbrenner hat wenig später keine freundlichen Worte für ihn gefunden, beschreibt ihn in seinen ‚Bildern und Träumen aus Wien' als frivolen Tagesschreiber ohne edles Streben. "Es fehlt ihm an Weltanschauung, an philosophischer, ästhetischer Bildung, er tappt so lange zwischen Spott, Sonne, Mond und Sternen, Büchern, Speisen, Frauen, Männern, Pflanzen und Tieren umher, bis er einen Witz, einen Aphorismus gefunden hat, und um diese opfert er Wahrheit, Charakteristik, Form und Schönheit. Sein Stil ist zwar lebendig wie die Straßen von Wien, aber ebenso krumm und eckig, nachlässig ohne Eleganz und voller Schwulst."[9] Das ist freilich Mitte der dreißiger Jahre geschrieben, als die politischen Gegensätze sich mehr und mehr zuspitzten und in dem berüchtigten Bundestagsbeschluß von 1835, dem Verbot der jungdeutschen Literatur, gipfelten. Die Ironie der Wirkungsgeschichte will es, daß die Mängel, die Glaßbrenner seinem Kollegen anrechnet, in späterer Zeit auch als die seines eigenen Werkes genannt werden sollten: ein Indiz wiederum für die Strukturgleichheit der literarischen Strömungen der Epoche.

Nachdem Glaßbrenner einmal den publizistischen Ausweg aus seiner beruflichen Misere erkannt hat, schreibt er zielstrebig weiter, außer für den ‚Courier' kurze unterhaltsame Beiträge für das ‚Berliner Intelligenzblatt', die ‚Vossische Zeitung' und den ‚Berliner Eulenspiegel'. In dieser ‚Zeitschrift von und für Narren' (herausgegeben von dem nur zwei Jahre älteren Eduard Maria Öttinger) findet er mehr und mehr die eigene Perspektive, den eigenen Stil, auch das eigene Namenszeichen: Adolf Brennglas. Das Anagramm lag nahe und wurde auch nicht etwa als schützendes Pseudonym gewählt, er führte es als Emblem und wie ein Wappenbild, das die Gesinnung seines Trägers zeigt: ein kämpferischer Aufklärer, der die Strahlen des Lichts in seiner Schreiblinse bündelt, damit überall bald Freiheitsfeuer leuchten, das war der Sinn des an eine lange Tradition anschließenden Bildes. Auch schon ein Stück Selbstbewußtsein spiegelt sich in dieser Namensgebung. Die Julirevolution leuchtete herüber und weckte neue Hoffnungen. Optimistisch gestimmt gibt Glaßbrenner den verhaßten Kaufmannsberuf auf („Und 18 Jahre sind verschwunden, / In denen ich umsonst gestrebt", dichtete er 1828 zur eigenen Geburtstagsfeier),[10] der Ladendiener wird freier Schriftsteller, und das war auch in diesen Jahren noch schwer genug, wäre ohne die Entwicklung der Presse kaum zu verwirklichen gewesen. 1831 wird Öttingers ‚Eulenspiegel' verboten, und ab Januar 1832 gab Glaßbrenner seine erste eigene Zeitschrift heraus; ‚Berliner Don Quixote. Unterhaltungsblatt für gebildete Leser'. Womit ein neues Kapitel in der Zensurgeschichte der deutschen Literatur eröffnet wird. Heinrich Hubert Houben hat es in seiner Chronik der ‚Verbotenen Literatur' nach gründlichem Aktenstudium und durchaus engagiert niedergeschrieben.[11]

Noch im Gründungsjahr kam es zum ersten Konflikt mit der Zensur, statt des milden, verständnisvollen Kollegen Langbein wurde ihm der Hofrat Karl Ernst John zum Zensor bestimmt: der ehemalige Sekretär Goethes hatte inzwischen ein wechselvolles, von Affären belastetes Schicksal hinter sich, war gerade zu neuem Ansehen und Amt gelangt, was er dann mit der ganzen Schärfe dessen ausübte, der sich täglich zu bewähren hat; er war besonders für die Schriften des Jungen Deutschland zuständig. Von nun an häuften sich die Beschwerden, und Glaßbrenner wird in einen nicht mehr endenwollenden Streit mit den Zensurbehörden verstrickt. Ein gut Teil seiner Energie und Tatkraft wurde dabei verbraucht, allein der, auch im positiven Sinne, stilbildende Einfluß der Zensurkämpfe darf nicht unterschätzt werden. Sie begünstigten die doppeldeutige, anspielungsreiche, ironische Schreibweise, schärften den Witz und verhalfen der Lyrik zu einer neuen Konjunktur („Außerdem ist es ein eigenes Ding mit *gebundener* Rede", schrieb der kampferprobte Verleger des Jungen Deutschland Julius Campe an seinen neuen Autor Franz Dingelstedt.").[12]

2. Der Roman Berlins in Groschenheften

Ende des Jahres 1833 wurde der ‚Don Quixote' verboten, da half kein Bittgesuch, kein nachträgliches Wohlverhalten. Die besten Stücke aus seiner Zeitschrift veröffentlichte Glaßbrenner gesammelt 1834, der vielsagende Titel: ‚Aus den Papieren eines Hingerichteten.' Er widmete das Buch dem verehrten Fürsten Pückler-Muskau, der mit seinen

,Briefen eines Verstorbenen' 1830 den einschlägigen zensurerprobten Titelreigen eröffnet hatte. „Aus dem Körper meines Hingerichteten, d.h. legitimen Todes verstorbenen Don Quixote's habe ich nun, wie dieß häufig bei großen Männern geschieht, das Herz herausgeschnitten und mir die Freiheit genommen, dasselbe Ihnen, mein unsterblicher Todter, zu Dero Hochgebornen Füßen zu legen."[13] Auch das ,Herz' wurde verboten, mit Erlaß vom 21. Dezember 1834. Glaßbrenners wirtschaftliche Existenz war aber durch ein anderes publizistisches Unternehmen ziemlich gesichert, das er im selben Jahr wie sein ,Unterhaltungsblatt' begonnen hatte. 1832 war, unter dem Autornamen „Ad. Brennglas", das erste jener Heftchen erschienen, die seinen eigentlichen Ruhm begründeten und denen er „seine Sonderstellung in der Literaturgeschichte verdankt" (Houben):[14] „Berlin wie es ist und – trinkt". Den Erfolg kann man schon an wenigen Zahlen ablesen: Drei Neuauflagen im Erscheinungsjahr erlebte gleich das erste Heft, zwölf Jahre später erreichte es die 10. Auflage. Zwischen 1832 und 1850 erschienen insgesamt 33 Hefte, ihre Protagonisten entwickelten bald ein Eigenleben, tauchten auf der Bühne, in Karikaturen, im Volkswitz auf, mehr als 200 Nachahmungen transportierten Glaßbrenners Idee in die anderen deutschen Länder, nach Hamburg, Stuttgart und München. Doch auch die Originale wurden – trotz des Berliner Jargons – überall gelesen: „Durch ganz Deutschland machen sie sich Bahn. Nicht allein im Norden, für den sie, schon ihrer Form nach, zunächst berechnet scheinen, auch im Süden werden sie verschlungen; ja, dort werden förmlich philologische Studien angestellt, um in's Innere des Berliner Jargon's zu dringen und die Dialogen der berühmten Eckensteher zu erfassen ... wenn eine menschenfreundliche, tiefe Wahrheit, in's Gewand der Poesie gehüllt, leichter Eingang findet in jene Gemächer, vor denen stolze Etikette Wache hält; wenn das Elend der Armen, Unglücklichen unter der Maske der Thorheit, auch im Herzen verschlossener Egoisten eine Saite des Mitgefühls anzuschlagen vermag; – dann verdient Glaßbrenner reichen Dank, und literarische Großmächte, die ihn mit gelehrter Kritik abzufertigen gedenken, verrathen ihre eigene Armuth an Geist wie an Gemüth." (Karl v. Holtei)[15]

Gefaßt in den billigen Rahmen von Groschenheften hat Glaßbrenner eine Galerie Berliner Volkstypen geschaffen, die er, seinen politischen Absichten gemäß, mit einer satirischen Laune ausstattete, mit Witz und Selbstironie, so daß Treitschke ihn mit widerwilligem Respekt „den Liebling und Erzieher des zungenfertigen demokratischen Berliner Kleinbürgertums" nennen konnte.[16] Dem ersten Heft (es präsentiert den Berliner Eckensteher) hat der Autor eine Vorrede mitgegeben: „Über Berlin ist schon so Vieles und so Manches geschrieben worden, immer fehlte es aber noch an einer vollständigen Charakteristik aller niederen Volksklassen dieser Residenz. Ein Berliner von Geburt, dessen größtes Vergnügen es war, das Thun und Treiben dieser Leute zu belauschen, habe ich es unternommen, genannte Lücke auszufüllen."[17] Die Camouflage, derentwegen allein sich Glaßbrenner zunächst wohl ins Narrenkleid der niederen Volksklassen eingewickelt hatte, gelang zunächst: die ersten fünf Hefte können unbeanstandet erscheinen, erst danach beginnen die Schwierigkeiten. Houben hat die Akten der Berliner Zensurbehörden auch in diesem Fall studiert und die komplizierte Zensurgeschichte der Hefte darin ein Stück weit verfolgt. „Das Oberzensurkollegium hatte so wenig Sinn für diese neuartige Volksliteratur, daß es die Schrift ‚in sittlicher und politischer Hinsicht gleich verwerflich' nannte und ein Verbot für um so nötiger hielt, weil ‚ihre Schreibart und Wohlfeilheit ganz geeignet sei, sie in aller Welt Hand und die darin enthaltenen gemeinen Redensarten in aller Welt Mund zu bringen'. Darauf verbot der Minister am 20. September die Hefte ‚Berlin, wie es ist und – trinkt' oder ‚Guckkästner'. Diesen Doppeltitel führten aber nur die drei Teile des 6. Heftes. Das 5. Heft ging um diese Zeit in den Leipziger Verlag über und erschien in 2. Auflage. Eine Anzeige derselben in der ‚Allgemeinen Preußischen Staatszeitung' erregte die Entrüstung des rheinischen Oberpräsidenten v. Bodelschwingh (16. Dezember). Zensor John, zur Rede gestellt, wie er die Anzeige habe durchgehen lassen können, wies aber nach, daß Heft 1–5 ordnungsgemäß mit Berliner Zensur erschienen seien. Darauf sah sich das Oberzensurkollegium auch diese an, fand wenigstens im 5. ‚die nämliche Verwerflichkeit und Gemeinheit' und verlangte am 7. Januar 1837 das Verbot der ganzen Reihe, ob nun die einzelnen Nummern den Nebentitel ‚Guckkästner' führten oder nicht. Das aber ging dem Minister zu weit: er dehnte am 16. Januar das Verbot nur auf alle in Leipzig bei Vetter & Rostosky erschienenen Hefte aus; was einmal die Berliner Zensur passiert hatte, war unantastbar. Dennoch kam es zu Mißverständnissen; die Verleger Bechthold und Hartje beschwerten sich, und u. a. fragte der Oberpräsident von Ost- und Westpreußen, v. Schön, am 23. Februar etwas verwundert an, ob denn auch die ersten 5 Hefte von dem Interdikt betroffen seien. Rochow antwortete, nur die in Leipzig erschienenen Nummern seien gemeint, und instruierte so auch die Berliner Polizei. Heft 1–4 und Heft 5 in erster Auflage durften also ungehindert verkauft werden."[18]

Glaßbrenner war Anfang zwanzig, als die ersten Hefte ‚Berlin wie es ist und – trinkt' Furore machten. Heinrich Laube erinnert sich später an seine erste Begegnung mit dem Jungberühmten 1834 in Berlin. „Glaßbrenner machte mir auf die liebenswürdigste Weise die Honneurs seiner Vaterstadt. ‚Warum schlecht leben', rief er, ‚wenn Einen in jedem Augenblick der Kukuk holen und dem freien Leben ein Ende machen kann!'"[19] Auch andere Berichte vermitteln den nämlichen Eindruck, Glaßbrenner war alles andere als ein verbiesterter Ideologe, er verband Witz und Lebensart, sein Engagement für die niederen Volksklassen, die demokratische Überzeugung und liberale Denkweise vertrugen sich bestens mit sinnlichem Behagen und Lebensfreude. Auch ein anderer jungdeutscher Kampf- und Schreibgefährte, Feodor Wehl, lernte ihn um diese Zeit kennen und beschrieb ihn so: „Ich ging noch in die Schule, als er bereits mit einem Oheime von mir schmausend und Champagner trinkend in einer Weinstube saß. Diese Weinstube hatte nach einem rückseitigen Gartenplatze hinaus eine belaubte Veranda, in der ich ihn, diesen Oheim suchend, zuerst angetroffen habe. Ich sehe ihn noch vor mir, als wäre es vor 8 Tagen gewesen. Es war heiß und er saß in Hemdsärmeln vor einer Schüssel mit Spargel und einem golden glänzenden Glase mit Wein. Er sprudelte eben einen etwas anstößigen Witz von den Lippen, der von den anderen anwesenden Gästen mit wieherndem Lachen begrüßt wurde, als ich eintrat."[20] Auch Glaßbrenner blieben bittere Erfahrungen nicht erspart, Verfolgung, Exil und wirtschaftliche Not, doch besaß er eine Lebenskraft, ein Talent zum Glück, das ihn ganz, auch in Zeiten schlimmster Reaktion, nie verließ, ihm ein Schicksal ersparte, wie es Heine und Gutzkow, gar Ludolf Wienbarg oder Johann Peter Lyser widerfuhr, die im Armen- oder Irrenhause endeten. Der gesellige Mann, der (wiederum Wehl zufolge) „schöne Frauen, guten Wein und lukullische Genüsse" liebte,[21] bewies eine glückliche Hand noch in einer anderen wichtigen Lebensentscheidung dieser Jahre.

3. Revolutionsträume

Im Frühling 1835 reiste Glaßbrenner im Auftrage und auf Kosten seines Leipziger Verlegers Friedrich Volckmar nach Wien. Es ist die Zeit jungdeutscher Reiselust, außer Heines Reisebildern verdankt ihr die deutsche Literatur noch manch anderes beachtliches Prosastück, und neben Börne, Gutzkow, Laube oder Pückler-Muskau muß auch Glaßbrenner genannt werden. Seine ‚Bilder und Träume aus Wien' (von der österreichischen Regierung alsbald verboten) zeigen ihn vielleicht als Prosaschriftsteller überhaupt auf seinem Höhepunkt, denn der in den Berliner Heften entwickelte Stil stellt eine Sonderentwicklung dar und ist Ergebnis einer eigenen Kunstfertigkeit, die mit der überlieferten Prosaliteratur wenig gemein hat. Nur in einigen Erzählungen und Anekdoten ist es ihm später noch gelungen, partienweise den Standard seines Wien-Buches zu erreichen, dessen zweiter Band bereits deutlich abfällt und vor allem aus allerlei Nachlese-Stückchen zusammengestellt wurde.

Erfolgreich war seine Reise nach Wien noch in anderer Hinsicht, er lernte dort die erste „Salon-Dame" am Leopoldstädtischen Theater, das heißt die erste dieses so wichtigen Faches kennen. Die 1813 in Brünn geborene Adele Peroni war da gerade 22 Jahre alt und als Schülerin Ferdinand Raimunds in gutem Engagement. Als ihr Mentor die Bühne verließ, kam sie 1837 an das Königstädter Theater in Berlin, wo sie Glaßbrenner wiedertraf und drei Jahre später heiratete. Die Ehe mit dem unbotmäßigen Schriftsteller kostete sie schnell ihre – berufliche – Stelle als „erste Liebhaberin", doch im Oktober 1840 schon geht sie ans Hoftheater in Neustrelitz, und von dort ist eine Anekdote überliefert, die offenbar Glaßbrenners Eheleben trefflich kennzeichnet. Der regierende Großherzog, natürlicherweise auch kein Freund Glaßbrenners, verwundert sich über diese in seinen Augen ganz offensichtliche Mesalliance: „Aber liebe Madame", wendet er sich an Frau Adele, „wie konnten Sie denn diesen Menschen heiraten, Sie können mit ihm ja gar nicht glücklich sein!" Darauf Madame: „Aber Verzeihung, Hoheit, ich bin mit ihm sehr glücklich."[22]

Mit dem Wohnort Neustrelitz vermochte sich Glaßbrenner nur wenig anzufreunden, das Mecklenburger Publikum seinerseits konnte mit dem aufmüpfigen Großstadtliteraten wenig anfangen. 1837, noch in Berlin, hatte Glaßbrenner eine neue Heftchenserie begonnen: ‚Buntes Berlin'. Jedes Heft, so war vertraglich mit dem Berliner Verleger

Nitze abgemacht, sollte drei Bogen umfassen, die Auflage 2000 Exemplare, das Honorar zehn Louisdor, was (nach einer etwas gewagten Umrechnungstabelle)[23] heute der Kaufkraft von etwa 3000 DM entspricht; der Erfolg der ersten Hefte war dann so groß, daß das Honorar auf fünfzehn Louisdor erhöht wurde. Auf dreizehn Hefte sollte es die Reihe bis zum Jahre 1852 bringen, das ist nicht viel, doch entstehen in dieser Zeit noch genug andere Werke: Die ‚Schilderungen aus dem Berliner Volksleben' (1841), ‚Neue Berliner Guckkastenbilder' (1841), ‚Verbotene Lieder eines Norddeutschen Poeten' (1843), ‚Neuer Reineke Fuchs' (1845), um nur einige wichtige zu nennen. Auch ‚Herrn Buffey's Wallfahrt nach dem heiligen Rocke' (1845), das zwar nicht im protestantischen Berlin, aber dafür in Bayern und Österreich verboten wurde. Herr Buffey, eine von Glaßbrenners populärsten Schöpfungen, ein Kleinbürger, wie er im Buche steht, mit mäßig-liberalen Ansichten und einer gutmütigen, glücklichen Beschränktheit, hatte schon 1836 im achten Heft von ‚Berlin wie es ist und – trinkt' das literarische Leben erblickt und gehörte seither zu den stehenden Figuren des großen Bestiariums, das sein Autor geschaffen hat.

Hinzu kommt die journalistische Arbeit, für den ‚Wendischen Boten' oder die ‚Neue Mecklenburgische Volksbibliothek' oder den demokratischen ‚Volksvertreter', Ende des Jahres 1845 erscheint schließlich auch die erste Folge eines neuen Periodikums, mit dem Glaßbrenner seine höchsten Auflagen erzielte: der ‚Komische Volkskalender'; 21 Jahrgänge sind erschienen (1846–1865, 1867), einige unter dem Titel ‚Lustiger Volkskalender'. Die Aufmachung gleicht den üblichen Volkskalendern des 19. Jahrhunderts,[24] doch ist vor allem die Einheit von Text und Bild bemerkenswert, die in den besten Kalenderstücken erreicht wird. Der angemessenen, publikumswirksamen Illustration hatte Glaßbrenner von Anfang seiner schriftstellerisch-aufklärerischen Arbeit an die größte Aufmerksamkeit geschenkt, und sie erreichte in der Zusammenarbeit mit Theodor Hosemann, einem der besten Zeichner und Graphiker der Zeit, ihren Höhepunkt. (Die Titelkupfer zu den Heften von „Berlin wie es ist und – trinkt", die von ihm stammen, legen dafür schon das schönste Zeugnis ab.) Hosemann hat auch am Volkskalender mitgewirkt, andere ebenso beliebte, wenn auch selten so kunstfertige Illustratoren wie Carl Reinhardt, Albert Kretschmer, Georg Heil, Adolf Schrödter oder Wilhelm Scholz traten hinzu. Selbstverständlich erregten auch diese Bändchen (was einer Ehrung nahekommt) die zornige Aufmerksamkeit der Zensoren: „In diesem Volkskalender ist sowie des Frevels – des Frevels an der Religion, an dem monarchischen Prinzipe, an dem gemeinsittlichen Prinzipe – gehängt, daß wohl kein Staatsmann, kein Beamter, kein Gemeinredlicher, kein halb-kirchlich und religiös Indifferenter diese diabolische Schandschrift ohne den Gedanken ‚Es ist in Deutschland weit gekommen!' aus der Hand werfen wird. – Über S. 24 ‚49. Woche' und S. 8 könnte man blutige Thränen weinen!" – So zum Beispiel der preußische Ministerialreferent Seebode.[25]

Die Ereignisse des Jahres 1848 schienen dann mit einem Male alles zu wenden: „Die Weltgeschichte hatte *königlich geruht*, plötzlich ist sie ein *unruhiger Arbeiter* geworden", steht im ‚Komischen Volkskalender für 1849', der den achtundvierziger Ereignissen gewidmet ist. „Am 19ten März 1848. Ich stürze atemlos ins Zimmer, ich vergesse alle die Angst un die Wut von die letzten zwee Dage; ich falle meinen Sohn Willem, den dummen Jungen, um'n Hals, der beinah hinter 'ne Barrikade jekommen wäre, wenn ich ihn nicht rufgeholt hätte, un schreibe weiter Nischt als drei Worte, die aber ebenso viel sagen wie: Vater, Sohn un heilger Jeist, wie Sonne, Mond un Sterne, wie Jeburt, Leben und Tod: *Wir sind frei!*"[26]

Glaßbrenner kehrt nach Berlin zurück, beschließt, eine politische Zeitschrift zu gründen: ‚Freie Blätter, illustrierte politisch humoristische Zeitung', das erste politische Witzblatt nach den Märzereignissen. Am 6. Mai erschien die erste Nummer, doch lebte es nicht einmal ein ganzes Jahr, Wrangel erließ das Verbot: „Herr General, Sie sind sehr populär, aber *ich auch*", schrieb er trotzig zum Abscheid in der letzten, der 56. Nummer der Zeitschrift.[27] Das Revolutionsjahr hatte den bekannten, erbärmlichen Verlauf genommen, Glaßbrenners Kandidatur für das Parlament war schon im Ansatz mißglückt, er selber nach Neustrelitz zurückgekehrt. Dort versuchte er, in den mecklenburgischen Volksvereinen seiner demokratischen Gesinnung entsprechend zu wirken, wurde als sozialistischer Agitator verdächtigt und des Landes verwiesen, ging mit seiner Frau nach Hamburg, lebte nun zwar an einer Hauptstätte der jungdeutschen Literatur, wo auch schon das eine oder andere seiner Werke erschienen war (darunter – bei Hoffmann und Campe im vorrevolutionären Jahre 1847 – ‚April. Ein Gedicht. Den Deputierten des ersten preußischen Reichstages gewidmet'), konnte sich aber mit dem Exil nicht abfinden, selbst wenn es ihm wirtschaftlich (auch Dank der Jahrespension Adeles und ihrer deklamatorischen Auftritte) recht gut ging. „Grüßen Sie Glaßbrenner", schrieb Gutzkow 1850 an Wehl, „von dem ich höre, daß er hypochondrisch ist und verstimmt. Sagen Sie Glaßbrenner, seit er in den Märztagen über die Berliner, wie auch ich, gerührt war, ist es mit seinem Spotte nichts mehr. Über die Kugel im Brunnen in der Breiten Straße weinte er. Da soll er die Satyre jetzt den Kalisch's und Dohm's lassen und sich zu einer größeren Produktion, wie sein Reinecke Fuchs, wieder sammeln."[28] Die politischen Hoffnungen zerschlagen, fern der heimatlichen Stadt, mit düsteren Aussichten für die Zukunft („Ich bin stumm und langweilig und düster.")[29] – das ist jetzt vielleicht die schwerste Krise seines Lebens. Er schrieb zwar viel in der ersten Hälfte des neuen Jahrzehnts, Vor- und Nachmärzliches, mit ‚Pritsche und Knute' (so der Titel eines ‚Karnevalsalbumchen für 1851'), ‚Xenien der Gegenwart' (zusammen mit dem Philologen Daniel Sanders), einige Kinderbücher (‚Insel Marzipan', 1851; ‚Sprechende Tiere', 1854), eine Komödie ‚Kaspar der Mensch', die eigentlich eine mal mehr und meist weniger lustige Literaturparodie ist („Denn ich, ich habe die Philosophie, / Juristerei und Medizin / Und, heißa! auch Theologie / Durchaus studirt ohne großes Bemüh'n."),[30] und 1855 auch ein größeres Werk; wie der ‚Neue Reineke Fuchs' die Variation eines alten Musters: ‚Die verkehrte Welt'. Erweist sich aber das Tierepos noch der Überlieferung würdig, so ist jetzt der satirische Zerrspiegel trübe geworden, die Verse sind sorglos und eilfertig gearbeitet. 1856 versuchte er es mit einer neuen Zeitschrift (‚Ernst Heiter'), die in Preußen wiederum verboten wurde und daher eingestellt werden mußte. 1857 gründete er daraufhin eine humoristische Wochenschrift (‚Phosphor'), die auch nur ein Jahr lebte, was aber andere Gründe hatte: 1858 kehrte er nach Berlin zurück, übernahm die Leitung der Montagszeitung ‚Berlin' (die ab 1860 ‚Berliner Montags-Zeitung' heißt), bis zu seinem Tode 1876 seine wichtigste Profession; was er daneben an kleinen Novellen oder Plaudereien noch veröffentlichte, ist kaum der Rede wert. Die deutsche Misere hatte ihm die ihm eigene Sprache verschlagen, das politische Leben verbitterte ihn, er wollte öffentlich nichts mehr damit zu tun haben, beschränkte sich auf das Fach des Theater- und Literaturkritikers in seiner Zeitung. Die Träume seiner Jugend hat er nie verraten, „unverändert in meiner politischen Gesinnung",[31] so bekräftigte er seine Haltung, allein, der Kampfgeist war gebrochen. Wir dürfen uns seine letzten Lebensjahrzehnte aber auch nicht etwa trübe und beschwerlich vorstellen. Die Montagszeitung setzte sich durch, Glaßbrenner brachte es zu einigem

Wohlstand, und den wußte er durchaus zu nutzen. Ein kultiviertes, behagliches Dasein und feines Genießen der geistigen und sinnlichen Vergnügen, ein allen Freunden offenes, geselliges Haus, ein heiteres, behagliches Eheleben: auf wenigstens einem vertrauten Fuß stand er immer noch mit seinem Glück. Das verließ ihn auch zuletzt nicht. Zwar war er kränklich in seinem letzten Lebensjahr und mußte sich von den Ärzten plagen lassen, doch das Ende kam schnell, und er litt nur wenig: Am Montag, den 25. September, besucht er mit seiner Frau eine Kunstausstellung, zu Hause wird ihm das Treppensteigen schwer, doch speist er noch gut, spielt danach eine Partie Karten mit einem Freunde; dabei wird es ihm unbehaglich, die Luft fehlt, er flieht zu seiner Frau ins Nebenzimmer, fünf Minuten später ist Adolf Glaßbrenner tot. Als Grabspruch hat er sich – vergeblich – seine Verse gewünscht:

„Hier ruht ein Herz, dem man auf Erden
Nie Ruhe ließ, nun unter ihr;
Ein Autor, der neu aufgelegt zu werden
Dort wünscht, wo schön're Druck als hier;
Ein Narr der Zeit, der oft in seiner droll'gen
Manier zu dreist zur mächt'gen Herrin sprach!
Hier ruht ein Dichter. Seine Werke folgen
Ihm ... in den nächsten Tagen nach."[32]

4. Kritik, Satire und Großstadtroman

Adolf Glaßbrenner hat ein ebenso umfangreiches wie ungleichmäßiges Œuvre hinterlassen; Adele Peroni, die 1895 gestorben ist, hatte testamentarisch einen Teil ihres Erbes für die Edition einer Gesamtausgabe bestimmt, doch ist es dazu nie gekommen. Ein Mangel, der wenig ins Gewicht fiele, wenn es wenigstens zu einer sorgfältigen, textlich zuverlässigen Auswahlausgabe gereicht hätte – zur Überlieferung wenigstens all der Werke, mit denen Glaßbrenner auf seinem Gebiet klassisch ist; und vielleicht zusätzlich noch das ein oder andere lyrische oder novellistische Kunststückchen, das mit ihnen zwar nicht konkurrieren kann, aber seinem Bild in der Literaturgeschichte erst die abschließende Kontur zu geben vermöchte. Doch was an Anthologien später erschien, präsentierte Glaßbrenner als bloßen gemütvollen Possenreißer und witzigen Lokalpoeten fürs Berliner Publikum mit Schnauze. Dem

Unrecht, das ihm zu Lebzeiten widerfuhr, hat die Nachwelt ein neues hinzugefügt, es hat sein Ansehen mehr geschädigt als alle Zensuredikte und polizeilichen Verfolgungen.

Natürlich hat er Lokaldichtung geschrieben, und nicht die hochdeutsche Sprache, der Berliner Jargon stellte das poetische Material, aus dem er seine vollkommenen Werke schuf. Doch erscheint die Welt nicht auf die Ausmaße seiner heimatlichen Idylle beschränkt, die Heimat wird vielmehr (um an seine eigene Metaphorik anzuknüpfen) zur Lupe, durch die hindurch Welt, deutsche Gegenwart im 19. Jahrhundert, erkennbar, identifizierbar wird. Auch bringt er nicht irgendeine Lokalität zum Sprechen, sondern eben Berlin, die Residenzstadt Preußens, die nach den Befreiungskriegen einen enormen Aufschwung genommen hatte und auch städtebaulich das Gepräge einer Metropole zu gewinnen begann. „Hier ist Berlin, Paris, dort London, hier Krähwinkel, dort Kaserne, hier eine Demokratie, dort ein Bureau, hier ein Bethaus, dort ein lustiger Markt, und nur, wenn man aus allen diesen streitenden Eigenschaften durch seine Familienkreise gegangen ist, kommt man erst in das eigentliche Berlin zurück."[33] Das ist der Schauplatz, auf dem Glaßbrenners Figuren der Welt begegnen, das politische Geschehen mit Witz und Hintersinn kommentieren, das Verhalten der anderen Völker mit den eigenen Erfahrungen satirisch in Beziehung setzen, mit Kalauern, Wortspielen und zündenden Pointen eine ganz eigene Überlebenskraft dokumentieren. „Unter allen Plebejern des stolzen Berlins verdienen *sie* als die zahlreichste und merkwürdigste Klasse zuerst genannt zu werden; wer je durch die großen und schönen Straßen der Preußischen Residenz gewandelt ist, dem wird gewiß diese komische Nation aufgefallen sein, die sich durch ihre Sitten, durch ihren immerwährenden Durst, durch ihre Faulheit und ihre grenzenlose Gleichgültigkeit gegen alles, was in ihnen und um sie vorgeht, (mit Ausnahme von Prügeleien) und durch einen handfesten Witz auszeichnen."[34] Den Eckenstehern ist das erste Heft von ‚Berlin wie es ist und trinkt' gewidmet, Glaßbrenners Einleitung sprengt durchaus noch nicht den Rahmen der üblichen Ständesatire, doch die witzige, ironische Charakteristik der verschiedenen Stände des unteren Volkes, der Holzhauer, Fuhrleute, Köchinnen, Guckkästner dient nicht etwa dem Zweck, ihre Laster, Torheiten, Ungereimtheiten, gar ihre Verächtlichkeit zu demonstrieren, ihre Konventionen, Meinungen und Ansichten sind vielmehr das Medium, durch das hindurch Glaßbrenner seine Zeit und Welt zur Darstellung bringt – und siehe, die

Perspektive von unten, der respektlose Blick, die schnoddrige Widerrede bringen Wahrheit hervor. „*Guckkästner*. Hür präsentirt sich Ihnen der bekannte Vice-Minister Mendezappel in einen Stoobmantel, weil es noch früh am Dage is. Er liecht in den Fenstern seines Schlosses, roocht einen Cigarro un wart't auf das Vertrauen der bittern Nation. Auf die andere Seite in de Ecke steht Dum Carole un war't jleichfalls auf das Vertrauen. *Ein Junge*. Wat is denn mit des Vertrauen jemeent? *Guckkästner*. Ich jloobe Jeld, aber es is möglich dass ich mir irre. Soviel is jewiss, dass der Bürjerkriech schrecklich is. Der Vater haut seinen eichenen Sohn dodt, un de Mutter lacht dazu, es is schaudererregend; Dorothee einen Schnaps!"[35]

Glaßbrenners Erfolgsrezept ist so alt wie die Tradition, Wahrheit im Narrenkleid auftreten zu lassen, wenn sie aus politischen, religiösen oder sozialen Gründen nicht anders erscheinen darf. Die Straßenszenen und Skizzen, die Verse, Bilder und Anekdoten, die er in seinen Bilderbogen locker aneinanderreiht, sind nicht nur in einer sozialen Gegenwelt zum staatlichen, höfischen und gut bürgerlichen Leben der preußischen Hauptstadt angesiedelt, sie vermitteln auch offiziell nicht geduldete, unterdrückte und verfolgte Wahrheiten. Eulenspiegeleien und Verstellungen, demonstrative Begriffsstutzigkeit und Albernheit sind ebenso wie die gewollten Mißverständnisse, zweideutigen Redensarten und Respektlosigkeiten des volkstümlichen Jargons Schutzformen, die die Zensur irreführen oder gar von ihr befreien sollen. In den Jahren verschärfter Restauration, des Bundesbeschlusses gegen das Junge Deutschland, der Unterdrückung und Verfolgung aller oppositionellen Literatur waren das durchaus übliche literarische Verfahren, mit denen auch der Leser umzugehen verstand, Heine oder Börne machten es nicht anders, und in deren Schule war Glaßbrenner schließlich gegangen. Aber die volkstümliche Form seiner Erfahrung, seines Witzes, seiner Schreibweise ist seine eigene unverwechselbare literarische Errungenschaft und darf nicht etwa mit den Plattheiten und bloßen Rüpelhaftigkeiten verwechselt werden, in denen dann seine Nachahmer auf grelle Weise glänzten. Auch in den volkstümlichsten Szenen, Berliner Bildern und Geschichten, ob im ‚Komischen Volkskalender' oder im ‚Märzalmanach', ob in den burlesken Novellen oder selbst den Kinderbüchern, Glaßbrenner entfaltet immer auch eine gebildete Lustigkeit, voller Anspielungen, versteckter Zitate, historischer und literarischer Bezüge. Während der Guckkastenvorführung der ‚Jeethe-Statü von Schwandhaler zu Frankfurt am Main' moniert ein Zuschauer „Man kann jar nischt orndtlich sehen", darauf der Guckkästner: „Dorothee, mach' mal mehr Licht!" Dorothea versteht nicht, darauf: „Guckkästner. *Mehr Licht!*"[36] In einer anderen Szene reimt dieser Abkömmling des Moritatensängers: „Französische Karten sollen hier / Mal endlich Wahrheit werden!", und die Pointe versteht nur, wer das Wortspiel Karte-Charte (für „Verfassung") entziffern kann.[37]

Die Addressaten von Glaßbrenners Satiren waren also keineswegs mit jenen identisch, die in seinen Straßenszene, Moritaten oder Histörchen auftraten, sondern das gebildete Bürgertum, das sich über das unziemliche, fluchende, travestierende närrische Gebaren, die pöbelhaften Possen wie in irgendeinem Wiener oder Münchner Volkstheater amüsieren konnte, aber auch die Verdrehungen, Parodien und kunstvollen Andeutungen verstand und ihre Orginalität zu würdigen wußte. „Det Milljöh" besaß für dieses Publikum gerade einen ungemein exotischen Reiz, und wenn Glaßbrenner eins seiner Bücher dem Fürsten Pückler-Muskau widmete, wenn Varnhagen von Ense sich für ihn bei der preußischen Regierung verwendete, so sind das keine zufälligen Ausnahmen. Sie entsprechen völlig seinem Selbstverständnis, und er hat immer darunter gelitten, wenn man ihn, im abschätzigen Sinne natürlich, zur Massenliteratur zählte.

Und wirklich, gerade sein Berlin-Werk ist längst noch nicht in allen Dimensionen erkannt, gar literaturkritisch abgemessen. Denn es geht keineswegs in satirischer Absicht auf: das Satirische ist ein Hauptelement der Darstellung wie der Schreibart, doch nimmt man alle die Heftchen, Kalender, Dialoge zusammen, deren Schauplatz Berlin, deren Protagonisten aus dem Kleinbürgertum oder den plebjischen Schichten Berlins stammen und die sich vorzüglich des Berliner Jargons als sprachliches Ausdrucksmittel bedienen, so haben wir ein Werk vorliegen, das seinesgleichen in der Literatur des 19. Jahrhunderts sucht und das noch das eigene ehrgeizige Ziel „einer vollständigen Charakteristik aller niederen Volksklassen dieser Residenz"[38] weit übertrifft. Alle diese Eckensteher, Guckkästner, Hökerinnen, Fuhrleute und Kleinbürger werden von Glaßbrenner nicht bloß als Medium seiner Zeitkritik satirisch funktionalisiert, wir lernen sie vielmehr in ihrer ganzen unverwechselbaren Eigenart kennen, in ihrem Alltag in der Küche zwischen Spind, Schlachttisch und Herd, an der Straßenekke, in der Eisenbahn, bei ihren Vergnügungen im Wirtshaus, auf dem Lande, vor der Puppenspielbühne, mit ihren Hoffnungen, Befürchtungen, Umgangsformen und Überlebenskünsten, wir sehen sie am Sonntag in Moabit Blindekuh, Topfschlagen oder Bäumchenverwechseln spielen, sehen die eitlen Frisuren und blumigen Tücher, die häusliche Szene und das Straßenbild. Wir erleben einen Besuch in einer Menagerie, eine Aufführung von Schillers ‚Jungfrau von Orleans' aus der Perspektive des Drechslermeisters Schradicke, des Schneidergesellen Huscher oder des Glasers Schneller, begleiten den Seifensieder Bläschen aufs Land in die freie Natur, treffen Madame Proppen auf einer Redoute, mischen uns in das Leben und Treiben auf einem Schützenplatz oder sitzen wieder vor dem Apparat des Guckkästners, hören seine kunstvoll verdrehten Reden über die Weltgeschichte, die ehelichen Dialoge mit „Dorothee", die schnoddrigen Belehrungen der Straßenjungen. Was sich hier (auch darin Angemessenheit wahrend) im niederen Gewandte des Groschenhefts oder Volkskalenders präsentiert, ist in Wahrheit ein weitgespanntes Projekt, der Roman Berlins, der durchaus den Titel tragen könnte: ‚Eine Hauptstadt des 19. Jahrhunderts'.

„Der neue Roman ist der Roman des *Nebeneinanders.* Da liegt die ganze Welt! Da ist die Zeit wie ein ausgespanntes Tuch! Da begegnen sich Könige und Bettler! Die Menschen, die zu der erzählten Geschichte gehören, und die, die ihr *nur eine widerstrahlte Beleuchtung geben.* Der Stumme redet nun auch, der Abwesende spielt nun auch mit. Das, was der Dichter sagen, schildern will, ist oft nur Das, was zwischen Zween seiner Schilderungen als ein Drittes, dem Hörer Fühlbares, *in Gott Ruhendes,* in der Mitte liegt. Nun fällt die Willkür der Erfindung fort. Kein Abschnitt des Lebens mehr, der ganze runde, volle Kreis liegt vor uns; der Dichter baut eine Welt und stellt seine Beleuchtung der der Wirklichkeit gegenüber ... Da ist ein endloser Teppich ausgebreitet, eine *Weltanschauung,* neu, eigenthümlich, leider polemisch."[39] Keine genauere Beschreibung der inneren Struktur und äußeren Darstellung von Glaßbrenners Berlin-Werk, seiner Absichten und der künstlerischen Mittel, deren er sich bedient, ist denkbar als die berühmte Forderung Gutzkows nach dem Roman des Nebeneinander, der den alten Roman des Nacheinander ablösen soll. Man hat immer die Modernität dieses Romankonzepts betont und auch, daß Gutzkow selber es niemals auch nur annähernd verwirklicht habe, ja, daß der deutsche Roman im 19. Jahrhundert (anders als etwa in Frankreich oder England) weit hinter der avantgardistischen Theorie und Ästhetik des Romans zurückgeblieben sei. Zumindest Glaßbrenner mit seinem

Berlin-Werk ist ihm ganz nahe gekommen, und er hat (bis heute) so unrecht nicht, wenn er bitter im Vorwort zur 10. Auflage des ersten Heftes ‚Berlin wie es ist und – trinkt' bemerkt: „Wenn England oder Frankreich zuerst die arbeitende Menschenklasse in der Literatur emancipirt hätte, so würde die gelehrte deutsche Michel-Kritik ein groß Geschrei erheben. Das Deutsch-Populäre verachten sie wie – wir Productiven sie verachten."[40] Glaßbrenner übertrifft auch die übliche jungdeutsche Genreliteratur, die aus „Charakterbildern" (Gutzkow) oder Zeitbildern besteht, deren Teilnehmer etwa durch die Person eines Reisenden, eines Autobiographen oder unterhaltlichen Causeurs zum „genrebildartige(n) Roman"[41] zusammengefügt werden. Glaßbrenner sprengt die Grenzen des Genre, seine Szenen sind in Bewegung, zeigen nicht einzelne Bilder, sondern Geschehensabläufe, die „feinsten Nuancen des menschlichen Lebens",[42] gehen immer wieder über in gesprochene Rede, in Dialog und öffentliches Räsonnement, ja setzen sogar ganz allein (wie in der Sammlung ‚Buntes Berlin') auf die Dynamik des Gesprächs. Der Held von Glaßbrenners Berlin-Roman ist daher auch nicht mehr irgendein Beobachter, Briefschreiber oder Reisender (die sonst verkappt die Rolle des traditionellen Romanprotagonisten – wie auch noch in seinen eigenen ‚Bildern und Träumen aus Wien' – wahrnehmen), sondern das Volk selber: „*Kritiker.* Wie ich höre, schreiben Sie ein Werk über diese Gewerbe-Ausstellung?

Adolph Brennglas. Ein Werkchen. Ich habe zu magere, zu unruhige Gedanken für ein dickes, aufgeblasenes Buch. Ich hole *meinen Ruhm* nicht ein, indem ich *schwere Kanonen* abfeure, sondern ich schieße Pfeile für den Ruhm der Wahrheit ab.

Kritiker. Aber verstehen Sie denn Etwas von der Industrie, von diesen Tausend verschiedenen Gegenständen?

Adolph Brennglas. Nein, nicht einmal Etwas. *Gar Nichts* verstehe ich davon. Es gibt wenig Köpfe, die das Auswendige der menschlichen Thätigkeit so schwer begreifen wie der meine. Im Innern finde ich mich eher zurecht. Aber ich bin ja auch kein Polyoptron für die Polytechnik, sondern ein Brennglas, das die Strahlen fremden Geistes aufnimmt, und mit der Wiederausströmung derselben anfeuert und entzündet ... *wo möglich,* sagt der Deutsche. Ich hörte hier Kluge und Dumme sprechen, schrieb ihnen nach, ordne nun die Blätter ein wenig, und gebe wieder ein Buch mit *meinem* Namen heraus, dessen Verfasser eigentlich das Volk selbst ist. Der Ehrlichkeit wegen müßte ich also auf dem Titelblatte meines Werkchens hinzufügen: *frei aus dem Leben übersetzt,* aber ich will nicht eher ehrlich gegen meine deutschen Brüder sein, als bis wir uns *aus dem Leben in's Freie übersetzen.*"[43]

Die gelegentlichen Kommentare, Vorreden oder Einführungen des Erzählers haben keinen anderen Sinn als den der Vorstellung des wahren Helden, hinter dem er sofort zurückweicht, wenn der die Bühne betreten hat. In einem sehr genauen, wörtlichen Sinn ist Glaßbrenners Berlin-Roman damit auch ein sozialer Roman, der kein allgemeines Volksleben, sondern gesellschaftliche Verhaltensweisen, Abängigkeiten, Zusammenhänge sichtbar macht und die Menschen als Angehörige bestimmter sozialer Schichten zeigt.

Er ist damit auch ein politischer Roman, ein Tendenzroman im zeitgenössischen Sinne, ohne daß etwa Zeitkritik und Programmatik direkt und aufdringlich vorgetragen würden. Indem Glaßbrenner die „niederen Volksklassen" selber sprechen läßt, macht er die Tendenz sichtbar, die in ihnen lebt: als Unzufriedenheit und Zukunftshoffnung, als Ahnung und bewußte Gegenwärtigkeit. Er vernachlässigt zwar auch die Rolle des Anwalts nicht, der die Interessen der arbeitenden Menschenklasse und des liberalen Bürgertums in einer Person zu vereinigen sucht – eine Rolle, die er seit Jugendtagen geliebt und geübt hatte und in der sein großes rhetorisches Talent unmittelbar zum Ausdruck kommt, doch bleibt sie unverstellt nur dem Journalisten Glaßbrenner vorbehalten oder dem politischen Redner, der in revolutionärem Appell, in der enthusiastischen Beredsamkeit von Märzkalendern und -almanachen direkte Wirkung und Aktion erstrebt.

Dieser der politischen Agitation dienende Teil seines Werkes (von den meist schwachen Zeitgedichten bis zu den in allen satirischen Farben funkelnden Märzkalendern) ist der vergänglichste, auch wenn seine politische Satire mit ihren besten Exempeln keine Vergleiche zu scheuen braucht. Julius Campe, auch einer seiner Verleger, der für eine politisch wirksame Literatur in der Vor- und Nach-März-Zeit mehr getan hat als die meisten anderen Buchhändler der Zeit, war doch weitsichtig genug, zu wissen, daß es diejenigen Gedichte sind, „die der Zeit angehören, die in 10 Jahren leicht vergessen sind ... grade der Dinge wegen die sie jetzt ziehen machte."[44] Ein Urteil, das zwar auf ungleich schwächere Schriftsteller, als Glaßbrenner es je war, gemünzt ist, aber auch eine gewissermaßen historisierende Lesart seines Werkes in Frage stellt. Nicht es politisch durchzubuchstabieren, rettet es vor dem Vergessen oder einer unangemessenen, banalisierenden Rezeption, es bedarf dazu einer gegenteiligen Bemühung und Aneignung. Dem unirritierbaren, festen und treuen Demokraten Glaßbrenner gehört immer unsere Sympathie und Hochachtung, wie das übrigens auch für manchen anderen jungdeutschen Reimeschmeid wie Adolf Strodtmann oder Hermann Püttmann gilt, deren poetische Erzeugnisse aber zum Glück vergessen sind. Glaßbrenners Werk gehört in dieser Ausschließlichkeit eben nicht seiner Zeit an, die Distanz von ihr erst macht es fruchtbar zur Nachreife. Das Lachen, das es bis heute erregt, erfolgt auf seine poetische Lustigkeit, die den sonst nur kurzatmigen Tageswitz zu ihrem Zweck benutzt und nicht bloß in der politischen Pointe aufgeht. Weg mit allen ideologischen Krücken, dann werden Glaßbrenners Figuren ganz alleine wieder zu tanzen beginnen, ihr Humor, ihr Witz und auch ihre Satire sind karnevalistischer Abkunft (gerade auch in ihren burlesken, grobianischen Zügen) und in der Gegend von Rabelais und Cervantes, Jonathan Swift und Hans Sachs zu Hause, in Flögels Geschichte des Groteskkomischen gebührte ihnen, würde sie einmal fortgesetzt, ein Ehrenplatz.

Das größte Kunststück ihres Autors aber ist die Sprache, in der er seine Figuren reden läßt: der Berliner Jargon. Er ist das wichtigste Mittel der Profanation, das Medium, in dem Hoch und Niedrig, Groß und Klein zusammenprallen, die Säure schließlich, die Ehrfurcht und Etikette, Angst und Pietät, die Instanzen äußerer und innerer Zensur zersetzt. Das Wahre trägt die Maske der Torheit, Menschlichkeit nimmt die Gestalt trunkener Plebejer an, Laster und Tyrannei kommen lächerlich zu Fall. ‚Die verkehrte Welt' ist ein komisches (wenn auch eher schwaches) Gedicht Glaßbrenners überschrieben, die Verkehrung der Welt betreibt er in allem, was er je geschrieben hat, damit sie kenntlich werde. Sie wird umgestülpt in den Bildern und eigenwilligen Exegesen des Guckkästners („Hür, meine Herrschaften, jenießen Sie das sehr erfreuliche Bild von Kalanfonjehn, wo das Jold fließt un in solchem Überfluß is, wie bei uns in Deutschland die Schutzmänner, de Polezei, de Orden, die Absetzungen, die polit'schen Prozesse, die Octroyieren, die Junker-Niederträchtigkeiten un Unjerechtigkeiten un die Verhungerungen."),[45] im komischen Volkskalender („D. 19. April 1849. Eine Druckerei zeigt an, daß noch mehrere junge Prinzen bei ihr Beschäftigung finden können."),[46] im Fabelreich des jesuitischen Reineke Fuchs, selbst auf der Insel Marzipan oder in der Gesellschaft der „Sprechenden Tiere", die noch heute jedes Kind entzücken. Ob im

Kinderbuch, im komischen Epos oder in seinem Hauptwerk, dem Roman Berlins, keine von Glaßbrenners Figuren akzeptiert die Begrenztheit und Fixierung des Lebens, tugendhafte Verdrießlichkeit liegt ihnen fern, und im befreiten Lachen spüren wir etwas vom Zustand einer Neuen Welt. „Wo Freiheit is, da fließt Jold."

. . . und Poet dazu
Der Schriftsteller Wilhelm Busch

1. Bildergeschichten

In Buschs Leben läßt sich nichts mit der Faszination vergleichen, die Bilder auf ihn auszuüben vermochten, „Aber, beim Zeus, was mir über alles geht, das sind Bilder, leibhaftige Bilder. Wie freu ich mich drauf, wenn ich wieder mal sitze im *Hôtel des Pays-bas* zu Amsterdam und mache mir den guten Thee und gehe dann hinüber zu Rembrandt, Hals und Steen: Das ist ein Stück von Dem, was unser Herrgot macht."[1] Was für Worte im Munde eines Mannes, der sonst nur zu verständigem Urteil, zur Untertreibung und zur Sachlichkeit neigte und jeden Enthusiasmus vermied, alles Pathos mit Mißtrauen betrachtete! Immer wieder kam er auf die Werke alter Meister zu sprechen, die sein entscheidendes Bildungserlebnis ausmachten. Rubens, Brouwer, Teniers, Frans Hals, und der bewegendste Ausdruck dieses Bannes war seine eigene Maltätigkeit, von der zu Lebzeiten kaum jemand etwas wußte und die doch seinen eigentlichen Lebensinhalt ausmachte – jenseits der Produktionen, die er zum eigenen Pläsier und des drängenden Ernährungstriebes wegen anfertigte. Die Wertschätzung des Bildes bestimmte auch seine Einstellung zu der ihm so ureigenen Kunstform der Bildgeschichte, jenem Zwitterwesen aus Zeichnung und Vers, das er zu so unvergleichlicher Vollkommenheit entwickelt hat.

Die Titalangabe einer englischen Übersetzung der ‚Frommen Helene', wo es heißt „mit 180 Illustrationen", kommentiert er sarkastisch: „Das kommt mir vor, wie wenn man ins Blättchen einrückte: Ein Hausschlüssel ist zu verkaufen mit einem Hause daran . . . Denn es ist doch wahrhaftig ein Unterschied zwischen einem Buche von sieben Bogen, was in Bildern geschrieben, und einem ebenso starken, was in Worten geschrieben ist."[2] Wilhelm Busch hat sich, im Gegensatz zu fast allen berühmten Zeichnern der Epoche, ob Grandville, Doré, Ludwig Richter oder Hosemann, immer dagegen gewehrt, Bücher zu illustrieren. „Die Leute sind immer noch in dem Glauben, ich illustrirte fremde Sachen",[3] kommentiert er ein entsprechendes Angebot eines Verlegers und seine Absage darauf. Mit Ausnahme einiger weniger früher Arbeiten für die ‚Fliegenden Blätter' oder ‚Münchener Bilderbogen' hat er sich auch an seinen Grundsatz gehalten. Selbst die ‚Jobsiade' schließlich ist von ihm derart umgearbeitet worden, daß Kortums komisches Epos zwar die Vorlage lieferte, den „Lebenslauf *in abstracto*",[4] daß am Schluß aber die Bildergeschichte Buschs steht, in ihrer unverwechselbaren Form und nicht etwa eine bloß neu illustrierte Wiederauflage des populären komischen Heldengedichts. Eine andere Bitte um Illustration beantwortet Busch ebenfalls abschlägig, weil er „alles allein machen möchte" und sich daran gewöhnt habe, „immer zuerst das Bild und dann erst das Wort zu finden."[5]

Diese Äußerungen deuten alle auf ein Übergewicht des Bildes, und wenn er auch an anderer Stelle stolz „Schliff und Form"[6] seiner Verse hervorhebt, betont, wieviel Fleiß sie erfordern, ehe sie „geläufig in's Gedächtniß und über die Lippen gehen",[7] so benutzt er die Sprache doch entweder als Verdeutlichung seiner Absicht, um aus der Diskrepanz von Wort und Bild einen zusätzlichen Witzeffekt zu erzielen, oder bloß zur begleitenden, kommentierenden Untermalung des Geschehens aus der Position des Beobachters, die häufig auch fehlen könnte. Insgesamt tendieren die Bildergeschichten zur Sprachlosigkeit, zum Ersatz der Schriftsprache durch die reine Bildersprache, zur mimetischen Übersetzung der Worte, selbst wenn gerade darin die „Hinderniße in der Schrift durch Bilder überhaupt liegen",[8] wie er dem Verleger Bassermann auf dessen Bitte um eine Deutung des ‚Pater Filucius' gesteht.

Und doch *erzählt* Busch seine Bildergeschichten. Trotz aller Konzentration auf den Ausdruck der Linien, die Entfaltung formaler Entsprechungen und Gegensätze, trotz aller Abstraktion von sozialer oder Natur-Wirklichkeit, steht im Zentrum der Bilderfolge ein Geschehen, das zwar diskontinuierlich verläuft und keine Entwicklung bringt, das es aber in seinen Kehren, Verzögerungen und Sprüngen sorgfältig zu konturieren und zusammenzuhalten gilt.

So entspricht die Bildergeschichte zwar dem neuen kulturellen Bedürfnis, die Welt in ihrer Sichtbarkeit zu zeigen, muß aber, um ihre Absicht zu erreichen, nämlich Situationen und Konstellationen im Prozeß ihrer Auflösung und Bewegung darzustellen, mit dem Medium paktieren, das sie eigentlich ablösen will. Ihre Struktur bleibt die der Erzählung. Groß erscheint im Bild, was der Handlung nach in diesem

Augenblick wichtig ist, nicht aber, was vielleicht des malerischen oder zeichnerischen Effekts willen darstellungswürdig wäre; es wird verkleinert, rückt, nur nachlässig umrissen, an den Rand oder verschwindet, wenn es seine erzählerische Schuldigkeit getan hat. Ein schönes Beispiel geben die letzten Blätter der ‚Huckebein'-Geschichte: Auf der Tischplatte erscheint, wie von Geisterhand hingestellt, der „Tante künstliches Gestricke"[9] und führt das Verhängnis herbei.

Auch die anderen Erzähltechniken Buschs wie Vergrößerung, Detailaufzeichnungen, abrupter Perspektivenwechsel, wirken deswegen als Vorwegnahme späterer filmischer Mittel, weil er sich nicht damit begnügt, selbständige Szenenbilder oder in sich geschlossene Einzelbilder in der Art eines Bilderbogens aufzuzeichnen. Darin unterscheidet sich Busch auch wesentlich von Hogarth, den Lichtenberg einen „Geschichtsmaler" und „Seelenmaler"[10] genannt hat und dessen Bilderfolgen er als die „hogarthischen Romane"[11] bezeichnete. Denn jedes Bild gibt, wie Eduard Fuchs die zeitkritischen Stücke des Engländers auseinandersetzte, „den dramatischen Knotenpunkt des Aktes" wieder, der zwar „genau zeigt, was zur festgehaltenen Situation hinführte und ebenso was weiter aus ihr folgen wird"[12] und deshalb epische Qualität besitzt, läßt aber das Geschehen auf diesem seinem zwingenden Punkt in einem räumlichen Nebeneinander erstarren. Die Geschichte des Raben Huckebein oder der frommen Helene ist die Bilderfolge selber und wird nicht allein in den Knotenpunkten der Handlung vorgeführt, sondern rollt als Prozeß in der Vorbereitung, Steigerung, Kulmination, dann wieder Abfall und Auflösung ab. So ist die Bildergeschichte Wilhelm Buschs anders als die seiner Vorgänger, konsequenter auch als die Toepffers, nicht die Transposition eines auch anders erzählbaren Geschicks oder Abenteuers, sondern erzählt sich selber, ist die Geschichte dieser Konturwesen und Phantasiehanseln auf dem Papiertheater, ob sie nun Max und Moritz, Hieronymus oder Balduin Bählamm heißen.

2. Lasterkataloge in Vers und Reim

Hier Vers und Zeichnung trennen, heißt gerade den besonderen Charakter von Buschs Bildergeschichten verkennen, indem man sie wieder in die Einzelteile zerlegt, aus deren Synthese doch etwas ganz Neues entstanden ist. Dennoch hat sich Wilhelm Busch nicht allein damit zufriedengegeben, seine Verskunst im Zusammenhang seines Zeichenkunstwerks aufzuheben: Im Oktober 1874 erschien von ihm ein schmales Gedichtbändchen, und ob es sich dabei wirklich nur um das unübersehbare Dementi eines ihm ärgerlichen Gerüchtes (er lasse sich die Verse zu seinen Bildergeschichten anfertigen) handelte oder ob er die ihm bloß oberflächlich erscheinende Rezeption seiner Werke als humoristische Trostspender in allen Lebenslagen karikieren wollte, bleibe dahingestellt, er hat jedenfalls keinerlei bildliche Zutat, und sei es in Form von Vignetten, in dem Lyrikband geduldet. Das Publikum reagierte entsprechend enttäuscht, einen solchen Busch hatte man nicht erwartet, und unter den vielen Kritiken war keine, die erkannt hätte, wie klar gerade auch die Gedichte die künstlerische Eigenart ihres Autors zum Ausdruck brachten.

„Alle Dinge, die größten und kleinsten, stehen ja da, bräutlich geschmückt, und erwarten den Menschengeist, daß er sich mit ihnen verbindet ... Wer eine hübsche Blume innig betrachtet und ihr Bild heimführt in das Kämmerlein der Seele, der darf sich nicht wundern, wenn die Folge davon ein Gedicht ist –"[13] Das ist selber wie durch die Blume gesprochen und trotz der ironischen Distanz, welche die Sprache verrät, eine zuverlässige Beschreibung der Haltung, die der Lyriker Busch zu den Sujets seiner Wahl einnahm. Jeder Gedanke, jeder Einfall, jede Stimmung und was ihm sonst begegnete, geriet ihm zur Genreszene. Buschs Gedichte wirken meist wie die illustrierenden Genrebildchen zu dem in einer „abschließenden Sentenz ausgedrückten Gedanken: „Man sieht, daß selbst der frömmste Mann / Nicht allen Leuten gefallen kann."[14]

Die stärkste Aussagekraft seiner Gedichte wurde in solchen epigrammatischen Wendungen gesehen. Busch, meinte Oskar Walzel, „steigert die Kunst der knappen dichterischen und zeichnerischen Gebärde, er erhebt sich in einer Zeit weitschichtiger Wirklichkeitsabzeichnung zu ungewohnter Fähigkeit, mit wenigen Worten und mit noch weniger Linien Züge des Lebens unvergeßlich einzuprägen. Er ist Meister eines sparsamen auf das Bezeichnendste eingeschränkten Ausdrucks ... seine Verse und seine Zeichnungen wahren dauernd die Haltung des Epigramms."[15] Doch knüpft Busch an eine besondere Form des Epigramms an, an die des volkstümlichen Schnaderhüpferls, das bei aller präzisen Knappheit und seiner Tendenz, jeden überflüssigen Sprachaufwand zu vermeiden, doch immer von einer plastischen Drastik zeugt, die dem klassisch-strengen Sinnspruch fehlt. Die eigentliche Wirkung der so salopp ungezwungen erscheinenden Verse folgt aber aus der Spannung zwischen Sentenz und Genreszene, die Busch als Exempel oder Gleichnis zitiert. Die Bildlichkeit der Gedichte ist der Genremalerei entliehen; Momentbilder der aus dem alltäglichen Leben, Wirtshausszenen (Sie stritten sich beim Wein herum),[16] idyllische Reminiszenzen (‚Es flog einmal ein muntres Fliegel'),[17] bäuerliche Genreszenen (‚Frau Grete hatt' ein braves Huhn', ‚Nachbar Nickel ist verdrießlich'),[18] Spukbilder aus dem Märchen- und Legendenschatz des Volkes (‚Der Geist', ‚Der Wiedergänger').[19] Die besondere emotionale Wirkung der Genreszene, Mitleid und Erbarmen, sentimentale Rührung und Sympathie, läßt Busch nur selten zur vollen Entfaltung kommen, in der bündigen Schlußsentenz wird sie düpiert und jäh abgebrochen. Er hat diese Technik des kritischen Umschlags bei Heinrich Heine studiert und in seinen eigenen Versen bis zur Zerstörung des Gedichts getrieben. Die Montage des Unvereinbaren, von Genrestimmung und Verwünschung (‚Frau Urschel teilte Freud und Leid')[20] derber Dialektsprache und gehobener Schriftsprache (‚Wer Bildung hat, der ist empört')[21] kulminiert im schiefen, unangemessenen Vergleich. Ratten und Mäuse stehen für das Laster, die Flickschneiderei für Poetenwerk und das „Sauber eingebundne Werklein" führt der Dichter „eben auch zum Markte, / Wie der Bauer seine Ferklein."[22] Busch läßt keinen der Fehler aus, vor denen die traditionelle Poetik gewarnt hatte, salopper Sprachwitz, Kalauer, fehlerhafte Reime, Verbindung des Gewöhnlichsten mit dem Höchsten, schiefe Vergleiche, die Freude am grotesken Spiel mit Worten und bildlichen Vorstellungen ohne große Rücksicht auf einen banalen Sinn. „Die Zeit, sie orgelt emsig weiter, / Sein Liedchen singt dir jeder Tag, / Vermischt mit Tönen, die nicht heiter, / Wo keiner was von hören mag. // Sie klingen fort. Und mit den Jahren / Wird draus ein voller Singverein. / Es ist, um aus der Haut zu fahren. / Du möchtest gern woanders sein. // Nun gut. Du mußt ja doch verreisen. / So fülle denn den Wanderschlauch. / Vielleicht vernimmst du neue Weisen. / Und Hühneraugen kriegst du auch."[23]

Die Philosophie Schopenhauers vom universalen Zusammenhang aller Dinge im Willen hat in Buschs Werk eine Poetik erzeugt, die in vielem Entwicklungen der modernen Lyrik antizipiert. Sowohl der Destruktionsprozeß, der die Genrebilder auf ihren Kern zurückführt, wie aber auch die bildliche und sprachliche Ars combinatoria, die aus den vorgegebenen Elementen der traditionellen Lyrik und der Alltagsrede, der Fabel und der Philosophie ein Beziehungsgefüge herstellt, das jeden Sinn auf Schopenhauers Grundüberzeugung reduziert oder gar auf die mit dem Material, den Zitaten, Bildern, Allusionen gegebenen Elemente zurückführt. Äußerste parodistische Übertreibung, absichtlich verstelltes Pathos, die burleske Gegenüberstellung von Erscheinung und deren natürlichem Ursprung, von Schein und Sein, um den Titel der nachgelassenen Gedichtsammlung von 1909 auf die Technik zu beziehen, die Busch seit seinen ersten Versen und Bilderpossen stetig verfeinert hat. Sie entspricht ganz der des Malers, der das Genrebild in sich selber auflöste; denn auch die Gedichte überschreiten nirgendwo die Grenzen einer immanenten Destruktion. Unter den poetologischen Gedichten in seinem Werk gibt es eines, in dem Busch sein Verfahren auf eines der Genrebilder bezieht, die er besonders geschätzt hat: Die darauf geschilderte Prozedur erschien ihm als treffendes Gleichnis der eigenen kritischen Absichten. „Sahst du das wunderbare Bild von Brouwer? / Es zieht dich an, wie ein Magnet. / Du lächelst wohl, derweil ein Schreckensschauer / Durch deine Wirbelsäule geht. / Ein kühler Doktor öffnet einem Manne / Die Schwäre hinten im Genick; / Daneben steht ein Weib mit einer Kanne, / Vertieft in dieses Mißgeschick. / Ja, alter Freund, wir haben unsre Schwäre / Meist hinten. Und voll Seelenruh / Drückt sie ein andrer auf. Es rinnt die Zähre. / Und fremde Leute sehen zu."[24]

Adrian Brouwers ‚Operation am Rücken' hängt im Städelschen Kunstinstitut, und Wilhelm Busch wird es dort schon gesehen haben, als er im Juni 1867 als Gast im Hause Keßler weilte, zwei Jahre, bevor er Atelier und Wohnsitz in Frankfurt bezog. Das Gedicht auf dieses Bild erschien 1874 in dem Gedichtband ‚Kritik des Herzens'.

Wilhelm Busch hat sich noch einmal mit Brouwers Bild auseinandergesetzt: Siebzehn Jahre später kopiert er es in Wiedensahl nach einigen Fotografien, die er von seinem letzten Besuch in Frankfurt kurz zuvor mitgebracht hatte. Das Ergebnis schickt er der nach einem langen Zerwürfnis gerade wieder versöhnten Johanna Keßler, damit sie daraus ersehen könne, „was eine geschicktere Hand in ein oder zwei Stunden mit der Manier so beiläufig fertig brächte."[25] Buschs Kopie gibt nicht das ganze Bild wieder, sondern konzentriert sich auf den Operationsvorgang. Stuhl und Tisch mit den medizinischen Utensilien fallen weg, und die drei beteiligten Personen sind nur mit ihrem Oberkörper im Bilde zu sehen. Die Aufmerksamkeit des Malers konzentriert sich genau wie füher die des Lyrikers auf die Operation, selbst das greinend verzerrte Gesicht des Patienten wird vom Bildrand zur Hälfte weggeschnitten.

Brouwers Bild, und darin liegt seine programmatische Bedeutung für Busch, wurde ihm zum Ausdruck für die *Condition humaine*, die nur aus den Sonderlichkeiten und Gemeinheiten, den unedlen Begierden und peinlich berührenden Emotionen des Menschen noch erschließbar ist. Die ganze poetologische Bedeutung seines Gedichts wird aber erst aus dem Zusammenhang jener *Operationen* ersichtlich, die in der ‚Kritik des Herzens' vorgeführt werden.

Dabei handelt es sich nun nicht um eine Anthologie selbständiger Gedichte, die für sich bestehen könnten. Die Busch eigentümliche Kompositionsweise der lockeren, offenen, aber dennoch gegliederten Reihung, wie sie die Bildergeschichten und noch jene zu ‚Sammelbildern' auf einem Karton vereinigten Ölskizzen zeigen, bestimmt auch die Konstellation der Gedichte: Sie stehen in einem engen philosophisch begründeten Zusammenhang. Dem frühen Leser Kants, der dann aber in Schopenhauer den philosophischen Gewährsmann seiner Ansichten fand, bedeutet das Herz die natürliche Unfähigkeit des Menschen, das moralische Gesetz in die Maxime seiner Handlungen aufzunehmen, und was Kant das gute Herz genannt hat, ist für Busch nur das Zeichen seiner Neigung, die unmoralischen Triebfedern mit moralischen Motiven zu verdecken. Seiner Gebrechlichkeit, Unlauterkeit und Bösartigkeit gilt die Kritik des Herzens, und der Schriftsteller gleicht darin dem kühlen Doktor auf Brouwers Bild, daß er die menschlichen Schwären im Rücken des Bewußtseins, dort, wo es die „gebildeten wohldreßierten Leute"[26] gar nicht merken, aufspürt und aufschneidet, zum höchst gemischten Vergnügen des zuschauenden Publikums, das die Absicht wohl merkte und daher eben verstimmt reagierte. Es sah sich nämlich darin wie in einem Narrenspiegel – ein wenig schmeichelhafter Anblick.

Mit diesem Stichwort ist aber auch schon die Tradition angedeutet, in der Buschs Gedichtszyklen stehen. Trotz der an Heine geschulten Desillusionierungstechnik, trotz gelegentlicher, aber sehr seltener „Heinetöne" hat die *‚Kritik des Herzens'* natürlich nichts mit dem Autor des *‚Buchs der Lieder'* oder des *‚Romanzero'* zu tun, dafür aber um so mehr mit jener satirisch-didaktischen Poesie des Humanismus, die auf den Typ des närrischen, von seinen Gefühlen und Leidenschaften beherrschten Menschen zielt, seine moralischen und intellektuellen Schwächen ausstellt und zusammen mit den sozialen Mißständen der Zeit geißelt. Aus Buschs Gedichtszyklus läßt sich ein vollständiger Lasterkatalog zusammenstellen: Hohlheit, Selbstsucht, Eitelkeit, Schadenfreude, Unwahrhaftigkeit, Leichtgläubigkeit, Prinzipienlosigkeit, Neid, Habsucht, Bosheit, Haß, Philistertum – es gibt noch mehr, und jeder Untugend, jedem Schöpfungsmißklang ist ein einzelnes Gedicht gewidmet, das seine wirkliche Funktion aber nur als Teil in einem umfassenden Narrenbrevier erhält. Die Unterschätzung des Lyrikers Busch bis heute hat gewiß darin ihren wichtigsten Grund, daß man einzelne Gedichte immer aus ihrem Kontext gelöst und als isolierte, selbständige Einheit betrachtet hat: Deren Gehalt enttäuschte dann oft wirklich, sei es wegen der kruden, karikaturistischen Deutlichkeit, der Einfachheit und Schmucklosigkeit oder gar wegen ihrer inhaltlichen Belanglosigkeit. „Wenn alles sitzen bliebe, / Was wir in Haß und Liebe / So voneinander schwatzen; / Wenn Lügen Haare wären, / Wir wären rauh wie Bären / Und hätten keine Glatzen." [27] In der Hierarchie der Laster gibt es viele Stufen und beträchtliche Unterschiede, gibt es gleichsam Episoden, aber auch Haupt- und Staatsaktionen, possenhafte Querelen, aber auch die schlimmsten Vergehen gegen Herz, Verstand und Menschlichkeit. Wobei irritierend bleibt, daß die unterschiedliche Bedeutung, die Busch seinen Themen zumißt, nicht auch in der formalen Gestalt und der Stillage der Verse zum Ausdruck kommt. Busch bevorzugt den (paar- oder kreuzweise) gereimten Vierzeiler mit oft jambischem Metrum, und auch die größeren Strophenformen (z. B. drei Reimpaare aus jambischen Vierhebern in dem bekannten Galgenhumor-Gedicht: „Es sitzt ein Vogel auf dem Leim") haben einfache metrische Strukturen; so kunstgerecht und makellos sie auch meist gebaut sind, so wenig überraschen sie durch formale Besonderheiten. Ihren wichtigsten Zweck, nämlich leicht in Ohr und Gedächtnis zu gehen, erreichen sie allerdings vollkommen. Befremdlicher und für die Zeitgenossen besonders anstößig wirkte da schon die Stilwahl. „In den kleinen Versen", erläuterte er Maria Anderson am 26. Januar 1875, „[...] habe ich versucht, möglichst schlicht und bummlig die Wahrheit zu sagen – so wie man sich etwa nach Tisch oder bei einem Spaziergange dem guten Freunde gegenüber aussprechen würde."[28] Buschs Affinität zu seinen großen Vorbildern in der Malerei liegt auch in jener Ausdrucksform begründet, die man im 18. Jahrhundert verächtlich mit „niederländischem Geschmack" bezeichnete. Er beherrscht Buschs gesamtes Werk und konnte einem

Publikum nur wenig zusagen, das auf den altdeutsch hohen Ton eines Julius Wolff, die sentimentale Butzenscheibenlyrik nach Art Rudolf Baumbachs gestimmt war und vom Dichter die höhere Weihe erwartete, die das Alltagsleben sonst nicht zu liefern vermochte. Was sollte man da von einem Schriftsteller halten, der eines der lyrischen Kardinalthemen auf derart simple Weise zur Fratze verzerrte; „Sie hat nichts und du desgleichen; / Dennnoch wollt ihr, wie ich sehe, / Zu dem Bund der heil'gen Ehe / Euch bereits die Hände reichen. // Kinder, seid ihr denn bei Sinnen? / Überlegt euch das Kapitel! / Ohne die gehör'gen Mittel / Soll man keinen Krieg beginnen."[29]

Buschs Gedicht über Brouwers Genreszene gibt sich also mehr und mehr als Schlüsselgedicht des gesamten Zyklus zu erkennen. Nicht nur ist es wirklich ein niederländisches Genrebild, das Busch als Gleichnis für seine künstlerische Absicht zitiert, damit zugleich sein poetisches Verfahren, Stilwahl, Bildlichkeit, Themenreservoir begründet, es stellt zugleich den allgemeinen Sachverhalt dar, den die einzelnen Stücke des Gedichtzyklus als seine Sonderfälle aufschließen. Ein kurzer Blick in die Motivgeschichte mag das verdeutlichen. Die satirische Vorstellung von der Kopfoperation als einer operativen Befreiung von der Narrheit ist alt und in dem niederländischen Sprichwort vom Steinschneiden bewahrt. Hans Holländer beschreibt und kommentiert das berühmte Bild von Hieronymus Bosch, auf dem ein Arzt den Stein der Narrheit im Kopfe seines Patienten sucht: „Der Patient sitzt im Lehnstuhl, ein sonderbarer Quacksalber entfernt das sprichwörtliche Gebilde mit einem Skalpell, zwei andere schauen zu, ein Mönch mit einem Krug als Attribut, eine Alte mit einem Buch auf dem Kopf. Der Medizinmann trägt einen umgekehrten Trichter als Kopfbedeckung. Töricht der Aufzug der Drei, bei denen man den Stein der Narrheit noch eher vermutet als bei dem Patienten."[30]

In Brouwers Bild fehlen dergleichen allegorische Hinweise, aber Busch läßt mit seiner Deutung keinen Zweifel an seinem ganz analogen Verständnis der späteren Motiv-Variation, die ja noch einen besonderen Vorzug für ihn besitzt: Sie wirkt wie eine vorweggenommene Illustration zu seiner eigenen Welt- und Lebensanschauung, deren philosophischer Gewährsmann seit Mitte oder Ende der sechziger Jahre Schopenhauer geworden war. Wilhelm Busch hat ‚Die Welt als Wille und Vorstellung' genau studiert, nicht aus fachphilosophischem Interesse natürlich, sondern aus persönlicher Betroffenheit: „tua res agitur" schien jede Zeile zu sagen, und als er im zweiten Band des

Buches auf jene Stelle stieß, wo Schopenhauer die Nachteile der Vernunft erörtert, da mußte ihm auch die geliebte Genreszene von Brouwer in den Sinn kommen. Dem Gedanken zugänglich geworden, schreibt Schopenhauer, steht der Mensch auch sofort dem Irrthum offen, und ob als Individuum oder als Kollektiv, er muß schwer dafür büßen. ,,Daher kann nicht zu oft wiederholt werden, daß jeder Irrthum, wo man ihn auch antreffe, als ein Feind der Menschheit zu verfolgen und auszurotten ist, und daß es keine privilegirte, oder gar sanktionirte Irrthümer geben kann. Der Denker soll sie angreifen; wenn auch die Menschheit, gleich einem Kranken, dessen Geschwür der Arzt berührt, laut dabei aufschrie.''[31] Worin aber besteht der größte Irrtum, die größte Torheit und schlimmste Schwäre des Menschen? In dem Wahn, sein Wesen bestehe in Denken, Bewußtsein und Vernunft, die in Wahrheit doch nur die oberflächliche Verhüllung des drängenden Lebenswillens darstellen. Das Gleichnis von der ,,Schwäre hinten im Genick'' gewinnt damit aber noch einen weiteren Sinn. Wie die eigene unmittelbare Körpererfahrung den einzigen Zugang zur Welt als Wille öffnet, so belehren den Menschen gerade seine Gebrechen über die hoffnungslose Abhängigkeit seines Intellekts und berichtigen damit seinen Kardinal-Irrtum. ,,Ich meine doch, so sprach er mal, / Die Welt ist recht pläsierlich. / Das dumme Geschwätz von Schmerz und Qual / Erscheint mir ganz ungebührlich. // [. . .] Kaum hat er diesen Spruch getan, / Aujau! so schreit er kläglich. / Der alte hohle Backenzahn / Wird wieder mal unerträglich.''[32]

Buschs vielschichtiger Bildkommentar zu Brouwer zielt also auf die dem Menschen mit seinem Bewußtsein, seiner Vernunft angeborene Narrheit, die noch dadurch potenziert wird, daß sein zentrales Auskunfts- und Erkenntnismittel bei der wichtigsten und schmerzlichsten Wahrheit, der des Willens, versagt, weil sie ihm im Rücken sitzt und er des ,,kühle(n) Dokter(s)''[33] bedarf, um über seine wahre Natur aufgeklärt zu werden. ,Kritik des Herzens' bedeutet diesen Aufklärungsprozeß, der als Läuterungsgeschehen eine unerfreuliche und leidvolle Prozedur für den Betroffenen, aber ein faszinierendes Schauspiel für den Zuschauer darstellt, der zugleich angezogen und abgestoßen wird. Denn es ist die eigentliche Realität des Lebens, die darin zum Ausdruck kommt; im Leiden des fremden Bewußtseins findet die eigene Qual für den Augenblick Erleichterung und wird doch zugleich an ihren Grund erinnert. Kein Zweifel, daß Busch seine Aufgabe als Künstler, als Zeichner, Maler, Lyriker oder Erzähler gleichviel, in der so unwillkommenen wie notwendigen Desillusionierung des Menschen und der Kritik aller seiner moralischen Gebrechen und seiner Irrtümer über sich selbst und die Beschaffenheit der Welt gesehen hat. Jede Selbstgerechtigkeit würde dabei selber zu dem Schein gehören, den es aufzulösen gilt. Die letzte Strophe, mit saloppper, „bummliger" Anrede eingeleitet, schließt den Sprecher mit ein und pointiert seine Zugehörigkeit zur Gesellschaft der Toren und Schlingel, denen er den Narrenspiegel vorhält.

3. Genrebilder

Die strukturbildende Wirksamkeit des Genre im Werk Wilhelm Buschs ist konstitutiv für dessen ganzes von epigonenhaften Zügen gezeichnetes Verhältnis zur Tradition, zu den überlieferten Formen künstlerischer und literarischer Erfahrung. Er bemächtigt sich ihrer, um sie aufzulösen und zu zerstören, findet aber den Weg aus der Negation nicht heraus, so daß sich sein Bewußtsein von der Struktur des Verneinten und Abgewehrten nicht frei machen kann. So gelang es ihm als Maler nicht, die Grenze der zeitgenössischen Kunst, die das Genre bezeichnet, wie in Frankreich die Impressionisten, wie dann Cezanne, Munch oder van Gogh, wie in Deutschland der späte Liebermann, dann Corinth oder Slevogt produktiv zu überwinden und ein neues ästhetisches Verhältnis zur Wirklichkeit zu finden. Statt dessen betrieb er den Zerfallsprozeß der alten Form, trieb ihn bis ins Extrem, verfolgte experimentierend, welche Wirkungen sich aus ihm noch gewinnen ließen. Die Konsequenz, mit der er verfuhr und die seine späten Bilder demonstrieren, ist um so bewundernswerter, bedenkt man, daß sie von einem immer auswegloseren Bewußtsein des Scheiternmüssens begleitet gewesen sind. Denn natürlich konnte für ihn dieser Weg noch nicht ins Freie der absoluten Malerei führen, die er im Gegenteil als dauernde Bedrohung erlebte. Es ist die Angst vor der Leere und dem Chaos, die der völligen Auflösung des Genre hätten folgen müssen. Wenn die zeitgenössische Kritik vom Roman innere Einheit, Zusammenhang der Begebenheiten und Entwicklung aus dem logischen Zwang der ihm zugrunde liegenden Verhältnisse forderte, weil dadurch im Leser „das behagliche Gefühl der Sicherheit und Freiheit (entsteht), er wird in eine kleine Welt versetzt, in welcher er den vernünftigen Zusammenhang der Ereignisse vollständig übersieht"[34]

(‚Die Grenzboten'), wenn also auch von der Literatur ganz offen Genremalerei gefordert wird, so zeigt die Begründung, worum es eigentlich dabei ging. Das Genre sollte in einer unüberschaubar und labyrinthisch gewordenen Wirklichkeit Ordnung stiften, es sollte dem Bewußtsein jene Form geben, die es gestattet, die wahllos darauf einströmenden, widersprüchlichen und chaotischen Erfahrungen zu organisieren. „Man fühlte doch einmal wieder Boden unter den Füßen, man sah zwar kleine, aber bestimmte Figuren",[35] charakterisierte Julian Schmidt die Dorfgeschichte. Welch ein Wagnis es für eine so problematische Natur wie Wilhelm Busch sein mußte, in seiner Kunst die Voraussetzungen zu zerstören, deren lebensgeschichtliche Bedeutung sein Rückzug in die Idylle niedersächsischer Bauerndörfer zeigt, mag noch ein Blick auf seine Briefe lehren. Denn Busch zerstörte im Genre nicht nur eine oberflächlich aus technischer Kunstfertigkeit angeeignete ästhetische Form, sondern entzog damit auch der einzigen Ausdrucksweise die Voraussetzung, die es ihm gestattete, seine persönlichen Gefühle, Erlebnisse und Beobachtungen mitzuteilen.

Den Bilderreichtum seiner Briefe hat schon Friedrich Bohne herausgehoben, und es sind zweifellos Genrebilder, mit denen Busch seine Empfindungen dem Briefpartner zu verstehen geben will. „Wie gern gedenke ich nun dabei der niedlichen Waldwiese in Ihrem Garten, der schönen Bäume, über denen das Haus hervorschaut, der verschlungenen Wege und wie Sie wohl selber drin umhergehen, und der freundlichen Kindergestalten, und all des Guten . . ."[36] Gerade die Keßlerbriefe bestätigen bilderreich Dolf Sternbergers Erkenntnis der menschlichen Beziehungen im späteren 19. Jahrhundert: Sie erscheinen „wie ein Getümmel von Genreszenen."[37] Schon die Anrede, die Busch bald einen familiären Ton gestatten wird, ohne daß doch die Haltung verletzt wird, zeugt davon. „Liebe Tante! Da sitz ich nun im schönen Heidelberg. Aber es regnet und regnet. Schon von Darmstadt her schwebte eine schwarzblaue Wetterwolke mit grauem Kern über dem Zuge mit, wälzte sich links ab den Strom hinauf, klemmte sich über Heidelberg zwischen den Bergen fest, und nachdem wir unsere Kurve beschrieben, kamen wir grade auf dem Bahnhofe an, als sich das Ungethüm unter schaudervollem Donner und Blitz in Regen auflöste."[38] Nicht nur das Fahrterlebnis gerät rückblickend zum Genrebild, auf dem Wolke, Zug und Berge in wirkungsvollem Arrangement eine Szene stellen, sondern sie ist darüber hinaus Medium einer ganz persönlichen Mitteilung: „Mit wenig Unterbrechung regnet's nun so fort. Die Wolken hängen tief in's Thal herab. Ich komme mir vor, wie ein Bleisoldat in der Schachtel, der mit Watte zugedeckt ist. – Na na! Nur nicht lamentiren! – Habe ich vorgestern nicht Bruchsal gesehen?"[39] Kein Zweifel, daß die Tante in Frankfurt diese Bilder zu entziffern verstand. Man unterhielt sich ja auch sonst in ihnen, kannte sie aus der täglichen Lektüre, wußte ihre Signale so sicher zu deuten wie der Leser der modernen Bildergeschichten die stereotypen Zeichen der Comicsprache.

Der Sinn dieser Bilder ist gerade im Fall der Keßler-Briefe leicht zu entschlüsseln. Bereits der erste Brief nach Frankfurt am 18. Mai 1868 spricht eine deutliche Sprache. Von der „Abkühlung nach all dem Frühlingssonnenschein" in Frankfurt ist da metaphorisch die Rede, dann folgt die Versicherung, daß beim abermaligen Besichtigen der alten Heimatstätten „die Herzen und Namen, welche ich einst der Rinde schlanker Buchen anvertraut, längst vernarbt (sind)"; „im weichen, grünen Moos" den Waldvögeln lauschend gedenkt der Briefschreiber „der verschlungenen Wege und wie Sie wohl selber drin umhergehen" und – die charakteristische Mischung für Busch – „ein Gefühl von Reue und Sehnsucht"[40] überkommt ihn, wenn er daran denkt, wie schnell er fortreiste. Reue und Sehnsucht, Liebesbedürfnis und Schuldgefühle sind die Pole dieses Verhältnisses geblieben, in dem sich für Busch der ödipale Konflikt seiner Kindheit wiederholte, nämlich der Widerstreit zwischen dem Wunsch, die Fürsorge und das Vertrauen der Mutter zu gewinnen, und dem sinnlichen Verlangen nach ihrem Besitz. Schon in diesem ersten Brief mit seiner Beschreibung „von Frühlingsempfindungen, dem Hinweis auf alte „längst vernarbte" Bindungen und der Vision der Mutter, die durch ihren Garten auf verschlungenen Wegen wandelt, begleitet von „freundlichen Kindergestalten"[41] mischen sich erlaubte und gefährliche Assoziationen.

So kann man in Buschs Korrespondenz durch die Bilder hindurch die Dynamik seiner Gefühlsbeziehungen in ihren Höhen und Tiefen, ihren Hoffnungen und Enttäuschungen erfahren, auch wenn er sie vermeintlich sorgsam verborgen hat. Von Anfang des Jahres 1875, zwei Jahre, bevor der desillusionierte Mann seine Beziehung zu Johanna Keßler für mehr als eineinhalb Jahrzehnte abbricht, gibt es einige Briefe, die im Zusammenhang mit seinen poetischen Verfahrensweisen wieder sehr aufschlußreich wirken. „Liebe Tante!, schreibt Busch am 12. Februar. „Ihre freundlichen Zeilen und die der Kinder erhielt ich heut Mittag. – Sie vertraun dem milden Einfluß der Zeit. Wohl und gewiß! Aber doch, derweil wir wandeln, geht all das Gute, was wir nicht gethan und all das Liebe, was wir nicht gedurft, ganz heimlich leise mit uns mit, bis daß die Zeit *für dieses Mal* vorbei. Es weht der Wind; das Schneegestöber hüllt mir Wald und Feld und Garten ein. Ich wollt ich wär ein Eskimo, säße hinten am Nordpol, tief unter der Schneekruste, tränke Leberthran und könnte mich wärmen, an Was ich möchte. Bei Ihnen brennt's Feuer im Kamin. Da säß ich auch recht gern."[42] Wenn man Buschs Briefstil der andeutenden, anspielungsreichen, uneigentlichen Rede kennt, kann es keinen Zweifel am Charakter dieses Schreibens geben. Ein Liebesbrief, voller Resignation und Bitterkeit und mit nur noch geringer Hoffnung. Er nimmt ganz offenbar auf ein Ereignis Bezug, das die Anerkennung der gegenseitigen Zuneigung über ein bloßes Freundschaftsbündnis hinaus zur Folge hatte. Wobei die für Busch charakteristisch vielsagenden Naturbilder nicht schwer zu entschlüsseln sind als objektive Korrelate zu inneren seelischen Zuständen. Kälte, Vereisung, Frostigkeit erscheinen als Reaktion auf einen erzwungenen Verzicht, den besonders Johanna Keßler betrieben hatte. Die sittenstrenge Frau – als Erzieher ihrer Kinder hatte sie den recht puritanischen Otto Busch gewonnen, und auch die „besonders brav(e) und ordentlich(e)"[43] alte Jungfer, die einer Sekte angehörte und Wilhelm Busch den Haushalt in der leerstehenden Kutscherwohnung im Hinterhause bei Keßlers führte, wird ihre Wahl gewesen sein – Johanna Keßler jedenfalls war nicht bereit, bei aller Sympathie, allen ehrgeizigen Hoffnungen, die sie für ihren Schützling hegte, seinen sinnlichen Wünschen nachzugeben: brennendes Feuer im Kamin, aber sorgfältig gehütet und sublimiert, das sexuelle Ziel längst in die Sphäre des Kulturlebens verschoben, zu jener Kunstfreundschaft verfeinert, die der Tante durch das Vermögen des Onkels finanziell ermöglicht wurde. „Liebe gute Tante", beginnt auch der nächste Brief vom 13. März. „Ist's bei Ihnen denn schon Frühling geworden? Hier weht Einem noch immer der alte kalte Ostwind in den Nacken, daß man gern das freie Feld vermeidet und lieber hinter den warmen Ofen kriecht."[44]

Dort Frühling, hier Winter, Sehnsucht nach Wärme, Liebe, Geborgenheit, die aber immer nur erkältet wird. (Auch die Hexe Lucinde – im ‚Schmetterling' – bläst dem verzauberten, dann aber unter so peinlichen Umständen entzauberten Peter zum Abschied mit dem Blasbalg, den sie vom Herd genommen, „eiskalt ins Genick",[45] ein Motiv, das sich in mehreren Variationen in Buschs Werk findet und sich immer mit Todesvorstellungen verknüpft – eine eindrückliche Variation dieses Motivs gibt Arnold Böcklins ‚Selbstbildnis mit fiedelndem Tod' von 1872.) Wenn man diese Briefe Buschs liest, kann man sich kaum von Rührung freimachen, so hilflos und so dringlich sind die Klagen, die verkappten Hilferufe eines Mannes, dem immer Liebe gefehlt hat und für den dieser Mangel zum schlimmsten Defekt im Leben geworden ist.

4. Verkleinerung und Konzentration

Erspartes Mitleid hat Sigmund Freud eine „der häufigsten Quellen der humoristischen Lust"[46] genannt. Verkleinerung, Konturierung und Abstraktion sind die wichtigsten Mittel Buschs, diesen Zweck zu erreichen. Allein die Übertragung peinlicher Erfahrungen auf den Maßstab der Bildergeschichte, von den Erlebnissen des Schneiders Böck bis zu denen des verhinderten Dichters oder des fehlgeleiteten Malers in den letzten Bildergeschichten aus den achtziger Jahren, lenkt unser Mitleid schon auf die Darstellung selber ab, von den Schädigungen und Schmerzen auf denjenigen, dem sie passieren, und das ist immer diese winzige Strichfigur mit ihren merkwürdigen Verrenkungen, ihrer staksigen Ungelenkheit oder runden Beweglichkeit. Alle künstlerischen Verfahrensweisen, die Busch benutzt, seine Zitattechnik, die Anspielungen auf Kinder- und Schwankbuch-Traditionen, das Erzählen in Bildern und Knittelversen, der Gebrauch von Alltagssprache und uneigentlicher Redeweise sind auch Methoden des humoristischen Ablenkungsmanövers. Zusammengenommen sind sie nicht bloß Kennzeichen eines Kunststils, sondern auch Ausdruck einer Lebensstrategie kollektiven Zuschnitts. „Der Hausknecht in dem ‚Weidenbusch' /Zu Frankfurt an dem Main, / Der war Poet, doch immer kurz, / Denn wenig fiel ihm ein. // Ja, sprach er, Freund, wir leben jetzt / In der Depeschenzeit, / Und Schiller, käm er heut zurück, / Wär auch nicht mehr so breit."[47] Diese „Bummlichkeit" der Vers- und Prosasprache, diese programmatische Kürze und gefeilte Schnoddrigkeit ist ja genauso künstlich wie die erhaben pathetische Sprache Zarathustras. „Kennt der Kerl denn keine Gnade? / Soll er uns mit seiner Suade, / Durch sein breites Explizieren, / Schwadronieren, Disputieren ..."[48] Auch in seinen Prosaarbeiten, selbst in der Märchensammlung ‚Ut ôler Welt' überwiegt das Streben nach Verknappung, nach lakonischer Kürze und läßt einen epischen Erzählton erst gar nicht aufkommen. Vergleicht man die erste und die letzte Fassung seiner autobiographischen Skizze, so wird das Bemühen besonders offensichtlich, die wenigen epischen Abschweifungen („Was weiß ich denn noch aus meinem dritten Jahr!"[49]) möglichst ganz zu tilgen, so daß ein beinah unpersönlicher Bericht dabei herauskommt, und er wirkt humoristisch, weil aus dem konkreten Leben und Leiden der Lebenslauf eines gescheiterten Künstlers derart abstrahiert wird, daß er die emotionale Beteiligung auf die ungerührte Darstellung einer summarischen Abbreviatur der Künstlerbiographie als solcher ablenkt. „Wer ist heutigen Tages noch so harmlos, daß er Weltgeschichten und Biographien für richtig hält! Sie gleichen Sagen und Anekdoten, die Namen, Zeit und Ort benennen, um sich glaubhaft zu machen. Sind sie unterhaltlich erzählt, sind sie ermunternd und lehrreich, oder rührend und erbaulich, nun gut! so wollen wir's gelten lassen. Ist man aber nicht grad ein Professor der Beredsamkeit und sonst noch allerlei, was der Heilige Augustinus gewesen, und will doch partout über sich selbst was schreiben, dann wird man wohl am besten tun, man faßt sich kurz. Und so auch ich."[50] Diese Sätze schrieb Busch 1894, und sie stehen noch ganz im Zusammenhang jener resignierenden Biographien der fünfziger und sechziger Jahre, die doch längst vom Persönlichkeitskult, der monumentalischen Geschichte, die auch Nietzsche akzeptierte, abgelöst worden waren und zeigen sein Bestreben, auch auf diesem Felde sich den Tendenzen seiner Zeit konsequent zu widersetzen. Das Stilideal Buschs ist nicht die amplifizierende Darstellung, sondern knappe und anschauliche Klarheit, er gefällt sich nicht als Historienmaler des eigenen Lebens, sondern bemüht sich, seine Welterfahrungen in wenigen kurzen Anekdoten zu kristallisieren, die keinen biographischen Geschichtszusammenhang mehr ergeben. Die individuellen Züge sind beinah völlig getilgt, die Abscheu vor allen „Kapriolen und Masken der Eitelkeit"[51] äußert sich so stark, daß alles, was einst im Leben geglüht, nur noch als ausgebrannte Schlacke dem Leser überliefert wird: Es liegt allerdings auch beinah ein Jahrzehnt zwischen beiden Fassungen: „So stehe ich denn tief unten an der Schattenseite des Berges."[52] Diese Selbstlebensbeschreibungen, die eigentlich nur sehr allgemeine Maximen und Reflexionen zum eigenen Leben sind, locker aneinandergefügt, enthalten den Abdruck der Person gerade in dem, was sie nicht sagen. Ihr Zweck besteht ja charakteristischerweise in der Selbstentzauberung jener Persönlichkeit ‚Wilhelm Busch', die der wohlmeinende Eduard Daelen zuvor auf den Podest öffentlicher Bewunderung gehoben hatte. „Die Broschüre von *Daelen*", schreibt er einem Freunde, „hat selbstverständlich durchaus nicht meinen Beifall ... So wird auch der stillste Dachs in seinem Loch beunruhigt; indeß dieser wird, denk ich, behutsam genug sein, nicht gar zu viel von sich blicken zu laßen."[53]

Der Affekt gegen die monumentale Ornamentkultur der Epoche hat so einen Stil ausbilden helfen, der einerseits sicher lebensnotwendig war, weil er die Teilhabe an der Welt auf ein erträgliches Maß reduzieren half, andererseits von Busch bewußt vervollkommnet wurde; die zweite Fassung seiner autobiographischen Skizze darf also nicht nur als Anzeichen eines fortgeschrittenen Weltverlusts gesehen werden, durch Einsamkeit und Alter verstärkt, sondern ebenso als eine vollkommenere Verwirklichung seiner stilistischen Absichten, die recht eigentlich auf die literarischen Kleinformen zielten: Sentenz- und Sprichwortprägungen sind ihre ästhetischen Grenzwerte. „‚Das Gute – dieser Satz steht fest – / Ist stets das Böse, was man läßt!'"[54] Sentenzen und Moralsprüche dieser Art bietet das Werk Wilhelm Buschs in Fülle, ein großer Teil ist in den ‚Zitatenschatz des deutschen Volkes' eingegangen, zitiert bei allen Gelegenheiten, die nur den Spott ihres Autors hervorgerufen haben würden. Die Allgemeinheit ihrer Aussage gibt der Sentenz ihre Beweiskraft und garantiert, daß sie auf viele unterschiedliche Einzelfälle anwendbar bleibt. Insofern entspricht sie beinah vollkommen der künstlerischen Haltung Buschs. Ihr autoritativer Charakter hingegen mußte seiner kritischen Absicht zuwiderlaufen, die überall auf die Destruktion von Autorität durch ihre Entlarvung zielt; das beginnt mit dem Philosophen in der Tonne, um mit den beiden *Künstlerbiographien gegen den Strich*, Bählamm und Klecksel, schließlich der eigenen bündigen Selbstdarstellung eines Menschen zu enden, über den es nicht viel zu sagen gibt. Tatsächlich widerlegen die Sentenzen Buschs durch ihre Zweideutigkeit und – im Sinne der klassischen Theorie – Fehlerhaftigkeit jene allgemeine Bedeutung und Beweiskraft, die sie durch ihre Form suggerieren. Wird die oben zitierte Sentenz schon durch die dazugehörige Zeichnung (Onkel Nolte in Spießerschlafmütze, mit hocherhobenem Zeigefinger) in Zweifel gezogen, so bringt der nun folgende Vers letzte Klarheit: „Ei ja! – da bin ich wirklich froh! / Denn Gott sei Dank! Ich bin nicht so!!"[55] Das zu diesem Vers gehörige Bild redet womöglich eine noch deutlicherer Sprache als die pharisäische Genugtuung, die aus ihm klingt. Die Diskrepanz zwischen bildlichem und sprachlichem Kontext und der

Spruchweisheit ist eines der wichtigsten Mittel zur ironischen Decouvrierung jener Haltung, die gerade auf sie zur eigenen Legitimation zurückgreift. „Enthaltsamkeit ist das Vergnügen / An Sachen, welche wir nicht kriegen"; der diese Worte spricht, „der Weise, grau von Haar", hat eben seine zweite Flasche geleert: „Bewegt sich mit Bedacht nach Haus / Und ruht von seinem Denken aus."[56] Das Schlußbild des etwas schwankend dahintorkelnden Haarbeutels in Rückenansicht und mit erhobenem Zeigefinger läßt keine Unsicherheit darüber aufkommen, wie der Leser seine Aussprüche zu werten hätte. Jene Notizen, Skizzen und Einfälle, meist kurze Sprüche und Sentenzen, die sich in Buschs Nachlaß fanden und dann unter dem Titel ‚Spricker' veröffentlicht wurden, könnte man als Beispielsammlung aller Fehler bezeichnen, vor denen die Rhetorik beim Gebrauch von Sentenzen warnte. Sie bestehen aus weit hergeholten, unangemessenen Vergleichen („Erfüllte Wünsche kriegen Junge, viele, wie die Säue.")[57] aus der Übertreibung unbedeutender Einzelheiten („Ein hohler Zahn ist ein Asket, / Der allen Lüsten widersteht.")[58] oder einem bloßen Witz („‚Bitte, treten Sie näher!' sagte der Teufel."),[59] viele von ihnen hat Busch für Gedichte, auch für Verse in den Bildergeschichten umgearbeitet. Ihre Fehlerhaftigkeit, die unangemessenen Bilder und Vergleiche, entspringen nicht mangelnder Kunstfertigkeit, sondern sind gerade Kunstabsicht. Wenn sie dann doch wieder zu jenen hohlen Sprichwortweisheiten, den würdevollen Moralsätzen vom Publikum gemodelt wurden, der Spießer selbstzufrieden jene Sprüche herbeirief, die ihn doch karikieren sollten, so liegt das begründet in der Natur des Sinnspruches als einer abstrakten, kontextunabhängigen, eigenständigen Form, die ihre Bedeutung erst im Zusammenhang mit der konkreten Situation erschließt, in die sie eingefügt wird.

Die Richtung von Buschs Sprache auf Verknappung, Abstraktion, der Prägnanz des Spruches entspricht zeichnerisch die fast ausschließliche Betonung von Linie und Kontur, die eine Frucht der Holzschnitttechnik ist, aber gewiß auch eine späte Folge der ungeliebten Studien auf dem Polytechnikum in Hannover. Auf die Geometrisierung der Figuren wurde schon oft hingewiesen, und mancher Bildeinfall, wie auch die ‚Anleitung zu historischen Porträts' nahelegt, mag direkt geometrischen Linienkonstellationen zu verdanken sein. Erst „Eduards Traum" aber ist die konsequente Übertragung mathematischer Erfahrung ins ästhetische Erleben, wie sie in diesem Jahrhundert nur noch die Bücher des Oxforder Dozenten für Mathematik Charles L.

Dodgson aufweisen, der unter dem Pseudonym Lewis Carroll im Jahre 1865, als auch ‚Max und Moritz' in die Welt der Literatur traten, seine kostbare Traumgeschichte ‚Alice's Adventures in Wonderland' veröffentlicht hatte. Ein sicher zufälliges, aber sehr glückliches Zusammentreffen, denn es macht eine Dimension von Buschs Bildergeschichten und Erzählungen deutlich, die gemeinhin vernachlässigt wird, weil sie dem oberflächlichen Blick verborgen bleibt. Auch Max und Moritz, nimmt man hier einmal diese beiden Konturwesen als Abbreviaturen konkreten Erlebens, machen die Erfahrungen, die Alice im Wunderland des weißen Kaninchens macht: Weder stimmen noch die üblichen Raum-Zeitverhältnisse, noch sind realistische Genauigkeit und Wahrscheinlichkeit die Maßstäbe, an denen das Geschehen sich immer messen ließe, und auch die Verknüpfung der verschiedenen Episoden erscheint eher assoziativ, dem Prinzip der Ähnlichkeit und Wiederholung, nicht dem des kohärenten, logischen Fortschreitens gehorchend. Als in sich völlig konsequente, ästhetisch wie psychologisch stimmige Utopie wird Busch sein Traumland erst ein viertel Jahrhundert nach Carrolls Alice-Geschichten, allerdings auch ohne sie zu kennen, verwirklichen.

Das „intellektuelle() Ich",[60] das sich im Traum von Eduard löst und auf Reisen geht, erlebt menschliche Verhaltensweisen als mathematische Strukturen, begegnet im arithmetischen Städtchen „weiblichen Additionsexempel(n)",[61] nimmt im Land der Punkte an einem Schützenfest teil, besucht im eindimensionalen Raum das Kongruenzamt, das „ungefähr unserem Standesamte entsprechen würde", und entdeckt dabei, daß „die Bewohner dieses unwesentliches Landes . . . hohl (sind)."[62] Eine Welt der abstrakten Formen und Figuren tut sich auf, ohne individuelles Leben, mit mathematischen Konstellationen und geometrischen Verhältnissen, voller Gleichungen, die wiederkehren, Unbekannten, die sich lösen lassen, wenn man die Formel kennt. Der Mensch als punctum saliens, als jener personifizierte allmächtige Punkt, nach Novalis Einsicht der Entwurf der Welt, ist auch die eigentliche Gestalt der menschlichen Freiheit, von der vorher schon Fichte gesprochen hatte. „Ein Punkt hat keine Richtung: er enthält in sich alle möglichen Richtungen. Er ist die unendliche Möglichkeit zu handeln . . . Der Punkt ist Verdichtung. Mitten im unbestimmten Zerfließen des Raumes ist er der Wille zum Entschluß und zur ordnenden Selbstbestimmung. Der Punkt will: er will sich selbst."[63] Was aber für den Romantiker die Überwindung der substantiellen Wirklichkeit bedeutete, auch zur wahllosen Beliebigkeit substanzloser Formen führte, die sich zu jedem Inhalt in Beziehung setzen lassen, wird unter Buschs Händen zur Parodie auf das ganz unrealistische Weltverhältnis, das durch die Reduktion des Wirklichkeitsbildes auf kleine Kunstfiguren die Beherrschung der Wirklichkeit und schrankenlose persönliche Freiheit zu erreichen glaubt. Die dauernd sich wiederholende, Eduards Traum skandierende Unterbrechung („Hier unterbrach mich plötzlich eine Stimme mit den Worten: *Eduard schnarche nicht so!*")[64] ist ja nicht bloß ein Mittel der Parodie, sondern die herbe Desillusionierung jener romantischen Konstruktion, die ihre „Projektionen und Resorptionen, Elongaturen und Abbreviaturen, den Punkt, den Kreis, Ellipsen und Arabesken"[65] mit der Realität in eins setzt. Dies phantastische Stück Traumliteratur, einzigartig in der deutschen Literatur, zeigt aber auch, daß die Gefahr einer schizoiden Selbstentfremdung, die Busch immer bedroht hatte, geschwunden ist, die Gefahr nämlich, sich in bloße Phantasierelationen zu verlieren und damit sich selber irreal zu werden: Der denkende Punkt kehrt zum Schluß der Geschichte und nach einer letzten Ermahnung: „*Eduard steh auf, der Kaffee ist fertig!*"[66] in den sterblichen Körper zurück.

So nimmt jene zum mathematischen Punkt geschrumpfte Persönlichkeit von ‚Eduards Traum' zwar die extremste Gegenposition zur zeitgemäßen Heroisierung des geschichtsmächtigen großen Menschen ein, bedeutet aber keine Alternative. Denn die Freiheit, die jenes feine „Zappermentskerlchen von mikroskopischer Niedlichkeit"[67] so weidlich auskostet, löst sich mit jedem „Eduard schnarche nicht so" in reinen Traumschein auf, dem zwar sein ästhetischer Wert zugestanden wird, aber keine Verwechslung mit der Wirklichkeit passiert. Von hier aus fällt natürlich auch auf die Abbreviatur der bürgerlichen Welt, die Bildergeschichte, ein neues Licht. Empfiehlt sie die Verkleinerung des bedrängenden Lebens auf ein erträgliches Maß, die Abstraktion von der konkreten Erfahrung, um der Sicherung der eigenen Identität willen, so macht sie nie einen Hehl aus ihrer Künstlichkeit und dem Spielcharakter, der ihren Figuren und Sujets zukommt. Der romantisch „ironischen Entwirklichung der Welt in eine phantastische Konstruktion"[68] setzt Busch die „humoristische Ablenkung" auf eine künstliche Welt der Phantasiehanseln und Konturwesen entgegen. Abstraktion, Verkleinerung, Beschränkung führen aber nicht zur Entwicklung in jenem Sinne, daß nur noch wesenlose Phantome als die Protagonisten der Geschichte zurückblieben; Ergebnis der Kontraktion

ist nicht nur eine Verallgemeinerung, sondern im gleichen Zuge auch eine Verwesentlichung. Anders als etwa Toepffer hat ja Busch nie darauf verzichtet, die anatomischen Verhältnisse seiner Figuren realistisch zu behandeln und die vielen Studien, die er vor dem Affenkäfig des hannoverschen Zoos trieb, um seinem Fipps die nötige Glaubwürdigkeit zu verschaffen, sprechen für diese Absicht. Busch bemüht sich immer, in der Erscheinung das Wesen sichtbar zu machen, daß er aber eben deswegen die Erscheinung nicht völlig verlassen dürfe, sondern durch Auswahl, Reduktion, Verschiebung und Destruktion verändern müsse, bis sie durchsichtig aufs Wesen wird, liegt als Überzeugung seinem ästhetischen Credo zugrunde.
André Malraux verdankt seinem imaginären Museum die Einsicht, daß der Bürger keine Porträtisten, sondern nur einen Karikaturisten gefunden hat. Tatsächlich kultiviert, wie bereits geschildert, das Bürgertum die Diskrepanz zwischen Charakter und Erscheinung, sein Äußeres, die Bildung von Körper und Gesicht, das Gepräge von Schmuck und Kleidung, die Haltung im gesellschaftlichen Verkehr, in Beruf- und Privatleben ist nicht mehr Ausdruck der Persönlichkeit, wie es Bildungswert des Adels war, sondern sorgfältige Staffage, Maske, hinter der sich der Charakter verbirgt. Bürgerlich wird der Mensch zum Mittel des ökonomischen Zweckes und kann es sich bei Strafe seines Untergangs gar nicht erlauben, sein Wesen, und das würde auch bedeuten: seine Schwächen zu zeigen. Die monumentalen Porträts, für die Lenbach so gefragt war, erscheinen uns ja eben deswegen als leere Pose, charakteristisch für den Geniekult der Zeit, nicht für den Porträtierten, weil sie die Erscheinung, nämlich soziale Rolle und private Pose, für das Wesen nahmen und als Charakter ausgaben. Deshalb muß jedes bürgerliche Porträt zur karikaturistischen Verwesentlichung tendieren, die die künstliche, theatralische, eingebildete Erscheinung zerfällt, um so der verborgenen Natur des bürgerlichen Menschen erst ansichtig zu werden. Das Menschenbild Wilhelm Buschs, das aus seiner Überzeugung von dem großen Blendungszusammenhang der Welt als Vorstellung und Verstellung folgt, konnte sich allein im karikaturistischen Widerspruch zur einstudierten Wirklichkeit auch ästhetisch entfalten. Eduard Fuchs, der große Geschichtsschreiber der europäischen Karikatur, hat deren besondere künstlerische Leistung prägnant beschrieben: „Es erscheint der Kern einer Sache und nur der Kern, das, worauf es ankommt, der springende Punkt. Die Karikatur gibt stets den Extrakt, die knappste und konzentrierteste

Form einer Erkenntnis, dabei populär und amüsant ... Indem die Karikatur übertriebene Werte auf ihre wahre Größe, ihren wirklichen Wert oder Unwert zurückführt, wird sie zum Totengräber für das innerlich Überwundene, zum Bahnbrecher neuer Ideen, und damit zur Avantgarde jeder Zukunft."[69]

5. Flickwerk

1895 ist Wilhelm Buschs allegorische Erzählung ‚Der Schmetterling' erschienen. Friedrich Bohne hat sie den „vierte(n) der großen Rechenschaftsberichte"[70] genannt, die Wilhelm Busch hinterlassen hat, und die autobiographische Folie scheint überall durch die karge Konstruktion der Handlung, die aus einer Kette von Mißgeschicken besteht; zum Schluß begibt sich der arg blessierte Held an seinen Ausgangspunkt zurück, „gleich links von der Welt und dann rechts um die Ecke, nicht weit von der guten Stadt Geckelbeck, wo sie alles am besten wissen, um nun unerkannt als ein stilles, geduldiges, nutzbares Haustier"[71] die Wunden zu pflegen, die das Leben geschlagen hat.

Das Leben ein Kreis: Am Anfang steht der hoffnungsfohe Aufbruch, am Ende die resignative Einsicht, daß alles Streben eitel sei und Selbstbescheidung die Zier des Lebensabends. Zur gleichen Zeit wird auch Wilhelm Raabe das Motiv der Schmetterlingsjagd aufgreifen. Velten Andres, noch einmal zurückgekehrt in den Vogelsang, umschreibt damit die Quintessenz seines unsteten Lebens: „Da stand der Narr, der von der Schmetterlings- und Seifenblasenjagd heimgekommene Narr, und suchte nach rechts und nach links und nach gegenüber die alten Freunde und Bäume – fremde Gaffer und fremde Mauern um sich her."[72] ‚Die Akten des Vogelsangs' umschließen gewiß einen so illusionslosen wie ergreifenden Rechenschaftsbericht, und die immer näherrückende Jahrhundertwende mochte gerade den Gedanken einer Rechenschaftspflicht nahelegen, eines Gerichtstags über das eigene Leben und die Geschichte, in die es verwoben ist. Davon ist auch noch im ‚Schmetterling' etwas zu verspüren, freilich sehr vermittelt und sicher nicht als Hauptabsicht.

Wilhelm Buschs Erzählung führt zunächst ein virtuoses Spiel mit überlieferten Formen und Motiven, Bildern und Topoi vor. Zugrunde liegt ihr das Muster der romantischen Reiseerzählung, wie sie Tieck mit ‚Franz Sternbalds Wanderungen' begründet und Eichendorff mit seiner Novelle ‚Aus dem Leben eines Taugenichts' so exemplarisch verdichtet hat. Fast ein Jahrhundert liegt zwischen den Anfängen der Gattung und Buschs Versuch, seine eigenen Erfahrungen in ihre Form zu bringen. Das war so ohne weiteres natürlich nicht möglich, und nur auf den ersten Blick scheinen all die vertrauten Gestalten, die alten Topoi und Motive zu neuer Lebendigkeit erweckt. Peter, der es liebt, „so herumzustreifen in leichtsinniger Freiheit",[73] begegnet einem bunten noch nie erblickten Schmetterling und jagt ihm nach, ohne je seiner habhaft zu werden. Das Unerreichbare treibt ihn weiter, die Schmetterlingsjagd ist der Faden, an dem Peters Abenteuer aufgereiht werden: die Begegnungen mit närrischen Leuten, verschlagenen Bauern und eulenspiegelnden Handwerkern, dem Jägernazi, der ein Klosterbruder hatte werden sollen, und der hexenschönen Lucinde, die alle betört, die ihrer ansichtig werden.

Doch was ist, sieht man genauer hin, aus der „holden Erinnerung"[74] geworden, der man mit den Worten Thomas Manns so gerne nachhängt, sobald die Rede auf den romantischen Taugenichts kommt? Busch hat das Muster aufgefüllt mit Bildern und Motiven, Anspielungen und Zitaten aus aller Herren Länder und Literaturen. Schwankszenen, wie den Schildbürgern abgeguckt, Streiche, wie von Eulenspiegel kopiert, Verwandlungen, wie nur das Märchen sie kennt; die Tiere sprechen so vernehmlich wie die Haarbeutel im Wirtshaus, und in Lucinde verkörpert sich die nie alternde, so verführerische wie unzuverlässige Frau Welt, die, nun wieder ganz Hexe, die Gestalt von Schmetterlingen annimmt; es ist eine verkehrte Welt, in der es als schönstes Kompliment gilt, schimpft man jemanden den größten Halunken, in der Zuverlässigkeit und Bestand fehlen, Tugend nur Dummheit ist und auch die tiefste Einsicht in den Gang der Dinge keinen *„Kappiskopf"* davon abhält, Mensch zu werden und mit dem Schmetterlingsnetz aufs neue seinen bunten Zielen nachzujagen. Der Schmetterling, und auch diese Bedeutung hat er für Busch, ist ja überdies das Symbol der vollkommenen Schönheit, der die Kunst so hinterherjagt, wie es Hawthorne in seiner Erzählung vom ‚Meister des Schönen' dargestellt hat. Wenn Peter zum trostlosen Schluß über seine Tätigkeit als Flickschneider berichtet, so gibt Busch damit eine ironische Charakterisierung der eigenen Erzählweise: „Durch reichhaltige Übung steigerte sich meine Geschicklichkeit nicht bloß in der Wiederherstellung des Alten und Verfallenen, sondern ich schuf auch Neues nach eigener Maßnahme aus dem Vollen und Ganzen heraus. Der Ruf meiner Kunst drang bis nach Geckelbeck ...“[75]

Die Erzählung von der fatalen Schmetterlingsjagd, die ein Leben ausfüllt, ist eine Zitatmontage, die nirgendwo ihre Machart verbirgt. Gerade darin erscheint sie als etwas Neues, als Entdeckung und Anwendung eines Prinzips literarischer Gestaltung, das im 20. Jahrhundert so ungemein wichtig werden sollte. Indem Busch ganz verschiedene Wirklichkeitsebenen, die der spießbürgerlichen und bäuerlichen Welt, der Märchen- und Traumerfahrung, der literarischen Fiktion und des allegorischen Rätsels ineinanderschachtelt, verkehrt sich das romantische Musterbild in sein Gegenteil: Jedes Abenteuer, das Peter erlebt, geht böse für ihn aus, jeder Ort, den er betritt, wird ihm zur Falle, die schöne Hexe ergibt sich nicht dem armen Wanderburschen, sondern dem reichen Schulmann, das ganze Verwandlungs- und Verwirrspiel mündet nicht in eine große Schlußauflösung, sondern bleibt unaufgeklärt, und die Raum- und Zeitverhältnisse sind völlig unzuverlässig geworden. Verfremdende Spiegelungen, parodistische Konfrontationen, desillusionierende Montagen – ein Stück artistischer Prosa, fremd in seiner Zeit und doch ihr mehrfach gesprungenes Bild. Es ist auch ein Stück Rechenschaftsbericht darin versteckt, aber ein Stück nur, denn selbst dazu fehlte ihrem Autor die Sicherheit. Leben ist Mißgeschick, daran läßt er keinen Zweifel, aber indem er ihm auch hier mit derben und groben Späßen begegnet, sich hartnäckig weigert, es ernst zu nehmen und mit einer, allerdings wohl kalkulierten und höchst kunstvoll erreichten Nachlässigkeit, einer betont schnoddrigen Sprache, die dem Stil der Alltagsrede folgt, indem er also bewußt unangemessen den ernsten und gewichtigen Stoff des Lebens behandelt, nimmt er ihm die Gewalt, die ihm das Schicksal verliehen hatte, und führt ihn auf die gewöhnlichen menschlichen Verhältnisse zurück.

„Die Freiheit, deren sich der Erzähler (beim Zitieren) bedient“, schrieb Herman Meyer, „ist die Freiheit des Spiels.“[76] Das ist die Seite seiner Kunst, die Busch immer hervorgehoben hat, darin besteht ihr besonderer Anreiz für Erwachsene und natürlich für Kinder. Ein Prosastück wie ‚Der Schmetterling‘ geht allerdings nicht in spielerischer Zitierkunst auf. Die Darstellung des Lebens durch die Montage überlieferter Formen und Muster zeigt einmal die Unfähigkeit, noch eine andere als die vermittelte Beziehung zu ihm herzustellen, zum anderen aber auch die Überzeugung, daß die einfache Wiedergabe der Realität nichts mehr über sie aussagt. Auch der ‚Taugenichts' war schon Zitat des romantischen Lebens- und Kunstgefühls, verwies auf dessen Gefährdung. Eichendorff ist es aber noch gelungen, die Einheit des Traumbildes zu bewahren, so der utopischen Sehnsucht Ausdruck verleihend. Das aber ist Busch deshalb nicht mehr möglich, weil sich ihm jeder künstlerische Vorschein durch die historische Wirklichkeit hoffnungslos desavouiert zeigte und sein eigenes prekäres Dasein ihn besonders sensibel für die sozialen Erschütterungen machte, die sich zwar unübersehbar ankündigten, vor denen die meisten seiner Zeitgenossen aber die Augen verschlossen. So ist er es auch, der als erster konsequent und ohne Zugeständnis an die Methode jenes distanzierende, verfremdende Verfahren der Montage benutzte, um seine Erfahrungen auszudrücken, das Hegel als eigentliches Kennzeichen der modernen nachromantischen Kunst beschrieben hatte. „Deshalb verhält sich der Künstler zu seinem Inhalt gleichsam als Dramatiker, der andere, fremde Personen aufstellt und exponiert. Er legt zwar auch jetzt noch sein Genie hinein, er webt von seinem eigenen Stoffe hindurch, aber nur das Allgemeine oder das ganz Zufällige; die nähere Individualisierung hingegen ist nicht die seinige, sondern er gebraucht in dieser Rücksicht seinen Vorrat von Bildern, Gestaltungsweisen, früheren Kunstformen, die ihm, für sich genommen, gleichgültig sind und nur wichtig werden, wenn sie ihm gerade für diesen oder jenen Stoff als die passendsten erscheinen."[77]

Auf fremden Pfaden in die Heimat
Karl May

1. Leiden eines Knaben

„Ich bin im niedrigsten, tiefsten Ardistan geboren, ein Lieblingskind der Not, der Sorge, des Kummers."[1] Das war im Jahre 1842, und Ardistan ist Ernstthal, nicht weit von Zwickau – einen „Modellpunkt des sozialen Elends der Zeit"[2] nannte Hans Wollschläger die kleine sächsische Weberstadt, den Geburtsort Karl Mays. Er ist davon nicht losgekommen, innerlich nicht und auch nicht in seinem äußeren Leben. Als er gegen Ende des Jahres 1910 auf seine Anfänge zurückblickte, auf die Stätte seiner „sogenannten Jugend, in welcher die Sümpfe lagen und heut noch liegen, aus denen alle die Nebel und alle die Gifte stiegen, durch welche mein Leben mir zu einer ununterbrochenen, endlosen Qual geworden ist",[3] steckte er gerade in den schlimmsten Kämpfen seines an Krisen und Konflikten reichen Lebens: verstrickt in eine Pressefehde, die er seinen ungehemmten Aufschneidereien und der öffentlichen Identifikation mit seinen Helden verdankte, verfolgt von bigotten christlichen Sittenwächtern wie den beiden Benediktiner-Patern Ansgar Pöllmann und Willibrord Beßler und von pädagogischen Volksgesundheitsaposteln wie Paul Schuhmann oder Ferdinand Avenarius, gepeinigt von gewissenlosen Journalisten, unter denen sich vor allem Rudolf Lebius hervortat, dann in eine Fülle von Prozessen verwickelt (mit dem Kolportageverleger Adelbert Fischer, mit seiner ersten Frau Emma, geborene Pollmer, mit Lebius und seinesgleichen), in deren Verlauf seine wirkliche Lebensgeschichte Stück für Stück ans Licht der Öffentlichkeit gezerrt wurde. Vor allem die Herkunft und Jugend natürlich, mit ihren publikumswirksamen Verstrickungen ins exotisch abseitige und kriminelle Milieu. „Eine ‚Hetze' wie gegen mich, hat es ... noch nie in der Literatur irgendeines Landes, eines Volkes gegeben",[4] konstatiert der Selbstbiograph zum Schluß seiner Lebensbeichte und hat auch recht, eben weil sie kein exzessiv ausgeuferter literarischer Streit war, sondern auf seine existenzielle Vernichtung zielte: „ich gönne ihm nicht weitere zehn Jahre seines arbeitsreichen Lebens, denn ich vermute, daß er dann noch 25–30 Romane schreiben würde'', verkündete mit böser Offenheit der Schriftsteller-Kollege Georg Ruseler.[5]

Mays Abstammung und Herkunft haben auch in diesen Kampagnen eine wichtige Rolle gespielt, besonders spektakulär im Zusammenhang mit der These Lombrosos vom Verbrechen als Folge der charakterlichen Eigenart des Täters, der also zum Verbrecher geboren sei.[6] Je mehr von Mays Leben an die Öffentlichkeit drang, desto stichhaltiger schienen derartige, noch dazu wissenschaftlich gestützte Vorurteile. Im trostlosen Elend seiner Kindheit gibt es wirklich kaum einen Lichtblick: ein tyrannischer Vater, Weber von Beruf und also arm, der im Prügelstock die ultima ratio seiner Erziehung sah, das geringe Vermögen seiner Frau und einen großen Teil seines Verdienstes durchbrachte, ein streitsüchtiger Trinker, der wohl einmal anders gewesen war und in Achtung bei seinen Mitbürgern gestanden hatte, dann aber im Kampf mit den Widrigkeiten seines Lebens unterlegen und immer mehr abgerutscht war; eine schwache Mutter, die nur selten die Kraft zum Widerstand aufbrachte, sich aber immerhin zur Hebamme ausbildete und die Familie vor der schlimmsten Not bewahrte. Karl Friedrich May war das fünfte von vierzehn Kindern, die meisten starben im frühen Kindesalter, daß er überlebte, war ihm gewiß nicht an der Wiege gesungen. Krank war er jedenfalls seit der Geburt, konnte mit sechs Jahren noch nicht richtig stehen oder laufen und war vier Jahre blind (dazu Lebius später: ,,Interessant ist, daß man bei May auch die Ursache des atavistischen Charakters seiner Schriften feststellen kann. Er machte im frühesten Alter eine schwere chronische Krankheit durch, die offenbar kulturhemmend gewirkt hat . . .'').[7] ,,Als ich sehen lernte, war mein Seelenleben schon derart entwickelt und in seinen späteren Grundzügen festgelegt, daß selbst die Welt des Lichtes, die sich nun vor meinen Augen öffnete, nicht die Macht besaß, den Schwerpunkt, der in meinem Innern lag, zu sich hinauszuziehen. Ich blieb ein Kind für alle Zeit, ein um so größeres Kind, je größer ich wurde, und war ein Kind, in dem die Seele derart die Oberhand besaß und noch heute besitzt, daß keine Rücksicht auf die Außenwelt und auf das materielle Leben mich jemals bestimmen kann, etwas zu unterlassen, was ich für seelisch richtig befunden habe.''[8]

Solche autobiographischen Reflexionen sind immer auch Plädoyers in eigener Sache, doch alles, was wir über Mays Leben wissen, bestätigt diese Selbsteinsicht. Zwei Einflüsse haben diese Dominanz der

Innenwelt dann noch wesentlich verstärkt: zuerst die geliebte „Ernstthaler Großmutter" (im Unterschied zur Hohensteiner Großmutter mütterlicherseits), die nach eigenem Zeugnis „den tiefsten und größten Einfluß"[9] auf seine Entwicklung hatte; die Märchen, Geschichten und Legenden, die sie ihm erzählte, haben seine Phantasietätigkeit früh geprägt und ihn zugleich die therapeutische Wirksamkeit von Literatur ein erstes Mal gelehrt. Diese frühen Erfahrungen wurden dann abgelöst von den Leseerlebnissen in der örtlichen Leihbibliothek, die vollgepfropft war mit den Erfolgsromanen der Epoche, den Räuber- und Ritterschmökern, den Schauer- und Liebesromanen, die der Knabe verschlang und der Selbstbiograph später als „schmutzige, innerlich und äußerlich geradezu ruppige, äußerst gefährliche Büchersammlung"[10] bezeichnen sollte.

Eine Kindheit, die schon alle Muster des späteren Lebens bereithielt, die verderblichen wie die dennoch segensreichen. Daß ihm innere und äußere Realität ständig ineinanderflossen und die Gesichter tauschten, war die wohl wesentliche Erbschaft dieser Zeit, sowohl alle Straftaten wie die späteren Scharlatanerien zeigen diesen gemeinsamen Grundzug. „Alle Ausprägungen des pseudologischen Typs ... lassen sich auch in seinen Straftaten wiederfinden", urteilt Claus Roxin. „Es handelt sich gewiß um handfeste, massive Delikte; aber sie haben in der Ausführung doch etwas von jugendlichen Schelmenstreichen an sich und tragen fast komödiantische Züge."[11] Rollenspiel, phantastische Verkleidung, Identifizierung seiner Größenphantasien mit der Realität – ob er sich, gerade unter unsäglichen Mühen Lehrer geworden, Uhr, Pfeife und Zigarrenspitze zur harmlosen Renommage von einem Kollegen für die Ferien sozusagen auslieh (was man trotz fehlender Beweise als Diebstahl wertete, ihm die erste Haftstrafe eintrug und der erste Schritt war auf der nun immer unaufhaltsamer abwärts führenden Karriere), ob er sich hochstaplerisch als Augenarzt Dr. med. Heilig, als Seminarlehrer Lohse, Notenstecher Hermin (oder Hermes!), als Polizeileutnant von Wolframsdorf und als Mitglied der geheimen Polizei ausgibt oder ob er sich schließlich zum „Albin Wadenbach" aus Martinique ernennt und bei der Vernehmung in kürzester Frist eine ganze lückenlose Biographie ersinnt, die so glaubwürdig ist, daß er fast seine Freilassung erreicht – immer wieder überwältigt die psychische Realität seinen Orientierungssinn und seine Handlungen. Die Gefängnis- und (zuletzt) Zuchthausstrafen haben nicht allein seine bürgerliche und berufliche Existenz fürs erste zerstört, sie hatten auch deswegen eine so furchtbare, für sein ganzes Leben traumatisierende Wirkung, weil er durch sie abermals in die Dunkelheit und Ausweglosigkeit seiner Kindheitserfahrung zurückgestoßen wurde. Wenn Karl May sich später erinnert, wie er in seiner Kindheit „stundenlang still und regungslos gesessen und in die Dunkelheit meiner kranken Augen gestarrt" hat,[12] so verrät diese Schilderung gewiß ebenso die Perspektive des Häftlings, wie das ihr zugrunde liegende Erlebnis die spätere Erfahrung schon vorwegnahm. Die Gefängnis- und Kerkerszenen in Mays Romanen sind immer mit Nacht und Lichtlosigkeit verbunden, während die Befreiung dann zugleich Helligkeit und Sonne bringt. Und wie die enge Bindung an die Großmutter, die Märchen und Fabeln, die sie erzählte, ihn einst das elende Dasein eines blinden, an Leib und Seele versehrten Kindes ertragen und überstehen half, so sollte ihm der Anstaltsgeistliche Johannes Kochta während seiner schlimmsten vierjährigen Inhaftierung im Zuchthaus Waldheim (1870–74) zum Mentor und Retter werden: „wenn er zu mir hereintrat war es stets, als ob bei mir die Sonne zu scheinen beginne."[13] Kaum ist May entlassen, wird er wie manisch zu schreiben anfangen, die Ideen verwirklichen, die ihm schon im Gefängnis den Kopf füllten („Und da wurde auch der Gedanke ‚Winnetou' geboren."[14]), und seine Geschichte auszufabulieren beginnen. Wo immer er in seinem autobiographischen Rechenschaftsbericht auf sein Werk, seine Träume und Phantasien zu sprechen kommt, da betont er die „sonderbare Eigentümlichkeit" seiner Erfahrungsweise, „die Menschen mehr seelisch als körperlich",[15] zu sehen, da berichtet er von „schreienden dunkeln Gestalten",[16] deren er sich in seinem Innern erwehren muß, von seiner Sehnsucht, Märchenerzähler zu werden, von seinem Wunsch, Reiseromane zu schreiben, die „bildlich", „symbolisch"[17] sein und „rein deutsche Begebenheiten im persischen Gewande"[18] erzählen sollten, von dem „fieberhaften Fleiß" und der Schreibwut, die ihn „weder rechts noch links schauen ließ",[19] so daß „keine sogenannte „künstlerische() Form", sondern „Naturtuch"[20] entstand. Die Überzeugung, daß hinter der empirischen, sichtbaren Wirklichkeit eine andere verborgene Gegenwirklichkeit liegen müsse, teilt der Schriftsteller Karl May mit den bedeutendsten Künstlern seiner Zeit, die besten Illustratoren seiner Werke, von Sascha Schneider bis Claus Bergen, haben dessen symbolistischen Grundzug stets betont. „Im Westen soll die Handlung aus dem niedrigen Leben der Savanne und Prairie nach und nach bis zu den reinen und lichten Höhen des Mount Winnetou emporsteigen. Im Osten hat sie sich aus dem Treiben der Wüste bis nach dem hohen Gipfel des Dschebel Mara Durimeh zu erheben. Darum beginnt mein erster Band mit dem Titel ‚durch die Wüste'."[21] Die Kontinuität von Mays so unterschiedlichem Werk, die manchmal gerade denen verlorenzugehen droht, die den späten Romanen endlich ihren verdienten Platz in der deutschen Literaturgeschichte verschaffen wollen, liegt in Mays schon früh geschärftem Willen, die Dinge nicht so zu nehmen, wie sie zu sein scheinen. Darin bestand schließlich seine einzige Chance, dem „Sumpf" zu entkommen.

2. Der Traum des Gefangenen

„Ich befand mich ja an einem der größten und reichsten Fundorte alles dessen, was da zu erzählen war, im Gefängnisse. Da kondensiert und verdichtet sich alles, was draußen in der Freiheit so leicht und so dünn vorüberfließt, daß man es nicht ergreifen und noch viel weniger betrachten kann. Und da erheben sich die Gegensätze, die draußen sich wie auf ebener Fläche vermischen, so bergeshoch, daß in dieser Vergrößerung Alles offenbar wird, was anderwärts in Heimlichkeit verborgen bleibt."[22] Diese Stelle aus der Autobiographie enthält mehrere sehr aufschlußreiche Hinweise nicht nur auf die poetologische Struktur von Mays Werk, sie reklamiert vielmehr dessen Geburtsort, das Gefängnis, als konstitutiv für seine Bedeutung, und ganz sicher dürfen dergleichen Aussagen nicht bloß als nachträgliche, unter dem Druck der öffentlichen Meinung hervorgebrachte Selbststilisierungen gelesen werden. Das Bild des Gefängnisses, des Gefangen- und Gefesseltseins gehört zu den Motivsträngen, die Mays gesamtes Werk so durchziehen, als wäre es nur einer autobiographischen Lesart zugänglich. In Wahrheit berühren wir hier eines der für die Literaturgeschichte ergiebigsten Themen, das bis in mythische Erzählungen zurückweist und auch in unserer Zeit, erinnern wir uns nur an seine Beliebtheit im existenzialistischen Denken, noch längst nicht erledigt ist, seine Geschichte reicht vom ‚Gefesselten Prometheus', dem von seinem Wahn gefangenen Aias über die christliche Interpretation des Körpers als des Kerkers der Seele, den historischen Archetyp der Bastille und Beethovens ‚Fidelio' bis hin zu Gabriel Marcel, Sartre und Ernst Bloch. Gefängniserfahrung als Lebenserfahrung, aus der heraus gerade der Impuls der Befreiung kommt: handelt es sich dabei auch nicht um eine

Grundbefindlichkeit unseres Daseins, wie die existenzialistische Doktrin es will, so doch um eines der wirksamsten Bilder für die Diskrepanz von Wirklichkeit und Möglichkeit in aller bisherigen Geschichte und für das menschliche Leiden an diesem Widerspruch.

Aus der Fülle der Beispiele möchte ich noch eines herausgreifen, das nicht nur in zeitlicher Nähe zu Mays autobiographischen Einsichten steht, sondern sie, auch anhand eines künstlerischen Zeugnisses, in die Sprache der modernen Psychologie übersetzt. In seinen ‚Vorlesungen zur Einführung in die Psychoanalyse', die Sigmund Freud in den Jahren 1915–1917 hielt, erläutert er seinen Studenten „die Entstehung eines Traumes aus einer dominierenden Situation" an Schwinds Gemälde ‚Traum eines Gefangenen', der „nichts anderes als seine Befreiung zum Inhalt haben kann. Es ist sehr hübsch, daß die Befreiung durch das Fenster erfolgen soll, denn durch das Fenster ist der Lichtreiz eingedrungen, der dem Schlaf des Gefangenen ein Ende macht. Die übereinanderstehenden Gnomen repräsentieren wohl die eigenen sukzessiven Stellungen, die er beim Emporklettern zur Höhe des Fensters einzunehmen hätte, und irre ich nicht, lege ich dem Künstler dabei nicht zuviel Absichtlichkeit unter, so trägt der oberste der Gnomen, welcher das Gitter durchsägt, also das tut, was der Gefangene selbst möchte, die nämlichen Züge wie er selbst."[23] Zwei Besonderheiten auf diesem Bilde erwähnt Freud allerdings nicht, weil sie sein augenblickliches Interesse nicht berühren: der Gefangene träumt mit weitgeöffneten Augen, und in dem breiten Lichtstreifen, der schräg in die kleine, enge Zelle fällt, schwebt eine helle Frauengestalt empor, in ihren Händen Krug und Weinglas, das sie gerade füllt. Schwind, der sich auch sonst als ein enthusiastischer Verehrer Beethovens erwiesen hatte, es sei nur an sein 1852 ausgeführtes Ölbild ‚Die Symphonie' erinnert, das Beethovens ‚Phantasie für Klavier, Orchester und Chor' ins Bild setzt, Schwind mag hier also durchaus an die Kerkerszene in ‚Fidelio' gedacht haben, an Florestans Arie, die ja auch – wenigstens scheint es dem Gefangenen so – ein Traumbild beschwört: „Und spür' ich nicht linde, sanftsäuselnde Luft? / Und ist nicht mein Grab mir erhellet? / Ich seh', wie ein Engel im rosigen Duft / sich tröstend zur Seite mir stellet. / Ein Engel, Leonoren, der Gattin so gleich, / der führt mich zur Freiheit ins himmlische Reich!"[24] Auch dies, wie auf Schwinds Bild, wie in Mays Schilderung, ein Tagtraum, dessen Realitätsgehalt im Bühnengeschehen sich zudem bald herausstellen soll.

Lenken wir unsere Aufmerksamkeit auf Karl Mays Erinnerungen, so bemerken wir eine weitere Übereinstimmung der Traumkonstellation. „Sind nur die Bewohner der Strafanstalten detiniert? Ist nicht eigentlich jeder Mensch ein Gefangener? Stecken nicht Millionen von Menschen hinter Mauern, die man zwar nicht mit den Augen sieht, die aber doch allzu fühlbar vorhanden sind. Ist es nur für die Bewohner der Strafanstalten der Leib, der gebändigt werden muß, damit das höhere, von oben stammende Teil unseres Wesens zur Geltung kommen möge? Muß nicht überhaupt bei allen Sterblichen, also bei der ganzen Menschheit, alles Niedrige gefesselt werden, damit die hierdurch die Freiheit gewinnende Seele sich zum höchsten irdischen Ideale, zur Edelmenschlichkeit, erheben könne? Und sind es nicht die Religion, die Kunst, die Literatur, die uns aus solcher Tiefe zu solcher Höhe führen sollen? Die Literatur, der auch ich, der an die enge Zelle geschmiedete Gefangene, mit angehöre!

Auf diesem Gedankenpfade weitergehend, gelangte ich zu Betrachtungen und Schlüssen, die scheinbar höchst seltsam, im Grunde genommen aber ganz natürlich waren. Es wurde zwischen meinen vier engen Wänden hell; sie weiteten sich."[25] Als sich May nun bemüht, seine Phantasie „in Form zu fassen": „(da) entstand in mir meine Marah Durimeh, die große, herrliche Menschheitsseele, der ich die Gestalt meiner geliebten Großmutter gab."[26] Alle drei Befreiungsträume also geben ähnlichen Empfindungen einen ähnlichen Ausdruck. Der Erfahrung von Enge, Dunkelheit, Eingemauertsein entspricht das Sehnsuchtsbild von Helle, Weite und Erlösung durch eine Engelsgestalt, trage sie nun die Züge Leonores oder Marah Durimehs. Immer wieder begegnen wir in Mays Werk diesem Traumbild; um willkürlich das eine oder andere Beispiel herauszugreifen: als Old Shatterhand das erstemal in seinem Gefängnis am Pesosflusse, seinem „Kerker, dessen Tür stets offen stand",[27] aus seinem langen Genesungsschlaf erwacht, findet er sich in einem „viereckigen Raume, dessen Seiten aus steinernen Mauern bestanden. Er erhielt sein Licht durch die Eingangsöffnung", in der er eine junge schöne Indianerin bemerkt, es ist Nscho-tschi, was bekanntlich ‚Schöner Tag' bedeutet.[28] Die enge Zelle Sternaus beschrieb schon der Autor des ‚Waldröschens' in dem Kapitel ‚Die Weihnacht des Gefangenen' als „außerordentlich düster, denn sie erhielt ihr Licht durch eine winzig kleine Öffnung, die man mit der Hand kaum erlangen konnte",[29] und nachdem Sternau unter den Worten des Engels aus der Weihnachtsgeschichte „Ich verkünde große Freude, / Die Euch widerfahren ist"[30] die Freiheit wiedererlangt hat, schließt das Kapitel: „Aus allen Fenstern der umstehenden Häuser strömte ihm das beseeligende Licht der Weihnachtsbäume entgegen; er war frei. Er hatte im Dunkel gewandelt, und nun wurde es hell. Sie, die beiden Gefangenen, hatten heute zur Weihnacht ihre Erlösung gefunden, der eine durch den Tod und der andere durch die Freiheit."[31] In Karpala, dem „Engel der Verbannten" (‚Deutsche Herzen – Deutsche Helden') hat May sein dominierendes Wunschbild in manisch anmutenden Wiederholungen nochmals und nochmals kolportiert. Vom Lieferungsroman der Frühzeit reicht so eine ununterbrochene Motivkette bis hin zu den ‚Winnetous' im 4. Bande des Winnetou-Romans, der Weihnachtsfeier in Ardistan und jenem Wechselgesang zwischen Abd el Fadl und Merhameh, den Halef als Engelsgesang beschreibt: „Die Fülle des Lichtes, die den weiten Raum erfüllte, schien hörbar geworden zu sein. Die vielen verschiedenen Klangfarben der Orgeltöne waren wohl geeignet, Illusionen zu erwecken. Man begriff sie nicht. Und der Bariton schien aus der Erde, der Sopran aber vom Himmel zu kommen."[32] Im Altersroman wird das Engelsbild in seiner subjektiven wie seiner objektiven Bedeutung enthüllt: nämlich als das „höchste Menschheitsideal",[34] das der einzelne dadurch verwirklichen kann, daß er zum „Schutzengel", zum „guten Geist" seiner Nebenmenschen wird, und das in der historischen Entwicklung der Völker den Weg durch die Wüste hinauf ins Paradies so weist wie überhaupt erst ermöglicht mit Hilfe des lebensspendenden Wassers, das in den Steinengeln verborgen ist.

Mays Anschauung wird von sehr verschiedenen Motiven gespeist, zu denen auch die „jüdische Tradition vom persönlichen Engel eines Menschen (gehört), der sein geheimes Selbst darstellt und dessen Name ihm doch verborgen bleibt":[34] „Der Mensch, dessen Engel Du bist", belehrt der Erzähler Hadschi Halef, „soll und muß diesen Engel spüren, darf aber niemals, hörst Du, niemals erfahren, wer der Engel ist!"[35] Dies innere Ideal meint auch Herder, wenn er vom Menschen als dem Zerrbild seines „eingeborenen Engels"[36] spricht. Aber May geht noch über diese Auffassung hinaus. Anknüpfend an die alttestamentarische Erzählung vom Exodus der Kinder Israels, die er schon im fünften Kapitel von ‚Durch die Wüste' erinnert („Und es erhob sich der Engel Gottes, der vor dem Heere Israels herzog . . ."),[37] ist ihm in den steinernen Engelsfiguren, den beiden Wasserengeln an der Landenge Chatar, in der Stadt der Toten und dem „Engel der Wasserscheide", das eingeborene Engelsideal zum Engel der Geschichte geworden, der den nach Dschinnistan aufwärts strebenden Völkerschaften und ihrem Chronisten den Weg weist und sie mit lebensspendendem Wasser versorgt. Die Beliebtheit dieses mit der Vorstellung von Gefangenschaft und Befreiung so engverschwisterten Motivs in der Malerei der Zeit, ich denke etwa an die Engelsgestalten Moreaus oder Rossettis, an ein Bild wie Segantinis Zeichnung ‚Die Verkündigung des neuen Wortes', die 1896 für die italienische Übersetzung von Nietzsches ‚Zarathustra' entstand; sie mag ein zusätzliches Indiz für seine historische Bedeutung sein, die anhand eines ikonographisch freilich weiterentwickelten Beispiels (Klees ‚Angelus Novus') und unter neuen geschichtlichen Erfahrungen Walter Benjamin entschlüsselt hat.

Der Gegenstand von Mays Romanen ist, trotz der psychischen Triebkräfte, die in ihnen wirksam sind, also nicht allein der isolierte Schauplatz der Seele und ihrer Kämpfe. Historisches Geschehen als Erfahrung und psychischer Konflikt spielen ineinander und gehen in den Szenerien des Abenteuers jene Verbindung ein, die der Autor am Ende seines Lebens so pathetisch für sein gesamtes Werk reklamierte, wenn er in seinen seelischen Krisen Menschheitskrisen erkennt und diese wiederum „aus dem großen, alles umfassenden Plural in den Singular, in die einzelne Individualität transportiert."[38] „Ich brauche nur die Augen zu öffnen", sagt er an anderer Stelle in seiner Selbstlebensbeschreibung, „so sehe ich sie aufgespeichert, diese Hunderte und Aberhunderte von fleischgewordenen Gleichnissen und nach Erlösung trachtenden Märchen. In jeder Zelle eins und auf jedem Arbeitsschemel eins. Lauter schlafende Dornröschen, die darauf warten, von der Barmherzigkeit und Liebe wachgeküßt zu werden. Lauter in Fesseln schmachtende Seelen, in alten Schlössern, die in Gefängnisse umgewandelt sind, oder in modernen Riesenbauten, in denen die Humanität von Zelle zu Zelle, von Schemel zu Schemel geht, um aufzuwecken und freizumachen, was des Aufmachens und der Freiheit wert sich zeigt."[39] Die eigene Gefangenschaft als Allegorie in eins gefaßt, bedeutet den Zustand der Welt insgesamt, und die aus der Gefangenschaft sich entwickelnde Befreiungsgeschichte ist private Erlösungsgeschichte und innerweltliche Heilsgeschichte in einem. Innerweltlich trotz aller Mythologeme, trotz der mitunter penetranten Religiosität der Erzählerfiguren, deshalb, weil die Idee der Befreiung mit einem Erziehungsplan verknüpft wird, der zu den religiösen Wahrheiten in demselben Verhältnis steht wie die Erziehung des Menschengeschlechts zur Offenbarung im Denken des 18. Jahrhunderts, etwa Lessings oder Herders. Der Mythos wird zur allegorischen Darstellung der geschichtlichen Entwicklung benutzt, und gewiß haben diejenigen seiner religiösen Kritiker recht, die in Mays Werk ein geheimes Ketzertum witterten und seiner christlichen Botschaft nie recht trauen wollten. Die gereinigte, befreite und befriedete Welt soll das empirische Ergebnis, nicht die metaphysische Hoffnung der Geschichte sein. Ganz im Sinne der Verse aus „Et in terra pax": „Dann wird ein Paradies die Erde sein, / Denn ihr habt ihr den Himmel zugetragen."[40] Sie bedeuten eine ganz immanente Utopie: soziale Versöhnung und Harmonie der Völker als Zukunftsereignis der Geschichte. Gewiß eine idealistische Utopie, aber nicht allein in dem Sinne, daß sie von der Realität absieht, sondern auch, daß noch nichts in bisheriger historischer Realität ihr gleichkam, weil dies Ideal über die Vorgeschichte hinauslangt, deren Traum darstellt, vor dem noch jeder Verwirklichungsversuch als Schändung erkennbar wurde.[41]

3. Heile und unheile Welt

„Also draußen erhob sich die scheltende Stimme meines Dieners Halef Agha, die mich aus meinen Träumen weckte:

‚Was? Wie? Wen?'

‚Den Effendi', antwortete es schüchtern.

‚Den Effendi el kebihr, den großen Herrn und Meister willst du stören?'

‚Ich muß ihn sprechen.'

‚Was? Du mußt? Jetzt, in seinem Kef? Hat dir der Teufel – Allah beschütze mich vor ihm! – den Kopf mit Nilschlamm gefüllt, so daß du nicht begreifen kannst, was ein Effendi, ein Hekim, zu bedeuten hat, ein Mann, den der Prophet mit Weisheit speist, so daß er alles kann, sogar die Toten lebendig machen, wenn sie ihm nur sagen, warum sie gestorben sind!' "[42]

Mit dieser witzigen, auch kalauernden Wechselrede beginnt eines der berühmtesten Abenteuer Kara ben Nemsis, nämlich die Befreiung der schönen Senitza aus dem Harem des schurkischen Abrahim-Mamur. Daß die Heldentat gelingt, verdankt Kara ben Nemsi seinem Ruf: gilt er doch als „Große(r) Arzt aus Frankistan", verholfen dazu hat ihm eine „nur noch halbgefüllte homöopathische Apotheke von Willmar Schwabe",[43] welche zufällig in seine Hände geraten war. Er wird dann Senitza in der Tat heilen, indem er sie aus ihrem Gefängnis befreit. Die zweideutige Behandlung dieses Themas (auf der einen Seite ironische Distanzierung, auf der anderen ganz ernsthaftes Rollenverhalten, dem der Erfolg dann auch nicht versagt bleibt – dem reichen Abrahim-Mamur tritt Kara ben Nemsi ja wirklich in der Rolle eines Arztes gegenüber), diese Zweideutigkeit kennzeichnet fast alle Arzt-Szenen in Karl Mays Romanen. Um dem Kranken oder Verletzten „Vertrauen einzuflößen":[44] so heißt die beinah schon stereotype Entschuldigung, mit der der Ich-Erzähler oft sein Auftreten als Arzt einzuleiten pflegt. Er präsentiert sich dann mit beachtlichen medizinischen Kenntnissen, erkennt schon nach kurzer Untersuchung, daß die Anschwellung eines Halses „weder ein Gefäß- noch ein gelatinöser Kropf, sondern eine Struma cystica war",[45] und heilt sie durch einen kaum merkbaren Schnitt mit einem kleinen Federmesser. Oder er behandelt den Haarausfall von Nassyrs Schwester (im ersten Mahdi-Bande) ebenso erfolgreich wie die Zahnschmerzen einer ihrer Negersklavinnen. Der Beispiele gibt es genug, und ich möchte in diesem Zusammenhang nur noch an die vergnügliche Szene im Land der Skipetaren erinnern, in welcher sich Kara ben Nemsi als Kenner der Medizingeschichte erweist und dem türkischen Hekim „Tschefatasch", zu Deutsch „Marterstein", die Kunst des Gipsverbandes auf höchst drastische Weise lehrt, indem ihm sein Gewand von Kopf bis Fuß mit Gipsmehl und Wasser überschüttet wurde. Hier wie oftmals sonst erläutert Kara ben Nemsi den staunenden Zuschauern, daß er zwar kein Arzt sei, aber doch die Heilkunst verstehe, denn – so führt er es später gegenüber dem Mutesselim aus, nachdem er die Enkeltochter Mara Durimehs von einer Tollkirschenvergiftung hatte retten können –, denn „da, wo ich geboren bin, hat jedermann mehr Kenntnisse über die Krankheiten als dein Hekim, der den Teufel durch eine tote Fliege vertreiben wollte."[46]

Kenner der Lebensgeschichte Karl Mays wissen, daß in all diesen Episoden und Szenen ein früher wohl immer sehnsüchtig erinnerter Wunsch zum Ausdruck kommt: er hatte ja eigentlich Medizin studieren wollen, doch die beschränkten Verhältnisse waren nicht so. Das Lehrerseminar sah er nur als zweite Wahl, und auch dafür reichten das jährliche 15 Taler ärmliche Stipendium und die geringen Zuschüsse der Eltern kaum aus. Die soziale Reputation des Arztberufes mag zunächst ein Hauptmotiv seines ersten Wunsches gewesen sein, jedenfalls spielt sie in vielen Episoden (und sei es auch nur im Auftreten

Halefs) eine große Rolle. Hinzu kommt natürlich die erzähltechnische Wirksamkeit dieses literarischen Rollenspiels. Es bestärkt die Glaubwürdigkeit der Reiseroman-Fiktion und gibt zudem der Handlung oft entscheidenden Antrieb oder Wendung. Indem etwa der fremde Reisende eine Negersklavin von ihren Schmerzen befreit, erwirbt er nicht nur das Vertrauen ihres Herrn, sondern begründet zugleich ein späteres Abenteuer, das geschickt mit einer spannungssteigernden Vorausdeutung vorbereitet wird: „Daß ich ... sie von ihren Schmerzen befreite, rettete mir später das Leben."[47] Auch die Heilung Senitzas, um zu ihr zurückzukehren, hat einen solchen handlungsinitiierenden Sinn, erschöpft sich aber nicht darin, sondern trägt einen Bedeutungsüberschuß: sie erweist sich, ich sagte es bereits, zuletzt als Befreiung. So daß die Figur des Arztes und das mit ihr verbundene Heilungsmotiv von Karl May mit einem zunächst verborgenen, gleichwohl äußerst wirksamen Hintersinn aufgeladen wird. Und dies wiederum nicht erst im Spätwerk. Ich möchte das an einem Beispiel sichtbar machen, dem man eine symbolische oder allegorische Heimlichkeit vielleicht am wenigsten zuerkannt hätte.

An Herrn Dr. Sternau in Paris sind folgende Zeilen gerichtet: „Mein Freund! Wir nahmen voneinander Abschied für das ganze Leben, aber es sind Umstände eingetreten, welche mich zitternd wünschen lassen, Sie hier zu sehen. Sie sollen dem Grafen Rodriganda das Leben retten. Kommen Sie schnell, schnell, und bringen Sie Ihre Instrumente mit. Kehren Sie bei Mindrello ... ein und fragen Sie nach mir. Aber ich flehe Sie an, schnell, sehr schnell zu kommen! – Rosetta."[48] Mit diesem Brief beginnt ein monströses Kolportageabenteuer, dessen exemplarischer Wert für das ganze Genre schon mehrfach betont wurde: Karl Mays Heftchenroman ‚Das Waldröschen oder Die Verfolgung rund um die Erde' (1832/33). Als Dr. Sternau wunschgemäß eintrifft, eröffnet ihm die Absenderin (sie entpuppt sich bald als Tochter des erkrankten Grafen), daß ihr Vater sich wohl noch in einer anderen Gefahr befinde, „als diejenige ist, welche seine Krankheit befürchten läßt; aber nun ich Sie hier bei uns weiß, bin ich ruhig. Es ist mir, als sei mit Ihrem Erscheinen jede Gefahr gewichen." Die „Ärzte, welche man zu Rathe zog", fährt sie dann fort, „behaupten, daß nur die Operation sein Leben retten könne ... Die Ärzte sind finstere, kaltherzige Männer, denen (man) kein Vertrauen schenkt. Der Notar und Schwester Clarissa, welche den Grafen fast keinen Augenblick verlassen, gleichen unheilvollen Dämonen, welche nach des Kranken Blute lechzen, und Graf Alfonzo, der Sohn, – ach, wie unglücklich, wie sehr unglücklich ist die Contezza."[49] Und nun entspinnt sich ein gewaltiger Kampf zwischen den falschen Ärzten und dem richtigen Arzt um die Rettung und Heilung des Kranken, es ist ein Kampf des Lichtes mit der Finsternis, der weißen mit der schwarzen Magie, des großen, überragenden helden- und ritterhaften Dr. Sternau mit jenen „unheilvollen Dämonen", zu denen dann noch Graf Alfonzo, der „Sohn", tritt, und dessen Beschreibung läßt über seine wirkliche Identität nun keine Zweifel mehr aufkommen: Er war „nicht etwa ein häßlicher, abscheuerregender Mann, nein, jeder einzelne Teil seines Gesichtes und ein jeder Zug desselben war im Zustande der Ruhe vielleicht schön zu nennen, aber diese verschiedenen Einzelheiten gaben keine fesselnde, befriedigende Harmonie, und jetzt, als der Grimm ihn beherrschte, war der Eindruck, den er machte, nur ein abstoßender zu nennen." Für die ganz Begriffsstutzigen fügt der Autor dann noch hinzu: „Er glich einem jener Satansbilder, bei denen der Meister den Teufel nicht mit Pferdefuß und Hörner(n) darstellt, sondern das Diabolische dadurch zu erreichen sucht, daß er die an und für sich schönen Züge des bösen Geistes zueinander in Widerspruch erscheinen läßt."[50] Als es dann zur Konfrontation zwischen den falschen Ärzten und Sternau kommt, tritt nun auch der von ferne angereiste Kontrahent aus seinem Inkognito hervor: „Wie ein Fürst, wie ein König stand er vor ihnen, mit hocherhobenem, stolzen Nacken, und einem solchen machtvollen Blicke in seinen Augen, als sei er nicht ein unbekannter Fremder, sondern der Besitzer des Schlosses."[51]

Die Grundzüge der in diesem Roman nachgebauten Allegorie werden schon nach diesen wenigen Sätzen deutlich erkennbar. Der Kampf des Arztes, der doch wieder wie ein Fürst und König auftritt, mit seinen Widersachern, bösen Dämonen, die in der Maske von falschen Ärzten und sogar (wie sich herausstellen wird) in der Larve eines falschen Sohnes erscheinen, dieser Kampf geht um den Besitz des Schlosses (eine alte Allegorie der Welt), in das eine von den bösen Mächten künstlich und absichtsvoll hervorgerufene Krankheit Einlaß gefunden hat und die Bewohner in Angst und Schrecken versetzt. Ohne die weitverzweigte Handlung nun ausführlich zu verfolgen, sei ihr weiterer Verlauf wenigstens angedeutet: Sternau wird, nach manchen Irrfahrten und Abenteuern, die ihn durch die ganze Welt führen, und nachdem einmal sogar der Sieg seiner Gegner beschlossen scheint und er fern inmitten des Weltmeeres auf einer unbewohnten Insel ausgesetzt wurde (Motiv der Toteninsel), totgeglaubt von allen, Sternau wird wieder auferstehen, zurückkehren und Gerichtstag halten, der mit seinem großen Triumph endet, seiner Offenbarung als wirklicher Fürst und seiner Einsetzung in die Herrschaft über das Schloß der Welt an der Seite der Contezza Rosa. Der Retter als Arzt, der die Schmerzen dieser Welt heilt, selbst Tote, oder doch wenigstens Scheintote zum Leben erweckt und am Schluß die gerechte Ordnung wiederherstellt, dieses Schema ist dem Roman fest eingeschrieben, und Erinnerungen daran findet man in den meisten, auch den späteren Reise- und Abenteuerromanen Karl Mays. Es wird von ihm sogar (aber dieser Hinweis mag auch genügen) ironisch verfremdet, ja parodiert: Ich denke an jenen Don Parmesan im ‚Vermächtnis des Inka', der mit seinem „Kollegen" Dr. Morgenstern durch die argentinischen Weiten zieht und dessen stehende Redewendung „ich säble, alles, alles herunter" sein Bemühen, die Welt von ihren Übeln zu befreien, genugsam charakterisiert. Wobei ich an dieser Stelle noch auf ein nicht unwichtiges Seitenmotiv hinweisen möchte. In der deutschen Literatur taucht es wohl erstmals 1731 in Johann Gottfried Schnabels monströser Robinsonade, der ‚Insel Felsenburg', auf: Ich meine die schroffe topographische Gegenüberstellung von heiler und unheiler Welt als Nah- und Fernorte. Sie kehrt in der Struktur fast jeder Abenteuergeschichte wieder, wenn auch mit bezeichnenden Variationen. Die Abenteuerräume in Mays Kolportageroman, die Orte des wilden und bewegten Geschehens in Spanien oder auf dem amerikanischen Kontinent, liegen gleichsam rings um „Rheinswalden", eine kleine dörfliche Idylle, eben die „heile Welt" in der Gegend von Mainz. Das topographische Schema stammt zuletzt wohl aus den geographischen Utopien und hatte durch die Auswanderungsbewegungen des 18., vor allem des 19. Jahrhunderts neue Anziehungskraft gewonnen. Heimat und Fremde hießen die beiden Pole, und ein anderer Erfolgsschriftsteller der Zeit, Balduin Möllhausen, machte sie in der Zweiteilung seiner Romane sichtbar. Deren erste Hälfte spielt bis zur Austreibung oder Flucht seiner Helden – oft als Folge der 48er-Ereignisse motiviert – in Deutschland, die zweite in der Neuen Welt, wo auch das neue Leben beginnt. Heimat ist aber bei Möllhausen und vielen seinesgleichen ein ganz zweideutiges Wort, heißt einerseits geliebtes Geburtsland, die vertraute Landschaft der Kindheit, Heimat der Eltern und Freunde, auf der anderen Seite aber auch Enge, Gefängnis, Ungerechtigkeit, Willkürjustiz und Verbrechen (deshalb wandert man aus). In Mays Rheinswalden ist davon freilich keine Spur, es herrscht vollkommene Harmonie auch der gesellschaftlichen und staatlichen Verhältnisse, oder, mit anderen Worten, es herrscht darin so rechtes Heilklima. Und tatsächlich ist das Kapitel, in dem der Leser zum erstenmal in diese ländliche Idylle eingeführt wird, überschrieben mit dem uns nun schon nicht mehr unerwartet antreffenden Titel ‚Die Heilung'. Es berichtet von der Genesung der Gräfin Rosa, der Geliebten Sternaus, die von ihren gemeinsamen Gegnern durch ein geheimnisvolles Gift um den Verstand gebracht worden war.

In einem späteren Roman, ‚Weihnacht!', von 1897, wird Karl May den Kommentar zu dieser Schlüsselszene seines Lieferungsromans nachholen. Er legt ihn jenem merkwürdigen Oberkellner in den Mund, den er in seinem Gasthaus in Weston trifft und der zu mancher autobiographischen Projektion herhalten muß. („Ich heiße Hermann Rost", erzählt der dem unerkannten Gast, „bin ein Deutscher und meines Zeichens eigentlich Barbier. Mein Ideal war, Medizin zu studieren, aber meine Eltern waren zu arm dazu ...".[52] Anders als sein Autor hat dieser Barbier sein zunächst unmögliches Berufsziel doch noch erreicht und wird vom Erzähler fürderhin mit „Herr Doktor" angeredet.) Sein ärztliches Credo formuliert er mit wenigen Sätzen. „Ich bin ... der Ansicht, daß der kranke Körper, wenn er überhaupt noch Lebensfähigkeit besitzt, keine fremden, wohl gar giftigen Stoffe in sich aufnehmen braucht, um wieder gesund zu werden. Die durch Krankheiten verursachten Störungen im menschlichen Körper müssen durch die Natur selbst wieder ausgeglichen werden, wobei ich aber keineswegs behaupte, daß diese Ansicht auf alle Krankheiten und auf alle Arzneimittel anzuwenden sei. Ich habe mir vorgenommen, auf diesem Wege weiterzugehen, und bin der Meinung, daß die sogenannten wilden Völker, weil auf die Natur angewiesen, Anhänger meiner Ueberzeugung sind."[53]

Mit diesem Zitat haben wir nun schon ganz ausdrücklich das eigentliche Interesse überliefert erhalten, welches Mays Arztfiguren beseelt. Der Erfinder Sternaus oder Martersteins, Dr. Rosts und all der anderen Ärzte aus Franki- oder Germanisten kolportierte in ihnen die medizinischen Ideale der Epoche, der auch seine anderen Figuren und Themen entstammen. Denn das 19. Jahrhundert steht weitgehend im Banne einer geistigen Bewegung, die die Heilkunst von dem mechanistischen Verständnis der rationalistischen Aufklärung befreien wollte und dabei Vorstellungen entwickelte, die nicht nur literarisch außerordentlich vielseitig brauchbar waren, weil sie an vorwissenschaftliche, spekulative Denkweisen wieder anknüpfen. Der Arzt und Philosoph Karl Joseph Windischmann etwa definierte Krankheit als Folge des Sündenfalls: „Er (der Mensch) ... ist gefallen und diese selbstverschuldete Scheidung, wodurch ihm die Gottähnlichkeit entfremdet und zur fernen Aussicht aus seinem Lande der Noth geworden, ist der innerste Zwiespalt seines Daseyns; sie ist die Krankheit selbst in ihrem wahren Begriff."[54] Windischmann entwickelte dann aus solchen Grundlagen eine ganze Geschichtsphilosophie der Krankheiten, die als eine Abfolge von Geschlechtern und Arten erscheinen und die verschiedenen Epochen der Menschheit bestimmen. Wie auch andere Ärzte der Schelling-Schule knüpfte er mit vielen seiner Vorstellungen an paracelsische Ideen an. Sie lebten aber auch in der Literatur der Epoche fort, in der romantischen Schule, bei Fouqué und E. T. A. Hoffmann, wobei die Gestalt des Paracelsus selber fast ausschließlich „auf der Ebene abenteuerlich-phantastischer Unterhaltungsliteratur behandelt"[55] wurde. Durch sie findet die medizinische Weltanschauung der Zeit Eingang ins allgemeine Bewußtsein.

Krankheit und Leiden, Krieg und Unglück haben für Karl May durchgängig ein und dieselbe Wurzel, nämlich die Störung der göttlichen Harmonie. Um es mit den Worten Windischmanns zu sagen: „Diese Entzweiung des Geistes und der Natur, welche beide seelig eins seyn sollten und im Anfang es waren ... ist der zureichende Grund alles Leidens und aller Krankheit."[56] Die derart unheil gewordene Welt finden Mays Helden vor, Krankheit und Verbrechen, Schmerz und Sünde, körperliche und moralische Unreinheit gelten ihnen nur als verschiedene Ansichten derselben Heillosigkeit, und so verwandeln sie sich zwanglos in Detektiv und Heilkünstler, Abenteurer und Arzt, denn in all diesen verschiedenen Funktionen verfolgen sie doch nur den einen Zweck: den Umschlag der unheilen in die heile Welt. Ein medizinischer Zukunftschiliasmus liegt dieser Idee zugrunde, wie er im 19. Jahrhundert von zahlreichen Ärzten vertreten wurde (Leupoldt, Damerow, Markus, Ringseis, Windischmann). Sie ist ihrem Wesen nach theophan, und so kommt es zu der für das 19. Jahrhundert eigentümlichen Mischform von religiöser und medizinischer Erbauungsliteratur, deren Spuren wir auch in Mays Werk wiederfinden.

Krankheit, Arzt und Patient, neben sie tritt die Gesundheitslehre der Phantasie und des Tagtraums, in dem alle Wünsche wahr werden und die eigenen Beschädigungen verschwinden. In seiner Selbstbiographie hat May seine Absicht unmißverständlich ausgesprochen. Er will Märchenerzähler sein, betont er dort. „Ich will die Strafe, die mich getroffen hat, in Freiheit für andere verwandeln. Ich will die Strenge des Gesetzes, unter der ich leide, in ein großes Mitleid mit allen denen, die gefallen sind, verkehren, in eine Liebe und Barmherzigkeit, vor der es schließlich kein ‚Verbrechen' mehr und keine ‚Verbrecher' gibt, sondern nur Kranke, Kranke, Kranke."[57] Kein Zweifel, auch Karl May faßt seine literarische Wirksamkeit als eine Art moralisch-medizinische Kuranstalt auf, als medicina mentis. „Ein jeder Mensch, besonders aber ein jeder Künstler, hat Heilandsarbeit zu verrichten",[58] bekräftigt er ungeniert in den ‚Briefen über Kunst', die so etwas wie einen Katechismus jener unsäglichen Erbauungsliteratur darstellen, die Karl May zum Glück nicht geschrieben, nur hin und wieder beliehen hat. Ob er sich nun selber als Märchenerzähler sehen möchte, als Erlöser gar, der irdisches Wissen zum himmlischen Glauben emporführen will, er schlüpft in die Rolle des Arztes, indem er die Selbst-Therapie, die ihn gesund machte, nun als universales Heilmittel seinen Lesern anbietet. Denn gewiß hat der Autobiograph recht, wenn er in seinen Erinnerungen zwischen seiner ‚Krankheit' (wie immer wir diese Autodiagnose seiner Verfehlungen bewerten wollen) und seiner Schriftstellerei einen engen Zusammenhang herstellt und das eine als Folge und Heilmittel des anderen sieht.

4. Verwandlungen

Karl May (und das vor allem faszinierte Ernst Bloch) war wie besessen von der Vorstellung, daß nichts, ob Mensch oder Tier, Ding oder Pflanze, mit sich selbst identisch sei, und so hat er seine künstliche Welt mit Masken und Larven bevölkert, die sich in einem illusionistischen Labyrinth verirren oder über trügerischen Interieurs zu Fall kommen. Eine Welt, die mit Erwartung durchtränkt ist und auf die Stunde der Enthüllung, den Augenblick der Wahrheit wartet. Doch es gibt Wesen in dieser Welt, denen die Maskerade wie angeboren ist und die nichts Falsches dabei empfinden. Ob die Brüder Melton oder der falsche Small Hunter, ob Cortejo, der Mübarek, El Sendador oder der reiche Feldbauer – in der Kunst der Täuschung erreichen sie mitunter eine Virtuosität, die mehr verrät als sie soll; weil sie dann kein bloßes Mittel zum Zweck, sondern eigentliches Lebenselement ist. Dadurch gewinnen auch ihre positiven Gegenfiguren eine Dimension, die weit über die des üblichen Abenteuerhelden hinausgeht. Ein besonders schönes Beispiel, auch besonders umfang- und facettenreich, ist die Geschichte von der Rückkehr des verlorenen Sohnes in fremder Gestalt. Als der Fremde aus Indien wird er bezeichnet, auch als Fürst von Befour oder – mit der Sage, die sein Erscheinen sogleich begleitet – als Fürst des Elends: sein wohl bedeutungsvollster Titel. Dieses Spiel mit dem Inkognito, seiner teilweisen Entdeckung, seines Dementis und seiner Bekräftigung macht einen gut Teil der Faszination des Romans aus. Erinnern wir uns: wer hier als exotischer Fürst zurückkehrt, ist der allen Personen der Erzählung eigentlich vertraute Förstersohn Gustav Brandt, vor vielen Jahren unschuldig als Doppelmörder verurteilt, dann entsprungen und auf Nimmerwiedersehen verschwunden. Ja gewiß, auf Nimmerwiedersehen, denn welche Gemeinsamkeiten gibt es noch zwischen diesen beiden Figuren, dem Fürsten und Brandt, außer der Behauptung, der, der da zurückgekehrt sei, sei jener entflohene Sträfling von damals? Ich werde auf diesen Aspekt noch zurückkommen. Zuerst betrachten wir die Bedeutung dieser Figur, und es ist schnell ersichtlich, daß wir hier eine umgekehrte Identifizierung beobachten. Der Verbrecher, denn als solcher gilt Brandt zunächst, identifiziert sich als der eigentliche gute Geist, während in den bisher betrachteten Beispielen sich der angeblich sogar heiligmäßige fromme Mann als fürchterlicher Verderber herausgestellt hatte. Ganz offensichtlich ist dieser Fürst gekommen, um Gerichtstag zu halten über die Bösen und Unrecht wiedergutzumachen bei den Armen und Elenden. Eine seiner ersten Taten gilt dem Wachtmeister, der ihn einst entspringen ließ. Der Mann war daraufhin entlassen worden und in tiefstes Unglück geraten. Nun tritt, als die Not am größten, ein Fremder in sein Leben, bringt Speise, Trank und weitere Hilfe. „Das ist ja gerade", ruft der Beschenkte aus, „als ob der Fürst des Elendes bei uns bescheerte!" Der Fremde stellt sich, als wüßte er nicht, wer das sei, fragt nach und erhält die Antwort: „Seit längerer Zeit giebt es hier einen Teufel und einen Engel. Der Teufel ist der geheimnisvolle Hauptmann, dessen Bande sich vor keiner verbrecherischen That scheut, und der Engel ist der Fürst des Elends. So hat man ihn genannt. Wer er ist, das weiß man nicht, aber bereits seit mehreren Monaten erzählt man sich von Wohltaten, welche an Armen und Elenden geschehen, ohne daß man erfährt, woher sie kommen. Man hat den unbekannten Wohltäter den Fürsten des Elends genannt."[60] Es kommt nicht von ungefähr, daß May gerade in den Lieferungsromanen seine Helden besonders unverstellt mit einer Aura versehen hat, die nun wirklich sehr hoch, nämlich bis in die höchsten Höhen gegriffen ist. Man wird auch diesen Übermenschen besser verstehen, wenn man bedenkt, welche Rolle volkstümliche, ja ursprünglich vielfach ketzerische Bibeldeutungen in den kollektiven Tagträumen des 19. Jahrhunderts spielten. Bloch erwähnt ophitische Erinnerungen, wie sie etwa in Neanders populärer Kirchengeschichte oder in Immermanns ‚Epigonen' auftauchen,[60] ebenso gehören die Rechtfertigung und Erlösung Satans, Kains oder Judas' dazu, auch sie Traumfiguren des 19. Jahrhunderts. Ein weites, noch unerforschtes Feld. Nicht unwahrscheinlich, daß auch jene ursprünglich ketzerische Vorstellung kursiert, wonach „ein Mann Jesus (eines Tages erscheint), gerade aus der völligen Fremde, aus Übersee, er wird die Seele holen, schon fühlt sie den Ring am Finger, gegen ihren Vater, die Eltern, die Welt und den Vater aller Dinge."[61] In solchen Erzählungen gewinnt der fremde Jesus auch wieder rebellische Züge, ja, er gewinnt sogar Anschluß an den Archetyp rebellischen Ungehorsams, den gefallenen Engel Lucifer. Dessen Schicksal zeigt eine besondere Form von Verlorenheit, ihm fehlt jegliche Reue, und daher erlangt er Verzeihung vom Vater. Die Geschichte von Gustav Brandt, der als Fürst des Elends wiederkehrt, entspricht nur in wenigen Punkten dem alten biblischen Gleichnis, das Mays Roman den Titel geliehen hat: er geht verloren, und er kehrt wieder, aber sowohl die Umstände seiner Deklassierung wie die seiner Rückkehr haben in dem Vorbild keine Parallele. Er wird verurteilt, weil er den Hauptmann von Hellenbach, den Verlobten der geliebten Alma, ermordet haben soll. Aber wiegt nicht ein anderer Anschlag schwerer, daß nämlich er, der Bürgerliche, der Förstersohn, die schöne Baronesse liebt und damit eine Gleichheit demonstriert, die nun wirklich umstürzlerisch ist? Jedenfalls wird es so auch vom Vater Almas und den übrigen adligen Figuren empfunden. Und als Brandt dann zurückkehrt, tut er dies keinesfalls in der Haltung und dem Bewußtsein des reuigen Sünders; selber enterbt und aller Rechte verlustig, wird er zum Rächer der Enterbten, zum Helfer der Hilflosen, selbst zum Erlöser für alle Schuldigen, die Vergebung wollen. In Mays literarischer Weltordnung hat der Fürst des Elends eine Menge Mitstreiter, wenn auch ihre Herkunft nicht immer so offen zutage liegt wie in dem Lieferungsroman von 1883. Also zum Beispiel Sternau, zunächst nur ein „Fürst des Felsens", dann aber auch einer von Geblüt, auf jeden Fall auch er ein unschuldig Verfolgter, ein Retter und Rächer wie Brandt; oder König Ludwig, die märchenhafte Ausgabe, eine Art Harun al Raschid für die Sorgen und Nöte seiner Untertanen; oder Frieder in der ‚Vergeltung' überschriebenen Dorfgeschichte, der als schmächtiger Studiosus ausgezogen war und als ein anderer zurückkehrt: „Jetzt auf einmal kommt er über den Feldbauer(n) wie Simson über die Pharisäer" heißt es von ihm;[62] schließlich natürlich die markantesten Heldenbilder dieser ganzen Galerie: Winnetou, der sogar einmal als Fremder in Dresden auftaucht, das Greenhorn in Amerika, das auch späterhin nicht die Gewohnheit ablegen wird, als Außenseiter, nämlich wie aus dem Ei gepellt, schmuck und gescheitelt, unter den abgerissenen Gefährten oder gar ganz inkognito zu erscheinen; schließlich zentral die ewig rückkehrende Erzählerfigur, die mit den Orten – Heimat und Fremde – auch ihre Identität wechselt. Fremd ist Old Shatterhand oder Kara ben Nemsi in der Heimat, fremd ist der deutsche Autor in Wüste und Wildnis. Was hat man über diesen Old Shatterhand gelästert, über seine Omnipotenz und Unverwundbarkeit, seine gottähnlichen Fähigkeiten, seine penetrante geistige und körperliche Überlegenheit! Natürlich, er ist eine ganz und gar unwahrscheinliche Figur, so unwahrscheinlich wie der Fremde aus Indien, wie Ludwig der Bayernkönig, und erscheint er dem einen als Engel der Befreiung, so den anderen als der wahre Scheitan, der durch die Luft zu reiten versteht, ein Zaubergewehr besitzt und dem nur der Satan persönlich all die Geheimnisse verraten haben kann, die seine Feinde so sorgfältig verschlossen hatten. „Hund, tausendmal verfluchter, Ihr steht mit der Hölle und allen ihren Teufeln im Bunde! Ihr müßt Leben und Seele verschrieben haben, sonst könnte Euch nicht alles so nach Wunsch gelingen. Ich speie vor Euch aus! Ich hasse Euch mit einem Haß, wie ihn noch nie ein Mensch empfunden hat ..."[63] So der des Fluchens überaus kundige Old Wabble zu Old Shatterhand. Die Konfrontation dieser beiden Westmänner ist deshalb so interessant, weil May sie nicht nur wieder im mythologischen Bilde faßt, sondern auch mit einer Bekehrungsgeschichte verbindet. Dabei steigert sich der Widerstand Old Wabbles gegen die geistliche Bevormundung durch Old Shatterhand ganz konsequent zur Auflehnung gegen Gott. „Er hat mich und Euch geschaffen und in die Welt gesetzt", rechtet der alte König der Cowboys, „und wenn ich anders geraten bin als Ihr, so bin nicht ich, sondern er ist schuld daran. An ihn habt Ihr Euch also mit Eurer Entrüstung zu wenden, nicht an mich, und wenn es in Wirklichkeit ein ewiges Leben und ein jüngstes Gericht gäbe, über das ich aber lache, so hat, weil er mich mit meinen sogenannten Fehlern und Sünden ausstattete, nicht er über mich, sondern ich habe über ihn den Stab zu brechen ... Lebt also wohl, Ihr Mann der Liebe und Barmherzigkeit! ... Wir haben hier auf der Savanne nicht nebeneinander Platz; einer muß fort, und da Ihr so große Scheu und Angst vor Menschenblut habt, so werde ich Euch bei unserm nächsten Wiedersehn die Adern öffnen."[64] Nun, wir wissen, daß aus diesen Absichten nichts wird, daß alle Anschläge Old Wabbles mißlingen und er selber am Ende eines gräßlichen Todes sterben wird, der fast über alles hinausgeht, was May uns sonst an zerschmetterten und zerbrochenen Feindfiguren zumutet. Eine Unangemessenheit, die auch durch keine von Old Wabbles Untaten so recht motiviert wird, keine jedenfalls erreicht die Ausmaße, die wir sonst von Mays großen Verbrechern, vom Schut bis zum Mörder Intschutschunas und Nscho-tschis, gewohnt sind. Der eigentliche Frevel dieses erstaunlichen Greises liegt denn auch auf einer anderen Ebene: er hat nämlich Verrat begangen an seinem von ihm als „Mann der Liebe und Barmherzigkeit" verhöhnten Befreier: er selber gehörte einst zu seinen Gefährten, hatte mit ihm gemeinsam am Lagerfeuer gesessen und manches Abenteuer durch gegenseitige Hilfe bestanden. Aus dem Freund war der Feind geworden – oder in der Terminologie des Buches gesprochen, das das Modell für einen solchen Abfall geliefert hat: der Jünger hatte sich zum Judas gewandelt. In dieser Gestalt besonders, doch auch in anderen Figuren wie Harry Melton, Abrahim Mamur oder Abd Asl wird das Böse, Widersacherische nicht auf psychologische Plausibilität hin verkleinert, nicht bis zur Unsichtbarkeit auf Kindeserfahrungen oder moralische Defekte zurückgeführt. Diese Verbrecher sind nicht ‚an sich' gut und erst durch Gesellschaft, ungerechte Gesetze, durch schlimme Erfahrungen oder übermächtige Verführungen verdorben. Sie repräsentieren das Zerstörende, Vernichtende im Geschichtslauf. Daher ist es auch einerlei, ob man sie laufenläßt, gefangennimmt oder Gericht über sie hält, sie lassen sich nicht unschädlich machen, es sei denn, das Böse verschwände gänzlich aus der Welt. Daher kommt ihr Ende, wenn ihr Ende kommt, selten von Menschen, sondern meist durch die Hand Gottes, gegebenenfalls durch den Hammer Gottes: durch herabstürzende Trümmer, Felsbrocken oder durch jenen Zufall, der aus einem Handgemenge einen tödlichen Absturz werden läßt, einen Zufall, den der Erzähler regelmäßig für ein Werk der Fügung Gottes erklärt. Wir müssen diese Bekundungen wohl ernst nehmen, können sie nicht als bloß konventionelle Floskeln oder religiöses Beiwerk erklären, weil sie die sichtbaren Bestandteile des geistigen Gerüsts darstellen, das Karl May seinem epischen Weltgebäude eingezogen hat. Dieser Gegenentwurf gegen alle rationalistischen Weginterpretationen des Bösen bedeutet auch die prinzipielle Bezweiflung des generellen Optimismus' der herrschenden zeitgenössischen Lehren, des flachen Materialismus' der Büchner und Moleschott, des naturwissenschaftlichen Fortschrittglaubens, der zügellosen Diesseitigkeit, die das spätere 19. Jahrhundert dominierten und die hinwegtäuschten über Kolonialverbrechen und Völkermord, über den Schmerz und Ernst des Negativen,[65] worin mit Hegels Worten „Gott nicht wohnt" und nie wohnen wird und das durch nichts, auch nicht durch spätere positive Wirkungen wieder aufgehoben werden kann.[66] Natürlich steckt auch in dieser Idee Mays Leidenserfahrung, und, was noch wichtiger ist: kein späteres Wohlleben konnte das Leid der Kindheit, des Jugendlichen rechtfertigen, gar aufheben. Die Romane erzählen dann davon, daß ohne das Unheil kein Heilsprozeß möglich ist, daß das Teuflische und Satanische zum apokalyptischen Umschlag gehören. Die Nichtanerkennung des Bösen bedeutet auch für Mays Helden nicht etwa Leugnung, sondern Kampf, ein dauernder Widerstand gegen das Dunkel, Streit mit allem Teuflischen und Dämonischen. „Es giebt keinen Sieg ohne vorhergehenden Kampf", sagt der Erzähler zu dem neben ihm reitenden Old Surehand, er habe oft, fährt er fort, „bis zur Anstrengung der letzten Kraft" gekämpft. „Aber es ist mir mit diesem Kampf stets heiliger Ernst gewesen."[67] Mit allen diesen Gedanken, heißt es an einer anderen Stelle des Romans, trete er nur deshalb an die Öffentlichkeit, „weil in unserem materiellen Zeitalter nur selten jemand zu sagen wagt, daß er mit diesem Leugnen und Verneinen nichts zu schaffen habe."[68]

5. Gefährliche Höhe

Der Plan, den May in seinen letzten Werken entwirft, um das historische Geschehen nach seinen Erfahrungen zu beeinflussen, ihm gar eine neue Richtung zu geben, ist in der Topographie auch der frühen Reiseromane bereits erkennbar. „Es ist besser, auf dem Wege zur Höhe zuweilen zu stolpern und diese Höhe aber doch zu erreichen, als auf dem Wege zur Tiefe nicht zu stolpern und ihr verfallen zu sein. . . .

Denn Berge müssen wir haben, Ideale, hochgelegene Haltepunkte und Ziele."[69] Dieser Selbstkommentar erläutert eigentlich nur das Schema, dem die abenteuerliche Reise gemeinhin folgt, treibt es – und das ist auch hier doppelsinnig gemeint – auf seine Spitze. Denn der Autor all der fiktiven Reiseberichte hatte kulturell und literarisch vorgeprägte und bedeutungsgeladene Formen benutzt, um die Dynamik seiner Tagträume sichtbar zu machen. „Er will hinauf nach Dschinnistan", so belehrt in ‚Ardistan und Dschinnistan' der Erzähler seinen Gesprächspartner Hadschi Halef Omar über die Absichten des Dschirbani, und fährt fort: „Also hoch, hoch will er steigen! Indem wir ihm dienen und ihn beschützen, steigen wir mit! Indem wir ihn stärken und ihm helfen, stärken und helfen wir uns selbst. Indem wir ihn dem hiesigen Sumpfe entreißen, entkommen auch wir dem Moder des niedrigen Lebens, wo jedermann nur nach Simsemm [so heißt im Lande der Ussul ein berauschendes Getränk], Fleisch und Humus riecht."[70] Die Vorstellung von Gefangenschaft und Befreiung, den Beginn der Dschirbani-Handlung beherrschend, wird um ein wichtiges Motiv erweitert, und wenn wir auch in dem Gedanken ‚Hinaus aus der Tiefe und empor nach Dschinnistan' das Vorbild des Bußpsalms wiedererkennen, so erhält hier doch das De profundis einen ganz neuen Sinn durch die aktive Tendenz und den topographischen Rahmen, an dem sie sich bewähren soll. Die Beispiele, die uns aus Mays Werk sofort einfallen, sprechen nämlich durchaus nicht in jenem Sinne zu uns, wie es ihre allegorische Interpretation im Spätwerk nahelegt. Die Höhe bedeutet nämlich allzuoft Tod, Vergeltung, Absturz, also nicht Seligkeit und Erfüllung. Was sich hier aus Mays Lebenserfahrung ins Bild verwandelt, ist bekannt. Die „Sehnsucht nach dem Hochlande" korrespondiert mit dem Wunsch, „sich aus der Finsternis zu befreien und zu erlösen", wie es das Märchen von Sitara schildert,[71] jenem Stern, der ein „sehr tiefgelegenes, sümpfereiches Niederland und ein der Sonne kühn entgegenstrebendes Hochland" umfaßt.[72] Mays Lebensweg selbst hatte gegen alle Widerstände diese Route aus dem „niedrigsten, tiefsten Ardistan"[73] genommen und ihn auf die Höhen eines schriftstellerischen und gesellschaftlichen Erfolges geführt, der freilich dauernd gefährdet war, weil nicht nur seine Romane, sondern auch seine Lebensgeschichte durch Einbildung und Erfindung zustande gekommen war und einer illusionslosen Buchprüfung nicht hätte standhalten können. Das Bewußtsein, sein Glück auf schwankendem Boden gebaut zu haben, die nicht nachlassende Befürchtung, durch die

Schatten der Vergangenheit[74] überrumpelt zu werden, schließlich die psychische Gefährdung, hervorgerufen durch einen nicht nachlassenden Gewissenszwang, haben im Werk mannigfache Spuren hinterlassen, die hier nicht alle aufgezählt zu werden brauchen. Besonders häufig sind sie verknüpft mit jenem Bilde des trügerischen Untergrundes, dem das der gefährdeten Höhe entspricht, und mit der Metapher vom Sumpf, die May selbst benutzt, wenn er seine Herkunft kennzeichnen möchte, wobei er dann interessanterweise seine lebensgeschichtlichen Erfahrungen, als handle es sich um eine seiner Geschichten, als Raumerlebnis präsentiert: „Indem ich nun von diesem Abgrund zu sprechen beginne ..."[75] Sumpf und Abgrund, Niedrigkeit und Talsohle sind (ich sagte es anfangs) die geographischen Bilder für diesen ganzen ersten Abschnitt seiner Lebensgeschichte, für seine „sogenannte Jugend" ebenso wie für die Zeit seiner Straftaten und Gefangenschaften. Daß er sie nicht überwunden hat, daß es ihm trotz gewiß beispielloser Anstrengungen, eine neue Identität in jenem Erzähler-„Ich", dem Old Shatterhand oder Kara ben Nemsi der Romane, zu finden, nicht gelungen ist, gehört ja zu den erschütternden Erkenntnissen der Jahre, in denen seine letzten Werke entstanden. Gefürchtet hatte er die Katastrophe natürlich schon lange bevor sie dann eintrat, und sein gewiß teilweise selbstzerstörerisches Verhalten, als es zum Skandal gekommen war, mag auch in Selbstbestrafungstendenzen begründet sein, die im Alterswerk deutlich hervortreten. Der mit dem Verschlingen drohende Sumpf und die den Absturz bringende Höhe sind also Bilder für dieselbe Seelenlage, nur die Perspektive, unter der die Gefahr jeweils erscheint, ist eine andere. „Ich selbst stand nur zwei Ellen vom Abgrunde entfernt", schildert der Erzähler seine Empfindungen nach dem Absturz des Sendador (‚In den Cordilleren'). „Nicht die Tiefe desselben, sondern die Scene, welche soeben vor meinen Augen versunken war, machte mich schwindelig. Ich griff mir mit den Händen nach dem Kopfe und machte mit Anwendung aller Willenskraft eine Bewegung rückwärts. Der Schwindel wollte mich hinabziehen; diese Anstrengung hielt mich oben; sie war so bedeutend, daß ich vier oder fünf Schritte weit zurücktaumelte und dann beinahe niedergefallen wäre."[76] Daran kann wohl kein Zweifel bestehen: die imaginierte Szene läßt den Autor schaudern, weil vor seinen Augen ganz andere Gefahren aufsteigen. Sie werden signalisiert vom Ende des Sendador wie, wenige Seiten später im selben Buch, von der Jagd über die trügerische Salzdecke der Lagune, die nun dem Sohne des Verbrechers gilt: beides sind, darauf verweist schon die streng parallele Konstruktion, ebenso allegorische Schilderungen wie der Weg über den Schott Dscherid (,Durch die Wüste') und das Erdbeben vor und während der Schlacht am Dschebel Allah in ,Ardistan und Dschinnistan'. „Wer sich für mehr ausgibt, als er ist und kann, dem schwindet der Boden unter den Füßen weg, und so etwas will ich nicht wieder erleben!"[77] kommentiert Hadschi Halef die ersten gewaltigen Erdstöße und beschreibt zugleich die widerspruchsvollen Empfindungen, die May auch auf dem Höhepunkt seiner Karriere nie verlassen haben und wohl auch die verzweifelte, nur ganz oberflächlich komisch wirkende Identifikation mit den Kunstfiguren seiner Geschichten motiviert haben mögen. Immer wurde doch der Wille, ein ganz anderer zu werden, gebrochen von der Angst, daß diese Veränderung nur scheinhaft sein könnte und die Substanz gar nicht berührte. Ein moralisches Problem, aber auch ein Identitätsproblem, mit dem May nun freilich gerade in seiner Zeit und Gesellschaft nicht alleine steht.

Der Bildbereich vom Aufstieg aus den Niederungen zur Höhe, den Spitzen des Berges, des Gebirges, zum Dach der Welt überhaupt, das sind durchaus geläufige Vorstellungen in einer Zeit, die ihrem Enthusiasmus für die Bergwelt in der Gründung zahlreicher Vereine und einer entsprechend regen Bergsteigetätigkeit Luft machte. Der Gipfelblick gehört für Bergsteiger wie Julius von Payer zu den größten Erlebnissen und Belohnungen, und wenn er die „phantastisch erleuchtet(en) . . . Klippen der Ferner", den „Firnsaum der Schneegipfel"[78] in enthusiastischen Ausdrücken preist, so kommt in dieser Naturempfindsamkeit eben auch jener Pioniergeist zu Wort, der schon in der Bezeichnung ,Gründerzeit' lebt und deren Lebensstil kennzeichnete. Vergrößerung bestimmte den ganzen Lebens- und Kulturstil; die Gemälde Lenbachs oder Makarts sind ihr malerischer Ausdruck. Wie die ganze Zeit möglichst durchgängig eine Hochzeit sein sollte, eine Gipfelzeit, die nur den Weg über die Höhen nimmt und keine Niederungen kennen will. „Wir stehen hier auf sturmumheulter Höhe. Wir haben freier und reiner und edler zu handeln als die da unten im Tale",[79] verkündet einer der Protagonisten in ,Ardistan und Dschinnistan' und gibt damit dem Selbstverständnis einer ganzen Generation den ihr längst geläufigen Ausdruck.

Nietzsche, der Verkünder des höheren Menschen, hat auch die Zwiespältigkeit in diesem Lebensgefühl erkannt und im ,Zarathustra' in das schöne Gleichnis vom „Baum im Gebirge" gekleidet: „,Dieser

Baum steht einsam hier am Gebirge; er wuchs hoch über Mensch und Tier. / Und wenn er reden wollte, er würde niemanden haben, der ihn verstünde: so hoch wuchs er. / Nun wartet er und wartet – worauf wartet er doch? Er wohnt dem Sitze der Wolken zu nahe: er wartet wohl auf den ersten Blitz?' / Als Zarathustra dies gesagt hatte, rief der Jüngling mit heftigen Gebärden: ,Ja, Zarathustra, du sprichst die Wahrheit. Nach meinem Untergange verlangte ich, als ich in die Höhe wollte . . .'''[80] Nietzsche hat den desperaten Kern bloßgelegt, der in der Größensucht der Zeit liegt und sie so zutiefst zweideutig erscheinen läßt. Wie risikoreich das bürgerliche Leben trotz aller Prosperität, allen Aufschwungs, aller Firmengründungen geworden war, wie wenig Sicherheit diese in Schwung geratene Gesellschaft noch verbürgen konnte, wie abhängig man von den anonym erscheinenden Mächten eines ständig expandierenden Marktes geworden war, lehrten die großen und kleinen Krisen, die Zusammenbrüche und Bankrotte, die ebenso an der Tagesordnung waren wie die glänzenden Geschäftsabschlüsse und die vielversprechenden Gründungsunternehmen. Repräsentationssucht, die den Stil der Zeit vielfach so unerträglich macht, kaschiert denn auch nur notdürftig die Angst vor der eigenen Unzulänglichkeit. Als Jacob Burckhardt im November 1870 in der Aula des Basler Museums seinen berühmten Vortrag über historische Größe begann, die Erfahrungen dieses Herbstes und Männer wie Bismarck, Napoleon III., Viktor Emanuel und Pius IX. vor Augen, da bereitet er seinen Zuhörern gleich nach den ersten Sätzen eine herbe Enttäuschung: „Unsern Ausgang nehmen wir von unserm Knirpstum, unserer Zerfahrenheit und Zerstreuung. Größe ist, was wir nicht sind."[81]

Die Heroenbilder, die Erscheinungen von Größe, die uns Karl May überliefert, kann man geradezu als Gegenentwürfe zu diesem Menschentypus auffassen, als Konstruktion von menschlicher Größe und Erhabenheit, die widerspruchslos innere und äußere Vermögen gleichermaßen umfaßt. Der steinerne Winnetou-Koloß im 4. Bande des gleichnamigen Romans bedeutet nicht nur individuelle Größensucht (auch Mays selber), sondern darüber hinaus gründerzeitliche Renommage als Stil; seine Zerstörung enthält also ein Programm, das May dann auch in ,Ardistan und Dschinnistan' verkünden wird: „Das äußerliche ist für das innerliche da, daß es sich offenbare. Man soll durch das Äußere auf das Innere schließen."[82] Gewiß ist dieses Ideal von uns leicht als Wunschprojektion zu entziffern, die der eigenen Zwiespältigkeit entwachsen ist, Surrogat des Leidens am Widerspruch zwischen der inneren Verfassung, auch Selbsteinschätzung, und der äußeren Geltung des Schriftstellers Karl May, damit auch kennzeichnend für das Schicksal so vieler Emporkömmlinge und bürgerlicher Glücksritter, die das Gefühl ihrer sozialen und kulturellen Minderwertigkeit durch die allegorische Zurschaustellung ihrer ökonomischen Macht auszugleichen suchten: man denke nur an das Makartzimmer, das der Wiener Industrielle Nikolaus Dumba als Arbeitszimmer in seinem Palais am Wiener Parkring sich von dem gefeierten Malerfürsten ausstatten ließ. May ist, in sehr viel kleinerem Maßstab, solcher Verführung ebenfalls erlegen, aber schon die Protagonisten seiner Reiseromane verraten das Ungenügen an derartiger hohler Repräsentation. Schlichtheit und Unauffälligkeit, die Maxime „Mehr sein als scheinen" bestimmen mit wenigen Ausnahmen das Gepräge seiner Helden. Im allgemeinen wird allein denjenigen von ihnen die Höhe, der Grat, die Zinne verhängnisvoll, die sich Bedeutung und Größe durch Gewalt, Betrug und Unmenschlichkeit anzueignen suchten. Das Erdbeben am Dschebel Allah wird nur dem Panther und seinen Parteigängern zum Verderben, denn, so kommentiert der Schech el Beled das Ereignis: „Gott (zeigt uns) in seiner gewaltig predigenden Natur die Vorbilder dessen, was im Leben und in den Seelen der Völker und der Einzelmenschen zu geschehen hat, wenn die Ratschlüsse des Himmels in Erfüllung gehen sollen!"[83] Die Naturgeschichte als Vorbild des historischen Geschehens – aber genau entgegen der sonst auf diese Weise begründeten deterministischen Geschichtsauffassung. Die Natur wird in den historischen Prozeß miteinbezogen, was sich in ihr abspielt, erhält damit auch einen historischen Sinn, ist also nicht bloß jener Ursache-Wirkungs-Zusammenhang der modernen Naturwissenschaften.

Karl May verbindet immer wieder seine historische Erfahrung mit den Erkenntnissen der bürgerlichen Aufklärung, die Ergebnisse sind höchst unterschiedlich und immer im Zusammenhang mit den Verformungen zu sehen, die die aufklärerischen Ideale im 19. Jahrhundert durchmachen. Sie erleiden auch in seinem Werk manche Gewaltsamkeit, und die Erzielung des Menschengeschlechts, wie sie ihm vorschwebte, lief tatsächlich auf eine immer größere Spiritualisierung des Lebens hinaus. „Ich will, daß meine Leser das Leben nicht länger als ein nur materielles Dasein betrachten", erklärt er gegen Ende seiner Selbstlebensbeschreibung. „Diese Anschauung ist für sie ein Gefängnis, über dessen Mauern sie nicht hinaus in das von der Sonne beschienene freie, weite Land zu schauen vermögen."[84]

Die Bedeutung seines Werkes muß man wohl vor allem in seiner Zweideutigkeit erblicken. Die Überzeugung vom Verweisungscharakter der Wirklichkeit war Gemeingut der Zeit („Die Geschichte ist symbolisch wie übrigens alle Geschichten und alle Ereignisse des Lebens", kommentierte Maurice Maeterlinck eine flämische Legende, in der sich ein Hähnchen in eine riesige Kröte verwandelt.[85]), aber anders als viele seiner Schriftstellerkollegen löste Karl May das statische Bild der noch verborgenen Identität des Menscheninneren in die Geschichte seiner Geschichten auf, die alle eines gemeinsam haben: sie repräsentieren und überholen die Zeit, in der sie entstanden, denn es sind Zeugnisse eines zielhaften, nicht ablenkbaren Fabulierens auf Freiheit hin. Seine Leser sollen, beschrieb May am Ende seines Lebens sein Programm, „empfinden und erleben, wie es einem Gefangenen zumute ist, vor dem die Schlösser klirren, weil der Tag gekommen ist, an dem man ihn entläßt."[86] Diesem Tag hat seine historische Stunde immer noch nicht geschlagen.

Weltfremdheit und Weltsehnsucht
Der Erzähler Max Dauthendey

1. Träumerisches Leben

In dem kurzen, aber lebhaften Porträt, das Franz Blei ihm gewidmet hat, ist von Max Dauthendeys Prosa die Rede nicht. Er charakterisiert ihn als ganz und gar vegetative Natur, beherrscht von den Eindrücken des Auges und den Empfindungen der Seele, eine anima candida, fremd in der Welt und jünglingshaft in Gefühle versponnen. „Ich habe nie einen wehrloseren und unbewehrteren Menschen getroffen."[1] Eigentlich, sagt Blei, war er ein Maler,[2] dem jeder Ehrgeiz zu Werk und geistiger Struktur fehlte. „Er war außerordentlich unproblematisch und ohne jeden Vorsatz. Er war jahrlang dichterisch ganz untätig, saß in der Dürre und wartete auf den Regen, wie eine Pflanze. Er verspielte diese Zeit wie ein Kind. Saß über einem Rahmen und stickte in Wolle bunte Vögel. Oder baute sich seltsame Möbel, die sich kaum vom Boden erhoben. Oder tat gar nichts, immer von seinen Augen beschäftigt."[3] Er hat gezeichnet und Aquarelle gemalt, deren prunkende Farben an Nolde erinnern. Und er hat gemalt, wenn er schrieb, Blei hebt „oft höchst eindringliche Bildabfolgen" in seinen Gedichten hervor, kann ihnen aber sonst wenig Bedeutung abgewinnen. „Bei einer großen lyrischen Produktion gab es nie ein reines Gedicht."[4] Dem wäre wenig hinzuzufügen, wenn es wirklich nur den Lyriker und Dramatiker Dauthendey gegeben hätte („Er hat mehr als ein Dutzend Sachen geschrieben, von denen er auf dem Titelblatt behauptete, es seien Dramen", bemerkt Blei,[5] darunter immerhin der vielgespielte dramatische Bilderbogen über die Liebesgeschichten der russischen Zarin Katharina I.: ‚Spielereien einer Kaiserin'.), in beiden Gattungen zeigte er sich als begabter Dilettant, dem zwar mitunter die schönsten Verse gelangen, doch gleichsam naturwüchsig, sie stehen übergangslos zwischen Mißglücktem, Abgegriffenem, sogar unfreiwillig Komischem. Die Germanistik mit dem sicheren Gespür fürs Unwesentliche hat Dauthendey dennoch meist, wenn überhaupt, als Lyriker gewürdigt und ihn mit den üblichen Etiketten versehen, Impressionist oder

Neuromantiker genannt, seine expressive Bildlichkeit gerühmt und sich sogar seiner ‚Weltanschauung' gewidmet, die ein unscharfes Konglomerat aus einem heruntergekommenen Liebespantheismus, populärer Naturmystik und den Lehren Gustav Fechners darstellt.[6]

2. Josa Gerth

Ganz anders steht es mit seinem erzählerischen Werk. Er hat zwei Romane geschrieben: ‚Josa Gerth' (1893), eine Adaption des zu seiner Zeit so populären Niels-Lyhne-Themas, übertragen auf die innere Entwicklungsgeschichte eines Mädchens: „Die fessellose Unruhe, in der jeder Nerv schwelgte, spannte alle Sinne zu schärfstem Empfinden. Es war nicht mehr ein Leben – hunderttausend Leben rauschten durch ihren Körper. In jeder Ader drängte das Entzücken. Ein Empfinden, als ob sie hochgeschleudert über allem schwebte, ohne Bewußtsein für das, was wirklich, und sie mit schroffen Formen und derber Schwere umgab. Alles in kreisenden Wallungen, in wogender Weißglut."[7] Der Roman ist bis in Einzelheiten (Atheismus-Thema) dem Vorbilde Jacobsens nachgeschrieben und doch zugleich das Seelenportät seines Autors, der seine eigenen Irrungen und Wirrungen im Spiegel des dichterischen Musters erfährt. Daß er zum Protagonisten eine Frau wählte, folgt nicht nur der Regel literarischer Variation und greifbarer Distanzierung vom Original, sondern enthält auch eine wichtige Selbstaussage, die mit allen Zeugnissen übereinstimmt, die wir von seiner Person besitzen.

Josa Gerth ist eine problematische Natur, ganz von den Emfpindungen des Augenblicks, von starken äußeren Eindrücken abhängig, verhält sie sich leidend zur Welt, gehört also mit Goethes Worten zu den Charakteren, „die keiner Lage gewachsen sind, in der sie sich befinden, und denen keine genug tut."[8] Von jugendlicher Naturbegeisterung führt ihr Weg über die religiöse Schwärmerei bis zu einem aufgeklärten humanistischen Atheismus, wobei freilich diese Ideen ungenau ineinander übergehen und zu keiner rechten Klärung kommen. Sie bleibt ihnen unschlüssig gegenüber wie ihren beiden Repräsentanten auch: Theodor Vogt, den asketischen Fanatiker mit dem „Christusblick",[9] den sie heiratet und später verläßt, und Doktor Wicking, den lungenkranken Gast auf dem väterlichen Pfauenhof, der ihr aufgeklärt-heiterer Lehrer und Geliebter wird, doch dann stirbt, bevor sie sich entscheiden muß („Sie sei in marterndem Zwist", gesteht sie

Wicking. „*Sie liebe beide.* – Und könne keinem gehören!")[10] Am Ende kehrt sie zurück auf den Pfauenhof, das Paradies ihrer Kindheit: der Kreis hat sich geschlossen, „ein stilles, ernstes Glück"[11] ist der Preis für den Wirrwarr des Lebens.

Stilistisch noch unsicher und oft die Grenze zu Kitsch und Schwulst überschreitend, hat der junge Dauthendey mit diesem Buch auch schon die schönsten Proben seines Erzähltalents geliefert; es enthält darüber hinaus bereits die wichtigsten Motive seines Werks. Zivilisationskritik und sentimentalische Natursehnsucht, passive Welthaltung und resignativer Grundzug, die Idolatrie der Liebe als des im emphatischen Sinne einzigen Lebensinhalts und die virtuose Bildersprache, die alle Empfindungen und Einsichten in die Anschauung übersetzt. „Draußen schimmerte der Wiesenstreif grausilbern. Die Blüten schwammen wie in grüner Flut über den Halmen. Weißer Schierling, blaue Sumpfblumen, braunrosa Sauerampfer und grellgelbe Dotterblumen."[12] Oder das unheilvolle Gegenbild: „alles reglos bleich im stieren Mittagslicht. Die Hitze staut sich zwischen dem Blau und der Erde. Eine schwere, stockende Hitze, welche jede Bewegung hemmt. Sonnenschein auf den Bergen, Sonnenschein auf dem Grün, Sonnenschein über dem weiten Himmel. Überall stummbrütender Sonnenschein."[13] Einmal spricht Josa die Korrelation von Subjekt und Objekt aus, die diese Bilder bestimmt: „Ich muß immer in das Leuchten starren. Es ist, als ob mein Ich mit der Stille dort ineinanderrinne."[14] Gewiß zeigt sich darin eine ästhetische Konvention, die die Literatur der Zeit bis hin zu Rilke prägte, doch gewinnt ihr Dauthendey eine eigene Suggestivkraft ab. Er übernimmt nicht bloß Muster und schreibt sie fort, sie sind ihm vielmehr Instrumente eigener Welterfahrung, durch sie geformt, von ihrer Sensibilität aber auch erfüllt und verändert. So hat er ganze Tagebuchpassagen in den Roman übertragen, eigene Naturerlebnisse zum Medium seiner Kunstfiguren gemacht. Doch niemals sind diese Naturbilder bloße Spiegelungen von Seelenbewegungen allein, in ihnen zeigt sich eine sonst verborgene schöpferische Naturkraft als eigentlicher Beweggrund des Lebens. Ein ungemein jugendlicher Zug steckt darin, eine Begeisterungsfähigkeit, die freilich nur mitreißt, wenn die Erinnerung an das Fest des Lebens und die natürliche Trunkenheit der Jugend noch nicht gänzlich verblaßt und im Ressentiment unrührbarer Lebenserfahrung aufgegangen sind. Dauthendey hat später selber diesen Vitalismus in seiner vagen Weltanschauung zur „Weltseele" spiritualisiert. „Immer schreibt die

Weltseele, und der Weltleib trägt die Zeichen der Lebensgeschichte in Farben und Linien, in Tieren, Pflanzen, Menschen, in Steinen und im Sand, in Wasser und Luftspiegelungen mit sich."[15] Die gedankliche Verdünnung hatte aber zum Glück keine ästhetischen Folgen.

3. Exotismus

Weltfremdheit und Weltsehnsucht waren die widerstreitenden Tendenzen im Leben Josa Gerths, aus ihrem unlösbaren Widerstreit folgte das Unbefriedigte und Zerrissene ihrer Existenz. In seinem zweiten Roman, der fast zwei Jahrzehnte später erschienen ist, hat Dauthendey dieses Thema gleichsam verräumlicht und mit dem exotischen Erzählmuster verbunden, welches zum Hauptmerkmal seines Werks geworden ist. Und ähnelten schon die Bilder des ersten Romans den avantgardistischen Erfindungen der zeitgenössischen Malerei, so wirken sie in den ‚Raubmenschen' vollends wie Vorwegnahmen der kühnsten Expressionen des ‚Blauen Reiters', der 1911 im Erscheinungsjahr des Buches gegründet wurde. „Als der Wagen aus dem Wald auf die Landstraße rollte, wurde unser Pferd am Wagen winziger als eine braune Ameise, verkleinert von den hochgeschwungenen, blendenden Riesenfackeln, die der Atlant hoch in den Äther schleuderte. Es war, als sei das ganze Meer zu einer weißen explodierenden Sonne geworden, deren gezackte Korona mit weißglühenden Strahlenhörnern auf Meilen hinaus in die Himmelshöhe stieß. Das Licht hatte die Wassermauer verschlungen ... Kein Mißtrauen, keine alten Vorurteile hielten stand vor dem blendenden Enthusiasmus des zu Feuer gewordenen abendlichen Ozeans. Und auch dem Pferd am Wagen, so schien es mir, waren unter der Weißglut des Lichtes die Hufe weggeschmolzen, und es wollte sich wieder wild und ungebändigt fühlen wie einst seine Ahnen auf den Steppen."[16] Dauthendey steigert sich zu einer gärenden, hemmungslosen Vergleichskunst, die jeden Gegenstand, jedes Ereignis zum Rauschmittel der Sinne macht. Die Welt ist ihm Figur und Farbe, doch nicht statisch beruhigt, Gegenstand der Kontemplation, sondern in dauernder Umwälzung begriffen, Mitleidenschaft erregend und schöpferisch. Dauthendeys Nähe zum Expressionismus war den Zeitgenossen selbstverständlicher als uns, im ersten Jahrgang des ‚Sturm' stehen seine Texte neben denen von Alfred Lichtenstein, Else Lasker-Schüler oder Jakob von Hoddis. Auch sein Roman geht in diese

Richtung, vor allem in den geballten Naturbildern, die sich verselbständigen, sich steigern, eine neue Sprache suchen, die Chiffren und Realsymbole der Welt zu entschüsseln. „Wie riesenhafte dunkle Blutegelrüssel, so hoben sich die Kraterberge aus der Erdebene da drunten in dem unermeßlichen Tal. Jeder Kraterberg schien sich an dem Himmel festzusaugen, als wollte die Erde hier sich mästen, dem Himmelslicht und Himmelsfeuer die Kraft aussaugend. Als würde der Erdkörper hier nicht vom Erdfeuer wild und tobte, sondern vom Sonnenfeuer, das er in sich einsog, und das er wieder der Sonne ins Gesicht spie, wenn er genug hatte."[17] Man möchte immer fortfahren in der Exposition dieser Bilder, die manchmal bis an surrealistische Verwirrkunst reichen und doch vom Wirklichkeitssinn ihres Autores plastisch Zeugnis geben. Ich kenne keine genaueren, keine traurigeren und zugleich würdigeren Schilderungen der grotesken und trostlosen Indiowelt in der deutschen Literatur. „Da draußen unter den weidenartigen Bäumen der Landstraße saßen jetzt an den Stationen indianische Weiber. Eine hatte drei Tomaten vor sich auf ein kleines Tuch gebreitet. Drei rote, wie brennende Kohlen leuchtende Tomaten auf einem einfachen, blauen, gedruckten Leinwandtuch. Daneben hockte eine andere Indianerdirne, die hatte je drei gelbe Mangofrüchte in drei Häufchen vor sich ... Eine andere hatte eine einzige hellgelbe Melone vor sich liegen; eine vierte nur zwei kleine kurze Stummel von Zuckerrohr ... Eine junge Dirne hatte eine weiße Rübe so geschält und gespalten, daß sie einer künstlichen Blume glich. Sie tauchte die Rübe in blaue Indigofarbe und bot die blaugefärbte Rübenblume den Trambahngästen als Kuriosität an."[18]

So farbig wie illusionslos ist die exotische Welt beschrieben, doch immer schwerer fällt dem fremden Besucher die Rolle des Beobachters, der leidenschaftlos notiert, was ihm auffällt. Die Erkundung Mexikos führt ihn auf die Spuren eines Verbrechens, das dem Europäer nicht gleichgültig sein kann, weil seine eigene Geschichte und Kultur unlösbar darin involviert sind. Die Metapher von den Raubmenschen gewinnt damit ihre historische Dimension, verbindet Gegenwart und Vergangenheit Mexikos zur Geschichte eines unaufhörlichen Verbrechens. Der Gang des Ich-Erzählers durch eine Totenstadt vermittelt davon die eindringlichste Erfahrung, weitet sich aus zu einer jener Allegorien, von denen die Literatur der Zeit voll ist, unheilkündend und verführerisch zugleich. „Die Bahnfahrt nach San Juan währte nur kurze Stunden. Ich ging dann zu Fuß unter dem endlos blauen Morgenhimmel über die scherbenübersäten Erdflächen. Milliarden Scherbenstückchen glitzern hier am Boden, wo vor Scherben kaum ein Grashalm wächst. Reste von Mauern, kaum einen Fuß hoch, zeigten noch rote Wandbemalungen in den Gemächern. Es sind Scherben und Mauervierecke zu riesigen, vom Erdboden verschwundenen Aztekenstädten. Stundenlang ging ich an den trübseligen grauen Tonscherben und den blitzenden glasierten Splittern von alten zerbrochenen Krügen vorbei, die, wenn man sie aufhob und näher betrachtete, noch die Spuren primitiver Linienbemalung zeigten."[19] Immer düsterer und gespenstischer wird dies Erlebnis, je weiter der Wanderer in die Staub- und Scherbenwüste vordringt. „Ich verlor alle Sicherheit der Wirklichkeit im Angesicht der ungeheuren Scherbenfelder vor mir."[20]

4. Strafgericht der Natur

Doch zuallererst ist dieser Roman ein Roman der Natur, die uns in allen erdenklichen Rollen begegnet, einer subjekthaften Natur, welche in tausend Zungen ihre eigene Sprache redet: „die ganze Materie fühlt sich untereinander, und jedes Ding, das lebt und das wir sehen und benennen, sieht auch und nennt sich auch."[21] Dauthendey erzählt vor allem die Gipfelpunkte der Naturgeschichte, führt uns vor die „lichterzuckende Kristallwelt"[22] des Himmels und zum Atlantik, der „wie eine Hölle (tobt)",[23] oder in die Wüsteneien erloschener Vulkane. Landschaften jener dynamisch-erhabenen Natur, die Kant rühmte, weil sie die moralische Widerstandskraft des Menschen stimuliert. Dauthendeys Interesse zielt dabei besonders auf die Umbrüche und Verwandlungen, auf die Szenen also, die an überraschender Stelle plötzlich und unvermutet die Allmacht der Natur hervortreten lassen, so daß die schöne und freundliche Erscheinung wie eine dünne Kruste bricht und die gewaltige, bedrohliche Seite zur Erscheinung kommt. „Die weiße Wolke hatte sich wie eine orangerote Lavaglutmasse entzündet, der Himmel war giftgrün geworden, wie eine Grünspankugel leuchtend, die Schlagschatten im Tal wurden indigoblau, und die Krater unten im Tal standen wie blau eingewickelte Zuckerhüte nebeneinander; die Landschaft hatte ein Augenblick verhext."[24] Die Natur ist unberechenbar und zuletzt auch unbezwingbar, und dies nicht nur in der unberührten Landschaft in exotischer Ferne, sie beweist ihre Kraft, ihren verheerenden Willen ebenso in den Zentren der Zivilisation, wenn sie deren Schutzschild aufsprengt und Katastrophen hervorruft wie Schiffsuntergang oder den Brand der New Yorker Hochbahn. Das Leitmotiv verheerender Feuerbrünste durchzieht das ganze Buch, sein apokalyptischer Sinn wird durch einen beiläufigen Hinweis auf Sodom und Gomorrha entschüsselt.

Die Katastrophe als Strafgericht der Natur über den Menschen, als Kulminationspunkt seiner abenteuerlichen Geschichte, ist stehendes Thema auch vieler anderer Erzählungen Dauthendeys. Der „Untergangsstunde der ‚Titanic'" hat er ein (schwaches) Versepos gewidmet, und daß sich in seine Katastrophenphantasien auch ganz archaische Ängste mischten, wird überdeutlich in der Geschichte ‚Das Iguanodon'. Der Erzähler, in Limone am Gardasee, nahe der italienischen Grenze abgestiegen, erlebt den Ausbruch einer Cholera-Epidemie im Traum vorweg, und zwar in Gestalt jenes urweltlichen Tieres, das seit zwanzig Millionen Jahren ausgestorben ist: „Mitten im See hob es sich, grüngrau, wie aus tausendjährigem Schlamm geboren. Seine Haut hatte menschenkopfgroße Warzen."[25] Das ganze Naturbild verwandelt sich im Traum in eine apokalyptische Landschaft, die Erde dröhnt und öffnet sich, Drachen fliegen um die Berge, und Bäume beginnen zu sprechen: „So lange ihr Menschengezücht euch höher dünkt und gewaltiger als das Höhenreich und das Unterreich, so lange sollt ihr keinen Frieden haben, da ihr keinen Frieden geben wollt."[26] Man kann diese Erzählung wie eine nur notdürftig verhüllte Darlegung von Dauthendeys ästhetischen Anschauungen lesen, und eine ihrer mehr oder weniger grotesken Figuren gibt dann zum Schluß auch ganz ausdrücklich das Stichwort für sein ganzes Erzählwerk: „Aber die Russin meinte, Abenteuerherde müsse es überall geben, denn sonst wäre das Leben eine Einöde. Und sie suchte begierig nach neuem Unglück."[27]

5. Reise- und Liebesabenteuer

Daher firmiert auch Dauthendeys zweiter und letzter Roman in den wenigen Literaturgeschichten, die überhaupt Kenntnis von ihm nehmen, ganz richtig als mexikanischer Abenteuerroman. Er verknüpft fast alle überlieferten Topoi und Motive der Gattung zu einem neuen, oft kolportagehaft grellen Bilde. Der Gegensatz Europa und exotische Ferne, zwischen „Lebensrechnern"[28] und Abenteurern als Grundspannung, die dann auch alle die anderen vertrauten Konfigurationen heraufbeschwört: unheimliche Zufälle und rätselhafte Drohungen, heimliche Begegnungen und schicksalhafte Irrfahrten, geheimnisvolle Inkognitos und dunkle Verschwörungen, Verfolgung, Überfall und Rettung aus höchster Not. Das beginnt schon an der Atlantikküste, wo dem Erzähler (mit dem leider preziösen Namen Rennewart) ein rätselhaftes Mädchen begegnet, eine junge österreichische Malerin, die stets einen Lodenmantel wie einen Schutzmantel um sich trägt und offenbar ein schlimmes Schicksal erleidet; setzt sich fort in den Begegnungen auf dem Ozeandampfer, vor allem mit Hanna, der unergründlichen jungen Frau eines nicht minder verschlossenen Astronomen; und kulminiert schließlich in Mexiko, wo Rennewart schon im Zug nach der Hauptstadt auf Orla trifft, eine schöne, junge Abenteuerin, entfernt mit dem Präsidenten der Republik verwandt und in dunkle Machenschaften verwickelt. Er verliebt sich, wird tief in die fremde Welt und die spannungsvollen Verwicklungen Mexikos hineingezogen, ist aber hilflos seinem Intrigen- und Umsturzwesen ausgeliefert, entgeht schließlich nur knapp der Verhaftung durch einen korrupten Polizeipräsidenten, der statt dessen seine Wut an Orla kühlt, sie ermordet. Erschüttert und krank bis auf den Tod verläßt er das grausame Land, trifft auf dem Schiff wieder auf die blonde Hanna, deren Mann am Fieber gestorben ist und die selber gänzlich entkräftet in panischer Furcht nach Europa zurückdrängt. Auf der durch gewaltige Orkane bedrohten Überfahrt in schlimmster Lebensnot entdecken die beiden Geschlagenen ihre Liebe, verlieren sich aber in Europa durch ein unglückliches Mißverständnis aus den Augen. Als er sie wiedersieht, liegt sie auf dem Sterbebett, Opfer eines Stadtbrandes, aus dem es diesmal keine Rettung gab.

In drei Frauen verkörpern sich die verschiedenen Stadien der Abenteuerreise, ja, die enttäuschte oder unbefriedigt bleibende Liebe ist der eigentliche Beweggrund des Abenteuers, denn „die Liebesleidenschaft, die tiefer als der Hunger greift, belebt mit Ungück und Glück den Lebenden am stärksten. Sie ist des Lebens höchstes Mittel zur Belebung."[29] Solcher Programmatik entspricht die Handlung des Romans, der damit Liebes- und Abenteuerroman ganz im Sinne der alten Aventiure-Tradition erneut identifiziert. Doch dies in besonderer Weise: sie ist Dauthendey das wichtigste Mittel, dem Bann der Wirklichkeit zu entgehen, von dem auch andere Schriftsteller vor ihm so beredt Kunde gegeben, wenn sie die Länder ihrer literarischen Träume als Reisende kennengelernt hatten. „Hardly I have to tell you I did not find every thing just exactly as I expected to find it"[30] schrieb Friedrich Gerstäcker lakonisch über seine Reiseerfahrungen, und die Reflexion über diese Enttäuschung gehört seit Ferdinand Kürnbergers ,Der Amerikamüde' (1855) zum Repertoire des Reiseromanschrifstellers – selbst wenn er für die Jugend schrieb. Friedrich Pajeken etwa gestand im Vorwort zu einem seiner Bücher ein, daß eine realistische Darstellung „des roten Volkes" nicht fesseln kann, „dazu bietet der Indianer selbst zu wenig Stoff, da er nichts weiter als ein menschliches Wesen ist, das auf der frühesten Stufe der Entwicklung steht."[31] Der Reiseschriftsteller Max Dauthendey, dem auch schon verschiedentlich die größte Authentizität seiner Schilderungen versichert wurde,[32] fügte dem traditionellen Räsonnement nun einen besonderen Gedanken hinzu. „Das ist der Fluch und zugleich die Wollust des Reisens, daß es dir Orte, die dir vorher in der Unendlichkeit und in der Unerreichbarkeit lagen, endlich und erreichbar macht. Diese Endlichkeit und Erreichbarkeit zieht dir aber geistige Grenzen, die du nie mehr loswerden wirst. Wenn sich deine Seele, ohne daß dein Leib reist, an einen Ort hin versetzt, in dem du nie warst, so kann sie an dem Ort bald im Sonnenschein, bald im Regen, bald im Winter, bald im Frühling wandern, geisterleicht in einer Geisterlandschaft. Hast du aber den Ort einmal reisend mit deinem Leib erreicht und wirkliche Tage dort erlebt, so bist du dem Gefängnis der Wirklichkeit verfallen. Sobald du dich in späteren Jahren an den bereisten Ort im Geist zurückversetzt, kommst du nicht über die Grenzen der ehemaligen wirklichen Tage hinaus. Du siehst jenen Ort immer wieder, in ermüdender Wiederkehr, in derselben Tages- oder Jahreszeitstimmung, in der du ihn damals gesehen. Du kannst ihn nicht willkürlich mehr verwandeln. Du bist verdammt, ihn ewig genau so zu sehen, wie er sich dir auf der Reise gezeigt hat. Dies ist der Fluch, der die Seele des Reisenden belastet. Die Flügel der Geistigkeit werden ihm von der Wirklichkeit beschnitten. Der Vielgereiste haftet mehr an der Erde als der Niegereiste. Er erscheint mir sterblicher als die übrigen Sterblichen.

Es gibt eine einzige Möglichkeit, den Wirklichkeitsbann des Reisens zu durchbrechen und abzuschütteln. Das geschieht, wenn wir unsterbliche Erlebnisse heimbringen, wenn sich das Schicksal des Reisenden mit Menschenschicksalen fremder Orte so verknüpft, daß der Ort, die Landschaft, das Gesehene ganz an Bedeutung verlieren, ins Nichts sinken, und das am eigenen Schicksal Erfahrene Zeit, Ort und Wirklichkeit überragt."[33]

Die Verknüpfung des Liebesthemas mit dem exotischen Abenteuerroman ist ein fester Bestandteil der Literatur des 19. Jahrhunderts, Bernardin de St. Pierres Erzählung von ‚Paul und Virginie' (1787) bildete das erfolgreiche Muster, romantisch variiert von Chateaubriand mit seinen Erzählungen ‚Atala' und ‚René' (beide 1802), und ob Sealsfield oder Gerstäcker, Theodor Mügge oder Armand – keiner ließ sich die exotische Verwandlung des Ferntraums entgehen. Dauthendey gewinnt dieser Spielart des Abenteuer- und Reiseromans nun eine besondere Bedeutung ab: als Chiffre für die universelle Lebenskraft, die in allen, auch den uns am fremdesten anmutenden Erscheinungen wirkt, und damit eben als die vor allen anderen ausgezeichnete Form, „den Wirklichkeitsbann des Reisens zu durchbrechen".[34] In der Einführung zu den ‚Acht Gesichtern am Biwasee' (1911) wird dieser Zusammenhang metaphorisch hergestellt: „Am Biwasee, der hinter den Bergen, nahe der uralten Kaiserstadt Kioto, liegt, haben die Japaner acht Landschaftsgesichter von unsterblicher Leidenschaft entdeckt."[35] Die Signatur der Landschaft wird achtmal als Figuration menschlicher Liebesleidenschaft entziffert – dies sogar ganz buchstäblich in der Novelle ‚Die Abendglocke vom Mideratempel hören'. Es ist die Geschichte Ata-Monos, der aus der Rinde des ältesten japanischen Baumes das Mittel herauszulesen sucht, „seinen Leib unsterblich zu erhalten",[36] allein, er versteht die Schrift nicht, zieht verzweifelt fort, verliebt sich in eine Frau, die schön ist und deren singendes Lachen ihn den Unsterblichkeitstraum vergessen läßt: „Und jeder, der zu dem Baum am Biwasee kam, sprach von Ata-Monos Geschichte, bis eines Tages ein japanischer Mönch geboren wurde. Dieser war der erste, der die Rinde des alten, rätselhaften Baumes am Biwasee entziffern lernte, die bis dahin unleserlich geblieben war. Und er las zu seinem Erstaunen von der Baumrinde den Satz: ‚O wisse, Mensch, und höre mich, der ich alt werde wie die Erdenrinde! Mir und allen, welche so alt werden auf der Erde, steht die Liebe höher als die Unsterblichkeit.'"[37] Dauthendeys exotische Erzählungen sind Variationen dieses einen, wiewohl so vielgestaltigen Themas, und es verwundert nicht, wenn eine neuere Untersuchung am Beispiel seiner „indienbezogenen Werke" zu dem Ergebnis kommt, „daß das Indien dort abgesehen von verstreuten Einzelheiten mit dem wirklichen Indien als Gesamtgebilde wenig zu tun hat"[38] und auch bei der Charakterisierung der Inder weniger deren menschliche Wirklichkeit als „die Idee der Liebesleidenschaft"[39] Modell gestanden hat. Der Realitätsmaßstab erweist sich angesichts dieser

Erzählungen ebenso wie in der Kunst überhaupt als ganz unangemessen. Dauthendeys Ehrgeiz hatte eine ganz andere Richtung, Authentizität für seine Geschichten erwarb er nicht durch die Abbildung des exotischen Milieus, sondern durch die höchst kunstvolle literarische Imitation menschlicher Affekte und erotischer Konstellationen. Die von ihm beschriebenen Räume, ob sie sich im einzelnen Detail nun mehr an seiner Reiseerfahrung oder seiner Imagination, seinen Lektüreerlebnissen oder seiner malerischen Einbildungskraft orientieren, muß man insgesamt immer als Kunstwelten und künstliche Paradiese nehmen oder genauer: als dramatisches Interieur der Affektdarstellung.

Die Verwandtschaft der Novelle mit dem Drama ist immer betont worden, und wenn Dauthendey die Form auch nicht mit klassischer Tektonik erfüllt, spitzt sich die Erzählung immer auf die herausragende, staunenswürdige, ja außerordentliche Begebenheit zu. Von hier aus auch gewinnen die Naturschilderungen ihre eigentliche Bedeutung, sind also nicht bloße Staffage, sondern agieren mit in dem Drama der Leidenschaften. Das fünfte Gesicht am Biwasee wünscht sich die kaiserliche Prinzessin von einem Hofmaler auf die Saalwand des neuen Palastes aufgetragen, „nur einen Zug Wildgänse, die durch die Luft flögen, graue und weiße Wildgänse, im Zickzackflug, rund um den Saal. Aber jede Gans müsse so hinter der anderen fliegen, daß sie alle zusammen ein japanisches Schriftzeichen in ihrem Flug bildeten. Dieses Zeichen würde von einem bestimmten Baum und einer bestimmten Hügellinie und der Fluglinie der Gänse gebildet. Nur in Katata am Biwasee könnten die Maler den Gänseflug, den Baum und den Hügel zusammen treffen. Nur einmal, an einem Frühlingsabend, habe die Prinzessin bei einem Ausflug in Katata die Wildgänse so fliegen sehen ..."[40] Die Landschaftsszenerie ist eine lebendige Figur, darauf angelegt, die Liebenden in einem überraschenden Höhepunkt zusammenzuführen und zugleich den Maler die Aufgabe erfüllen zu lassen, von welcher sein Ansehen und sein Leben abhängen.

6. Abschied vom Helden

Die wirklichen Helden in den meisten Novellen und Erzählungen sind die Frauen, ihre bedingungslose Liebe und Treue – ein Hauptthema des 19. Jahrhunderts – erlösen den Mann aus den Verstrickungen eines feindlichen, jedenfalls aber heterogenen Geschicks. Auch sind sie der Natur näher, ja mit ihr verbündet im Guten wie im Bösen, Elementarwesen wie jene Freiburger Chemiestudentin Ulrike (im ‚Iguanodon'), die die Männer verhext und in aller verführerischen Unschuld („Man hätte das junge Mädchen nie unverschleiert gehen lassen dürfen, da ihre Reize so stark waren, daß ihr Gesicht, ihre Hände und ihr Nacken beinahe schamlos wirkten, wie enthüllte Blößen."[41]) doch die Unglücksbotin ist; wie die Kulitänzerin, welcher der Zauberer Walai sein größten Opfer: den geliebten Sohn, bringt;[42] wie natürlich auch die Frauen in den ‚Raubmenschen', allen voran die Mexikanerin Orla. Ganz anders die Männer, die gar nicht mehr dem vertrauten Typus des Abenteuerhelden entsprechen. So ist, um gleich den vollendetsten von ihnen zu nehmen, Rennewart von schier grenzenloser Passivität, läßt die Dinge auf sich zukommen; wenn Entscheidungen drängen, zwingt er sich, das Schicksal abzuwarten, dem Zufall zu vertrauen. In allen Fällen, in denen der klassische Abenteurer seine Bewährung sieht, versagt er: nicht er verhindert die Explosion eines überhitzten Dampfkessels, sondern die schöne Mexikanerin, wenn er zu einem mysteriösen Stelldichein gerufen wird, verschläft er die Zeit, wenn er tatkräftig für die Geliebte einzutreten, sie gar aus den Fängen des Polizeidirektors zu befreien hätte, flüchtet er in den sicheren Hort der deutschen Botschaft, und wenn ihn die Raubmenschen (womit zunächst nur eine Gesellschaft von Kartenhaien gemeint ist) zu provozieren suchen, ergreift er ein Buch, um weiterzulesen. Vom Abenteurer hat dieser Rennewart wenig, er kennt die Sehnsucht nach der Ferne und weiß doch immer, daß man nie in der Fremde ankommt („Wir selbst, unser Körper, unsere gewohnte Art zu empfinden, unsere Art zu denken, – nichts von uns kommt jemals in einem fremden Land an."[43]), er ist nicht Täter, sondern Beobachter, der mit sehnsüchtiger Intensität in das schäumende, wilde Leben blickt, aber zuletzt immer nüchtern bleibt und nicht daran teilnehmen kann. So offenbart er sich uns als eine jener problematischen Künstlerfiguren, die seit Werther die deutsche Literatur durchziehen, immer auf der Suche nach dem fremden Leben, ohne jemals anzukommen.

In nichts ähnelt er seinem Autor mehr als in diesem alles beherrschenden Zug. Schon der junge Max Dauthendey, der früh (er war noch keine sechs Jahre alt) die Mutter verlor und mit dem Vater, einem verständigen und geradlinigen, aber eng nach der Rationalität seines photographischen Geschäftes denkenden Manne, wenig gemein hatte, zudem unter verständnislosen Paukern litt, dieser verspielte und träumerische Knabe schon hatte den Ausweg in die Ferne gesucht und war als Dreizehnjähriger von zu Hause ausgerissen. („Früh morgens an einem Sonnabend zog ich heimlich meinen Sonntagsanzug an und einen Mantel darüber, denn es war Oktober und regnerisches Wetter draußen. In meine Tasche steckte ich eines von jenen Indianerbüchern, welche damals bei allen Schulkindern Mode waren und von Hand zu Hand gingen."[44]) Er ist ein ruheloser Reisender geblieben bis zuletzt, kannte Mexiko aus eigener Anschauung und hat seinem Rennewart auch noch einige andere autobiographische Kennzeichen mitgegeben: er ist wie Dauthendey bei Reiseantritt kaum dreißig Jahr alt, wie dieser im Juli geboren und stammt gleichfalls aus Bayern. Der Verfasser der ‚Raubmenschen' und so vieler anderer, dahinter keineswegs zurückstehender exotischer Erzählungen hielt es nie lange daheim aus, aber auch nicht dauerhaft in der Fremde. Sei Leben pulsierte zwischen Ausdehnung und Zusammenziehung exotischer Ferne und heimatlicher Nähe, ja es bestand aus solchem Pulsieren, und wenn die Möglichkeit dazu fehlte, verlor er jeglichen Lebensmut. Er starb im August 1918 mit 51 Jahren auf Java, dem Traumland seiner letzten Reise, ausgezehrt von der Fremde, von der Sehnsucht nach der geliebten Frau und nach einem vierjährigen vergeblichen Kampf um die Rückkehr nach Deutschland, woran ihn der überraschende Kriegsausbruch verhindert hatte. Ein Schicksal, das er im Mexikoroman vorweggenommen hat. Denn nicht nur in Rennewart hat er sich gespiegelt, sondern ebenso in jenem jungen Astronomen, der, wie später er selber, dem tropischen Fieber erlag. War dieser ausgezogen, eine Sternwarte zu bauen, so wollte Dauthendey eine Künstlerkolonie in Mexiko gründen, und wie seine literarische Spiegelfigur hatte er in seinem Gepäck die Abgüsse antiker Reliefs und Statuen, Reproduktionen und Photographien großer europäischer Kunstwerke mit sich geführt.

Doch ein prophetisches Buch ist dieser Roman noch in anderer, nicht bloß biographischer Hinsicht: als Vision künftiger Katastrophen. Gewiß, die zeitgenössisch ganz übliche Weltangst, genährt durch die Marokko-Krisen von 1905 und 1911, die Erwartung einer kosmischen Katastrophe beim Durchgang der Erde durch den Schweif des Halley-Kometen, grundiert die ganze Romanhandlung. Er legt dabei zunächst deren Ursache in die Natur, die ihre unbezwingbaren elementaren Kräfte freilich auch inmitten des „großen gesitteten, kulturreichen und geordneten Weltteiles"[45] Europa durchbrechen läßt, wie der Roman demonstriert. Doch verknüpft er die Voraussicht solcher Katastrophen mit der menschlichen Geschichte, sieht sie als dauernde Möglichkeit in jedem Individuum und jedem gesellschaftlichen Verhalten. Die Titelmetapher gewinnt daher schon bald über die engere anlaßbezogene Bedeutung hinaus einen weiteren und zugleich buchstäblichen Sinn. Raubmenschen sind eben nicht nur als die äußerlich wohl identifizierbaren Feinde in Gestalt von Verbrechern, korrupten Polizeioffizieren, verantwortlungslosen Staatsmännern eine ständige Bedrohung der Kultur und Gesittung, mit größtem Erschrecken erkennt Rennewart das räuberische Wesen auch in sich selber. Begehrte er nicht früh schon die blonde Frau des Astronomen und war „in meiner Seele und meinem Herzen ein Raubmensch gewesen",[46] und hatte er nicht „die schöne Mexikanerin als ein schönes Beutestück"[47] nach Europa bringen wollen? Nicht anders als jene Konquistadoren der Vergangenheit, deren völkermörderisches Wirken er an den tiefen Spuren, die es bis heute hinterlassen hat, erkennen kann?

Die Reise nach Mexiko hat den verkehrten Abenteurer bis in seine nächste Nähe, vor sich selbst geführt, so daß ihm alle Selbstgewißheit verging, die vertrauten Masken abfielen und ein Fremder ihm vis-à-vis stand. „Immer zersprangen die Figuren des täglichen Daseins und wurden zu Grimassen ohne Ende."[48] Diese Erfahrung ist grundlegend für alle Personen des Romans und bildet seine ästhetische Antriebskraft. Alle Bildreihen und Gleichnisse enden in Mißgeburten, spät triumphieren die barbarischen Blutgötter über die Eindringlinge und verwandeln sie in die Ungeheuer, die sie insgeheim immer schon waren. Ein apokalyptisches Buch in all seinem Farben- und Formenrausch, ein Buch des verzweifelten Lebens, der vergeblichen Liebe auf der Tierra Caliente, der heißen Erde, die nicht aufhört, von Schrecknissen zu brennen.

Vom möglichen Leben
Otto Flake

1. Korrekturen der Geschichte

„Wirklichkeiten und Möglichkeiten ergänzen sich zur Summe, die für alle Menschen die gleiche ist. Jeder lebt in seiner engen Wirklichkeit – jeder kann sie um das Mögliche erweitern. Denn zuletzt leben wir alle ein und dasselbe mit zugeteilten Rollen ... Wir lesen, wir gehen ins Theater und suchen die Kunst, um dem Möglichen, wenn auch uns selbst nicht Bewilligten zu begegnen. Was mir nicht gelang, mag meinen Kindern gelingen. Die Ideen wandern und suchen, in wem sie sich verkörpern können. So hält sich durch Jeweiligkeit und Idee die Welt in Gang."[1] Professor Mertens, Old Man in Flakes gleichnamigem Roman aus dem Jahre 1947, kommentiert mit diesen Worten seine wenig glücklich verlaufenen Ehegeschichten („Ich sah Idealfälle des Zusammenlebens mit Frau und Kindern; mir wurde dieses Ideal nicht zuteil.")[2]: Resignation ist nicht der richtige Ausdruck, um diese Haltung zu kennzeichnen. Eher steckt darin eine gewisse Gleichgültigkeit der Wirklichkeit gegenüber, und ihr entspricht die Konstitution eines neuen, ästhetischen Weltverhältnisses. Die Kunst gewährt eine eigene Art von Wunscherfüllung, indem sie die Wirklichkeit um das Mögliche erweitert und damit allerdings auch eine besondere Wirksamkeit als treibende Kraft in der Lebensgeschichte der Individuen entfaltet. Denn das ist der Sinn von Mertens' Geschichte: entgegen aller Wahrscheinlichkeit wird das Mögliche auch in seinem Dasein nochmals wirklich, und Liebe ändert es im Sinne jener Ideen, die er meinte nur noch aus der Ferne bewundern zu dürfen.

Die Überzeugung, daß die Wirklichkeit nicht auch schon das Vernünftige ist, also die Realisierung des Bestmöglichen, daß sie vielmehr einen Experimentierraum, ein ergänzungsbedürftiges Probestück darstellt, ist auch Flakes Wahrheit, sein wichtigstes Thema und der Beweggrund seiner Erzählkunst zugleich. Was wäre gewesen, wenn – was geschieht unter diesen, was unter jenen Bedingungen? Das sind die Leitfragen dieses Schriftstellers, und daß er sie immer auch auf sich bezogen hat, macht die autobiographische Substanz seiner meisten Erzählwerke aus. Sie formulieren immer neue Antwortversuche, beschreiben Wege und Abwege, die vom Gewöhnlichen, der vorbestimmten Laufbahn abweichen und das Fremde, Unbekannte erkunden, das ins Leben der meisten Menschen nur in fiktiver Gestalt, als Tagtraum und Wunschphantasie, tritt. Ob der Theaterschrifsteller Lauda Berlin verläßt und nach München geht, weil er dem Zweifel an seiner Profession, seinem Talent, seiner Lebensordnung nachgibt, anstatt ihn im Erfolg ersticken zu lassen (‚Stadt des Hirns'), ob die achtzehnjährige Hortense von Wierssen ihr beschütztes Dasein gegen das offene Leben einer Abenteurerin vertauscht (‚Hortense oder die Rückkehr nach Baden-Baden'), ob der Archivrat Sparre sein ‚geordnetes ..., aber auch ... monotones (Dasein)''[3] gegen die Irrungen und Wirrungen auf Schloß Ortenau (in dem gleichnamigen Roman) auswechselt oder ob schließlich der Kaufmann Roselius unverzüglich dem Rufe der Großen Katharina folgt und sein angestammtes Haus verläßt, das, „schön gegliedert, am Markt" von Zerbst stand, um in Moskau sein Glück und Unglück zu machen (‚Der Handelsherr') – sie alle, die stellvertretend für die unzähligen Grenzüberschreiter stehen, die Flake geschaffen hat, sind Entdeckernaturen, die sich nicht an die einmal gewonnene Gestalt ihres Lebens klammern, weil sie zu sehr im Bewußtsein der vielen verdeckten Daseinsmöglichkeiten leben, die sich wie ein Meer um das kleine Eiland ihrer bisherigen Tage erstrecken. Freilich vermögen sie die Änderung nicht zu erzwingen oder die besondere Konstellation herzustellen, die sie erst bewirken könnte. Sie müssen die Gelegenheit erkennen, wenn sie kommt, und sie ergreifen, wenn sie sich ihnen darbietet. Wie im Abenteuerroman des 19. Jahrhunderts, den Flake ins bürgerliche Leben fortgeschrieben hat, hängt ihr Schicksal dann von ihrer Aufmerksamkeit, ihrer Unverzagtheit ab. Wenn der Ruf, die Aufforderung, das Leben zu ändern, an sie ergeht, folgen sie ihm und wagen das Unbekannte, das ihnen oft fremd und einschüchternd gegenübertritt. In einem Wirtshaus begegnet Jakob Kestenholz, wie Flake seinen Fortunat genannt hat, ein Fremder, der ihn – in Schweizer Mundart – nach seiner Herkunft befragt. „War er Mephisto, so mußte er die Sprache des Landes gründlich studiert haben, Ch und R gelangen vorzüglich. Da er keine Antwort erhielt, wiederholte er die Frage auf französisch, englisch, Mephisto kam als Polyglott."[4] Der Hinweis auf Fausts Gefährten läßt keinen Zweifel, und wirklich wird Jakob von diesem hageren, schlau und verschlagen wirkenden Fremden den geheimnisvollen Auftrag bekommen, der sein Leben bestimmt. Otto Flakes Romane sind – gerade als Abenteuerromane[5] – immer auch Initiationsgeschichten, und er hat deren Modell ganz bewußt aufgegriffen. Für die ‚Stadt des Hirns' hat er die ersten Verse der ‚Göttlichen Komödie' als Motto gewählt: „Inmitten auf der Fahrt durch unser Leben fand ich mich jäh in einem finstern Walde, dieweil der rechte Weg mir ging verloren." Der Verlust des „rechten", des geradlinigen Wegs steht am Eingang, und die nun folgende Irrfahrt liefert den Stoff von Flakes Romanen und Geschichten. Das brauchen nicht immer große Reisen, weite Kreuz- und Querzüge zu sein, wie in den Lauda-Romanen, wie in ‚Hortense' oder ‚Fortunat', oft ist es ein Haus, ein Schloß oder eine Landschaft, die zum finstern Walde werden, in dem sich bewähren muß, wer einmal den Anruf erhalten hat.

Diese Erzählweise drückt auch Flakes Geschichtsansicht aus, man kann sie nicht pessimistisch nennen, doch liegt ihr der Gedanke an den historischen Fortschritt denkbar fern. „Wenn wir ins Grab sinken, sind die Probleme, das Vätererbe, noch immer ungelöst ... Ich zog daraus den Schluß, daß der Mensch nicht da ist, um endgültige Zustände zu schaffen, und nicht, um es sich in der Harmonie ... bequem zu machen. Er ist einfach da, um den aktivistischen Lebensdrang, dem er sein Dasein verdankt, zu betätigen, auf seine Weise, in seiner spezifischen Welt – in den Gefilden der frühen, der mittleren und der späten Zivilisation."[6] So bleibt der Lebenslauf des Menschen in allen Epochen derselbe, und jeder einzelne Roman, jede Erzählung sucht die in allem Wechsel der Zeit doch übereinstimmenden Stationen zu rekonstruieren die ein Mensch durchwandert, nachdem er die Bahnen des gewöhnlichen Lebens verlassen hat. Die Kämpfe, Krisen und Versuchungen, die er dabei zu bestehen hat, erfüllen einen Sinn: es sind Prüfungen, die zur radikalen Veränderung der Existenz und zur Bildung der freien, selbstbewußten Persönlichkeit führen, die Flakes Ideal ist. „Ich sehe, daß der Mensch in einem Spannungsfelde lebt, zwischen den gegensätzlichen Ideen, nicht ausschließlich in einer. Er soll das Leben nicht in ein Prokrustesbett pressen, sondern seine Widersprüche, das heißt den Kampf der Ideen, mitmachen – er soll sich dank dem Willen zur Selbstbehauptung bewähren. Er ist nicht in einen Zustand gestellt, sondern in einen Ablauf, in eine unabänderliche Auseinandersetzung zwischen dem Willen zur Dauer (der Form) und der Nichtbewilligung der Dauer: die Dauer kommt dem Ablauf zu, nicht seinen

Erscheinungen."[7] Doch erzählt er meist von Menschen, die nicht scheitern und „mit den Problemen, Erschütterungen, Gefährdungen fertig werden",[8] ob sie sich ihnen mit achtzehn Jahren, wie die kapriziöse Hortense, oder mit sechzig, wie der Archivrat Sparre, oder mit vierzig, wie der Handelsherr Roselius, stellen. Der Grundzug all ihrer Geschichten ist eine optimistische, vitale Lebensbejahung, eine Ansicht, die auch im Scheitern, in Leid und Unglück nur Stadien von Prüfungen sieht, die vor den Sieg gesetzt sind, der (mit dem letzten Kapitel des ‚Fortunat') „Vollendung" heißt. Wobei Literatur und Leben sich wieder wie Wirklichkeit zu Möglichkeit verhalten. „Von hundert, die gleich ihr ... die Brücken hinter sich abgebrochen hatten, verschwanden auf die Dauer hundert in den Niederungen", kommentiert der Erzähler Hortenses Lebensentscheidung, „weil sie das vielleicht zunächst mühelos Erreichte nicht zu halten vermochten. Erst auf tausend kam einer, der sich behauptete."[9] Das gilt jedoch nur im Leben, nicht in Flakes Erzählungen, hier ist das Verhältnis eher umgekehrt, der Wunsch, noch einmal anfangen zu dürfen, wird den meisten Protagonisten erfüllt. „Zweimal darf man das gleiche tun – das erste Mal, weil man nicht weiß, worauf man sich einläßt, das andere Mal, weil man es weiß."[10] Ganz so buchstäblich darf man diese Sentenz aus „Personen und Persönchen" nicht nehmen: Hortense von Wierssen erhält mehrmals die Möglichkeit, das gleiche zu tun, und Flakes Geschichten haben, wenn sie nicht einer Lebensgeschichte bis zum Tod folgen, häufig diese Offenheit, die suggeriert, es könne noch ein weiteres Mal eine neue Gelegenheit sich auftun; nach dem Tode Sabines gibt es für den Archivrat Sparre eben nicht mehr bloß, wie er selber glaubt, „das Altern, die Abnahme der Kräfte, die Einsamkeit und das Sterben",[11] auf ein neues sendet ihm, wie es wiederum in ‚Personen und Persönchen' ausgedrückt wird, „das Leben draußen einen Boten".[12] Aus diesem Grunde ist Wiederholung ein Strukturprinzip von Flakes Werk, die Wiederkehr ähnlicher Konstellationen Merkmal der meisten Handlungsführungen. Aus Bedenklichkeit (sein Alter, die soziale Stellung betreffend) verzichtet Sparre zunächst auf Sabine, die Tochter seines Freundes Ortenau, aus ähnlichen Gründen enttäuscht er später die Erwartungen der wiederum noch viel jüngeren Ludmilla; er heiratet Sabine, nachdem deren erster Mann gefallen und sie allein mit einem Kind zurückgeblieben ist; nach dem Tod Sabines lernt er Ludmilla kennen, verzichtet auf seine Liebe und verwirklicht sie erst, nachdem auch sie Mutter eines Kindes und von ihrem ersten Mann durch den Tod wieder frei geworden ist. „Ich habe nie eine Arbeit erzählender Art nach einem vorher entworfenen Plan ausgeführt, immer darauf vertraut, daß sie von selbst Kontur und Dimensionen annehmen wird – alle meine Bücher sind gewissermaßen mit geschlossenen Augen geschrieben, Umsetzung des künstlerischen Instinkts in Form."[13] Als Kompositionsprinzip ergibt sich daraus zwanglos die Reihung der Episoden, und das „Übermaß an Amouren, Verlobungen, Ehen, Scheidungen, Dreiecken, Vierecken, Entführungen, Kopulationen, Irrungen, Wirrungen und Erfüllungen", das Ernst Alker an Flakes Geschichten tadelte,[14] ist nur oberflächlich in seinem Interesse an erotischen Themen begründet. Denn die Topoi des abenteuerlichen Genres im bürgerlichen Leben sind mindestens ebenso begrenzt wie diejenigen in exotischer Ferne: seit Cooper ein Gemeinplatz schriftstellerischer Erfahrung. Auf ihre Kombination kommt alles an, und weil Flake sich dabei vor allem der eigenen Erzähldynamik überließ, sind die Niveauunterschiede in seinem Werk so groß. Ohne hier den noch immer ausstehenden Detailforschungen vorzugreifen, läßt sich noch immerhin schon sagen, daß diese besondere Art der Phantasietätigkeit auch mit seinen eigenen Lebensbedürfnissen zusammenhängt. Die Literatur, das Schreiben hatte für ihn eine ganz existentielle Bedeutung als Medium geistiger Erneuerung und Verwandlung. Er schrieb sich selber „mit geschlossenen Augen" in seine Bücher hinein, ergänzte seine Wirklichkeit durch deren Möglichkeiten. Verwandt sind alle seine männlichen Helden miteinander, gehören dem Typus des Einzelgängers an, dem Freiheit und Selbstbestimmung über alles gehen, der im Kollektiv die Bedrohung, in Konfessionen und Ideologien nur falsches Bewußtsein erblicken kann. Wenn Flake in seinem Essay über Rétif de la Bretonne das Vielschreiben rühmt, dessen Mangel zwar eine Tugend sein könne, wie dies für die Neugier gelte, dessen Anwesenheit aber „Phantasie und Erregbarkeit" verrate: „man könnte ein Lob der Neugierde und eines des Vielschreibens verfassen" – so spricht er auch in eigener Sache. Schreiben war ihm die wichtigste Form der Erkundigung der Welt und der Orientierung im Leben. „Jeden Tag noch stürzt die Welt mit ihrer Vehemenz und Intensität in mein Inneres; jeden Tag muß ich mich neu ordnen und vermag es dank einem angeborene Bestreben, mich zu behaupten ...",[16] so deutete der Siebzigjährige sich selbst, und er hätte hinzufügen können: dank des Schreibens, denn es war ihm das wichtigste Instrument seiner Lebensordnung. Gleich danach kam dann wohl das Lesen, an dessen

Lob er ebensowenig gespart hat. „Wie immer beglückte ihn das Gefühl", heißt es von einem seiner Helden, „alles, was in ihm Aufmerksamkeit und Kraft des Erfassens war, auf das zu Lesende verdichten zu können."[17]

Wenn die Literatur zum Medium all der Möglichkeiten wird, die das Leben dem Einzelnen verweigern muß, so bedeutet das nicht Lebensersatz, sondern Lebenssteigerung, eine unendliche geistige Tätigkeit, die durch die Phantasie zur persönlichen Erfahrung wird. Und wie Flake sich seine eigenen Möglichkeiten in seinen Werken vorgespielt hat, so wurden die Geschichten zu einer Vollendung getrieben, die in der Wirklichkeit nur Fragment, Wunsch, Vorstellung bleiben konnten. „Wer künftig die Geschichte des deutschen Romans schreibt, wird darauf achten müssen, daß ich aus der Verwandtschaft des Romans mit der Biographie Folgerungen gezogen habe: die größeren meiner Romane sind fiktive Biographien",[18] das gilt auch für die kleineren, selbst manche Erzählung (wie ‚Der Handelsherr' oder die ‚Ballade in Dur') tendiert zur Lebensbeschreibung oder ist wenigstens ein Auszug aus ihr.

Wie ja Leben in einem wesentlichen Sinn nicht die Summe aller Einzeldaten meint. Das eigentliche Leben des Archivrats Sparre beginnt erst nach seinem Eintritt in die Schloßgesellschaft von Ortenau, und er ist sich dessen auch bewußt. Übrigens gewinnt das Bild des Schlosses, mit seinen wuchtigen Quadern, Rundtürmen, Traufen und Renaissanceepilastern, die „mit einem mächtigen Wappen aus der Barockzeit gekrönt"[19] sind, in diesem Zusammenhang eine aus der Literaturgeschichte (vom Märchen bis zu Kafkas Roman) vertraute allegorische Bedeutung: als Weltmodell. Der Eintritt verheißt neues Leben, und dessen Geschichte steht nun auf der Tagesordnung des Romans. Mutatis mutandis gilt diese Deutung auch für den ‚Handelsherrn': Vorgeschichte war alles, was er erlebte, bis zu dem Tage, da ihn Katharina nach Rußland rief. „Ein Leben wird durcherzählt; die Darstellung hört nicht mit dem Augenblick auf, wo der Träger der Handlung endgültig seine ach so unsichere Weltanschauung gefunden hat, sondern reicht bis zur Todesstunde. Diese Methode erlaubt mir, darzustellen, wie einer mit dem Leben fertig wird: darin sehe ich die Aufgabe des Romans, zum mindesten des großen."[20]

Daraus ergibt sich auch die Verwandtschaft von Romancier und Geschichtsschreiber. Flake war beides in einer Person, seine großen historischen Essays, über Ulrich von Hutten (1929), die Französische

Revolution (1932), über den Türkenlouis (1937) , die Großen Damen des Barock (1939), über den Marquis de Sade und Rétif de la Bretonne (1930), bezeugen seine Kunstfertigkeit, das historische Sujet auch als solches erfahrbar zu machen. „Die Geschichte ist ein Lebensreigen und Todestanz in einem, beide entquellen dem Dunkel, ziehen über die Ebene des Geschehens hin und sinken in den Orkus hinab."[21] Wenn einerseits für den Historiker „das Unwahrscheinliche und Abenteuerliche ... sein Material"[22] darstellt, so ist andererseits „jeder Epiker dem Sinn für das Historische unterstellt".[23] Epik ist Rückblick und Wiederbelebung", formuliert Flake zugespitzt diese Übereinstimmung der beiden Disziplinen. „Ich bin überzeugt, daß Erinnerung die schöpferischste Kraft ist und Epik sich selbst erkennt, wenn sie Dinge, die noch im Fluß sind, darstellt ..."[24]

Wobei freilich sofort einschränkend gesagt werden muß, daß Flake in seiner eigenen Produktion die Gattungen streng unterschied, daß er also historische Romane im üblichen Verständnis nie geschrieben hat. Gewiß, auch die meisten seiner erzählenden Werke sind geschichtsgesättigt, er teilte schon die Vorliebe für das 19. Jahrhundert mit geistig so unterschiedlichen Schriftstellern wie Ernst Bloch, Dolf Sternberger, Walter Benjamin, als sie noch keine Mode war („Man wird das noch erkennen, noch oft und lang die Aufmerksamkeit dieser klassischen Zeit des Bürgerlichen zuwenden, die Fülle der Stimmungen ihm neiden.");[25] darin steckt auch ein Stück Treue zur eigenen Kindheit und Jugend, zur Epoche, die seine Gesinnungen und Anschauungen prägte. Ja, gerade diese Perspektive aus dem 19. Jahrhundert heraus auf das zwanzigste hat sich für seine Romane als ausgesprochen fruchtbar und wirkungsvoll erwiesen: ob im fünfteiligen Rulandzyklus die traditionellen Bildungsvorstellungen den politischen und sozialen Bewegungen des neuen Jahrhunderts ausgesetzt werden, verändert und bewährt aus dieser Probe hervorgehen oder ob in den Lauda-Romanen die geistigen Umschichtungen an den Kunstrevolutionen zur Erscheinung kommen – gerade im Verschiedenen wird deutlich, daß die „beiden Jahrhunderte zusammen(gehören)."[26] Dennoch lag die romanhafte Rekonstruktion einer Epoche in einem Zeit- und Sittengemälde nie in Flakes Absicht. „Es kam mir auf den Menschen an, einen bestimmten Menschen von bestimmter Geisteshaltung", kommentiert er seinen ‚Fortunat'. „Natürlich mußte ich ihm auch eine bestimmte Zeit zuweisen: aber sie war nur Mittel, nicht etwa Zweck. Wenn gleichwohl ein Bild eben dieser Zeit – des neunzehnten Jahrhunderts – entstand, so ergab es sich nebenher. Ich denke kritisch von geschichtlichen Romanen, ja ich lehne sie zumeist ab."[27] Der „zwitterhafte Charakter der modernen Biographien"[28] war ihm ein Greuel, weil sie unentschieden zwischen Analyse, Darstellung, Kritik und der Wiedergabe der inneren geistigen, seelischen und emotionalen Haltungen schwankten. Nein, kulturgeschichtliche, gesellschaftliche, politische Zustände interessierten ihn als Erzähler nur soweit, wie sie den Lebensweg seiner Figuren begleiteten: als „Freskowand für ein Einzelleben."[29] Es versteht sich, daß eine solche Auffassung und die ihr gemäße Romankunst wenig Anklang fand in einer Zeit, die das Individuum auf das Ensemble der gesellschaftlichen Verhältnisse reduziert glaubte. Ein Grund für die wenig ermutigende Rezeptiongeschichte Flakes nach dem Kriege. Sein Vorsatz, „den Roman zu seinem Ursprung zurückzuführen, dem Epos",[30] wurde als Abkehr von den drängenden Problemen und Aufgaben der Gegenwart verstanden, die eben nicht jene grundsätzliche „Voraussetzung des Romans" erfüllten, „daß das von ihm eingefangene Geschehen sich völlig überblicken läßt", und somit erst die „wahre Darstellungsform des Erzählers . . . das Imperfektum" in sein Recht treten kann.[31] Ein Mißverständnis, über das Rolf Hochhuth bereits das Wichtigste gesagt hat.[32] Denn Flake benutzt die distanzierende Perspektive des Historikers ja im Gegenteil zur Aufklärung, Durchdringung und Deutung der uns durch zu große Nähe gerade verborgenen Bedingungen unserer Existenz. Sachlichkeit, Zurücknahme der persönlichen Empfindungen, Relativierung der eigenen individuellen zufälligen Überzeugungen, kennzeichnen daher seine Prosa.

2. Duldsamkeit

„Vergleicht man den Leser mit einem Zuschauer, so bleibt es ihm überlassen, das Schauspiel mit kritischen Empfindungen zu begleiten, und es ist nicht gut, wenn der Darsteller sich fortwährend durch seine Wertungen bemerkbar macht."[33] Otto Flake hat sich die „Kunst der Unbestechlichkeit und leidenschaftslosen Neutralität",[34] die Flaubert – nach Walter Jens' Worten – auszeichnet, konsequent zu eigen gemacht und dann auch selber gesehen, daß er damit an den Wünschen des breiten Publikums vorbeiging. „Am fünften Dezember (1913) bereits erschien ‚Freitagskind'. Die Aufnahme war günstig, und als mir eines

Abends Eloesser . . . sagte, der Roman sei gut, ich verstände aber nicht die unentbehrliche Kunst, den Lesern die Szenen in der braunen Tunke anzubieten, ohne die sie ihnen nicht schmackhaft seien, begriff ich diese Bemerkung nicht.

Erst viel später ging mir auf, was er meinte – die Knappheit und die Sachlichkeit, die vermeidet, Gefühle breitzutreten, den Flaubertschen Rückzug auf die reine Leistung; der Dichter setzt sich nicht zum Leser auf die Bank, um intim mit ihm zu werden. In Deutschland wird diese Haltung als kühl angesehen, obwohl sie die eigentliche künstlerische ist, bei uns hat man wenig Sinn für das Objektive und zieht das Subjektive vor, so auch den persönlichen Dunst um den Autor."[35] Der Verweis auf einen anderen französischen Schriftsteller als Gewährsmann dieser sachlichen Schreibweise liegt nahe und wurde auch gelegentlich schon vorgebracht:[36] auf Stendhal. Die Kennzeichen seines Stils („Knappheit, Nüchternheit und die Transparenz eines farblosen Firnisses", Reduktion emotionshaltiger Szenen auf das Faktische, „Tendenz zur elliptischen Darstellungsweise")[37] treffen auch sämtlich für die Prosa Flakes zu („Mein episches Werk . . . war ein fortschreitendes Bemühen um die knappe Form und den treffenden Ausdruck. Leute, die gemütvolles Verweilen und sentimentalische Breite lieben, mögen mich nicht, und wenn sie sich als Kritiker betätigen, schreiben sie mir Kühle oder gar Kälte und Intellektualität zu. Zwar liegen zehn oder mehr Bücher vor, die vor Leben vibrieren, aber sie merken es nicht. In diesem Land der versagenden Kritik wäre ich verloren; nur durch den Leser selbst erfährt man etwas von der Wirkung, gelegentlich."),[38] der sie nun freilich mit einer klassischen Wort- und Satzfügung verband, also jene Sorglosigkeit vermied, welche die Redeweise Stendhals kennzeichnet. Mit Stendhal teilt Flake auch die psychologische Leidenschaft, die Konzentration auf den Charakterroman und die aller moralischen Bewertung sich enthaltende Kunst des inneren Porträts, der es auf die Analyse der seelischen Antriebe und geheimen Beweggründe im Leben eines einzelnen Menschen ankommt. Ob der Abenteurer, der sich von allen gesellschaftlichen Bindungen freimacht, oder der Gesellschaftsmensch, ob der Hochstapler „Fürst" Neudeck oder der ehrenwerte Georg von Wierssen, ob der Gigolo Trosta oder der unstete Weltenbummler Störtebeeck, ob Kurtisane oder selbstbewußte Amazone: Flake schildert sie alle in ihrer Eigenart, mit einem Blick, dem nichts Menschliches fremd ist und in dem nur die Neugierde auf den anderen, Fremden wohnt, nicht Selbstgerechtigkeit oder kritische Abschätzung. Darin gleicht er dem Naturwissenschaftler, der die Phänomene in ihrer Beschaffenheit zu erfassen sucht, ihnen nicht ein Verständnis aufzwingt, dem sie sich entziehen können – Ernst Alker nennt das Flakes „respektable Gelassenheit", tadelt aber zugleich, daß sie erkältend wirken könnte.[39] Ein Mißverständnis, das sich schnell berichtigt, sieht man genauer hin; denn diese Gelassenheit verbindet sich mit einem zwar merkbaren, doch ganz unaufdringlichen Wohlwollen, einer milden Zuneigung, die allem Menschlichen gilt und auch die Hauptfiguren seiner Romane auszeichnet: zu seinem Persönlichkeitsideal gehört unbedingt die Achtung, die wir unseresgleichen schuldig sind. Nicht Gelassenheit ist Flakes bevorzugter Ausdruck für eine solche Haltung, sondern Duldung oder Duldsamkeit. Von Störte, der männlichen Hauptfigur im ‚Sommerroman' weiß der Erzähler zu rühmen: „Er ist auf seinen Reisen allen Fallen entgangen. Und er kann sagen, daß man ihm manche gestellt hat, darunter mehr als eine vergoldete. Er hat das ganz in der Ordnung gefunden – weniger, weil es ihm schmeichelt, als weil es das Recht der Frauen ist, einen so wertvollen Vogel wie einen freien Mann in ihr Netz zu locken. Es gibt eben solche Ordnung.

Man sieht, er hat eine duldsame Philosophie. Was ist Duldsamkeit? Sinn für die Kompliziertheit der Dinge, die Vielheit der Standpunkte. Es gibt Philosophen, die in zehn Büchern den Acker des Lebens durchpflügen; aber keiner kann ein anderes Kraut aus diesem Erdreich ziehn als die Duldsamkeit – es ist das Kraut der vernünftigen Menschlichkeit."[40] Daß es keine einfache, ewig bestehende und einzig zu erstrebende Ordnung der Dinge und der menschlichen Verhältnisse gibt und geben kann, daß sie nach Ort, Zeit, Geschlecht und Charakter unterschiedlich sind und jede einzelne ihre Berechtigung hat – Flakes Personen, sofern sie solche sind oder zu werden versprechen, sind ganz von dieser Überzeugung durchdrungen. Zur Maxime ihres Autors: „lebe, erlebe, ordne, gestalte, kämpfe und bewähre dich. Ob deine Ideen einen absoluten Wahrheitsgehalt besitzen, darauf kommt es weniger an als darauf, daß sie Ansatzpunkte für Deine Energien sind, es gibt die schöpferischen Illusionen"[41] – zu dieser Maxime bekehren sich seine Protagonisten, oder sie leben von vornherein danach. Auch Lauda schon spricht vom „Unrecht des Urteilens":[42] „Er ward sich klar, daß diese Betrachtung die der reinen Anschauung war, die nur feststellt, nicht wertet. Er ward sich danach auch klar, daß, wer nicht wertet, sich von der Sphäre der Tat ausschließt ..."[43] Zwei „Grundhaltungen" zeigen sich in diesen Betrachtungsweisen, in allen Epochen und unter allen Umständen hat Flake sie wiedergetroffen: „die optimistische, tatgläubige hier; die pessimistische, vorsichtigere und vorbehaltlichere, die religiösskeptische dort."[44] Welchem Pol er sich selber zuordnete, steht außer Frage, eine pessimistische Note mochte sie im Alter erst bekommen haben, als die vitale Lebensbejahung umschlug in Resignation und Abscheu vor einer Zeit, die ihm, durch Ignorieren, die Existenzberechtigung bestritt.

3. Politik als Entfremdung

„Ich war kein Politiker, aber ich reagierte politisch. Will man Menschen von bestimmter Geistes- und Charakterhaltung haben, so muß man sich darum kümmern, wie sie über die Rechte und die Pflichten des Staatsbürgers denken. Ich wandte viel Zeit an diese Dinge, die mich äußerlich nicht weiterbrachten. Für Einzelgänger, Mahner, Lehrer, Unterweiser war in dieser Epoche des Massenmenschen schon lange kein Platz mehr frei, geschweige daß die Parteien Verwendung für sie gehabt hätten."[45] Die Randglosse des Autobiographen zu seinem journalistischen Engagement während des ersten Weltkrieges beleuchtet zugleich das törichte Vorurteil über den angeblich unpolitischen Schriftsteller Otto Flake.[46] Zwischen dem Engagement des Politikers und politischem Engagement herrscht ein bedeutungsvoller Unterschied, ebenso groß wie der zwischen Freiheit des Geistes und seiner parteilichen Fixierung; Flake hat ihn stets pointiert, er kennzeichnete schon die Gesinnung des Jugendlichen. Geboren auf deutsch-französischem Streitfeld, in Metz (am 29. 10. 1880; der Vater gehörte der sozialen Schicht des „unteren und bestenfalls mittleren Beamtentums"[47] an), war er schon als Schüler und Student an der elsässischen Frage leidenschaftlich interessiert, gehörte zum Kreis des „Jüngsten Elsaß", zusammen mit René Schickele, Bernd Isemann, Fritz Lienhard, Werner Wittich, Ernst Stadler, war Mitherausgeber des ‚Stürmer', dessen prononciert europäische Haltung sofort bei den Alldeutschen und Nationalisten jeglicher Provenienz in Verruf geriet. „Sein Verdienst (des Jüngsten Elsaß) ist unmittelbar nur das gewesen, ‚Leben in die Bude' gebracht zu haben. Aber schon das bedeutete für unsere Verhältnisse ungefähr genausoviel, wie die Wirkung der Berliner Freien Bühne auf die großdeutsche Literatur. Mittelbar markierten die Stürmer die Elemente einer Zukunftslinie, die über die nationale und die deutsche hinausdeutete. Sie konnte als neue Partei gelten, als die Radikale, als äußerste Linie. So wurden sie auch von der Presse und vom Gros des Publikums behandelt."[48] Eine zeitgenössische Einschätzung aus dem Jahre 1905, Flake zitiert sie in seiner Autobiographie. Allem militärischen Wesen abgeneigt, stand er auch 1914 der grassierenden Kriegsbegeisterung denkbar fern, „weder hatte ich Lust, mich drillen zu lassen, noch als Reserveoffizier vorgeschriebenen Ideen anzuhangen."[49] Später wollte man ihn dennoch verpflichten, eine kurze Zeit des Militärdienstes, dann gelangte er in die Politische Abteilung im besetzten Brüssel, wo er die Theaterzensur auszuüben hatte. Es folgten die Züricher Jahre, in denen er sich erfolgreich von Kriegs- und Spionagedienst (den er in Zürich betreiben sollte) dispensieren konnte. Diese Distanz zur Politik hat seine Haltung ein ganzes Leben gekennzeichnet. Mit List und intellektueller Überlegenheit bewahrte er sich geistige Freiheit und Unabhängigkeit; sie konnten nicht unangefochten bleiben, besonders als das Politische total wurde und sämtliche Sphären des Lebens durchdrang.

Peter Härtling hat in seinem Aufsatz „Der unbequeme Flake" die Gefährdung dieser Existenz nach 1933 verfolgt.[50] Wie immer lehnte Flake es ab, sich parteiisch zu machen, ließ sich nur einmal, von seinem Verlag S. Fischer, dazu bewegen, eine Loyalitätsadresse ans Neue Regime zu richten, nicht aus Überzeugung, sondern um dem „jüdisch exponierten Verlag"[51] und seinen Autoren ein wenig freien Spielraum zu erhalten. Daß dies möglich sein könnte, war freilich eine Illusion, die Flake auch sehr bald durchschaute. So zog er sich zurück, mißtrauisch beäugt von der überall präsenten Partei, zunehmend in seiner Arbeit behindert, für seine Bücher, zunächst noch geduldet, wurde später kein Papier mehr zum Druck bewilligt, die Zeitschriften sperrten sich schon lange. Still und weiterarbeitend lebte er in Baden-Baden, in einer dauernd gefährdeten Nische, in den letzten Kriegsjahren in beständiger Erwartung, verhaftet zu werden. Nein, unpolitisch kann man das nur nennen, wenn man politische Haltung mit dem Bekenntnis zu einer Partei verwechselt. Denn nie hat Flake die politische Reflexion seiner Lebenswirklichkeit aufgegeben – und das durchaus nicht nur in seinen philosophischen Arbeiten, seinen Zeitungsartikeln oder historischen Essays. Überblickt man sein reiches Lebenswerk (fast einhundert Buchtitel nennt die Bibliographie, seine Zeitungs- und Zeitschriftenaufsätze, seine Funkessays und noch unveröffentlichten Manuskripte nicht mitgerechnet), von dem Aufsatz über ‚Nietzsches zweite Periode' (1902), den der Zweiundzwanzigjährige schrieb, bis zur letzten, kurz vor seinem Tode am 10. November 1963 veröffentlichten Erzählung (‚Ballade in Dur'. 1963), es gibt nichts darunter, was nicht auch politischem Denken zugänglich wäre, weil es immer von ihm durchdrungen, zumindest begleitet wurde. Sei es ganz prononciert, in essayistischer Erweiterung des Romangeschehens wie in den Lauda-Romanen, sei es gestaltet als Lebensgeschichte, ihr eingeschrieben, wie musterhaft im ‚Fortunat', jenem großen epischen Bekenntnis zu bürgerlicher Lebensmeisterung, Humanität, Weltbürgerlichkeit. „Auch im Fortunat verbergen sich ein Programm und eine Lehre; aber sie verbergen sich, sie schwenken keine Fahne. Ich gebe mich anmaßend der Meinung hin, daß man ihn in dreißig Jahren den klassischen Roman der neuen Vernünftigkeit nennen wird: im Hitlerkrieg geschrieben, als ich schon in voller Reaktion gegen Maßlosigkeit und Entfesselung war."[52] Geschichte ist für Flake nie der Ort gewesen, wohin sich ein Schriftsteller aus den Wirren der Gegenwart zurückzieht, sondern Spiegel und Lehrfall in einem. Die Meisterung des Lebens, oder das Scheitern in ihm, bedeutete ihm immer auch den Umgang mit den politischen Mächten einer Zeit, auch sie zu meistern und ihnen nicht zum Raube zu fallen, ist Lebensaufgabe. Meisterung heißt hier vor allem, geistige Autonomie zu wahren, sich nicht zum Sklaven zu machen und die Sphäre des Politischen nicht als Zweck, sondern als Mittel und bloßes Durchgangsstadium auf dem Wege menschlicher Vervollkommnung zu betrachten. Womit Flake an die Tradition des Bildungsromans anknüpft, der, man denke an Wilhelm Meister oder den Grünen Heinrich, immer auch in lebenspraktischer Absicht geschrieben war. Der fünfteilige Roman ‚Ruland' (1913–1928) wurde daher ganz zu Recht als eine „Autobiographie mit anderen Mitteln"[53] bezeichnet. Von der elsässischen Kindheit und Jugend über die Studentenzeit, die Reisen durch ganz Europa bildet sich der Held dieser Romanserie zum „Freund aller Welt", so der Titel des abschließenden Teils, und zeichnet mit romanhaften Mitteln Flakes eigene Entwicklung nach, die ebenfalls aus dem elsässischen Lebens- und Denkraum hinaus zu europäischer Gesinnung führte. Germanistik, Philosophie und Kunstgeschichte hatte er in Straßburg angefangen zu studieren, der Wissenschaftsbetrieb aber stieß ihn bald ab („Die Skepsis über den Wert des philologischen Betriebs wuchs und übertrug sich auf den Stand."),[54] er entschloß sich zum Berufsschriftsteller, machte weite

Reisen, wechselte den Wohnsitz; über alles, auch über die Honorare, gibt seine Autobiographie genaue Auskunft. Die Romane um Lauda, einen Theaterschriftsteller dieses Namens (‚Stadt des Hirns', ‚Nein und Ja') berichten auch von den Krisen, denen er sich ausgesetzt sah, er deutete sie als Krisen des deutschen Denkens, der deutschen Geschichte. Zusammen mit ‚Horns Ring' gehören diese Romane in eine besondere Kategorie von Flakes Werk. „‚Stadt des Hirns' war ein Experiment: verschachtelte Anordnung und zerhackte Sprache. Da ich den Roman zurückgezogen habe, erübrigt sich die Beschäftigung mit ihm",[55] bemerkte der Autor später lapidar, nachdem er längst zu einer an Flaubert und Stendhal geschulten Prosa gefunden hatte. Doch so sehr Flake von seiner eigenen künstlerischen Entwicklung her recht haben mochte, auch diese Bücher behaupten in der Geschichte des modernen deutschen Romans ihren Platz, als Zeugnisse eines besonderen Stilwillens: der Vereinigung von Erzählung und Reflexion, von Roman und Essay, was freilich umfassender und ungleich kunstvoller von Musil, Broch, Thomas Mann verwirklicht wurde.

Das Jahr 1927 brachte eine einschneidende Zäsur in Flakes Lebensgeschichte. Von Mussolinis Regime aus Südtirol ausgewiesen (er hatte sich auf die Seite der deutschsprachigen Bevölkerung gestellt), entschloß er sich nach einigem Zögern, sich in Baden-Baden niederzulassen. Der ‚Sommerroman', im Jahr der Ausweisung erschienen, Spiegel der glücklichen Südtiroler Zeit, ist ein Zwischenprodukt. Er enthält die wichtigsten Denkfiguren Flakes (das Leben als Aufgabe; Liebe, Ehe, Familie als Proben und Prüfungen, die es zu bestehten gilt), ist aber durch die lockere, sich den Impressionen der Landschaft und ihrer Bewohner hingebende Erzählweise gleich weit entfernt und von den früheren Sprach- und Stilexperimenten wie von der späteren, Ordnung und Form anstrebenden Vernünftigkeit der Schreibweise. Im Bereich der modernen deutschen Literatur nehmen die in Baden-Baden entstandenen Romane und Erzählungen eine besondere Stellung ein. Weniger von der Seite des Stoffes her, obwohl die konsequente und nur ausnahmsweise einmal unterbrochene Konzentration auf die Geschichte, Lebenswelt und Landschaft seiner neuen Umgebung (so daß man seine Werke seither auch als eine romanhaft ausgesponnene Chronik des badischen Landes lesen kann) in der neueren deutschen Literatur kaum eine Parallele aufweist; allein an Arno Schmidt könnte man denken, wenn dessen Fixierung auf die Lüneburger Heide seiner Bargfelder Heimat in späteren Jahren nicht immer stärker Züge einer zwanghaften und verbissenen Selbstisolierung zeigte. Unverwechselbar ist Flakes Prosa vor allem durch ihr Stilideal. Einfachheit, Kürze, Angemessenheit, Distanz sind seine wichtigsten Merkmale. So entstand eine nüchterne, von Emotionen zwar nicht freie, doch auf ihren Ausgleich zielende Schreibweise, die konstatiert, was der Fall ist, Schmuck und affekthaltige Bildersprache aber nur sparsam und prononciert verwendet. Die Aufmerksamkeit Flakes war besonders auf die Verwirklichung dieser stilistischen Intentionen gerichtet, die Komposition seiner Romane, der auf Plan und Schema verzichtenden Erzählweise gemäß, wirkt demgegenüber sorglos und manchmal sogar recht zufällig. Es herrschen die Prinzipien der chronologischen Reihung und Wiederholung, mit leichten Variationen: die Hauptursache für die Ungleichmäßigkeit des Oeuvres, das von einer so kunstlos zusammengereimten Liebesgeschichte wie ‚Personen und Persönchen' (1938) über den an der Wiederholung eines Erzählmusters leidenden Roman ‚Schloß Ortenau' (1955) bis zu jenen Lebensbeschreibungen reicht, wo der Lebenslauf selber die kompositorische Ordnung inspiriert und enthält, die auch ästhetisch befriedigt: der vierbändige ‚Fortunat' (1946/47) muß auch unter diesem Aspekt als Flakes Hauptwerk betrachtet werden,. ‚Der Handelsherr' (1948) versammelt freilich alle Vorzüge in der kleineren Form der Erzählung oder des Kurzromans, bringt sie daher noch wirkungsvoller zur Geltung und macht den ersten Zugang zu einem Werk leichter, welches nach dem Kriege so gründlich vergessen wurde, daß sich der einst neben den Brüdern Mann oder Hermann Hesse gefeierte S. Fischer-Autor Flake aus Einsamkeit und Verzweiflung selbst zu töten versuchte. Manches ist dann, nach 1958, geschehen, um dieses Unrecht, das auch ein Unrecht am Lesepublikum war, wiedergutzumachen, Einzel- und Werkausgaben begannen wieder zu erscheinen, einige davon mit großem Erfolg (‚Die Monthiver-Mädchen', ‚Hortense oder die Rückkehr nach Baden-Baden'), Rolf Hochhuth und Peter Härtling, die Herausgeber der ‚Gesammelten Werke in fünf Bänden' (1973–1976) haben die Rückkehr Flakes in die deutsche Literaturgesellschaft auch publizistisch zu fördern gesucht. Alle diese Bemühungen waren allerdings nicht von anhaltender Wirkung, allzusehr widersprachen Flakes Literaturkonzept und sein Persönlichkeitsideal den vorherrschenden kulturellen Tendenzen der sechziger und siebziger Jahre.

4. Zum Beispiel: ‚Hortense'

„Im Jahre 1845 ereignete sich in einer Familie des badischen Adels, die im mittleren Teil des Großherzogtums, beim Austritt der Reuch in die Rheinebene, ansäßig war, ein Vorfall, der in der Folge nicht aufgeklärt werden konnte."[56] In einer Sammlung von Anfangssätzen deutscher Romane gebührte diesem Beispiel ein besonderer Platz. Nicht nur weil die Periode so schön gebaut ist, daß schon ihr Sprachfluß suggestiv wirkt und den Leser einfängt, sie gibt auch wie jede gute Eingangssequenz die wichtigsten Eigenheiten der Romanatmosphäre wieder: die geographischen, historischen, sozialen Umstände, aber auch die menschlichen Angelegenheiten, die auf der Tagesordnung der nun folgenden Geschichte stehen. Hinzu kommt noch die dunkle Andeutung jenes Familienvorfalls und des angeblich unaufgeklärten Geheimnisses, das ihn umgibt, und provoziert eine Spannung, die auch das stoffliche Interesse des Lesers weckt. So könnte ein Kriminalroman beginnen oder eine der Schauergeschichten, die man im frühen 19. Jahrhundert so liebte. Der zweite Satz, dem ersten ebenbürtig, geht dann auf das rätselvolle Geschehen ein, beschreibt es in der denkbar knappsten und zugleich klarsten Form, so daß die Unerklärlichkeit noch größer und die Spannung intensiver wird. „Kurz vor der Trauung mit dem Freiherrn von G., die der Koadjutor, ihr Oheim, vollziehen sollte, ging die achtzehnjährige Hortense von Wierssen im Bahnhof von Oos spurlos verloren."[57]

Wer jetzt nicht weiterliest, der ist für die Literatur verloren, für jenes Abenteuer des Lesens jedenfalls, das nicht nach Relevanz oder Aktualität oder anderen vordergründigen Motiven fragt, sondern sich ausschließlich von der literarischen Kunstfertigkeit des Autors inspirieren läßt, von seinem Wagemut, die Grenzen unserer Alltagserfahrung zu überschreiten und der Phantasie neue Möglichkeit zu öffnen. Dabei ist die Geschichte Hortenses ein Buch der Tatsachen, keine einzige Begebenheit, die unwahrscheinlich oder unglaubwürdig wäre; allein ihre Kombination ist ein artistisches Produkt und läßt Abenteuerlust und Freizügigkeit entstehen, die die wichtigsten Merkmale dieses Buches sind. Es ist ein kräftiger Untergrund von Kolportage darin, in ästhetischer, bewundernswert modellierter Form. Das Labyrinth von Episoden, Neben- und Haupthandlungszügen, von Kreuz- und Querverweisen, von wahrscheinlichen und von den unwahrscheinlichsten Zufällen zeigt sich bei näherem Zusehen als sorgfältige Konstruktion.

Wie sich Hortense am Anfang des Romans gegen ihre Herkunft entscheidet, so wird sie es am Ende noch einmal tun; dem wallonischen Abenteurer, mit dem das Mädchen durchbrennt, entspricht die spätere Affäre mit dem Fürsten Neudeck, den jetzt die lebenserfahrene Frau bald als Hochstapler erkennt; die großen Städte Brüssel, New York, Paris, London, Florenz: Knotenpunkte von Hortenses Lebensabenteuer; und ihnen gegenüber die Ruhestätten, Mon Repos „in der grünwehenden Ebene zwischen Nyon und Genf"[58] oder Breede in der Lübekker Bucht: Orte eines stillen, schnell vorübergehenden Idyllen-Glücks, zugleich Abschlagszahlungen auf ein erträumtes Dasein jenseits aller Geschichte und ihrer verzehrenden Macht enthoben.

Der Nabel dieser Welt aber ist Baden-Baden, und wenn in der ersten Hälfte des Romans die Kräfte überwiegen, die von ihm fortreißen, nach Brüssel, wo Hortense Mätresse eines deutschstämmigen Bankiers wird, nach Amerika, wohin es sie nach der Heirat mit einem Engländer aus reichem Hause verschlägt, so werden bald schon Gegenkräfte wirksam, die sie nach vielen Irrfahrten durch Europa, nach erotischen und gesellschaftlichen Abenteuern in ihre Heimatstadt zurückziehen. Hier spielt der zweite Teil des Romans, und der Leser wird Zeuge des „zärtlichen, geschichtsvergessenen Umgangs mit der Stadt",[59] den Peter Härtling an dem Autor dieses Buches so bewundert, der sich aber auch auf die Menschen erstreckt, die hier ihr Leben verbringen, sei es, weil sie seit Generationen dorthin gehören oder weil sie zu den regelmäßigen Saisongästen gehören, wie Herr von Turgeniew und Frau Viardot, wie viele Maler, Musiker, einsame Sonderlinge oder manische Spieler vom Typ Feodor Michailowitsch Dostojewkijs. „Clara Schumann gab klassische Matineen, die Hennings und Auffm-Ort Soireen, bei denen das Beckersche Quartett spielte, und Frau Viardot jeden Sonntagnachmittag in ihrer Orgelhalle ein Hauskonzert für ihre Schülerinnen und Freunde."[60] Eine sehr genau wiedergegebene Szenerie, der literarische Widerschein einer Welt, die Maß und Schönheit, Kunst und kultivierte Geselligkeit liebte, weltbürgerlich und von freizügiger Lebensklugheit, aber schon vom Untergang bedroht. Das Bewußtsein der Gefahr erzeugt Melancholie, gibt jedem Gespräch eine eigentümliche Färbung, jeder Veranstaltung etwas vom Pathos des Finale. Den besonderen Reiz dieser Schilderungen macht es aus, daß sie aus der Perspektive Hortenses geschrieben sind, die von draußen kommt, durch ihre Geschichte unwiderruflich zur Außenseiterin geworden. Sie sei ja zur Hälfte Amerikanerin, heißt es von ihr, und obwohl ihr die vornehmsten Häuser offenstehen, auf Empfängen und Gesellschaftsabenden mit ihrer Anwesenheit gerechnet wird, fühlt sie sich mehr zu dem mittellosen Hauslehrer und Musikschriftsteller Mathy hingezogen. Zum Schluß ist die Alternative abermals unausweichlich: zwei Heiratsanträge, der eine vom Vetter Georg von Wierssen, der andere von Manfred Jörcher, und ihre Entscheidung lautet auch diesmal gegen die standesgemäße Partie und für jenen Bankier, dem sie schon einmal, unter sehr viel abenteuerlicheren, ungesicherteren Umständen nach Brüssel gefolgt war. „Nach langer Zeit ging sie eines Abends wieder zu den Viardots. Man fragte nicht, weshalb sie sich ferngehalten habe: sie war zurückgekehrt, ihr Platz am runden Tisch wartete auf sie, wie auf jeden, der einmal daran gesessen hatte."[61] Die ganz unglaubliche, ganz unbürgerliche Großzügigkeit dieser Gesellschaft bezaubert Hortense immer aufs neue, zieht die Entlaufene zurück, bringt sie dazu, dann doch noch einmal, und sei's vorübergehend, den Platz einzunehmen, der ihr freigehalten wurde. Was aber treibt sie abermals weg, was macht es, daß die Rückkehr nach Baden-Baden nie ganz gelingt, was ist der Grund der nie nachlassenden Ratlosigkeit, die selbst noch ihre Sterbestunde bestimmt? „Sie starb 1908 im einundachtzigsten Jahr; man hatte das Bett ans Fenster gerückt, damit sie das Luftschiff sehen konnte, worin Siegmund saß; er hatte geholfen, die Maschinen zu bauen."[62]

Nur auf der ersten Ebene präsentiert sich der Roman als die Aufklärung jenes rätselhaften Geschehens auf dem Bahnhof von Oos, das die beiden ersten Sätze erzählen. Wir erfahren zwar, Ereignis für Ereignis, was sich im Leben Hortenses abspielte zwischen dem Augenblick, da sie die ihr vorbestimmte Laufbahn verließ, und dem Moment ihrer Rückkehr, jener Wiedererkennungsszene, in der sich Georg von Wierssens neue Mieterin als die verschollende Kousine entdeckt, aber die Folge dieser Begebenheit bleibt vieldeutig. Die abenteuerlichen Verwicklungen nach ihrer Flucht, der Aufbau des bürgerlichen Lebens in Amerika, die Enttäuschungen, das Reiseleben in Europa, bestätigen Stück für Stück eigentlich das Rätsel des Anfangs. Natürlich gibt es Hinweise: zum Beispiel die Episode mit dem angeblichen Fürsten Neudeck, der sich als kleiner Hochstapler entpuppt, „aus der bürgerlichen Bahn"[63] geworfen, und dessen Leben so theatralisch, aber blutig endet wie in einer der Schmiertragödien, in denen er einstmals geglänzt hatte. Aber es sind dann nur Hinweise in die entgegengesetzte Richtung: ebenso verhält es sich mit Hortense nicht. Nein, der Vorfall wird auch in der Folge nicht aufgeklärt, jede Schilderung bringt bloß seine Bekräftigung, jedes Ereignis wiederholt ihn auf andere Weise. Das plötzliche Verschwinden und an unvermuteter Stelle Wiederauftauchen ist das geheime Gesetz dieses unsteten Lebenslaufs, aber erklärt ihn nicht.

Damit ist nicht bloß eine Eigentümlichkeit dieses Buches offenkundig geworden, sondern ein wichtiges Kennzeichen von Flakes Romankunst und auch ein Grund, warum er in der deutschen Nachkriegsliteratur gar keine Rolle mehr gespielt hat und verschollen war wie just die kapriziöse Hortense. Max Frisch – und der Vergleich ist aufschlußreich – hat später aus einem solchen Sujet einen der erfolgreichsten Nachkriegsromane gemacht, indem er den Stoff aktualisierte und ihm zugleich ein psychologisch-existenzialistisches Erklärungsmuster aufpropfte. Das Ergebnis hieß ‚Stiller', sparte nicht mit Erklärungen und hinterließ auch keine Ratlosigkeit, freilich um den Preis einer sehr viel trivialeren Fassung des alten Themas von der Suche nach der verlorenen Identität. Zum geistigen Profil Flakes gehörte dagegen die unüberwindbare Scheu vor Festlegungen, weil schon die Statik darin jede Wahrheit zum Falschen verdrehte. Auch die essayistische Formkomponente, worin man seine Modernität sehen wollte, diente immer nur der Auflösung von Gewißheiten der Verweigerung gängiger Deutungsmuster, Rezepte enthalten diese Partien nicht. Er war ein Schriftsteller, der konstatierte, was der Fall ist, der Sachlichkeit zu seiner ersten ästhetischen Tugend machte, auch wenn er dann die Sachen selber zu kühnen, verschlungenen Handlungsarabesken ordnete, der jeden Tiefsinn vermied, weil er zur Verflachung der immer unausschöpfbar bleibenden Lebensgeschichten führen muß. Flake war auch ein politisch wacher Zeitgenosse, zahllose Artikel und Essays zeugen davon, aber er hat sich nirgendwo angeschlossen, ließ sich nicht einordnen und vertraute nur seinem eigenen Urteil. Seine Romanfiguren halten es meist nicht anders. Doch der Einzelgänger als Bildungsideal, diese Vorstellung hat in den Nachkriegsjahrzehnten bis heute wenig Freunde gefunden; sich abseits halten, das zieht leicht den Verdacht des Verrats nach sich, liefert auch den bequemen Vorwand zur Verdrängung. Man tat ihn ab als Modeautor einer vergangenen Epoche oder verwies gar auf die unselige Hitleradresse, unter der auch sein Name stand, ohne sich natürlich die Mühe zu machen nachzuforschen, wie sie darunter gekommen war.[64]

‚Hortense oder die Rückkehr nach Baden-Baden' scheint viele solcher Vorurteile zu bestätigen, und wenn das Buch wirklich einmal in die Hände kurzsichtiger Eiferer fiel, die wie ein H. A. Walter die Weltliteratur am liebsten auf ihr eigenes politisches Knirpstum reduziert sähen, dann glaubten sie auch schon über ein Paradebeispiel zu verfügen.[65] 1933 erschienen wirkt es auf sie wie eins dieser Werke, die vor den Bedrängnissen und Ungeheuerlichkeiten des Tages auswichen in eine unbelastete Vergangenheit. Bei oberflächlicher Lektüre verspürt man auch nichts von den Erschütterungen, die sich lange vorher angekündigt hatten, da ist keine Rede von Faschismus oder Kommunismus, von den Massenbewegungen und Wirtschaftskrisen, den sozialen Nöten und kulturellen Verderbnissen, den verzweifelten Abwehrversuchen oder den zynischen Anpassungen – von all den Erinnerungen, die das Erscheinungsjahr des Romans heute sofort weckt, enthält die Handlung kaum eine Andeutung. Hortense, so scheint es, geht, wenigstens in diesem Sinne, ganz unberührt durch die Zeit, die doch ihre Geschichte aufnehmen sollte. Der literarische Ausdruck einer Katastrophe ist freilich nur einem sehr schlichten Verständnis auch allein wieder als Katastrophenbild denkbar. Boccaccios Gesprächsrunde ist den Verheerungen einer Pestepedemie entkommen, und in Goethes Novellensammlung unterhalten sich die deutschen Auswanderer über ebenso entlegene Dinge, während der Kanonendonner der gefürchteten Revolutionsarmee immer deutlicher hörbar wird. So ist Kunst immer aufgetragen auf den Schwarzgrund von Unheil und Leid, ist ihr im eigentlichen Sinne abgewonnen, und es gehört alle Anstrengung dazu, diesen Gewinn nicht nur zu erhalten, sondern möglichst noch damit zu wuchern.

Bücher haben ihre Schicksale, und dazu gehört auch immer wieder besonders das vom Autor ungewollt provozierte Mißverständnis, weil er die Grenzen seines Publikums oder der literarischen Kritik vernachlässigte. Denn natürlich ist es Flake nie um die sentimentale Verklärung guter alter Zeiten zu tun gewesen. Das bunte exotisch wirkende Kostüm, in das er seine Geschichten kleidete, wurde allzu leicht und selbst von seinen eingeschworenen Lesern als ihre eigentliche Substanz genommen, ja die wenigen Publikumserfolge seiner letzten Lebensjahrzehnte beruhten wohl vor allem auf dieser Verwechslung. Denn unzweifelhaft ist die Geschichte Hortenses eine Ausbruchsgeschichte an der Grenze einer Zeitenwende und spielt in einem historischen Niemands- oder, was dasselbe wäre: Allerweltsland, ist die sachliche Chronik permanenter Grenzüberschreitungen, ein Seiltanz ohne Netz, während die Verankerungen des Trapezes sich bereits lösen, das Zelt fadenscheinig geworden ist und Akteure wie Zuschauer in Ratlosigkeit erstarren oder zu desperaten Aktionen ihre Zuflucht nehmen. Hier sollen keine zwanghaften Analogien gestiftet werden, und Flake hat sie auch nicht beabsichtigt. Die Welt, die sich vor Hortenses Augen auflöst, und die Welt, die vor Flakes Augen zerfiel, haben nur eine, wenngleich entscheidende Gemeinsamkeit: daß die Meisterung des Lebens zur übermenschlichen Anstrengung geworden ist, die nur wenigen gelingt.[66] Die Chancen standen schlecht für Hortense, als sie sich dem wallonischen Spieler anschloß; eine Standesperson aus saturierter Gesellschaft, aufgewachsen im gebildeten Umgang, mit dem Bewußtsein einer alten Familie und ihrem Stolz, aber nicht eingerichtet für den kruden Lebenskampf. Wenn da nicht ihre Vitalität gewesen wäre, die genügte, „um alle Tore der Welt aufzustoßen“:[67] „Sie sah die Tandbuden am Baden-Badener Kurhaus, die Tischchen davor, die kurze Allee der Kastanien dazwischen: dunkel war ihr Grün, fast war es schwarz. Schwer lagen die Flechten auf dem Nacken des Mädchens, aber sein Gang war, als sei Schreiten ein Dahinwehen, das die Gewänder rückwärts bauschte.“[68] So bewahrt das Erinnerungsbild den frühen zukunftsschwangeren Zustand, den sich Hortense zwar nie wieder ganz zurückzurufen, dessen Versprechen sie aber einzulösen vermochte. Ja: sie ist schon wollüstig geboren, erlebt die Welt als ein unendliches erotisches Abenteuer, mit einer Sinnenlust und Sinnenpein von manchmal kaum noch erträglicher Intensität. Darin liegt ihre Verletzbarkeit und darin liegt ihre Stärke. Einem weiblichen Antaios gleich gerät sie erst in Gefahr, wenn sie diesen erotischen Kontakt verliert, dann wird ihr Dasein leblos, Verzweiflung und Hoffnungslosigkeit drohen, es droht der Absturz. Natürlich hat diese besondere Vitalität nichts mit dem Klischee zu tun, nach dem Flakes Romane so häufig beurteilt werden, daß nämlich das Thema der erotischen und sexuellen Emanzipation längst durch die soziale Realität eingeholt und damit viele seiner Bücher obsolet geworden seien (für dieselben Leute erledigen sich die ‚Wahlverwandtschaften‘, erledigt sich ‚Effie Briest‘ durch die fortschrittlichen Scheidungsgesetze in unserer Gegenwart)! Hortense ist eine seinstrunkene Natur, Leben heißt ihr Leben schaffen, heißt der Gottheit lebendiges Kleid weben, in ihr vereinigen sich die beiden archetypischen Bilder des Weiblichen, glitzernde, übermütige Mondgöttin und verläßliche, fruchtbare Erdgöttin, jede Liebesgemeinschaft probt aufs neue die Hochzeit von Himmel und Erde – vergeblich natürlich. Es hat – wie im Märchen – seinen Sinn, daß alle Männer sterben müssen, auf die ihre Wahl fiel, weil sie vor der erotischen Vollendungsphantasie der Frau nicht zu bestehen vermochten. Nur Manfred Jörcher macht eine Ausnahme, und wenn zum Schluß Hortense seinen Antrag annimmt, so muß man darin wohl wieder eine Variation des Hauptthemas sehen.

Die Geschichte Hortenses ist in Wahrheit die Geschichte eines unstillbaren Glücksverlangens, das immer wieder um seine Befriedigung betrogen wird. „Der Umweg, der auf den wohlbekannten Weg mündet, das ist der Sinn",[69] lautet ein Kernsatz des Buches. Nichts als Umwege macht Hortense, bevor sie dahin zurückkehrt, von wo sie einst ausgegangen war, aber kein Umweg war umsonst. Der Roman enthält ganze Ornamente von Abweichungen, Abschweifungen, Seitenwegen und Kreisläufen, aber sie weisen alle zurück nach Baden-Baden, im wörtlichen wie im übertragenen Sinne: als dem Glücksort, der zur Heimat nur werden kann, wenn man einmal zur rechten Zeit davongelaufen ist.

5. Zum Beispiel: „Der Handelsherr"

„Ein in der Schweiz gedrucktes Buch fiel mir in die Hand: die Biographie Katharinas von Marie Lavater-Sloman. Als ich das Kapitel über die Reise Katharinas nach der Krim las, regte diese Fahrt auf dem Dnjepr meine Vorstellungskraft an. Die Kälte ließ nach, der Frühling bedeutete Gestaltungslust; ich begann mit einer Erzählung umzugehen."[70] Frühjahr 1947, ein entbehrungsreicher Winter war notdürftig überstanden, als Flake sich mit diesem Stoff beschäftigte. ‚Kaufmann Roselius' sollte die Erzählung ursprünglich heißen, unter dem Titel ‚Der Kaufherr' ist sie 1948 bei Christian Wolff erschienen, 1954 hat Flake sie für eine Ausgabe im Bertelsmann Verlag in ‚Der Handelsherr' umbenannt. Die Geschichte des Zerbster Kaufmannes Erich Roselius folgt dem längst bewährten Erzählmuster ihres Autors; denn wenn ihr Held zu Beginn der Handlung auch „schon gegen Vierzig" zählt, so gibt es doch über sein bisheriges Leben nicht mehr zu berichten, als was der Erzähler ihn rückblickend in wenigen Sätzen resümieren läßt. Ein überaus tüchtiger Geschäftsmann, den seine Mitbürger „als den ersten Steuerzahler" schätzten, von dem sie im übrigen glaubten, er kenne „nur Waren, Messe, Tratte",[71] hatte er als einer der ersten „nach Beendigung des Siebenjährigen Krieges den Handel mit den Russen ins Auge"[72] gefaßt. Daß er ein Inkognito besitzt, wissen nur wenige: er, „der Pietistensproß" weilte oft „auf acht, auf vierzehn Tage" in einem Bamberger Kloster, „von der Atmosphäre der Ruhe, der Versenkung angelockt".[73] Insgesamt also ein arbeitsreiches Leben bisher, geschäftlich erfolgreich, aber mit menschlichen Untiefen, in das nun, eine charakteristische Wendung, der Ruf von außen trifft, ein Brief Katharinas mit der Anregung, den Handelsverkehr mit Rußland zu intensivieren. Diese Anfangssituation kennen wir aus vielen Romanen und Erzählungen Flakes; der Ruf trifft junge Menschen wie die achtzehnjährige Hortense oder alte wie den der Pensionsgrenze nahen Archivrat Sparre. Er ergeht hier an einen Mann im besten Alter und verändert auch für ihn wie in allen anderen Fällen sogleich das Leben vollständig. Kaum in Petersburg, begegnet ihm die junge Tochter seines Gastgebers, Nadine. „Die Sehnsucht überkam ihn auf der Stelle, und zwar die stürmische, die an die Vorbestimmung glaubt."[74] Von diesem prägnanten Augenblick an wird das Leben des Erich Roselius „durcherzählt" bis zum Tode, und wenn man bedenkt, worin es bestand, dann gehört alles, was er vorher erfuhr, zu einer Art Vorgeschichte, so erfolgreich wie belanglos, die eigentlichen Prüfungen standen ihm erst noch bevor, und Lebensmeisterung verdient erst zu heißen, wie er sie bewältigte. Das ist das eigentliche Thema der Geschichte, das historische Sujet verschafft die Distanz, die der Epiker braucht: es ist vergangenes Geschehen, das aber, so sorgfältig es rekonstruiert wurde, keinen Selbstwert für Flake hat. Am deutlichsten wird sein eigentliches Interesse auch bei der Schilderung jener Fahrt, die seine Phantasie stimulierte und die gewiß ein Höhepunkt der Erzählung ist: doch eben nicht als das historische Spektakel, das sie war, sondern als bedeutsamer Abschluß eines Lebens, eine festliche Fahrt in den Tod, der nichts von der Düsternis sonstiger literarischer Charonfahrten anhaftet, die prachtvolle Feier eines gelungenen Lebens und sein Ausklang. Oder vielmehr: das Ende des Kaufmanns Roselius zeigt jene „Freude" und Staunensgestalt", von der Bloch spricht, worin man dem Tod „nicht nur als einer Reise äußerster Ordnung, sondern als einer Befreiung gerade des – Lebensüberschwangs" entgegensieht.[75] Vollendung steht also über diesem Schlußbild, das Wunschtraum und poetologische Chiffre in einem ist. Denn wie Roselius in den Fluten des Dnjepr untertaucht, der hier zum Weltstrom selber wird, so daß

Tod und Leben im ewigen Werden sich ausgleichen, derart hatte ihn die Macht der Phantasie ins historische Geschehen eingesetzt, den Bann des Vergangenen, Abgeschlossenen brechend. Literatur und Kunst erscheinen in dieser Deutung als Medium der Auflösung, welche zugleich Rettung bedeutet. Nicht die längst vergangene historische Wirklichkeit beglaubigt die Lebensgeschichte dieses Kaufmanns (wie gewöhnlich im historischen Genre), sondern in der Lebensgeschichte dieser Traumfigur gewinnt die geschichtliche Materie erst Lebendigkeit.

So erklärt sich auch, daß Flake es bei dieser einen Vorlage hat bewenden lassen. Er hat sich eng an die selbst schon romanhaft ausgemalte Biographie Katharina II. gehalten, von anderen Quellen gibt es keine Nachricht, und nur hier und da mag er sich in Nachschlagewerken eines Zusammenhangs vergewissert haben. Daher kam die Erzählung auch schnell voran, „an Pfingsten war (sie) fertig",[76] und man weiß nicht, was bewundernswerter ist, die Kunstfertigkeit der Lebensbeschreibung, die nichts Unwesentliches kennt, wo jeder Charakter, jedes Detail zu Ende getrieben wurde – oder die Virtuosität der historischen Konstruktion, in die eigene Erfahrungen („Die Ringelnatter, die ich dabei überraschte, wie sie einen Salamander hinunterwürgte, wurde in den ‚Kaufmann Roselius' versetzt ...)[77] und die Details aus Lavater-Slomans Katharina-Biographie miteinander verschmolzen werden. Die Erzählung umfaßt etwa zwanzig Jahre von Erich Roselius' Leben, zu Beginn ist er „gegen Vierzig", und er stirbt sechzigjährig auf Katharinas Reise in die südlichen Provinzen 1787. So daß Flake diese beiden Jahrzehnte so in den historischen Verlauf eingepaßt hat, daß sie sich mit der Aufstiegsphase jener Epoche decken, die Katharina geprägt hat und die in ihr ebenso wie in Friedrich dem Großen oder Joseph II. eine gleichberechtigte Repräsentantin des aufgeklärten Absolutismus sah. Die Parallelität ist bedeutsam, fiktive Lebensgeschichte und historische Biographie beleuchten sich gegenseitig. Daß dies gleichsam phasenverschoben geschieht (als Roselius stirbt, ist Katharina auf dem Höhepunkt ihrer Macht), macht den Einklang im Wesentlichen um so sichtbarer. „Wenn dem Leben ein Sinn abgewonnen werden kann, besteht er in der Auffassung, man sei da, um das Leben zu bestehen"[78] – auf der weltpolitischen Ebene bewies diese Wahrheit auch die ehemalige deutsche Prinzessin von Anhalt-Zerbst. Friedrich II. hatte sie ursprünglich ja nur deshalb zur künftigen Großfürstin vorgesehen, weil er mit ihr eine willige Agentin seiner Politik auf den russischen Thron zu setzen hoffte, und Elisabeth II. hatte den Vorschlag nur deshalb akzeptiert, weil das Haus Anhalt-Zerbst politisch völlig unbedeutend war und sie ihrem ehemaligen Verlobten, dem Onkel der jungen Sophie, ihre Zuneigung bewahrt hatte. Mit sehr unterschiedlichen, doch sicher nicht großartigen Erwartungen war dieses politische Unternehmen ins Werk gesetzt worden. Dann reiste Sophie Auguste Friedrike von Anhalt-Zerbst nach Rußland, erhielt nach ihrem Übertritt zur orthodoxen Kirche den Namen Katharina Alexejewna, verlobte sich am 29. Juni 1744 mit dem Großfürsten Peter und heiratete ihn im Herbst des folgenden Jahres. Wie sich diese in ein fremdes Land, eine fremde Kultur, einen fremden Hof mit seiner Intrigenwelt verschlagene Prinzessin zurechtfand und schließlich sogar behauptete, verdient wirklich, wie Katharina selber später schrieb, erstaunlich genannt zu werden. Lavater-Sloman zitiert einige bezeichnende Sätze aus ihrem Rückblick: „Ich litt an hypochondrischen Anfällen, die mich oft weinen machten, und war damals sehr mager; Boerhaave fürchtete, ich würde schwindsüchtig werden. Es ist erstaunlich, daß ich es nicht geworden bin, denn ich habe achtzehn Jahre ein Leben geführt, von dem zehn andere Frauen verrückt geworden und zwanzig an meiner Stelle vor Gram gestorben wären."[79] Ein Leben an der Seite eines rohen, zurückgebliebenen Großfürsten von gemeinem kindischen Charakter, überwacht von einer mißtrauischen, eifersüchtigen Zarin, abgeschnitten von aller Zivilisation und westeuropäischen Kultur – das war eine grausame und harte Schule, und wer sie bestand, mochte in der Tat aus jenem Holz geschnitzt sein, aus dem Herrscher gemacht sind, und später selbst ein Reich regieren können, in dem es „nichts als Edelleute und Sklaven" gab,[80] die meisten Adligen Analphabeten waren und nicht selten barfuß hinter ihrem Pfluge hergingen. Nach dem Tode Elisabeths am 5. 1. 1762 wurde der Großfürst als Zar Peter III. ihr Nachfolger. Seine Regentschaft währte nur wenige Monate, bis er am 28. Juni 1762 von Katharina durch einen Staatsstreich der Garderegimenter, die von den Brüdern Orlow dazu angeführt waren, gestürzt und eine weitere Woche später unter mysteriösen Umständen ermordet wurde. Katharina, sogleich zur regierenden Kaiserin proklamiert, hatte sich nicht nur gegen den Widerstand des Adels und der Kirche durchzusetzen, das ihr als der fremdstämmigen Herrscherin auch vom Volk entgegengebrachte Mißtrauen zu besiegen, sondern sich auch aus der Abhängigkeit der Orlows zu befreien, die in ihr zunächst eine willige Marionette eigenen Machtehrgeizes sahen. All das gelang ihrem eisernen Willen, ihrer legendären Arbeitskraft, ihrem diplomatischen und strategischen Geschick und schließlich wohl auch dank eines Verbündeten, dessen Einfluß und Siegeszug sie geschickt zu ihren Gunsten außen- wie innenpolitisch einzusetzen vermochte: der europäischen Aufklärung. Sie korrespondierte mit den französischen Enzyklopädisten, erwies sich als deren Mäzenatin, wollte ihre Ideen im neuen russischen Reich verwirklichen. Doch die meisten Reformbestrebungen waren zum Scheitern verurteilt: so unglaublich zurückgeblieben war die Masse der Bevölkerung, so störend erwies sich das Legitimitätsproblem ihrer Herrschaft, daß sie keinerlei Einschränkung ihrer autokratischen Macht zulassen konnte. In der Frage der leibeigenen Bauern, dem vielleicht drängendsten sozialen Problem, war sie auf den Adel angewiesen, aber der wünschte keine Änderung der bestehenden Verhältnisse.

In den beiden Jahrzehnten, die Roselius in Rußland lebt, entwickelte sich Katharina von der gedemütigten, politisch unsicheren, von Günstlingen abhängigen Frau zur absolutistischen Herrscherin; es sind die Jahre ihrer außerpolitischen Erfolge (Vermittlerrrolle im Frieden von Teschen, polnische Teilung), militärischen Siege (Vernichtung der türkischen Flotte und der Friedensvertrag von 1774), der Überwindung ihrer innenpolitischen Gegner (des Metropoliten von Rostow, der ukrainischen Bauern und rebellierenden Kosaken), es sind auch die Jahre einer programmatischen Reformpolitik, die sich auf die Forderung der Wirtschaft, der Bildung, der Kultur konzentrierte, von den Intentionen eines neuen Rechtskodex blieb freilich kaum etwas übrig. So daß Katharinas Reise in die südlichen Provinzen wirklich der Höhepunkt ihrer Wirksamkeit war und damit jenen glanzvollen Vorschein von Vollendung enthält, die menschliches Leben nach Flakes Überzeugung nie erreicht, aber immer erreichen soll. Wenn Roselius sich kurz vor seinem Tode Rechenschaft ablegt und die ihm im Wachtraum erschienene Sonja sagt: „Du bist den Verführungen der Macht ausgewichen und hast auch in diesem Sinn Freiheit gewonnen, die ihrem Wesen nach auf Nichtbeteiligung beruht",[81] so werden Unterschied und Koinzidenz der beiden Lebensläufe deutlich, die Flakes Erzählung berichtet. Zwei Weisen, das Leben zu bestehen, durch Beteiligung und Nichtbeteiligung: unter dem von sehr weit her kommenden Blick des Epikers gelangen beide zur Deckung.

Flakes Erzählung verdient aber noch unter einem weiteren, letzten Aspekt unsere Aufmerkamkeit: wir kennen ihre Hauptquelle und erhalten durch den Vergleich wichtige Aufschlüsse über ihre Machart und damit auch über die Arbeitsmethode ihres Autors. Ohne der detaillierten Analyse vorgreifen zu wollen, mögen einige Beispiele Flakes Kunstfertigkeit belegen. Lavater-Sloman: „Monsieur Pictet wird sogleich ohne alle Zeremonie in Privataudienz empfangen ... Wie, er kommt als Voltaires Abgesandter, um ihr eine Ode des großen Mannes zu überreichen, die an sie, Katharina, gerichtet ist? Eine bessere Einführung hätte Monsieur Pictet aus Genf nicht bringen können."[82] Auch diesen Besuch des Schweizer Patriziers hat Flake aufgegriffen. Im Gespräch mit Roselius berichtet Katharina von ihm als einem kurz bevorstehenden Ereignis: „‚Heute mittag empfange ich Herrn Pictet aus Genf, der mir einen Brief des großen Mannes überbringt. Melden Sie sich um fünf ...'"[83] Die historischen Details werden also nicht etwa zu einem mehr oder weniger malerischen Hintergrundgeschehen zusammengefügt, sondern so mit der fiktiven Handlung verknüpft, daß nur der genaue Vergleich die Elemente wieder zu scheiden wüßte. „Im kältesten Januar setzten sich zwanzig mächtige Schlitten in Bewegung. Sie sahen kleinen Häusern gleich, hatten drei Fenster an jeder Seite und waren gut beleuchtet und durchwärmt. Sechs bequeme Polstersessel, Teppiche und ein Tisch machten diese fahrenden Salons trotz Kälte und früheinbrechender Dunkelheit wohnlich. Das Dach war so hoch gewölbt, daß auch große Männer bequem in den ‚Hausschlitten' stehen konnten. Acht bis zehn Pferde waren einem jeden vorgespannt und sausten mit dem Gefährt davon ..."[84] Diese Vorlage hat Flake bis hin zu wörtlichen Wiederholungen übernommen: „Die Schlitten, mit acht und mehr Pferden bespannt, waren gewärmte Häuser und so hochgewölbt, daß der größte Mann sich nicht zu bücken brauchte. Die Einrichtung bestand aus sechs Polstersesseln und Teppichen. Drei Fenster durchbrachen links und rechts die Seiten."[85] Die Unterschiede werden erst auf den zweiten Blick deutlich. Flake hat die Beschreibungsfolge verändert, den Text durch Weglassungen gestrafft, die Sätze verkürzt, so daß jener für ihn so charakteristische Lapidarstil entsteht, der aber keinerlei Einbuße an Anschaulichkeit bedeutet. Die Reduktion aufs Wesentliche eines Eindrucks wirkt stimulierend, phantasieanregend. Erhellend dafür auch das folgende Beispiel, das direkt anschließt: „Die Nachtherbergen hatte man in neuerbauten Häusern mit dem größten Luxus vorbereitet. Eine Schar von Dienern stand jeweils bereit; die warmen Speisen warteten schon auf den Tischen, auch diese von Stunde zu Stunde neu zubereitet, damit die hohen Gäste sich keine Minute zu gedulden brauchten. Das waren gesegnete Tage für die Bauern, die von weit her zusammenströmten und nun verzehrten, was umsonst gekocht worden war. Mit gefülltem Magen fiel der Beifall für die Kaiserin übrigens besonders begeistert aus."[86] Otto Flake: „Zur Übernachtung dienten neugebaute Herbergen, worin die Diener, die Köche, die gedeckten Tische warteten. Die Bauern strömten herbei, um sich an den Überresten zu sättigen; auf den Abfall lauerten die Wölfe."[87] Beschränkung aufs kennzeichnende Detail, Verzicht auf ausmalende und kommentierende Passagen, sparsame Ergänzungen, die im Sinnbild und nicht etwa glossenhaft das Geschehen zu deuten vermögen (Bauern und Wölfe machen sich über die Reste her) – aus der umfassenden Analyse seiner hier so sichtbar werdenden Arbeitsweise ging auch die Eigenart von Flakes Phantasietätigkeit hervor, die immer zusammenziehend, damit konzentrierend verfährt und Verwesentlichung der Gegenstände, Charaktere, Handlungen zum Ziel hat. Nicht auf ein Historiengemälde, auf die Darstellung der „russischen Seele" (so der Untertitel von Marie Lavater-Slomans Buch) kam es ihm auch im ‚Handelsherrn' an, das historische Ereignis entzündete abermals seine Einbildungskraft, war der Anlaß, erneut ein Leben durchzuprobieren, erzählend eine Möglichkeit zu erfahren, die das wirkliche Leben verweigert hatte.

Im Morgenland der Dinge
Über Franz Hessel

1. Deutsch-französische Lebensläufe

Franz Hessel hat bis heute vor allem in der Gestalt des Freundes überlebt, die ihm Walter Benjamin gegeben hat, und wer seinen Namen kennt, ist ihm vorher zumeist nur durch Benjamins Rezensionen von ‚Heimliches Berlin' und ‚Spazieren in Berlin' begegnet; die Überschrift der letzteren hat dann auch noch das Stichwort geliefert, auf das man ihn meinte festlegen zu können: ‚Die Wiederkehr des Flaneurs'. Selten nur verzeichnen die Literaturgeschichten seinen Namen, wenn überhaupt, dann im Zusammenhang mit der Geschichte des Feuilletons der Weimarer Republik oder der Münchener Bohème, wo er in den Bannkreis der Gräfin Reventlow geraten war. Das hat sich bis heute wenig geändert, obwohl die Neupublikation seiner Werke begonnen hat[1] und die Kulturgeschichte der zwanziger und dreißiger Jahre das geisteswissenschaftliche Forschungsinteresse doch zuzeiten schon recht heftig beflügelte. In einer ersten, so gründlichen wie engagierten Monographie, die das Hauptaugenmerk auf Hessels Romane richtet, hat Hartmut Vollmer auch die bisherige Wirkungs- und Rezeptionsgeschichte Hessels gemustert.[2] Dabei stellte sich ein einheitliches Leitmotiv der Kritik heraus, das wohl einen Hauptgrund für die sonst merkwürdige Vernachlässigung dieses bedeutenden Schriftstellers angibt. Exemplarisch Oskar Loerkes Rezension der ‚Pariser Romanze': „Wir haben zwar kein bedeutendes Buch vor uns, doch hat dieses ‚bedeutend' kein ‚unbedeutend' zum Gegensatz."[3] Oder Kurt Tucholsky über die Kurzprosa des Bandes ‚Teigwaren, leicht gefärbt': „Es stehen so bezaubernd leichte Dingelchen in dem Buch, so hingehaucht, wirkliche ‚soufflés'."[4] Man weiß nicht genau, wo und wie man ihn einordnen soll. Der gar nicht zeittypische Gegenstand, die Beiläufigkeit der Themen, die Leichtigkeit und manchmal altmodische Grazie der Schreibweise wirken fremd in der Literatur der Epoche – allenfalls Robert Walser liefert einen Orientierungspunkt für den literaturhistorischen Vergleich; die der Kunstgeschichte entlehnten Kategorien des

Impressionismus, des Jugendstils sind nur Ausdrücke der gleichen Verlegenheit, die aus dem Etikett ‚Neuromantik' spricht. Benjamins Bemühen, den Freund für die Moderne zu retten und in seinem Verfahren die Technik der Photomontage zu entdecken,[5] ist allenfalls von biographischem Interesse, und vielleicht hat nur Alfred Polgar in die richtige Richtung gewiesen, als er Hessel einen „Philosophen und Dichter" nannte.[6]

Das Staunen ist der Anfang der Philosophie, dieses Talent besaß Franz Hessel seit seiner Kindheit in hohem Maße und hat es nicht verloren bis zuletzt. In dem (wie auch seine beiden anderen Romane) autobiographischen Buch ‚Kramladen des Glücks' hat er sich selber in der Gestalt des kleinen Gustav Behrendt geschildert: wie er auf seinem Lieblingsplatz im Garten sitzt, „ganz nahe bei dem Beet mit den Stiefmütterchen, die ihn anblickten wie Gesichter", und den Spielen der älteren Kinder zuschaute;[7] oder wie er sich an die Mutter schmiegt, die soviel krank ist und nicht in den Garten darf, so daß sie ihren Lehnstuhl mit den vielen Kissen darauf ans Fenster rücken mußte, um hinaussehen zu können. Er beteiligt sich nicht am Spiel der anderen Kinder, bleibt Zuschauer, mit ungeschickten Händen und langsamen Füßen; wenn er sich doch einmal zum Mitmachen verführen läßt, geht's unweigerlich schief, und er kehrt reumütig zurück auf seinen alten Posten: „Gustav sah aus dem Fenster auf den Hof."[8] Das Porträt Franz Hessels als der kleine Gustav Behrendt stimmt bis in Einzelheiten. Seine ganze Seligkeit war die Mutter, dies um so mehr, als ihn ihre Schwäche ständig ängstigte und seine Sorge weckte. Sie starb früh, bei der Geburt einer Schwester, die auch nicht überlebte. Es ist das Unglück seines Lebens und die eindrückliche Lehre geblieben, daß sich nichts halten läßt und erst der Besitz den Verlust provoziert.

Franz Hessel ist am 21. November 1880 in Stettin geboren. Der Vater war Getreidehändler und wurde später Bankier, die Mutter kam aus Posen, sie starb, bevor die Familie 1888 nach Berlin übersiedelte und alsbald, nach einer weniger renommierten Zwischenstation, am Kurfürstendamm Wohnung nahm. Neunzehn Jahre alt ist Franz Hessel, als die geliebte ältere Schwester stirbt, auch sie bei der Geburt eines Kindes, und sich so die schlimme traumatische Erfahrung seiner Kindheit wiederholt. Sie hat sein Verhältnis zu den Frauen für immer geprägt; nicht nur, daß er in ihnen „weniger die Geliebte als die Schwester" gesucht hat,[9] auch die Fähigkeit, sie festzuhalten, war ihm schon in früher Kindheit abhanden gekommen. Das ermöglichte ihm, immer wieder in jenen merkwürdigen Konstellationen zu leben und darin sogar glücklich zu sein, die nach außen als übliche Bohéme-Existenz, als der Versuch erscheinen, bei der Erprobung neuer Lebensformen mitzumachen, in Wahrheit aber nur eine Anpassungsleistung waren aus Angst, daß jeder ausschließliche Liebesanspruch zwangsläufig zum Verlust der Geliebten führen müsse. Zum Studium (Germanistik und Archäologie) ging er nach München, gewann Zugang zum George-Kreis und lernte vor allem Franziska zu Reventlow kennen, das hinreißende enfant terrible ihrer Gesellschaft; mit ihr und dem polnischen Grafen Bogdan von Suchocki führte er fast drei Jahre (1903–1906) eine Ehe zu dritt, deren schwankende Verhältnisse er in seinem ersten Roman ‚Der Kramladen des Glücks' geschildert hat. Doch war er auch dabei der Mitspieler, dem mitgespielt wurde und der das dulden mußte, weil er sich nur so vor größerem Schmerz schützen zu können glaubte. Nur wenige Jahre später wiederholte sich die Situation.

In seiner Münchner Zeit hatte Hessel mit Franziska zu Reventlow den ‚Schwabinger Beobachter' herausgegeben, seine ersten Gedichte veröffentlicht (der Band ‚Verlorene Gespielen' erschien 1905 bei S. Fischer) und die Erzählungen geschrieben, die 1908 unter dem Titel ‚Laura Wunderl' ebenfalls bei Fischer herauskamen. Da war er schon in Paris, der neben Berlin zweiten Großstadtheimat seines Lebens. Ohne ordentlichen Studienabschluß, ein stellungsloser Literat, der es sich aber im Gegensatz zu den vielen anderen leisten konnte. Der Vater war schon 1900 gestorben, die reiche Erbschaft und seine geringen Ansprüche machten ihn finaziell unabhängig. „In Paris gehörte er bald zum Kreise des Café du Dôme, nimmt an den hitzigen Debatten über Cézanne und die Matisse-Schule mehr beobachtend als eingreifend teil und hat seine Freude an den oft drolligen Eigentümlichkeiten der Maler und Dichter, die sich dort zusammenfinden. Manche von ihnen ... treten in seinen Romanen auf."[10] Er lernte Wilhelm Uhde, Paul Fort, André Salmon und Gertrude Stein kennen, schloß sich in der ‚Closerie des Vilas' einer Gruppe von jungen französischen und skandinavischen Schriftstellern an und befreundete sich mit Henri Pierre Roché, dem späteren Autor des Buches ‚Jules et Jim', das durch Truffauts Verfilmung weltberühmt werden sollte.

Im Frühjahr 1913 heiratete Hessel Helen Grund, eine Schülerin der Käthe Kollwitz; der Hochzeitsreise durch Frankreich schloß sich auch

Roché an, Vorspiel zu einem Liebesroman zu dritt, der ab 1920 datiert (Hessels wohnten seit Frühjahr 1914 in Genf), als nämlich der gemeinsame französische Freund auf ihren Wunsch zu ihnen zog. Das Muster ist schon aus München bekannt, außerdem kann man die Geschichte in ‚Jules und Jim' nachlesen. Die tiefverwurzelte Überzeugung, daß Bindung und Verlust zusammengehören, die Angst vor der ewigen Wiederholung seines Schicksals, lassen für Hessel wiederum nur die Rolle des freundschaftlich verstehenden Beobachters übrig, der sich distanziert, um nicht zugrunde zu gehen. Zuletzt kehrt Helen zu ihm zurück, erstmals hatte er also Erfolg mit seinem Rezept der Duldung.

Die literarisch produktivste Zeit Hessels beginnt mit den zwanziger Jahren, das hatte auch wirtschaftliche Ursachen, denn nach der Inflation mußte er sein Geld durch Schreiben verdienen. In dem Jahrzehnt zwischen 1920 und 1930 erscheinen seine zwei weiteren Romane, mehrere Erzählungs- und Prosabände, unter denen vor allem die schmale Novellensammlung nach dem Geschmacke Bocaccios ‚Von den Irrtümern der Liebenden' herausragt, das berühmte Flanierbuch ‚Spazieren in Berlin' und meisterhafte Übersetzungen von Werken Stendhals, Baudelaires, Balzacs, Prousts und der Erinnerungen Casanovas.[11] Als Lektor im Rowohlt Verlag wohnte Hessel nun auch wieder in Berlin, Walter Benjamin gewann ihn zum Freunde, Ernst Bloch, Siegfried Kracauer und Ernst Schoen traten hinzu. Nach 1933 kann er noch fünf Jahre, gleichsam in innerer Emigration, in Berlin leben und arbeiten, dann gelingt es seiner Frau, ihn nach Paris zu holen. Der ältere Bruder übrigens, Professor in Göttingen, blieb unbehelligt und starb im ersten Kriegsjahr. Hessel wurde kurzzeitig im Sammellager von Colombes bei Paris interniert, lebte dann bis zum Sommer 1940 in dem Haus, das ihm Aldous Huxley zur Verfügung stellte, in Sanary sur Mer, wo viele deutsche Schriftsteller als Flüchtlinge Schutz suchten und auf die Gelegenheit warteten, in die Vereinigten Staaten zu emigrieren. Nach der Invasion Frankreichs wurde Hessel abermals in ein Lager abtransportiert, dort lebte er, gesundheitlich bereits geschwächt, unter den schlimmsten und schändlichsten Bedingungen, erholte sich auch nach seiner Entlassung nicht wieder. Er starb am 6. Januar 1941, wenige Monate nach dem Tode seines Freundes Benjamin, dem ein anderes französisches Internierungslager bei Perpignan zum Verhängnis geworden war. Mehrere Konvolute mit Tagebüchern und Manuskripten, darunter auch das Fragment eines vierten Romans, sind in den Kriegswirren verschollen.

2. Aus der Perspektive des Abschieds

„Bis zum Frühjahr 1924 lebte in Berlin ein junger Mensch, dessen Erscheinung die Männer und Frauen seines Bereiches erfreute, ohne daß sie seinem Wesen tiefer nachforschten. Erst als er fortging, erregte er bei einigen ein schwer zu erklärendes Abschiedsweh."[12] So beginnt Hessels letzter Roman, doch ist der Abschied in allem, was er geschrieben hat, die dominierende Situation. Und das zugleich szenisch (mit Abschiedssituationen enden die beiden anderen Romane ebenso wie dieser) und hinsichtlich der Erzählperspektive, in der alle Ereignisse in ihrer Vorläufigkeit erscheinen. Es gibt dafür im ‚Kramladen des Glücks', dem vielleicht schönsten Kindheitsbuch der modernen deutschen Literatur, eine Szene von allegorischer Bedeutung. Der kleine Gustav fährt mit seinen Eltern an die See: „Vater, Mutter, Rudolf und Gustav saßen auf den dickwulstigen Sofakissen in dem schmalen Wandzimmer, an dem all das Grün und Blau der weiten Welt vorbeikreiste."[13] Der fahrende Zug wird zum Sinnbild für eine Erfahrungsweise, die gebannt ist vom Fluß der Dinge, doch auch selber keinen sicheren Grund hat. „Ein Zug fährt ab, man bleibt zurück, geht durch die Straßen. Und erst fühlt man den, der abfuhr, neben sich gehen. Mit einmal ist er wirklich fort. Alle Leute kommen dir entgegen, und keiner geht mit dir."[14]

Aus der Perspektive des endgültigen Abschieds, des wartenden Todes im Krieg, erzählt Arnold Wächter dem Freunde Claude von seiner Pariser Romanze, die unaufhaltsam vorüberging; während er die Briefe schreibt, nähert er sich stetig der Front. Die 24 Abschiedsstunden, die den Roman ‚Heimliches Berlin' ausmachen, treiben den Protagonisten von einem Ort zum anderen, und den Wandel der Menschen, die er trifft, erlebt er selbst als Vorübergehender. Die Geschichten ‚Von den Irrtümern der Liebenden', die Dappertuttos kleine Gesellschaft sich wechselseitig während einer Nachtwache im „März des traurigen Jahres 1919" erzählt, handeln alle von der „Kluft der Trennung"[15] noch in der Nähe größter Gemeinsamkeit: „Aber mit Verwunderung erst, dann mit Grausen sah die Liebende neben sich einen Fremden schlafen, dessen Hand sich wie mit verkrampften Totenfingern an ihre Weiche klammerte."[16] Auch der Spaziergänger des Berlin-Buches läuft herum in einer Stadt, „die immer unterwegs, immer im Begriff anders zu werden, ist."[17] So kann man fortfahren, Hessels Werke zu mustern auf das Zeitmaß, das in ihnen schlägt. Das Ergebnis wird nicht nur sein, daß dieses Maß wechselt, sondern daß jedes Ding seinen eigenen, nicht einmal in sich selber konsistenten und gleichmäßigen Takt hat und auch das Subjekt sich in seiner eigenen Zeit bewegt. Wenn Hessel an einer Stelle den Spaziergänger mit einem Leser vergleicht, der die Straße liest wie ein Buch,[18] so wird das Gleichnis erst vollständig auch mit seiner Zeitauffassung übereinstimmen, wenn man hinzusetzt, daß dieses Buch eigentlich, während er geht, erst entsteht und wie ein Fluß oder ein Film sich dauernd verändert. Der Erzähler blickt immer aus einem Wanderzimmer auf eine sich bewegende Welt und kann von nichts anderem berichten als von punktuellen Konvergenzen. Die Modernität Hessels liegt in eben dieser Perspektive begründet, die nur oberflächlich gesehen der Verfahrensweise des Films entspricht. Denn die Kamera erzählt nicht die eigene Geschichte und eigene Zeitbewegung zugleich mit jener mit, die sie am Objekt verfolgt; als technisches Medium, das den Gesetzen der mechanischen Zeit gehorcht, kann sie auch nur ansatzweise den Zeittakt der Person berücksichtigen, der sie zu Diensten ist. Anders der Schriftsteller, und Hessel geht mit seiner Konzeption noch über den verehrten Marcel Proust hinaus, der die verlorene Zeit zwar ebenfalls als diskontinuierlichen, von Zufällen bedingten Prozeß erscheinen ließ; doch wurde dieser noch von einem mit sich selbst identischen Subjekt erinnert. Insofern gehören Hessels drei Romane tatsächlich als Trilogie zusammen, obwohl sich in ihnen nicht nur das Subjekt, sondern auch das erinnernde Ich bis zum Identitätswandel verändert, weil ihnen eine einheitliche Konzeption der Erinnerung zugrunde liegt. Das macht auch die Affinität dieser Erzählungen zum Unbestimmten, Undefinierbaren, Nichtfestgelegten aus (ein weiterer Hauptgrund für die Ratlosigkeit der Kritik), sie haben eine so direkte Verbindung zu dem unbewußten oder nur halbbewußten Leben im Gedächtnis, aus dem sie kamen, daß sie schnell darin wieder untertauchen und sich mit den vielen Bildern und Episoden vereinigen, die seit Kindertagen darin wohnen: sie bieten keine Deutungen, sondern fließende Wirklichkeit im Vorübergehen. Analog zum dauernden Wechsel der Empfindungen, die in der Liebe kulminieren. Über deren Wesen reflektiert Anselm in den ‚Irrtümern der Liebenden': „Sie strömt vielleicht über, wandert in Wellen wie Licht und Schall und wird von empfindlichen Objekten aufgenommen wie drahtlose Telegraphie."[19]

3. Aug in Auge mit den Dingen

„Er geriet in eine schmale Gasse, die abwärts führte, und blieb vor einem Spezereiladen stehen, in dessen Fenster ein Goldfischbassin zu sehen war und darüber auf einem Brett Holzspielzeug, Spagatrollen und Gläser voll bunter Bonbons. Wenn ich ein kleiner Bube wäre, könnte ich jetzt da hineingehn, dachte er, und mir für zehn Pfennig was kaufen. Warum bin ich denn erwachsen? Und seit wann? Und wieder besah er das liebe Allerlei der Auslage. Da waren noch Nudeln, gezackte und runde, neben Kinderbällchen und Tuchproben, und weiter Behälter mit Lindenblütentee und Kamillen und Korinthen."[20]

Von derart kuriosen Dingen erzählt Hessels ‚Kramladen des Glücks', und wer in dem Buch liest, wird immer wieder die schmale Gasse abwärts gehen, an deren Ende er sich selber, mit erwartungshungrigen Augen und bonbongefärbten, klebrigen Händen, begegnet. Die eigentliche Handlung fällt dabei zunächst wenig ins Gewicht: daß der Held Gustav Behrendt ja in einem großbürgerlich-jüdischen Elternhause aufgewachsen ist, an der Hand der liebereichen Mutter eine glückliche, doch allzu kurze Kindheit erlebt hat und dann als Student in München sein Leben zwischen bunter Bohème und ernster Bürgerlichkeit einrichtet. Die äußere Biographie bildet eine Art Faden, auf dem unkalendarisch wie bunte, wechselnde Glasperlen die wesentlichen Ereignisse aufgereiht sind: das lärmende, staubsaugende Ungetier, das sich dem kleinen Gustav unaufhaltsam nähert, und in letzter Minute die Rettung durch die sichere Hand der Mutter; die spielenden Hinterhofkinder, die ihn erst mitlaufen lassen, doch dann kommt einer, „den er noch nicht kannte, zeigte mit dem Finger auf ihn und rief ein böses Wort. Und die andern wiederholten es. Gustav erschrak und fragte den langen Wilhelm, der ihm entgegenkam: ‚Was ist das, ein Jude?'"[21] Die Schulzeit mit ihren Stockungen und Seligkeiten, da erinnert manches an Tonio Kröger, der wie Gustav durch Schillers ‚Don Carlos' in die Wonnen der Freundschaft eingeweiht wurde; und immer wieder die Kramläden und Kuriositätenkabinette der Großstadt, die Gustav nicht nur hinter Schaufenstern und Ladentüren, sondern auch im Mädchenzimmer der Geliebten entdeckt: „Er streichelte die Seidenkissen des Diwans und die Bauernhäubchen, die darüber hingen. Er blätterte weiter in ihren Heften. Dann nahm er eine kleine Schachtel mit Farbstiften in die Hand und sah sie lange an, die langen und die kurzen, die breiten und die spitzen, und hätte sie, so lächerlich es ihm vorkam, am liebsten geküßt."[22]

„Tücke des Objekts" hatte Friedrich Theodor Vischer die widersachelische Gestalt der Dingwelt genannt, und wir alle kennen ihre Erscheinung in den Bildergeschichten Wilhelm Buschs, wo sie ein merkwürdiges Eigenleben entfaltete. Eine Stuhllehne bricht im ungeeignetsten Moment, ein Ast knackt, der Hocker macht sich selbständig, der Boden gibt nach: die ganze Welt ein bewegliches, unzuverlässiges Getümmel von mehr oder weniger lebendigen Wesen. Auch für Hessels Helden gibt es keine toten Dinge, doch stehen sie mit ihnen auf gutem Fuß. „Ich habe Freude an Dingen, die mich nichts angehn",[23] sagt Gustav, doch geht diese Freude nie über in Okkupation, in den Trieb nach Besitz. Weil Gustav die Selbständigkeit der Dinge respektiert, ja gerade an ihr sich erfreut, begegnen sie ihm freundlich. So kommt Feindseligkeit gar nicht erst auf, das Verhältnis ist brüderlich, die streichelnde Hand verrät die Sehnsucht, zu sein wie eine dieser schlummernden Monaden. „Haben nicht vielleicht die sogenannten toten Gegenstände ihr eigenstes Glück, ihre Wollust, wenn sie die süße Berührung der blutbewegten und atmenden Wesen in regungsloser Hingabe auskosten?"[24] fragt der Maler Wörner in einer anderen Geschichte von Franz Hessel und formuliert damit das Programm seines Autors, der in seinen zugleich lebensklugen und poetologischen Überlegungen ‚Von der schwierigen Kunst spazieren zu gehen' dem Leser den Rat gibt: „Wenn du unterwegs etwas näher ansehn willst, geh nicht zu gierig darauf los. Sonst entzieht es sich dir. Laß ihm Zeit, auch dich anzusehn. Es gibt ein Aug in Auge mit den sogenannten Dingen. Es genügt nicht, daß *du* die Straßen, die Stadt wohlwollend anschaust. Sie müssen auch mit dir gut Freund werden."[25] Auch Gustav beherrscht die Kunst, sich im Morgenland der Dinge zu verlieren, aus öden Häuserblocks Feenpaläste zu machen und geschmacklose Reklamebilder in zarte Arabesken zu verwandeln. Eine Kunst, die man nur auf dem Wege der Absichtslosigkeit erwirbt. Wendelin im ‚Heimlichen Berlin' weiß davon ebenso eine Geschichte zu erzählen wie Arnold Wächter in der Erinnerung an sein heimatliches Paris. Der eine erlernt und erleidet in den vierundzwanzig Stunden vor seiner Abreise seine eigentliche Lebensmaxime: „‚Genieße froh, was du nicht hast' . . . Seit ich diese Moral aufgefaßt habe, kann mir die Armut nichts mehr antun. Ich brauche nicht in Läden zu treten, mir genügen Schaufenster, Auslagen, die riesigen Stilleben von Würsten und Weintrauben, rosa Lachs, Melonen und Bananen . . . Mir genügt das Schauspiel der Aus- und Eingänge."[26] Doch während es Wendelin schwer wird, die Lebensweisheit des Freundes Clemens zu akzeptieren, lebt sie der andere, Arnold Wächter, schon immer, wechselte, um nirgendwo ansässig zu werden, die Unterkünfte („Aber nirgends blieb ich lange und war immer der letzte Mieter des Verfallenden, der Segenspieler des Trokkenwohners.")[27] und ging auf im Genuß des abendlichen, vergänglichen, doch schönen Scheins der Dinge. „Vom Schreibtisch . . . sah ich in einen Hofwinkel, wo Gipstrümmer eines Bildhauerateliers umherlagen, unter anderen eine kleine Sirene, die seltsam lächelnd auf ihre zerbrochenen Fischschwänze hinabsah. Die liebte ich sehr."[28] Der Versuch, sich ganz ästhetisch zur Welt zu verhalten und allein an ihrem Scheinen Genüge zu finden, das von Kant einst optimistisch postulierte interesselose Wohlgefallen, bleibt aber prekär. Hessel ist nicht blind vor den Gefahren, er ist kein Idylliker und weiß, daß die Verhältnisse so nicht sind und eine solche Existenzweise ständig bedrohen.

Die Welt, an die sich Arnold Wächter – das ist sein bedeutungsvoller Name – erinnert, ist in ständiger Bewegung, denn sie zerfällt, löst sich langsam, doch beständig und unerbittlich in Stückwerk auf. Die Menschen ziehen mit, siedeln sich „im Alten, Bröckelnden"[29] an und haben ihr Glück auf den Augenblick, das Vorüber gestellt. Hessels Beschreibung von Paris ist so genau und sinnlich ergreifend wie von einer kühlen Zeichenhaftigkeit: ob Gipsfragmente oder Neubaugerüste, die aus dem malerischen Pavillon eine Baracke machen, das sind alles auch Chiffren eines kulturellen und sozialen Übergangs, und die elegische Frage „Was ist aus unserer Welt geworden, Claude?"[30] betrifft ein universales Geschehen, das dann im Weltkrieg seinen ersten Höhepunkt erfuhr.

Doch darf man die Klage nicht mißverstehen – die Affinität zum Bröckelnden, Niedergehenden, Brechenden, die der Erzähler verwundert bei sich feststellt, verweist auf ein anderes Motiv; denn gerade der Zerfall ist voll Figur, und die Fragmente bilden, wie in einem Kaleidoskop, die schönsten Ornamente, wie sie nur in diesem Stadium des Prozesses entstehen und niemals sonst. Hessels Protagonisten sind Flaneure am Rande des Nichtmehrseins, beobachten fasziniert die Verwandlung alles Festen ins Flüssige, Vergängliche und vergehen selbst vor dem Glück der flüchtigen Form. Nur, indem sie ihre eigene Existenz unverbindlich machten, gelang ihnen das Kunststück, die Welt ohne jedes materielle Interesse zu betrachten. Der Opfer sind viele, die sie dafür bringen mußten, und ihre Geschichten berichten vom Glück und Schmerz der Entsagung zugleich.

Wie sehr sie darin Spiegelfiguren ihres Autors sind, lehrt die Biographie, lehrt auch ein Blick in das Berliner Spazierbuch. Mit dem überlieferten Städtelob, das von der Antike bis ins 19. Jahrhundert ins Repertoire jedes Prosaschriftstellers gehörte, hat Hessels Buch wenig gemein, dafür um so mehr mit dem literarischen Großstadtbild, das sich (Walter Benjamins großes Thema) bereits unter dem Blick Baudelaires herauskristallisierte und im Dublin des James Joyce oder dem Berlin Döblins kulminierte. Schon der „ursprünglich und einzig richtige" Titel ist Programm. Hier geht es nicht um das wortgewaltige Lob einer Stadt, deren äußere Erscheinung wie ein künstlerisches Bild beschreibend gepriesen wird, der Autor erlebt sie *spazierend*, das absichtslose Verweilen, der schlendernde Gang ergibt die Perspektive, in der Straßen, Häuser, Plätze und Menschen erscheinen – nicht jener erhöhte Standort, von dem aus sich dem Lobredner vergangener Zeiten die jeweilige Stadt von ihrer schönsten, repräsentativsten Seite zeigt. „Ich möchte den Ersten Blick auf die Stadt, in der ich lebe, gewinnen oder wiederfinden ..."[31] schreibt Hessel gleich zu Beginn, er sucht die unmittelbare Begegnung mit ihr, eine neue Nähe, die nicht durch das alltägliche Leben verstellt wird. In seiner Besprechung hebt Benjamin die Naivität als den Hauptcharakter des Buches hervor – es ist freilich, so widerspruchsvoll das zunächst klingen mag, eine durchaus reflektierte Naivität, durch die Blickwinkel und Verfahrensweise Hessels charakterisiert werden können. Das Einleitungskapitel trägt die bezeichnende Überschrift ‚Der Verdächtige'. Denn als verdächtig erscheint dieser Spaziergänger denen, die ihm begegnen, sein Verhalten widerspricht dem ziel- und zweckgerichteten Tun der Menschen um ihn herum, gerade die ihm eigene Harmlosigkeit des bloßen Beobachters trägt ihm mißtrauische Blicke ein, man merkt, daß bei ihm „nichts ‚dahinter!' steckt",[32] wie Hessel selber formuliert. Der Stempel des Verdachts verhindert dann auch jede ursprüngliche Naivität und Unmittelbarkeit. Hessel ist ein Fremder in der Stadt, in der er lebt, doch er ist auch kein Besucher von außerhalb, kein Tourist, der im Berlin der zwanziger Jahre herumspaziert, auf der Suche nach Sehenswürdigkeiten und malerischen Momenten. Er ist der Einheimische, der sich distanziert hat, um die Physiognomie der Stadt durch das Medium der Ferne aus der Nähe zu sehen – das ist die eigentümliche Dialektik des Standpunkts, den Hessel mit seiner Suche nach dem „Ersten Blick" meint. In all ihrer Absichtslosigkeit – nur sie ist der Garant des Erfolges – steckt in solcher Suche aber auch ein detektivisches Interesse, und die bösen Blicke, die dem Spaziergänger folgen, haben eine Ahnung davon. Dem Fremden fällt auf, was der Einheimische übersieht – diese in viele Sprichwörter eingegangene Erfahrung teilt der Flaneur mit dem Detektiv, und er unterscheidet sich von ihm, weil er zweckgerichtetes Handeln, das kalkuliert-detektivische Vorgehen beim Aufspüren von Indizien oder Motiven nicht kennt. Doch liest auch er in den Dingen, die ihm begegnen, verfolgt „im Vorübergehn die Lebensgeschichte der Läden und der Gasthäuser",[33] „blättert in Schicksalen, wenn er an Hauswänden entlang schaut"[34] und hütet sich vor eiligen Urteilen, um sich „das Glück des rein zuschauenden Daseins"[35] nicht selber zu verderben.

Der zwar zweck-, doch nicht ziellos Spazierende (wie Hessel fein unterscheidet, denn „der Abweg setzt immer einen Weg voraus"),[36] weil er doch bei aller Absichtslosigkeit ein Glückssucher bleibt, ist das Abbild eines philosophischen Lebensideals und das Modell, nach dem Hessel seine Romanfiguren entworfen hat. Das begann schon beim Knaben Gustav, dessen liebster Platz das Fenster war, der sich auch späterhin immer als einen Danebenstehenden erfährt („er stand dabei und freute sich über die klugen eifrigen Freunde"[37]) und dem Bruder in einem langen Brief schreibt, daß er am liebsten allein sei. „Es ist doch wunderschön, halbe Tage lang kein Wort reden zu müssen, ungekannt herumzulaufen und irgendein junger Student zu sein."[38] Beobachtung heißt die Muse des Flaneurs, doch inspiriert sie alle Sinne, nicht nur das Auge. „O wäre ich doch blind und ein Krüppel und hörte nur deine Stimme",[39] notiert sich Gustav ins Tagebuch. Auch dies Begehren will keine Überwältigung, ist frei von der Lust nach Verzehr oder Angleichung. Glück kommt aus selbstvergessenem Versenken, ist eine Einwanderung in den Gegenstand, ohne ihn zu versehren, gar zu verändern, mit anderen Worten: seine Erfahrung als freie Schönheit. Es ist natürlich nicht zufällig und mehr als ein Studentenulk, wenn in dem Augenblick, da Gustav „ganz in den Anblick einer Dame vertieft war, die allein an einem Tisch saß",[40] seine Gefährten auf „das Ding von diesem Kant" zu sprechen kommen und den Kategorischen Imperativ umdichten: „Bummle so, daß die Norm deines Bummels allgemeines Gesetz sein könnte."[41] Die „Freude an Dingen, die mich nichts angehn",[42] wird wirklich ernsthaft gefährdet nur durch die Liebe, und sie ist es auch, die nicht nur Gustav, sondern ebenso alle anderen Spaziergänger der Welt in Hessels Werk aus dem Takt zu bringen droht.

4. Die Verführungen der Wirklichkeit in der Liebe

Schöne Liebesgeschichten der Weltliteratur, die schönsten vielleicht, sind auf dunklem Grund geschrieben. Sie heben sich ab von verheerender Pest und Kriegsnot, vom Haß der Familiengeschlechter und von der Seelenkrankheit zum Tode. „Traurige Geschichten, die lustig machen" hat Franz Hessel sie in seinem kleinen Novellenzyklus genannt, der die Erzählungen einer „traumhaften Nachtwache" vom „Wahn und Irrtum der Liebenden"[43] enthält, eingekapselt in das soziale Elend des ersten Nachkriegsjahres 1919. Auch die ‚Pariser Romanze' ist eine derartige Glücksgeschichte aus unheilvoller Zeit. „Januar 1915"[44] lautete die erste Zeile, und wir erfahren, daß sich der Erzähler ein paar Schulhefte gekauft hat, um darin Briefe an seinen französischen Freund Claude zu schreiben, fiktive Briefe, von denen er nicht weiß, ob sie ihn je erreichen werden. Erklärung: „Jetzt bin ich mit dreiunddreißig Jahren ein deutscher Rekrut."[45] Der beunruhigende Untertitel des schmalen Romans (‚Papiere eines Verschollenen') erhält also gleich seinen präzisen und trostlosen Sinn.

Ein verlorener, vor dem Fronteinsatz stehender Soldat träumt sich in eine glückliche Vergangenheit. „In diesen Träumen bin ich immer in Paris."[46] Paris ist die gelobte, doch auf ewig verlorene Stadt, die Stadt der Freunde und Geliebten, der Schauplatz seiner Geschichte, die von Liebe handelt und doch keine Liebesgeschichte ist. Wie schwer es fallen und wie friedlos man werden kann, wenn selbst die Liebe am freien Wohlgefallen ihr Genüge finden muß, erfährt Arnold Wächter nach der Begegnung mit dem Mädchen Lotte, das ihm erstmals auf einem Kinderball im Kostüm eines Pagen gegenübertritt. Lotte, eine Deutsche, ist nur vorübergehend zu Besuch in Paris, auf der Schwelle vom Kind zur Frau begegnet ihr der Erzähler und zeigt ihr die fremde Stadt, das wirkliche Paris jenseits der Touristenattraktionen. Diese Spaziergänge durch die Stadt, ihre Straßen, Parks und Ateliers, durch die Vergnügungen und Verzweiflungen ihrer Menschen sind wahrhaft lebensverändernd: „(E)s war alles nicht mehr mein, war nur dazu da, daß ich es der Lotte zeigte und das freudige Nicken ihres Hauptes oder das ablehnende Runzeln ihrer hellen Brauen sah."[47]

Doch auch sie bleibt nicht unberührt von dieser Stadtfahrt, die zur Lebensreise in nuce wird: als Wächter ihr erstmals begegnete, war sie noch Kind, androgyn fast in ihrem Übergangswesen, als sie abreist, ist sie die wissende Frau, obwohl ihre Liebe nur im Traum und nicht wirklich Erfüllung geworden ist. Steht am Anfang das Kinderfest, so am Ende der zügellose Künstlerball, an dem Lotte mit Arnold teilnehmen will, durch alle Gefahr, die sich ergeben könnte, hindurchzutanzen, dem sie dann aber beide fernbleiben. „Es muß doch etwas Besseres geben als dieses Liebhaber- und Abenteuerwesen",[48] beharrt der Erzähler, ein Don Quijote des Liebesromans, um etwas später hinzuzusetzen: „Mir war sie Erscheinung. Schein war mir mehr geworden als Sein, seit ich erkannt hatte, daß ich in einer Welt lebte, die durch die frevelhafte Trennung von Schein und Sein aufgelöst war."[49]

Doch niemals ist die Wirklichkeit verführerischer, die Entsagung qualvoller als in der Liebe. „Ich erinnerte mich an einen Traum, in dem sie mir eine kleine Statuette aus Silber zu küssen gab; sie hielt sie mir so hin, daß meine Lippen helle Silberbrust und dunkeln Silberschoß berührten, und ich verging in entnervender Adoration."[50] Derart werden die kurzen Augenblicke des reinsten Glücks gewonnen aus lauter Mangel. Der Erzähler vertritt diese Lebensauffassung noch immer, doch wird er heimgesucht von dem, was in seiner Geschichte unabgegolten geblieben ist, unerlöst bis zuletzt. Die beunruhigende Nachreife der Bilder und Erlebnisse, die Angst, das Beste vergessen zu haben, sind die eigentlichen Beweggründe seiner Briefe an den Freund: „Es ist, als ob ich noch immer nicht die Worte fände für das, was mir geschah. Es war eine Erscheinung, die auch jetzt noch bisweilen wiederkehrt. Die Wiederkehrende wird eine Liebende."[51]

Was Arnold Wächter gleichsam modellhaft mit Lotte widerfährt und Wendelin von Domrau einen Tag lang Wonnen und Niederlagen in verwirrendem Wechsel beschert, die Einsicht: „vielleicht liebt der Zuschauer noch in weiterem Umfange als der Liebhaber",[52] war im Bildungsweg Gustavs auf viele Stationen entfaltet. Gemeinsam mit dem Bruder Rudolf und Kornelie, die beiden zugetan ist, läuft er in die Nacht hinaus, weg von einem spannungslosen, konventionellen Konzertabend, zuletzt finden sie auch eine Herberge. „Kornelie lehnte sich an Rudolfs Schulter und nahm Gustavs Kopf in ihren Arm ... Als er aufwachte, lag sein Kopf nicht mehr in weichem Arm, sondern auf harter Tischplatte. Er richtete sich auf und sah draußen im Licht die beiden umschlungen gehen."[53] Später begleitet er einen Schulfreund in ein Tanzlokal im Grunewald, doch findet er sich auch dort schließlich in einer Saalecke wieder, „um nur noch zuzusehn": „Schade, daß ich nicht mitzuspielen verstehe."[54] Noch manche Anfechtungen dieser Art gefährden die Lehrjahre des jungen Flaneurs. In München begegnet er Gerda von Broderson, ist glücklich in ihrer Nähe, doch über die ersten Schritte gelangt er nie hinaus. Während sie aufs Land fährt („Ich weiß übrigens, daß sie dort nicht allein ist."),[55] hütet Gustav die Wohnung, und auch die vielen Wunderlichkeiten dieses neuen Gehäuses können ihn nicht ganz über den Verlust trösten.

Erst Marianne, die ihm ganz unvermutete durchs Johannisfeuer in die Arme springt, heilt ihn von der „Angst, das Leben zu versäumen".[56] In ihr begegnet er der verwandten Seele („Sie wußte nicht von sich selbst."),[57] an deren Hand er zurückfindet zum Kramladen der Kindheit. „Gustav konnte nicht sehn, ob sie wirklich schlief. Er kam ganz langsam näher, bis er ihren leisen Atem fühlte. Ihre Augen blieben geschlossen. Er küßte ihren Hals, da wo der Puls pochte. Und dann war plötzlich all seine Sehnsucht still. Seine Lippen blieben an ihrem Halse. Die Augen fielen ihm zu."[58] Zum Schluß verläßt er sie, weil es für die Liebe, die er gelernt hat, keinen Weg in die Wirklichkeit und das Leben gibt. Der desperate Grund dieser Existenzweise ist in Hessels frühestem Roman noch am sichtbarsten und durchschlägt in Augenblicken der Wahrheit schrill und unversöhnlich die mühsam errungene Übereinkunft auf der Ebene des Ästhetischen. „Ich lebe gar nicht. Ach, gebt mir doch zu leben. Ich habe mich schon als Kind umgebracht. Wovon soll ich nun leben?"[59] Als Gustav späterhin die Bilder der Frauen passieren läßt, die er liebte, führt ihn die Galerie denn auch zum Ursprung seines Unglücks und seiner Leblosigkeit zurück: „– Wer sind all die fremden Frauen? – Er nahm ein Bild der Mutter hervor, suchte sie sich vorzustellen, sich zu erinnern an einzelnes."[60] Ein langer Weg bis zur Lebensphilosophie Clemens Kestners, der im Geiste von Platons ‚Gastmahl' die Menschen liebengelernt hat als Abbild der Götter und der sie sogar durch unbeirrbare Verehrung zur Vollkommenheit bringen will, so daß sie den anderen nicht mehr zur Bestätigung ihrer Identität brauchen.

„Die Überzeugung, ein Dichter zu sein, habe ich, von keiner Skepsis gestört, eigentlich nur als Kind gehabt, und wenn ich später den Mut, etwas Selbständiges, ‚Schöpferisches' zu schreiben, fand, so war das immer eine Art Wiederfinden dieses kindlichen Selbstvertrauens."[61] Dieses Leitmotiv seines Lebens verband sich mit dem philosophischen Interesse an den allgemeinen Bedingungen eines glücklichen Lebens, unbeschadet seiner individuellen Entfremdung und Versehrung. Hessels Werk entzieht sich auch deshalb den literaturhistorischen Einordnungen, weil es in den überlieferten literarischen Formen und Verfahren die Begründung, Darstellung und Rechtfertigung einer Lebenshaltung beabsichtig. Dabei sind die Elemente des Philosophisch-Lehrhaften und des Erzählerischen vollkommener miteinander verschmolzen, als dies zumeist in der philosophischen Kunstprosa des 18. Jahrhunderts der Fall war, dem geheimen Bezugspunkt jener merkwürdigen literarischen Mischformen, die seit den zwanziger Jahren neben Hessel auch Ernst Bloch, Siegfried Kracauer, Walter Benjamin, Bert Brecht und Adorno kultivierten. Die Bezeichnung ‚Denkbilder', die Benjamin dafür anbot,[62] oder ‚Merkprosa', wie ein jüngerer Vorschlag lautet,[63] der an eine Formulierung Blochs anschließt, sind deswegen nicht glücklich, weil sie den Roman ebensowenig einbeziehen wie die Großform der philosophischen Biographie, für welche Kracauer (‚Jaques Offenbach') und Ernst Bloch (‚Thomas Münzer') die bedeutendsten Beispiele vorgelegt haben. Bis heute hat die Kritik, auch zum Schaden Franz Hessels, nicht gelernt, daß es besser ist, „gegen ein von vornherein Hohes mitrauischer zu sein als gegen Abseitiges, das nicht so viel von sich hermacht."[64]

Anmerkungen

Von der unheilbaren Liebe als Stimulans der Poesie – Der Dichter Gottfried August Bürger

1. Heine, Heinrich: Die Romantische Schule. In: H. H.: Sämtliche Schriften. 6 Bde. Hg. v. Klaus Briegleb. München 1968–1976. Bd. 3 hg. v. Karl Pörnbacher. München 1971. S. 412f.
2. Goethe, Johann Wolfgang von: Maximen und Reflexionen. In: J. W. v. G.: Gedenkausgabe der Werke, Briefe und Gespräche. Hg. v. Ernst Beutler. Zürich 1949. Bd. 9, S. 507.
3. Bürger, Gottfried August: Brief an Elise Hahn v. Februar 1790. In: Briefe von und an Gottfried August Bürger. 4 Bde. u. 1 Erg.-Bd. Berlin 1874. Bd. 3, S. 20ff.
4. Berger, Arnold E.: Bürgers Leben und Werke. In: Bürgers Gedichte. Hg. v. Arnold E. Berger. Leipzig u. Wien o. J. S. 3.
5. Boie, Christian Heinrich: Brief an Gleim v. 28. Januar 1771. In: Briefe. Bd. 1, S. 22.
6. Bürger: Trinklied. In: Bürgers Gedichte. S. 3.
7. Bürger: Brief an Gleim v. 20. September 1772. In: Briefe. Bd. 1, S. 70f.
8. Bürger: Brief an Goeckingh v. 13. Juli 1776. In: Briefe. Bd. 1, S. 326.
9. Bürger: Brief an Boie v. 19. April 1773. In: Briefe. Bd. 1, S. 100.
10. Bürger: Brief an Boie v. 7. November 1778. In: Briefe. Bd. 2, S. 320.
11. Bürger: Brief an Boie v. 4. November 1773. In: Briefe. Bd. 1, S. 169.
12. Bürger: Brief an Boie v. 13. November 1773. In: Briefe. Bd. 1, S. 176.
13. Bürger: Brief an Boie v. 27. September 1773. In: Briefe. Bd. 1, S. 163.
14. Bürger: Lenore. In: Bürgers Gedichte. S. 64.
15. Bürger: Brief an Gleim v. 18. Februar 1774. In: Briefe. Bd. 1, S. 195.
16. Bürger: Brief an Boie v. 7. März 1775. In: Briefe. Bd. 1, S. 199.
17. Bürger: Brief an Gleim v. 6. Juli 1775. In: Briefe. Bd. 1, S. 233.
18. Bürger: Brief an Elise Hahn v. Februar 1790. In: Briefe. Bd. 4, S. 26.
19. Goethe: Stella. In: Gedenkausgabe. Bd. 4, S. 923.
20. Bürger: Brief an Elise Hahn v. Februar 1790. In: Briefe. Bd. 4, S. 26.
21. Bürger: Brief an Sprickmann v. 6. Februar 1777. In: Briefe. Bd. 2, S. 26f.
22. Bürger: Schön Suschen. In: Bürgers Gedichte. S. 91f.

23. Bürger: Brief an Sprickmann v. 16. Januar 1777. In: Briefe. Bd. 2, S. 12ff.
24. Bürger: Elegie. Als Molly sich losreißen wollte. In: Gedichte von Gottfried August Bürger. Hg. v. A. Sauer. Berlin u. Stuttgart o. J. S. 102f.
25. Bürger: Elegie. Aus Volkers geheimen Liebesarchiv. In: Bürgers Gedichte. S. 118.
26. Bürger: Brief an Goethe v. 6. Februar 1775. In: Briefe. Bd. 1, S. 219.
27. Bürger: Brief an Leonhart v. 20. Dezember 1775. In: Briefe. Bd. 3, S. 160.
28. Bürger: Brief an Gleim v. 22. Juli 1782. In: Briefe. Bd. 3, S. 77.
29. Bürger: Für sie mein Eins und Alles. Sonett. In: Bürgers Gedichte. S. 260.
30. Eberhard, Johann August: Betrachtungen über Wundergaben, Schwärmerey, Toleranz, Spott und Predigtwesen. Bey Gelegenheit einiger neuern Schriften. Berlin und Stettin 1777. S. 47.
31. Schiller, Friedrich: Über naive und sentimentalische Dichtung. In: F. S.: Sämtliche Werke. 5 Bde. Hg. v. Gerhard Fricke u. Herbert G. Göpfert. Bd. 4. 4., durchges. Aufl. München 1967. S. 739.
32. Bürger: Brief an Boie v. 7. November 1778. In: Briefe. Bd. 2, S. 320.
33. Bürger: An die kalten Vernünftler. In: Gedichte von Gottfried August Bürger. Stuttgart o. J. S. 153f.
34. Bürger: Mollys Abschied. In: Bürgers Gedichte. S. 204.
35. Bürger: Brief an Leonhart v. 20. Dezember 1785. In: Briefe. Bd. 3, S. 160f.
36. Bürger: Brief an Boie v. 16. März 1786. In: Briefe. Bd. 3, S. 167.
37. Hahn, Elise: Elise an Bürger. 1789. In: Gottfried August Bürger's Ehestands-Geschichte. Eine Sammlung von Acten-Stücken. Berlin u. Leipzig 1812. Neudr. Berlin o. J. S. 7.
38. Bürger: Auf die Morgenröte. Sonett. In: Bürgers Gedichte. S. 263.
39. Bürger: Wunderbare Reisen zu Wasser und zu Lande und lustige Abenteuer des Freiherrn von Münchhausen. Mit 16 Federzeichnungen v. Theodor Hosemann. Mit einem Nachwort v. Max Lüthi. Zürich 1978. S. 6 (Die Urfassung der Geschichten Münchhausens erschien 1781 u. 1783 im 8. u. 9. Teil des Berliner ‚Vademekum für lustige Leute'; die im Zitat angesprochene freie englische Übersetzung stammt von Rudolf Erich Raspe (Oxford 1786); diese letztere Ausgabe hat Bürger bei seiner Übersetzung wesentlich bearbeitet und erweitert.).
40. Rehm, Walther: Münchhausiade. In: P. Merker u. W. Stammler (Hg.): Reallexikon der deutschen Literaturgeschichte. 4 Bde. Berlin 1925–1931. Bd. 2, S. 423.

„Nicht zum Speculieren, zum Wirken ist diese Welt" – Adolph Freiherr von Knigge

Titel. Knigge, Adolph Freiherr von: Brief an Lavater v. 13. Juni 1783. In: Aus einer alten Kiste. Originalbriefe, Handschriften und Dokumente aus dem Nachlasse eines bekannten Mannes. Hg. v. Hermann Klencke. Leipzig 1853. S. 47.

1. Heine, Heinrich: Briefe aus Berlin. In: H. H.: Sämtliche Schriften. Hg. v. Klaus Briegleb. 6 Bde. München 1968–1976. Bd. 2 hg. v. Günter Häntzschel. München 1969. S. 65.
2. Knigge: Über den Umgang mit Menschen. Hg. v. Gert Ueding. Frankfurt a. M. 1977. S. 64.
3. Knigge, Philippine von: Kurze Biographie des Freiherrn Adolph Knigge. In: Ueber den Umgang mit Menschen. Von Adolph Freiherrn Knigge. Elfte Original-Ausgabe. Durchgesehen u. aufs Neue stark vermehrt v. F. P. Wilmsen. Hannover 1830. S. Xf.
4. Knigge: Das Zauberschloß oder Geschichte des Grafen Tunger. In: A. F. v. K.: Sämtliche Werke. Hg. v. Paul Raabe. Nendeln 1978. Bd. 7, S. 277.
5. Knigge: Umgang. S. 407.
6 Promies, Wolfgang: Georg Christoph Lichtenberg in Selbstzeugnissen und Bilddokumenten. Reinbek bei Hamburg 1964. S. 26.
7. Voß. Zit. n. C. M. Wielands Leben. Neu bearbeitet v. J. G. Gruber. 3. Theil, V. u. VI. Buch. Leipzig 1828. V, S. 93f.
8. Vgl. Knigge: Ueber Schriftsteller und Schriftstellerey. In: Sämtliche Werke. Bd. 19, S. 348f.
9. Knigge: Zauberschloß. S. 319.
10. Castiglione, Baldesar: Das Buch vom Hofmann. Übers., eingel. u. erl. v. F. Baumgart. Bremen o. J. S. 163.
11. Vgl. dazu etwa Knigge: Umgang. S. 180ff.
12. Knigge, Philippine von: Kurze Biographie. S. XX
13. Knigge: Umgang. S. 13f.
14. Kniggens aufrichtiges Geständniß seiner Polygraphie. In: Philippine von Knigge: Kurze Biographie. S. XX.
15. Knigge: Umgang. S. 153.
16. Schmidt, Erich: Knigge. In: Allgemeine Deutsche Biographie. Hg. durch die historische Commission bei der Königlichen Akademie der Wissenschaften. Bd. 16. Leipzig 1882. S. 289.
17. Zit. n. Ob Baron Knigge auch wirklich todt ist? Eine Ausstellung zum 225. Geburtstag des Adolph Freiherrn Knigge. Hg. v. Ernst-Otto Fehn, Paul Raabe u. Claus Ritterhoff. Wolfenbüttel 1977. S. 92.
18. Kant, Immanuel: Beantwortung der Frage: Was ist Aufklärung? In: I. K.: Werkausgabe. 12 Bde. Hg. v. Wilhelm Weischedel. Frankfurt a. M. 1977. Bd. 11, S. 53.
19. Knigge: Ueber Schriftsteller. S. 342.
20. Knigge: Ueber Schriftsteller. S. 342f.
21. Knigge: Geschichte des armen Herrn von Mildenburg. Teil 3. In:

Sämtliche Werke. Bd. 6, S. 6. (= Mildenburg)
22. Knigge: Mildenburg. Teil 3. S. 5f.
23. Knigge: Zauberschloß. S. 269.
24. Knigge: Mildenburg. Teil 3. S. 4.
25. Knigge: Mildenburg. Teil 3. S. 7.
26. Knigge: Der Roman meines Lebens. Teil 3. In: Sämtliche Werke. Bd. 2, S. 138f.
27. Knigge: Umgang. S. 193.
28. Knigge: Umgang. S. 106.
29. Knigge: Mildenburg. Teil 3. S. 11f.
30. Knigge: Ueber Schriftsteller. S. 145.
31. Knigge: Ueber Schriftsteller. S. 142f.
32. Castiglione: Buch vom Hofmann. S. 164.
33. Castiglione: Buch vom Hofmann. S. 165.
34. Castiglione: Buch vom Hofmann. S. 165.
35. Garin, Eugenio: Geschichte und Dokumente der abendländischen Pädagogik. 3 Bde. Reinbek 1964–67. Bd. 3, S. 55.
36. Knigge: Ueber Schriftsteller. S. 103.
37. Knigge: Umgang. S. 23.
38. Knigge: Umgang. S. 23.
39. Knigge: Ueber Schriftsteller. S. 102.
40. Knigge: Ueber Schriftsteller. S. 163.
41. Knigge: Ueber den Umgang mit Menschen. In: Sämtliche Werke. Bd. 10. S. 155f.
42. Knigge: Umgang. S. 24.
43. Knigge. Zit. n. Barbara Zaehle: Knigges ‚Umgang mit Menschen' und seine Vorläufer. Heidelberg 1933. S. 181.
44. Vgl. dazu besonders ‚Josephs von Wurmbrand politisches Glaubensbekenntnis' (Sämtliche Werke. Bd. 15), das noch einmal in toto Knigges politische Vorstellungen einer bürgerlich-emanzipierten Gesellschaft enthält.
45. Knigge: Mildenburg. Teil 3. S. 8.
46. Knigge: Ueber Schriftsteller. S. 95.
47. Goedeke, Karl: Adolph Freiherr Knigge. Hannover 1844. S. 188f.
48. Rezension von: Knigge: Geschichte Peter Clausens. In: Oberdeutsche allgemeine Literaturzeitung. 7. Jg. Bd. 2 (1794), Sp. 409f.
49. Knigge: Die Reise nach Braunschweig. In: Sämtliche Werke. Bd. 7, S. 5f.
50. Die Schildwache. Hg. v. Georg Friedrich Rebmann. Altona 1796. Nr. 1, S. 59f.

Ein verbannter Göttersohn – Friedrich Maximilian Klinger

1. Bulgarin. Zit. n. M. Rieger: Klinger in seiner Reife. Mit einem Briefbuch. Darmstadt 1896. S. 622.
2. Äußerung Klingers gegenüber dem oldenburgischen Gesandten von Beaulieu Marconnay im Jahre 1826; zit. n. Rieger: Klinger in seiner Reife. S. 623.
3. Bulgarin. Zit. n. Rieger: Klinger in seiner Reife. S. 622.
4. Eckhard. Zit. n. Rieger: Klinger in seiner Reife. S. 620.
5. Arndt. Zit. n. Rieger: Klinger in seiner Reife. S. 545.
6. Goethe, Johann Wolfgang von: Dichtung und Wahrheit. In: J. W. v. G.: Gedenkausgabe der

Werke, Briefe und Gespräche. Hg. v. Ernst Beutler. Zürich 1949. Bd. 10, S. 659f.

7. Klinger. Zit. n. Rieger: Klinger in der Sturm- und Drangperiode. Mit vielen Briefen. Darmstadt 1880. S. 18.
8. Creizenach. Zit. n. Rieger: Klinger in der Sturm- und Drangperiode. S. 13.
9. Goethe: Dichtung und Wahrheit. S. 659.
10. Klinger. Zit. n. Rieger: Klinger in der Sturm- und Drangperiode. S. 77.
11. Klinger, Agnes: Brief an Kayser v. 19. Mai 1775. Zit. n. Rieger: Klinger in der Sturm- und Drangperiode. S. 143.
12. Eschenburg. Zit. n. Rieger: Klinger in der Sturm- und Drangperiode. S. 64.
13. Zit. n. Rieger: Klinger in der Sturm- und Drangperiode. S. 86.
14. Schlosser: Brief v. 28. März 1778 an Boie. Zit. n. Rieger: Klinger in der Sturm- und Drangperiode. S. 101.
15. Wieland, Christoph Martin: Brief an Merck v. 13. Mai 1776. In: Wielands Briefwechsel. Hg. v. d. Akademie der Wissenschaften der DDR. Bd. 5: Briefe der Weimarer Zeit. Bearb. v. Hans Werner Seiffert. Berlin 1983. S. 505.
16. Klinger: Brief an Schleiermacher v. 16. Juni 1776. In: Rieger: Klinger in der Sturm- und Drangperiode. S. 389.
17. Klinger: Brief an Schleiermacher v. 23. Juni 1776. In: Rieger: Klinger in der Sturm- und Drangperiode. S. 391.
18. Klinger: Brief an Schleiermacher v. 4. September 1776. In: Rieger: Klinger in der Sturm- und Drangperiode. S. 398.
19. Goethe, Johann Wolfgang von: Wilhelm Meisters Lehrjahre. In: Goethes Werke. Hg. v. Erich Trunz. Bd. 7. Hamburg [5]1962. S. 496.
20. Goethe: Wilhelm Meisters Wanderjahre. In: Goethes Werke. Hg. v. Erich Trunz. Bd. 8. Hamburg [6]1964. S. 106.
21. Klinger: Brief an Schleiermacher v. 16. Juni 1776. In: Rieger: Klinger in der Sturm und Drangperiode. S. 389.
22. Schlosser: Brief an Merck v. 14. Oktober 1779. Zit. n. Rieger: Klinger in der Sturm und Drangperiode. S. 303.
23. Klinger. Zit. n. Rieger: Klinger in der Sturm und Drangperiode. S. 347.
24. Klinger: Brief an Jakob Sarasin v. 30. August 1780. In: Rieger: Klinger in der Sturm und Drangperiode. S. 428f.
25. Klinger: Brief an Fanny Tarnow v. 2. April 1818. In: M. Rieger: Briefbuch zu Friedrich Maximilian Klinger. Sein Leben und Werke II. Darmstadt 1896. S. 200.
26. Klinger: Brief an Kayser v. 2. Mai 1782. In: Rieger: Briefbuch. S. 1.
27. Klinger: Brief an Kayser v. 25. Mai 1782. In: Rieger: Briefbuch. S. 4.
28. Goethe, Johann Wolfgang von: Brief an Lavater v. 16. September 1776. In: Goethes Briefe. Hg. v. Karl Robert Mandelkow. Bd. 1: Briefe der Jahre 1764–1786. Hamburg 1962. S. 229.
29. Klinger: Brief an Fanny Tarnow v. 24. Januar 1818. In: Rieger: Briefbuch. S. 197.

30. Klinger: Brief an Fanny Tarnow v. 2. April 1818. In: Rieger: Briefbuch. S. 200.
31. Klinger: Brief an Schleiermacher v. 14. Juni 1789. In: Rieger: Briefbuch. S. 7.
32. Klinger, Friedrich Maximilian: Betrachtungen und Gedanken über verschiedene Gegenstände der Welt und der Litteratur (Auswahl). Mit einem Essay von Hermann Schweppenhäuser. Frankfurt a. M. 1967. S. 82f.
33. Beaulieu-Marconnay. Zit. n. Rieger: Klinger in seiner Reife. S. 233.
34. Klinger: Brief an Morgenstern v. 31. Dezember 1812. In: Rieger: Briefbuch. S. 153.
35. Bulgarin. Zit. n. Rieger: Klinger in seiner Reife. S. 621f.
36. Tarnow. Zit. n. Rieger: Klinger in seiner Reife. S. 564.
37. Klinger: Brief an Goethe v. 20. März 1826. in: Rieger: Briefbuch. S. 227.
38. Stolberg. Zit. n. Rieger: Klinger in seiner Reife. S. 83.
39. Klinger: Brief an Schleiermacher v. 7. Januar 1790. In: Rieger: Briefbuch. S. 12.
40. Klinger: Vorrede. In: Klingers sämmtliche Werke in zwölf Bänden. Bd. 3: Fausts Leben, Thaten und Höllenfahrt. Stuttgart u. Tübingen 1842. S. III.
41. Goethe: Dichtung und Wahrheit. S. 13.
42. Klinger: Vorrede. S. III.
43. Balzac, Honoré de: Vorrede zur menschlichen Komödie. In: H. B.: Die menschliche Komödie. Gesamtausgabe in zwölf Bänden. Hg. u. eingel. v. Ernst Sander. Bd. 1. Gütersloh o. J. S. 148.
44. Klinger: Betrachtungen und Gedanken über verschiedene Gegenstände der Welt und der Literatur. Zweiter Teil. In: Klingers sämmtliche Werke in zwölf Bänden. Bd. 12. Stuttgart u. Tübingen 1842. S. 102.
45. Jean Paul: Vorschule der Aesthetik. In: J. P.: Sämtliche Werke. Historisch-kritische Ausgabe. Hg. v. der Preußischen Akademie der Wissenschaften. Erste Abteilung, elfter Band. Weimar 1935. S. 236.
46. Jean Paul: Vorschule der Aesthetik. S. 88.
47. Klinger: Vorrede. S. V.
48. Müller, Kanzler Friedrich von: Unterhaltungen mit Goethe. Mit Anm. vers. u. hg. v. Renate Grumach. München 1982. S. 204.

Eichenkranz der Bürgertugend – Ludwig Uhland

Alle Uhland-Zitate, soweit nicht anders angegeben, sind entnommen aus: Ludwig Uhland: Werke. Hg. v. Hartmut Fröschle u. Walter Scheffler. 4 Bde. Bd. 1 u. 2 hg. v. Walter Scheffler, Bd. 3 u. 4 hg. v. Hartmut Fröschle. München 1980–1984. (= Werke).

1. Uhland: Rede gegen die Verlegung der Nationalversammlung nach Stuttgart (30. Mai 1849). In: Werke. Bd. 4, S. 722.
2. Uhland: Erklärung über die Vorgänge bei der Sprengung des Rumpfparlaments (1849). In: Werke. Bd. 4, S. 725.

3. (Uhland, Emilie): Ludwig Uhlands Leben, aus dessen Nachlaß und aus eigener Erinnerung zusammengestellt von seiner Wittwe. Stuttgart 1874. S. 390.
4. Uhland: Der Überfall im Wildbad. In: Werke. Bd. 1, S. 231.
5. Uhland: Über das Romantische. In: L. U.: Werke. Hg. v. Hans-Rüdiger Schwab. 2 Bde. Frankfurt a. M. 1983. Bd. 2, S. 11.
6. Uhland: Brief an Karl Mayer v. 29. Januar 1809. In: Werke. Hg. v. Hans-Rüdiger Schwab. 2 Bde. Frankfurt a. M. 1983. Bd. 2, S. 230.
7. Uhland: Gesang und Krieg. In: Werke. Bd. 1, S. 102.
8. Uhland: Am 18. Oktober 1815. In: Werke. Bd. 1, S. 63; das Gedicht ist ‚Herrn Bürgermeister Klüpfel ständischem Abgeordneten der Stadt Stuttgart' gewidmet.
9. Uhland: Das alte, gute Recht. In: Werke. Bd. 1, S. 64.
10. Uhland: Das neue Märchen. In: Werke. Bd. 1, S. 60.
11. Allgemeine Zeitung 1832. Beilage Nr. 235. S. 938. Zit. n. Walther Reinöhl: Uhland als Politiker. Tübingen 1911. S. 93.
12. Uhland: Brief an Professor Ferdinand Gmelin v. 23. Oktober 1826. In: Uhlands Briefwechsel. Hg. v. Julius Hartmann. 4 Bde. Stuttgart, Berlin 1911–1916. Bd. 2, S. 251.
13. Droste-Hülshoff, Annette von: Briefe. Gesamtausgabe. 2 Bde. Hg. v. Karl Schulte-Kemminghausen. Jena 1944. Bd. 1, S. 557.
14. Die in der Frankfurter Nationalversammlung gehaltenen Reden (Rede gegen Österreichs Ausschluß aus dem deutschen Staatsverband, 26. Oktober 1848), Rede gegen das Erbkaisertum, 22. Januar 1849) sowie die Rede für die Pressefreiheit (3. November 1833) finden sich in: Werke, Bd. 4, S. 703 ff., 713 ff. u. 682 ff. Die Reden gegen den Staatsgefährdungsparagraphen und für die Emanzipation der Juden sind gedruckt in: Verhandlungen in der Versammlung der Landstände des Königreichs Württemberg. (1838. 75 Sitzg. u. 1836. 61. Sitzg.).
15. Varnhagen von Ense, Karl August: Denkwürdigkeiten des eigenen Lebens. Bearb. u. eingel. v. Karl Leutner. 2., durchges. Aufl. Berlin 1951. S. 203.
16. Alexis, W.: Schattenrisse aus Süddeutschland. Berlin 1834. S. 128.
17. Uhland: Rede gegen Österreichs Ausschluß aus dem deutschen Staatsverband (26. 10. 1848). In: Werke. Bd. 4, S. 703 f.
18. Uhland: Rede gegen das Erbkaisertum (22. 1. 1849). In: Werke. Bd. 4, S. 715.
19. Uhland: Rede gegen das Erbkaisertum. S. 717 f.
20. Heine, Heinrich: Die Romantische Schule. In: H. H.: Sämtliche Werke. Hg. v. Klaus Briegleb. 6 Bde. München 1968–1976. Bd. 3 hg. v. Karl Pörnbacher. München 1971. S. 487.
21. Heine: Romantische Schule. S. 487.
22. Heine: Romantische Schule. S. 490.
23. Fröschle, Hartmut: Nachwort. In: Werke. Bd. 4, S. 909.
24. Grillparzer, Franz: Selbstbiographie. In: F. G.: Sämtliche Werke. Hg. v. Peter Frank u. Karl Pörnbacher. 4 Bde. München 1960–1965. Bd. 4, S. 164.

25. Die 1857 erschienene Gesamtausgabe von Hebbels Gedichten ist dem „ersten Dichter der Gegenwart" Ludwig Uhland gewidmet.
26. Uhland: Einkehr. In: Werke. Bd. 1, S. 48.
27. Uhland: Der weiße Hirsch; Des Sängers Fluch; Schwäbische Kunde. In: Werke. Bd. 1, S. 189, 252 ff. u. 207 ff.
28. Fontane, Theodor: Unwiederbringlich. In: T. F.: Werke. H. v. Walter Keitel. München o. J. S. 819.
29. Die angesprochene Lithographie stammt von Wilhelm von Breitschwert und Alfred Eugen Payer.
30. Uhland: Nachtreise. In: Werke. Bd. 1, S. 47.
31. Vgl. Uhland: Auf den Tod eines Kindes. In: Werke. Bd. 1, S. 512.
32. Uhland: Frühlingsglaube. In: Werke. Bd. 1, S. 31.
33. Als neuere Editionen der Werke Uhlands liegen die von Hartmut Fröschle und Walter Scheffler herausgegebene vierbändige Ausgabe sowie die von Hans-Rüdiger Schwab herausgegebene zweibändige Ausgabe (s. Anm. 5) vor, die beide nicht den Ansprüchen einer historisch-kritischen Gesamtausgabe genügen.
34. Uhland: Gedichte. Ausgabe letzter Hand. Vorwort zu der ersten Auflage 1815. In: Werke. Bd. 1, S. 8.
35. Uhland: Gedichte. Ausgabe letzter Hand. Vorwort zu der ersten Auflage von 1815. S. 8.
36. Uhland: Brief an Karl August Varnhagen von Ense v. 27. September 1821. In: Werke. Hg. v. Hans-Rüdiger Schwab. Bd. 2, S. 239.
37. Das vollständige Manuskript des ‚Stilistikum' befindet sich im Marbacher Literaturarchiv, eine vollständige Druckfassung, die die im Text angesprochenen Äußerungen Uhlands enthält, liegt zur Zeit nicht vor.
38. Uhland: Poetologische Schriften (= Stilistikum). In: Werke. Bd. 4, S. 649.
39. Uhland: Brief an Professor Konrad Dietrich Haßler v. 31. Dezember 1849. In: Uhlands Briefwechsel. Bd. 3, S. 438.
40. Uhland: Über das Romantische. In: Werke. Hg. v. Hans-Rüdiger Schwab. Bd. 2, S. 9.
41. Uhlands Schriften zur Geschichte der Dichtung und Sage. Hg. v. W. L. Holland, A. von Keller u. F. Pfeiffer. 8 Bde. Stuttgart 1865–1873. Bd. 7, S. 7.
42. Uhland: Walther von der Vogelweide, ein altdeutscher Dichter. In: Werke. Bd. 4, S. 47.
43. Uhland: Poetologische Schriften (= Stilistikum). In: Werke. Bd. 4, S. 650.
44. Uhland: Poetologische Schriften. S. 657.
45. Uhland: Peotologische Schriften. S. 658.
46. Heine: Romantische Schule. S. 490.
47. Uhland: Für deutsche Volksfreiheit und Nationaleinheit (Ansprache, 1834). In: Werke. Bd. 4, S. 688.
48. Roßmähler: Brief an Karl Mayer v. 17. November 1862. In: Karl Mayer: Ludwig Uhland, seine Freunde und Zeitgenossen. Erinnerungen. 2 Bde. Stuttgart 1867. Bd. 2, S. 256.

1. Heine, Heinrich: Die Romantische Schule. In: H. H.: Sämtliche Schriften. Hg. v. Klaus Briegleb. 6 Bde. München 1968–1976. Bd. 3 hg. v. Klaus Pörnbacher. München 1971. S. 469.
2. Wienbarg, Ludolf: Darstellungen aus den schleswig-holsteinischen Feldzügen. 3 Bde. Kiel 1850/51. Bd. 1, S. 257f.
3. Wienbarg: Tagebuch von Helgoland. Hamburg 1838. S. X.
4. Wienbarg: Tagebuch. S. IX.
5. Julius Campe jr. Zit. n. Walter Dietze: Einleitung zu: Ludolf Wienbarg: Ästhetische Feldzüge. Berlin u. Weimar 1964. S. XLVI.
6. Wienbarg: Ästhetische Feldzüge. Eingel. v. Walter Dietze. Berlin u. Weimar 1964. S. 3.
7. Wienbarg: Feldzüge. S. 144.
8. Wienbarg: Feldzüge. S. 145.
9. Wienbarg. Zit. n. Viktor Schweizer: Ludolf Wienbarg. Beiträge zu einer Jungdeutschen Ästhetik. Leipzig 1897. S. 42.
10. Wienbarg: Feldzüge. S. 90.
11. Wienbarg: Feldzüge. S. 24.
12. Wienbarg: Wanderungen durch den Thierkreis. Hamburg 1835. S. 117.
13. Zit. n. Heinrich Hubert Houben: Verbotene Literatur von der klassischen Zeit bis zur Gegenwart. 2 Bde. Berlin 1924. Bd. 1, S. 611.
14. Wienbarg: Feldzüge. S. 145.
15. Alle Urteile bei: Gerhard Burkhardt: Ludolf Wienbarg als Ästhetiker und Kritiker. Seine Entwicklung und seine geistesgeschichtliche Stellung. Phil. Diss. masch. schr. Hamburg 1956. Von ihm hat sie unbesehen übernommen: Walter Hömberg: Zeitgeist und Ideenschmuggel. Die Kommunikationsstrategie des Jungen Deutschland. Stuttgart 1975.
16. Mundt, Th.: (Rez. v. Wienbargs ‚Ästhetischen Feldzügen'). In: T. M. (Hg.): Schriften in bunter Reihe. Leipzig 1834. H. 1, S. 141.
17. Kühne, Gustav: Portraits und Silhouetten. 2 Tle. Hannover 1843. T. 2, S. 177.
18. Gutzkow, Karl: Ausgewählte Werke in zwölf Bänden. Hg. v. Heinrich Hubert Houben. Leipzig o. J. (1908). Bd. 12, S. 87.
19. Dietze, Walter: Nachbemerkung zu: Ludolf Wienbarg: Ästhetische Feldzüge. S. 299.
20. Wienbarg: Wanderungen. S. 120.
21. Wienbarg: Feldzüge. S. 27.
22. Wienbarg: Wanderungen S. 64.
23. Heine: Nachlese. Vorrede-Entwurf 1855 (zu: Deutschland. Ein Wintermärchen. In: Sämtliche Schriften. Bd. 4, S. 1046 (Übers. v. Hg.).
24. Wienbarg: Feldzüge. S. 75f.
25. Wienbarg: Feldzüge. S. 76.
26. Wienbarg: Feldzüge. S. 77.
27. Wienbarg: Feldzüge. S. 77f.
28. Wienbarg: Feldzüge. S. 78.
29. Wienbarg: Feldzüge. S. 93.
30. Zu deren Vertretern etwa Bloch, Bauer und Cieskowski gerechnet werden können.
31. Heine: Zur Geschichte der Religion und Philosophie in Deutschland. In: Sämtliche Schriften. Bd. 3, S. 638.
32. Heine: Geschichte der Religion. S. 638.
33. Heine: Geschichte der Religion. S. 639.

34. Wienbarg: Feldzüge. S. 3.
35. Börne. Zit. n. Ludwig Marcuse: Börne. Aus der Frühzeit der deutschen Demokratie. Rothenburg ob der Tauber 1968. S. 255.
36. Wienbarg: Feldzüge. S. 231.
37. Wienbarg: Feldzüge. S. 231.
38. Wienbarg: Feldzüge. S. 76.
39. Wienbarg: Feldzüge. S. 76.
40. Wienbarg: Feldzüge. S. 75.
41. Wienbarg: Wanderungen. S. 117.
42. Wienbarg: Feldzüge. S. 93.
43. Wienbarg: Feldzüge. S. 159.
44. Wienbarg: Feldzüge. S. 94.
45. Sternberger, Dolf: Vexierbilder des Menschen. In: D. S.: Schriften. Bd. 6. Frankfurt a. M. 1981. S. 190.
46. Wienbarg: Feldzüge. S. 71.
47. Wienbarg: Feldzüge. S. 93.
48. Wienbarg: Feldzüge. S. 62.
49. Wienbarg: Feldzüge. S. 82.
50. Wienbarg: Feldzüge. S. 81.
51. Vgl. Georg Friedrich Wilhelm Hegel: Über die englische Reformbill. In: G. F. W. H.: Theorie-Werkausgabe in zwanzig Bänden. Frankfurt a. M. 1970. Bd. 11, S. 83–128.
52. Wienbarg: Feldzüge. S. 81.
53. Wienbarg: Feldzüge. S. 81f.
54. Wienbarg: Feldzüge. S. 151.
55. Wienbarg: Feldzüge. S. 28.
56. Wienbarg: Feldzüge. S. 66.
57. Schlegel, Friedrich: Kritische Schriften. Hg. v. Wolfdietrich Rasch. 3., durch ein Namen- u. Begriffsregister erw. Aufl. München 1971. S. 42.
58. Wienbarg: Feldzüge. S. 10f.
59. Wienbarg: Feldzüge. S. 89f.
60. Wienbarg: Feldzüge. S. 58.
61. Wienbarg: Feldzüge. S. 85.
62. Wienbarg: Feldzüge. S. 110.
63. Wienbarg: Feldzüge. S. 111.
64. Wienbarg: Feldzüge. S. 112.
65. Wienbarg: Feldzüge. S. 113.
66. Wienbarg: Feldzüge. S. 113.
67. Wienbarg: Feldzüge. S. 113.
68. Wienbarg: Feldzüge. S. 113.
69. Wienbarg: Feldzüge. S. 29.
70. Wienbarg: Feldzüge. S. 31.
71. Wienbarg: Feldzüge. S. 31.
72. Wienbarg: Feldzüge. S. 32.
73. Wienbarg: Feldzüge. S. 33.
74. Wienbarg: Feldzüge. S. 144.
75. Wienbarg: Feldzüge. S. 87.
76. Wienbarg: Feldzüge. S. 145.
77. Wienbarg: Feldzüge. S. 90.
78. Wienbarg: Feldzüge. S. 189.
79. Wienbarg: Feldzüge. S. 87.
80. Vgl. Wienbarg: Feldzüge. S. 179.
81. Vgl. dazu Hömberg: Zeitgeist und Ideenschmuggel. S. 38f., sowie: Hemut Koopmann: Das Junge Deutschland. Analyse seines Selbstverständnisses. Stuttgart 1970.
82. Marcuse: Börne. S. 273.
83. Wienbarg: Feldzügc. S. 188.
84. Wienbarg: Feldzüge. S. 188.
85. Wienbarg: Feldzüge. S. 188.
86. Wienbarg: Feldzüge. S. 174.
87. Wienbarg: Feldzüge. S. 173.
88. Wienbarg: Feldzüge. S. 158.
89. Wienbarg: Wanderungen. S. 240.
90. Wienbarg: Wanderungen. S. 257.
91. Wienbarg: Wanderungen. S. 255.
92. Wienbarg: Wanderungen. S. 256.
93. Wienbarg: Wanderungen. S. 248.
94. Wienbarg: Wanderungen. S. 249.
95. Wienbarg: Wanderungen. S. 239.
96. Wienbarg: Feldzüge. S. 46f.
97. Vgl. Wienbarg: Feldzüge. S. 49f.
98. Wienbarg: Feldzüge. S. 50.
99. Wienbarg: Feldzüge. S. 99.
100. Wienbarg: Feldzüge. S. 53.
101. Vgl. Wienbarg: Feldzüge. S. 34ff.
102. Wienbarg: Wanderungen. S. 107.

103. Wienbarg: Feldzüge. S. 77.
104. Wienbarg: Feldzüge. S. 78.
105. Wienbarg: Feldzüge. S. 5.
106. Wienbarg: Feldzüge. S. 5.
107. Wienbarg: Feldzüge. S. 75.
108. Wienbarg: Feldzüge. S. 189.
109. Wienbarg: Feldzüge. S. 113.

Berlin, eine Hauptstadt des 19. Jahrhunderts – Adolf Glaßbrenner: Leben, Werk und Zeit

1. Rosenkranz, Karl: Aus einem Tagebuch. Leipzig 1854. S. 183.
2. Glaßbrenner. Zit. n. Robert Rodenhauser: Adolf Glaßbrenners Leben und schriftstellerische Laufbahn. Berlin 1912 (= Teilabdruck Phil. Diss. Bonn). S. 22.
3. Rodenhauser: Adolf Glaßbrenners Leben. S. 4.
4. Ich stütze mich im Folgenden vor allem auf die schon genannte grundlegende Arbeit von Rodenhauser; des weiteren auf Ingrid Heinrich-Jost: Adolf Glaßbrenner. Berlin 1981 (eine sehr populär gehaltene Biographie, die weitgehend auf Rodenhauser fußt), und, ebenfalls von Ingrid Heinrich-Jost: Literarische Publizistik Adolf Glaßbrenners (1810–1876). Die List beim Schreiben der Wahrheit. München 1980, die Glaßbrenners Leistung vor allem unter zeitungswissenschaftlicher und -geschichtlicher Perspektive sieht und sich im wesentlichen auf den politischen Aussagegehalt seiner zeitkritischen Artikel, Kalender usw. beschränkt. Eine umfassende Monographie, die Leben und Werk im Sinne dieses Nachworts zu rekonstruieren und darzustellen hätte, ist nach wie vor ein dringendes Desiderat. Die beiden Textsammlungen aus jüngster Zeit (A. Glaßbrenner: Der politisierende Eckensteher. Hg. v. Jost Hermand. Stuttgart 1969; A. Glaßbrenner: Unterrichtung der Nation. Ausgewählte Werke und Briefe in 3 Bänden. Hrsg. v. H. Denkler u. a. Köln 1981) konzentrieren sich ausschließlich auf den politischen Tagesschriftsteller und vermitteln damit ein sehr zeitgebundenes Bild seines Werkes.
5. Gutzkow oder Wehl. Vgl. Rodenhauser: Adolf Glaßbrenners Leben. S. 2.
6. Müller, Adam: Zwölf Reden über die Beredsamkeit und deren Verfall in Deutschland. Hg. v. Walter Jens. Frankfurt a. M. 1967. S. 41.
7. Sengle, Friedrich: Biedermeierzeit. Deutsche Literatur im Zeitalter zwischen Restauration und Revolution 1815–1848. Bd. 1. Stuttgart 1971. S. 454.
8. Vgl. Gert Ueding: Hoffmann und Campe – Ein deutscher Verlag. Hamburg 1981.
9. Glaßbrenner: Bilder und Träume aus Wien. 2 Bde. Leipzig 1836. Bd. 2, S. 161.
10. Glaßbrenner. Zit. n. Rodenhauser: Adolf Glaßbrenners Leben. S. 3.
11. Houben, Heinrich Hubert: Verbotene Literatur von der klassischen Zeit bis zur Gegenwart. Ein kritisch-historisches Lexikon über verbotene Bücher, Zeitschriften

und Theaterstücke, Schriftsteller und Verleger. Bd. 1. Hildesheim 1965.

12. Campe, Julius: Brief an Franz Dingelstedt v. 28. 9. 1841; zit. n. G. Büttner: Julius Campes Briefe an Franz Dingelstedt. In: Zeitschrift für Bücherfreunde. N. F. 6 (1915), II, S. 317.
13. Glaßbrenner: Aus den Papieren eines Hingerichteten. Leipzig 1834. S. VIf.
14. Houben: Verbotene Literatur. S. 209.
15. Holtei, Karl von: Vierzig Jahre. 8 Bde. 1843–1850. Bd. 4, S. 128f.
16. Treitschke, Heinrich von: Deutsche Geschichte im 19. Jahrhundert. 5 Bde. Berlin 3. Aufl. Bd. 5, S. 382.
17. Glaßbrenner: Berlin wie es ist und – trinkt. Heft 1: Eckensteher. Berlin 1832. Vorrede.
18. Houben: Verbotene Literatur. S. 210.
19. Laube, Heinrich: Erinnerungen. 2 Bde. 1875–1882. Bd. 1, S. 218.
20. Wehl, Feodor: Zeit und Menschen. 2 Bde. Altona 1889. Bd. 1, S. 228.
21. Wehl: Zeit und Menschen. Bd. 1, S. 227.
22. Zit. n. Rodenhauser: Adolf Glaßbrenners Leben. S. 9.
23. Verdenhalven, Fritz: Alte Maßen, Münzen und Gewichte aus dem deutschen Sprachgebiet. Neustadt a. d. Aisch 1968. S. 7.
24. Vgl. Gisela Kruszynski: Die komischen Volkskalender Adolf Glaßbrenners 1846 – 1854. Untersuchungen zur satirischen Illustration in Deutschland. München 1978. S. 41ff. Die kritisch-satirische Literatur und Graphik des Vormärz, v. a. Hosemann, Schrödter, Glaßbrenner, müssen auch als Vorläufer der in dieser Zeit und nach 1848 populären Bildergeschichten besonders Wilhelm Buschs gesehen werden. In viel stärkerem Maße als bisher meist gesehen ist Busch von dieser Tradition geprägt, das geht bis in Einzelheiten der Motive (Kinder und Tiere als Ruhestörer, die durchzechte Nacht usw.) und der Ikonographie (vgl. Hosemanns Kinderzeichnungen) – ein Feld, das noch der speziellen Untersuchung bedarf. Vgl. auch mein Buch: Wilhelm Busch. Das 19. Jahrhundert en miniature. Frankfurt a. M. 1977.
25. Zit. n. Houben: Verbotene Literatur. S. 219.
26. Glaßbrenner: Komischer Volkskalender für 1849. Berlin o. J. (1848). S. 93.
27. Zit. n. Houben: Verbotene Literatur. S. 219.
28. Wehl, Feodor: Das junge Deutschland. Hamburg 1886. S. 217.
29. Glaßbrenner. Zit. n. Rodenhauser: Adolf Glaßbrenners Leben. S. 17.
30. Glaßbrenner: Neue lustige Komödien I: Kaspar der Mensch. Hamburg 1850. S. 3.
31. Glaßbrenner. Zit. n. Ingrid Heinrich-Jost: Adolf Glaßbrenner. S. 160f.
32. Glaßbrenner: Gedichte. Berlin [2]1870. S. 160f.
33. Glaßbrenner: Aus dem Leben eines Gespenstes. Leipzig 1838. S. 347.
34. Glaßbrenner: Berlin wie es ist und – trinkt. Heft 1: Eckensteher. 10., durchaus veränderte u. verm. Aufl. Leipzig 1845. S. 5.

35. Glaßbrenner: Berlin. Heft 6, 2. Lieferung. Berlin 1836. S. 7.
36. Glaßbrenner: Berlin. Heft 22: 1844 im Berliner Guckkasten. Leipzig 1845. S. 27.
37. Glaßbrenner: Berlin. Heft 29: Das neue Europa im Berliner Guckkasten. Leipzig 1848. S. 11.
38. Glaßbrenner: Berlin. Heft 1: Ekkensteher. Berlin 1832. Vorrede.
39. Gutzkow, Karl: Die Ritter vom Geiste. Bd. 1. Leipzig 1850. S. 7f.
40. Glaßbrenner: Berlin. Heft 1: Ekkensteher. 10., durchaus veränderte u. verm. Aufl. Leipzig 1845. Vorrede.
41. Zit. n. Hartmut Steinecke: Romantheorie und Romankritik in Deutschland. 2 Bde. Stuttgart 1975f. Bd. 1, S. 89.
42. Glaßbrenner. Zit. n. Rodenhauser: Glaßbrenners Leben. S. 43.
43. Glaßbrenner: Die Berliner Gewerbe-Ausstellung. Berliner Erzählungen und Lebensbilder. Von Adolph Brennglas. Zweites Bändchen. Leipzig 1844. S. 69f.
44. Campe: Brief an Dingelstedt v. 10. 9. 1841. Zit. n. Büttner: Julius Campes Briefe an Franz Dingelstedt. S. 321.
45. Glaßbrenner: Berlin. Heft 30: 1849 im Berliner Guckkasten. Leipzig 1850. S. 23.
46. Glaßbrenner: Komischer Volkskalender für 1849. Berlin 1848. S. 17.

... Und Poet dazu – Der Schriftsteller Wilhelm Busch

1. Busch, Wilhelm: Brief an Maria Anderson v. 12. März 1875. In: W. B.: Sämtliche Briefe. Kommentierte Ausgabe in zwei Bänden. Hg. v. Friedrich Bohne. Hannover 1968. Bd. 1, S. 134. (= Briefe)
2. Busch: Brief an Otto Bassermann v. 6. November 1872. In: Briefe. Bd. 1, S. 91.
3. Busch: Brief an Otto Bassermann v. 12. November 1872. In: Briefe. Bd. 1, S. 92.
4. Busch: Brief an Otto Bassermann v. 23. Juli 1772. In: Briefe. Bd. 1, S. 79.
5. Busch: Brief an ... (Empfänger unbekannt) v. 8. August 1871. In: Briefe. Bd. 1, S. 66.
6. Busch: Brief an Otto Bassermann v. 6. November 1872. In: Briefe. Bd. 1, S. 91.
7. Busch: Brief an Otto Bassermann v. 6. November 1872. In: Briefe. Bd. 1, S. 91.
8. Busch: Brief an Otto Bassermann v. 10. Dezember 1872. In: Briefe. Bd. 1, S. 94.
9. Busch, Wilhelm: Hans Huckebein der Unglücksrabe. In: W. B.: Werke. Historisch-kritische Gesamtausgabe. Hg. v. Friedrich Bohne. 4 Bde. Wiesbaden o. J. (1968). Bd. 1, S. 497.
10. Lichtenberg, Georg Christoph: Ausführliche Erklärung der Hogarthischen Kupferstiche. In: G. Chr. L.: Schriften und Briefe. Hg. v. Wolfgang Promies. Bd. 3. München 1972. S. 1040.
11. Lichtenberg: Ausführliche Erklärung. S. 1028.
12. Fuchs, Eduard: Die Karikatur der europäischen Völker vom Altertum bis zur Neuzeit. 2 Bde. Berlin o. J. (1901 u. 1903). Bd. 1, S. 100.

13. Busch: Brief an Nanda Keßler v. 13. Mai 1892. In: Briefe. Bd. 1, S. 353.
14. Busch: Kritik des Herzens. In: Werke. Bd. 2, S. 505.
15. Walzel, Oskar: Die deutsche Dichtung seit Goethes Tod. Berlin 1919. S. 132.
16. Busch: Kritik. S. 513.
17. Busch: Kritik. S. 511.
18. Busch: Zu gut gelebt und Tröstlich. In: Werke. Bd. 4, S. 324 u. 308.
19. Busch: Der Geist und Der Wiedergänger. In: Werke. Bd. 4, S. 320f. u. 321f.
20. Busch: Zu zweit. In: Werke. Bd. 4, S. 327.
21. Busch: Unverbesserlich. In: Werke. Bd. 4, S. 293.
22. Busch: Auch er. In: Werke. Bd. 4, S. 404.
23. Busch: Wanderlust. In: Werke. Bd. 4, S. 406.
24. Busch: Kritik. S. 515.
25. Busch: Brief an Johanna Keßler v. 28. November 1891. In: Briefe. Bd. 1, S. 341.
26. Busch: Brief an Paul Lindau v. Februar 1878. In: Bricfc. Bd. 1, S. 184.
27. Busch: Kritik. S. 501
28. Busch: Brief an Maria Anderson v. 26. Januar 1875. In: Briefe. Bd. 1, S. 129.
29. Busch: Kritik. S. 515.
30. Holländer, Hans: Hieronymus Bosch. Weltbilder und Traumwerk. Köln 1975. S. 17f.
31. Schopenhauer, Arthur: Die Welt als Wille und Vorstellung. In: A. S.: Sämtliche Werke. Hg. v. Arthur Hübscher. 7 Bde. Wiesbaden 1949. Bd. 2, S. 73f.
32. Busch: Kritik. Bd. 2, S. 500.
33. Busch: Kritik. Bd. 2, S. 515.
34. Die Grenzboten. Zit. n. E. Seybold: Das Genrebild in der deutschen Literatur. Stuttgart 1967. S. 14.
35. Julian Schmidt. Zit. n. Seybold: Genrebild. S. 35.
36. Busch: Brief an Johanna Keßler v. 18. Mai 1868. In: Briefe. Bd. 1, S. 46.
37. Sternberger, Dolf: Panorama oder Ansichten vom 19. Jahrhundert. Frankfurt a.M. 1974. S. 61.
38. Busch: Brief an Johanna Keßler v. 4. Mai 1873. In: Briefe. Bd. 1, S. 109.
39. Busch: Brief an Johanna Keßler v. 4. Mai 1873. In: Briefe. Bd. 1, S. 109f.
40. Busch: Brief an Johanna Keßler v. 18. Mai 1868. In: Briefe. Bd. 1, S. 46.
41. Busch: Brief an Johanna Keßler v. 18. Mai 1868. In: Briefe. Bd. 1, S. 46.
42. Busch: Brief an Johanna Keßler v. 12. Februar 1875. In: Briefe. Bd. 1, S. 131.
43. Wilhelm Busch-Buch. Sammlung lustiger Bildergeschichten mit etwa 460 Bildern und einer Biographie v. O. u. H. Nöldeke. Berlin-Grunewald o. J. (1930). S. 114.
44. Brief an Johanna Keßler v. 13. März 1875. In: Briefe. Bd. 1, S. 134.
45. Busch: Der Schmetterling. In: Werke. Bd. 4, S. 252.
46. Vgl. dazu die beiden Schriften von Sigmund Freud: ‚Der Witz und seine Beziehung zum Unbewußten' (Gesammelte Werke. Hg. v. Anna Freud u. a. Bd. 6. London 1948.) und ‚Der Humor' (Gesammelte Werke. Bd. 14. S. 381–389).

47. Busch: Kritik. S. 495.
48. Busch: Kritik. S. 498.
49. Busch: Was mich betrifft. In: Werke. Bd. 4, S. 147.
50. Busch: Von mir über mich. Letzte Fassung. In: Werke. Bd. 4, S. 205.
51. Busch: Von mir über mich. S. 205.
52. Busch: Von mir über mich. S. 211.
53. Busch: Brief an Friedrich Warnekke v. 24. Dezember 1886. In: Briefe. Bd. 1, S. 278. Mit der erwähnten Broschüre ist Eduard Daelens Buch ‚Wilhelm Busch und seine Bedeutung' (Düsseldorf 1886) gemeint.
54. Busch: Die fromme Helene. In: Werke. Bd. 2, S. 293.
55. Busch: Die fromme Helene. S. 293.
56. Busch: Die Haarbeutel. Einleitung. In: Werke. Bd. 3, S. 209f.
57. Busch: Spricker. In: Werke. Bd. 4, S. 546.
58. Busch: Spricker. S. 547.
59. Busch: Spricker. S. 547.
60. Busch: Eduards Traum. In: Werke. Bd. 4, S. 160.
61. Busch: Eduards Traum. S. 163.
62. Busch: Eduards Traum. S. 167.
63. Poulet, G.: Metamorphosen des Kreises in der Dichtung. Frankfurt a. M. 1966. S. 133.
64. Busch: Eduards Traum. S. 161.
65. Schmitt, Carl: Politische Romantik. Berlin 1968. S. 112.
66. Busch: Eduards Traum. S. 200.
67. Busch: Eduards Traum. S. 161.
68. Schmitt: Politische Romantik. S. 109.
69. Fuchs, Eduard: Die Karikatur der europäischen Völker. Bd. 1, S. 11.
70. Bohne, Friedrich: Wilhelm Busch. Leben, Werk, Schicksal. Stuttgart 1958. S. 263.
71. Busch: Der Schmetterling. In: Werke. Bd. 4, S. 214 u. 262.
72. Raabe, Wilhelm: Die Akten des Vogelsangs. Berlin 1969. S. 115.
73. Busch: Der Schmetterling. S. 215
74. Mann, Thomas: Politische Schriften und Reden. 2 Bde. Frankfurt a. M. 1968. Bd. 1, S. 279.
75. Busch: Der Schmetterling. S. 262. Auch das Gedicht ‚Erneuerung' in ‚Zu guter Letzt' greift das Motiv zur poetologischen Selbstaussage auf: „Auf die Art aus des Vaters Fracke / kriegt Fritzchen eine neue Jacke. // Grad so behilft sich der Poet. / Du liebe Zeit, was soll er machen? / Gebraucht sind die Gedankensachen / Schon alle seit die Welt besteht." (Werke. Bd. 4, S. 306f.)
76. Meyer, Hermann: Das Zitat in der Erzählkunst. Stuttgart 1961. S. 17.
77. Hegel, Georg Friedrich Wilhelm: Ästhetik. Hg. v. Friedrich Bassenge. 2 Bde. Frankfurt a. M. o. J. Bd. 1, S. 368.

Auf fremden Pfaden in die Heimat – Karl May

1. May, Karl: Mein Leben und Streben. Nachdruck der Ausg. Freiburg i. Br. o. J. (1910). Hildesheim 1975. S. 8.
2. Wollschläger, Hans: Karl May. Grundriß eines gebrochenen Lebens. 2., hie u. da korrigierte Aufl. Zürich 1977. S. 14.

3. May: Leben und Streben. S. 67.
4. May: Leben und Streben. S. 310.
5. Georg Ruseler. Zit. n. Karl May. Ein Katalog zur Ausstellung. Hg. v. Sabine Lehmann, Martin Sadek u. Günther Sommer. Hamburg 1984. S. 24.
6. Vgl. Hainer Plaul: Die Kahl-Broschüre. Entstehung und Folgen eines Anti-May-Pamphlets. In: Jahrbuch der Karl-May-Gesellschaft 1974. S. 207.
7. Kahl-Basel, F. W.: Karl May, ein Verderber der deutschen Jugend. Berlin 1908. S. 6. In der Einleitung dieser Broschüre wird im wesentlichen der Artikel von Rudolf Lebius ‚Atavistische und Jugend-Litteratur' nachgedruckt, der erstmals in der Wochenschrift ‚Die Wahrheit. Freies Deutsches Wochenblatt' am 30. 6. 1906 erschien; vgl. dazu auch den detaillierten Aufsatz von Hainer Plaul (Anm. 6).
8. May: Leben und Streben. S. 32f.
9. May: Leben und Streben. S. 20.
10. May: Leben und Streben. S. 73.
11. Roxin, Claus: Vorläufige Bemerkungen über die Straftaten Karl Mays. In: Jahrbuch der Karl-May-Gesellschaft 1971. S. 91.
12. May: Leben und Streben. S. 30.
13. May: Leben und Streben. S. 173f.
14. May: Leben und Streben. S. 136.
15. May: Leben und Streben. S. 187.
16. May. Leben und Streben. S. 157.
17. May: Leben und Streben. S. 141.
18. May: Leben und Streben. S. 211.
19. May: Leben und Streben. S. 204f.
20. May: Leben und Streben. S. 228.
21. May: Leben und Streben. S. 144.
22. May: Leben und Streben. S. 136.
23. Freud, Sigmund: Vorlesungen zur Einführung in die Psychoanalyse. In: S. F.: Studienausgabe. Bd. 1. Frankfurt a. M. 1969. S. 147.
24. Fidelio II, Nr. 11.
25. May: Leben und Streben. S. 134f.
26. May: Leben und Streben. S. 136.
27. May, Karl: Winnetou I. Gesammelte Reiseerzählungen VII. Nachdruck der Ausg. Freiburg i. Br. 1893. Bamberg 1982. S. 321.
28. Vgl. May: Winnetou I. S. 308ff.
29. May: Das Waldröschen oder Die Verfolgung rund um die Erde. 6 Bde. Nachdr. der Ausg. Dresden 1882–84. Hildesheim, New York 1969–71. Bd. 1, S. 184.
30. May: Waldröschen. Bd. 1, S. 190.
31. May: Waldröschen. Bd. 1, S. 114.
32. May, Karl: Der Mir von Dschinnistan. Nachdr. Hamburg, Regensburg 1976, S. 213.
33. May: Waldröschen. Bd. 1, S. 114.
34. Scholem, G.: Walter Benjamin und sein Engel. In: Siegfried Unseld (Hg.): Zur Aktualität Walter Benjamins. Frankfurt a. M. 1972. S. 188.
35. May: Mir von Dschinnistan. S. 114.
36. Johann Gottfried Herder: Zit. n. R. M. Meyer: Nietzsche. München 1913. S. 49.
37. May: Durch Wüste und Harem. Gesammelte Reiseerzählungen I. Nachdr. der Ausg. Freiburg i. Br. 1892. Bamberg 1982. S. 169.
38. May: Leben und Streben. S. 12.
39. May: Leben und Streben. S. 137.
40. May: Et in terra pax. Zit. n. Hansotto Hatzig: Et in terra pax – Und Friede auf Erden. Karl Mays Textvarianten. In: Jahrbuch der Karl-May-Gesellschaft 1972/73. S. 145.
41. Vgl. Ernst Bloch: Ideale ohne Idealismus. In: Ernst Bloch: Phi-

losophische Aufsätze. Frankfurt a. M. 1969. S. 26ff.

42. May: Durch Wüste. S. 84.
43. May: Durch Wüste. S. 85.
44. May: Am stillen Ocean. Gesammelte Reiseerzählungen XI. Nachdr. der Ausg. Freiburg i. Br. 1893/94. Bamberg 1982. S. 110.
45. May: Auf fremden Pfaden. Gesammelte Reiseerzählungen XXIII. Nachdr. der Ausg. Freiburg i. Br. 1897. Bamberg 1984. S. 342.
46. May: Durchs wilde Kurdistan. Gesammelte Reiseerzählungen II. Nachdr. der Ausg. Freiburg i. Br. 1892. Bamberg 1982. S. 222.
47. May: Im Lande des Mahdi I. Gesammelte Reiseerzählungen XVI. Nachdr. der Ausg. Freiburg i. Br. 1895/96. Bamberg 1983. S. 34.
48. May: Waldröschen. Bd. 1, S. 4.
49. May: Waldröschen. Bd. 1, S. 8.
50. May: Waldröschen. Bd. 1, S. 17.
51. May: Waldröschen. Bd. 1, S. 20.
52. May: „Weihnacht!". Gesammelte Reiseerzählungen XXIV. Nachdr. der Ausg. Freiburg i. Br. 1897. Bamberg 1984. S. 135.
53. May: „Weihnacht!". S. 136f.
54. Windischmann, Carl Joseph: Ueber Etwas, das der Heilkunst Noth thut. Leipzig 1824. S. 107.
55. Frenzel, Elisabeth: Stoffe der Weltliteratur. 6., verb. u. um e. Reg. erw. Aufl. Stuttgart 1983. S. 591.
56. Windischmann: Ueber Etwas, das der Heilkunst Noth thut. S. 82ff.
57. May: Leben und Streben. S. 138.
58. May: Briefe über die Kunst. In: Ich. Aus Karl Mays Nachlaß. Hg. v. E. A. Schmid. Radebeul o. J. (1940). S. 198.
59. May: Der verlorene Sohn oder Der Fürst des Elends. Nachdr. der Ausg. Dresden 1883–85. 5 Bde. Hildesheim, New York 1970–72. Bd. 1, S. 162.
60. Bloch, Ernst: Atheismus im Christentum. Frankfurt a. M. 1968. S. 236.
61. Bloch, Ernst: Literarische Aufsätze. Frankfurt a. M. 1965. S. 395.
62. May: Erzgebirgische Dorfgeschichten. Nachdr. der Ausg. Dresden-Niedersedlitz 1903. Hildesheim, New York 1977. S. 298.
63. May: Old Surehand III. Gesammelte Reiseerzählungen XIX. Nachdr. der Ausg. Freiburg i. Br. 1896. Bamberg 1983. S. 75.
64. May: Old Surehand III. S. 76f.
65. Vgl. Ernst Bloch: Atheismus im Christentum. S. 320.
66. Vgl. Bloch: Atheismus im Christentum. S. 318ff.
67. May: Old Surehand I. Gesammelte Reiseerzählungen XIV. Nachdr. der Ausg. Freiburg i. Br. 1894. Bamberg 1983. S. 406.
68. May: Old Surehand III. S. 151f.
69. May: Leben und Streben. S. 227.
70. May: Mir von Dschinnistan. S. 114.
71. May: Leben und Streben. S. 3.
72. May: Leben und Streben. S. 1f.
73. May: Leben und Streben. S. 8.
74. „Schatten" heißt der verbrecherische Geheimbund in Mays Roman ‚Im Reiche des silbernen Löwen' – die Assoziation liegt also nahe.
75. May: Leben und Streben. S. 66.
76. May: In den Cordilleren. Gesammelte Reiseerzählungen XIII. Nachdr. der Ausg. Freiburg i. Br. 1894. Bamberg 1983. S. 545.
77. May: Mir von Dschinnistan. S. 302.
78. Zit. n. M. Müller: Julius von Payer. Stuttgart 1956. S. 60.

79. May: Mir von Dschinnistan. S. 180.
80. Nietzsche, Friedrich: Also sprach Zarathustra. Berlin o. J. S. 40 f.
81. Burckhardt, Jacob: Die historische Größe. Krefeld 1947. S. 5.
82. May: Mir von Dschinnistan. S. 109.
83. May: Mir von Dschinnistan. S. 305.
84. May: Leben und Streben. S. 317 f.
85. Maeterlinck, Maurice: Prosa und kritische Schriften. Übers. u. hg. v. Stefan Gross. Bad Wörishofen 1983. S. 90.
86. May: Leben und Streben. S. 317.

Weltfremdheit und Weltsehnsucht – Max Dauthendey

1. Blei, Franz: Erzählung eines Lebens. Berlin 1930. S. 337.
2. Blei: Erzählung. S. 336.
3. Blei: Erzählung. S. 337.
4. Blei: Erzählung. S. 336.
5. Blei: Erzählung. S. 338.
6. Vgl. Ferndinand Josef Schneider: Max Dauthendey und der moderne Panpsychismus. In: Zeitschrift für Ästhetik 23 (1929), S. 326–347.
7. Dauthendey, Max: Josa Gerth. In: M. D.: Gesammelte Werke in sechs Bänden. München 1925. Bd. 3, S. 438.
8. Goethe, Johann Wolfgang von: Maximen und Relexionen. In: J. W. v. G.: Gedenkausgabe der Werke, Briefe und Gespräche. Hg. v. Ernst Beutler. Zürich 1949. Bd. 9, S. 512.
9. Dauthendey: Josa Gerth. S. 479.
10. Dauthendey: Josa Gerth. S. 558.
11. Dauthendey: Josa Gerth. S. 569.
12. Dauthendey: Josa Gerth. S. 476.
13. Dauthendey: Josa Gerth. S. 488 f.
14. Dauthendey: Josa Gerth. S. 526.
15. Dauthendey: Letzte Reise. In: Gesammelte Werke. Bd. 2, S. 458.
16. Dauthendey: Raubmenschen. München 1911. S. 44 f.
17. Dauthendey: Raubmenschen. S. 246.
18. Dauthendey: Raubmenschen. S. 241 f.
19. Dauthendey: Raubmenschen. S. 326.
20. Dauthendey: Raubmenschen. S. 329.
21. Dauthendey: Raubmenschen. S. 444.
22. Dauthendey: Raubmenschen. S. 44.
23. Dauthendey: Raubmenschen. S. 49.
24. Dauthendey: Raubmenschen. S. 248.
25. Dauthendey: Das Iguanodon. In: Gesammelte Werke. Bd. 3, S. 412.
26. Dauthendey: Iguanodon. S. 416.
27. Dauthendey: Iguanodon. S. 426.
28. Dauthendey: Raubmenschen. S. 56.
29. Dauthendey: Raubmenschen. S. 264.
30. Gerstäcker, Friedrich: Brief an Dr. Flügel v. 25. 6. 1841, Fourche la fave, Arkansas (Staatsarchiv Wolfenbüttel).
31. Pajeken, Friedrich: Mitaha-sa das Pulvergesicht. Eine Erzählung aus dem Westen Nordamerikas. Stuttgart o. J. Vorwort o. P.
32. Vgl. dazu Shridar B. Shroti: Max Dauthendeys auslandsbezogene Werke. Diss. Poona 1964 und

Margarita Gieselberg: Spiegelungen süd- und ostasiatischer Kultur im erzählerischen Werk Dauthendeys. In: Zeitschrift für Kulturaustausch 19 (1969), H. 3, S. 285–290.
33. Dauthendey: Himalajafinsternis. In: Gesammelte Werke. Bd. 3, S. 260 f.
34. Dauthendey: Himalajafinsternis. S. 261.
35. Dauthendey: Die acht Gesichter am Biwasee (Einführung). In: Gesammelte Werke. Bd. 3, S. 99.
36. Dauthendey: Die Abendglocke vom Mijderatempel hören. In: Gesammelte Werke. Bd. 3, S. 147.
37. Dauthendey: Abendglocke. S. 155.
38. Ganeshan, Vridhagiri: Das Indienbild deutscher Dichter um 1900. Bonn 1975. S. 135.
39. Ganeshan: Indienbild. S. 135.
40. Dauthendey: Der Wildgänse Flug in Katata nachschauen. In: Gesammelte Werke. Bd. 3, S. 171.
41. Dauthendey: Iguanodon. S. 393 f.
42. Dauthendey: Der Zauberer Walai. In: Gesammelte Werke. Bd. 3, S. 140 ff.
43. Dauthendey: Raubmenschen. S. 131.
44. Dauthendey: Der Geist meines Vaters. In: Gesammelte Werke. Bd. 1, S. 210 f.
45. Dauthendey: Raubmenschen. S. 495.
46. Dauthendey: Raubmenschen. S. 110.
47. Dauthendey: Raubmenschen. S. 208.
48. Dauthendey: Raubmenschen. S. 229.

Vom möglichen Leben – Otto Flake

1. Flake, Otto: Old Man. In: O. F.: Gesammelte Werke in fünf Bänden. Hg. v. Rolf Hochhuth u. Peter Härtling. Frankfurt a. M. 1973–1976. Bd. 3, S. 688.
2. Flake: Old Man. S. 688.
3. Flake: Schloß Ortenau. In: Gesammelte Werke. Bd. 3, S. 10.
4. Flake: Fortunat. In: Gesammelte Werke. Bd. 2, S. 41.
5. Vgl. Bernd Steinbrink: Abenteuerliteratur des 19. Jahrhunderts in Deutschland. Studien zu einer vernachlässigten Gattung. Tübingen 1983.
6. Flake: Die Verurteilung des Sokrates. Biographische Essays aus sechs Jahrzehnten. Heidelberg 1970. S. 321.
7. Flake: Verurteilung. S. 322.
8. Flake: Fortunat. S. 821.
9. Flake: Hortense oder die Rückkehr nach Baden Baden. Frankfurt a. M. 1980. S. 10.
10. Flake: Personen und Persönchen. Mannheim 1950. S. 332.
11. Flake: Schloß Ortenau. S. 231.
12. Flake: Personen und Persönchen. S. 189.
13. Flake: Verurteilung. S. 324.
14. Alker, Ernst: Profile und Gestalten der deutschen Literatur nach 1914. Stuttgart 1977. S. 9.
15. Flake: Marquis de Sade. Mit einem Anhang über Rétif de la Bretonne. Frankfurt a. M. 1976. S. 140.
16. Flake: Verurteilung. S. 324.

17. Flake: Personen und Persönchen. S. 255.
18. Flake: Verurteilung. S. 325.
19. Flake: Schloß Ortenau. S. 12.
20. Flake: Verurteilung. S. 325.
21. Flake: Nero, Kaiserin Theodora, Durants Renaissance. In: Gesammelte Werke. Bd. 5, S. 474.
22. Flake: Nero, Kaiserin Theodora, Durants Renaissance. S. 474.
23. Flake: Ricarda Huchs Deutsche Geschichte. In: Gesammelte Werke. Bd. 5, S. 499.
24. Flake: Kolmar. Rückblick auf eine Stadt. In: Gesammelte Werke. Bd. 5, S. 523.
25. Flake: Fortunat. S. 827.
26. Flake: Fortunat. S. 826.
27. Flake: Fortunat. S. 820.
28. Flake: Nero, Kaiserin Theodora, Durants Renaissance. S. 474.
29. Flake: Fortunat. S. 821.
30. Flake: Fortunat. S. 820.
31. Flake: Fortunat. S. 820.
32. Vgl. Rolf Hochhuth: Flake – gesehen von anderen. In: Gesammelte Werke. Bd. 5, S. 569–588.
33. Flake: Ricarda Huchs Deutsche Geschichte. S. 501 f.
34. Jens, Walter: Statt einer Literaturgeschichte. Pfullingen [5]1962. S. 77.
35. Flake: Es wird Abend. Eine Autobiographie. Frankfurt a. M. 1980. S. 185.
36. Vgl. etwa Hochhuth: Flake – von anderen gesehen oder Friedrich Sieburg: Otto Flake und die Deutschen. In: F. S.: Zur Literatur. 2 Bde. Hg. v. Fritz J. Raddatz. Stuttgart 1981. Bd. 2, S. 187.
37. Heitmann, Klaus: Der französische Roman im Zeitalter des Realismus (1830–1880). In: Neues Handbuch der Literaturwissenschaft. Bd. 17: Europäischer Realismus. hg. v. R. Lauer. Wiesbaden 1980. S. 44f.
38. Flake: Verurteilung. S. 324.
39. Alker: Profile und Gestalten. S. 11.
40. Flake: Sommerroman. In: Gesammelte Werke. Bd. 3, S. 389.
41. Flake: Verurteilung. S. 323.
42. Flake: Nein und Ja. München 1982. S. 132.
43. Flake: Nein und Ja. S. 129.
44. Flake: Abend. S. 250.
45. Flake: Abend. S. 291.
46. Vgl. dazu Hochhuth: Flake – von anderen gesehen.
47. Flake: Abend. S. 11.
48. Flake: Abend. S. 82.
49. Flake: Abend. S. 214.
50. Härtling, Peter: Der unbequeme Flake. In: P. H.: Meine Lektüre. Darmstadt u. Neuwied 1981. S. 41–53.
51. Härtling: Flake. S. 44.
52. Flake: Fortunat. S. 826.
53. Farin, Michael: Die Aufhebung des Zeitgeists. In: Flake: Nein und Ja. S. 244.
54. Flake: Abend. S. 78.
55. Flake: Abend. S. 270.
56. Flake: Hortense. S. 5.
57. Flake: Hortense. S. 5.
58. Flake: Hortense. S. 35.
59. Härtling: Flake. S. 43.
60. Flake: Hortense. S. 265.
61. Flake: Hortense. S. 304.
62. Flake: Hortense. S. 315.
63. Flake: Hortense. S. 93.
64. Vgl. dazu den angebenen Aufsatz von Peter Härtling.
65. Vgl. Hochhuth: Flake S. 575.
66. Vgl. Flake: Hortense. S. 10.
67. Flake: Hortense. S. 85.
68. Flake: Hortense. S. 85.
69. Flake: Hortense. S. 11.

70. Flake: Abend. S. 545.
71. Flake: Der Handelherr. In: Gesammelte Werke. Bd. 1, S. 386.
72. Flake: Handelsherr. S. 381.
73. Flake: Handelsherr. S. 386.
74. Flake: Handelsherr. S. 382.
75. Bloch, Ernst: Das Prinzip Hoffnung. Frankfurt a. M. 1959. S. 1389.
76. Flake: Abend. S. 347.
77. Flake: Abend. S. 547.
78. Flake: Fortunat. S. 822.
79. Lavater-Slomann, Mary: Katharina und die russische Seele. Zürich [9]1975. S. 127.
80. Masson, C. F.: Geheime Nachrichten. Bd. 2, S. 11. Zit. n. H. Segeberg: F. M. Klingers Romandichtung. Heidelberg 1974. S. 35.
81. Flake: Handelsherr. S. 451.
82. Lavater-Slomann: Katharina. S. 238.
83. Flake: Handelsherr. S. 384.
84. Lavater-Slomann: Katharina. S. 403.
85. Flake: Handelsherr. S. 446.
86. Lavater-Slomann: Katharina. S. 403.
87. Flake: Handelsherr. S. 446.

Im Morgenland der Dinge – Franz Hessel

1. Als Neupublikationen liegen bisher folgende Werke Franz Hessels vor: Von den Irrtümern der Liebenden. Eine Nachtwache. Mit e. Nachw. v. Peter Härtling. München 1969; Ermunterung zum Genuß. Kleine Prosa. Hg. v. Karin Grund u. Bernd Witte. Berlin 1981; Heimliches Berlin. Mit e. Nachw. v. Bernd Witte. Frankfurt a. M. 1982; Der Kramladen des Glücks. Mit e. Nachw. v. Bernd Witte. Frankfurt a. M. 1983; Ein Flaneur in Berlin. Neuausgabe von Spazieren in Berlin (1929). Berlin 1984; Pariser Romanze. Papiere eines Verschollenen. Frankfurt a. M. 1985.
2. Vgl. Hartmut Vollmer: Als Fremder unter Fremden. Die Romane Franz Hessels. Masch. schr. Magisterarbeit Univ. Paderborn 1983; die biographischen Identifikationen in meinem Text beruhen weitgehend auf den Angaben in dieser Arbeit, die mir der Verfasser freundlicherweise zur Verfügung gestellt hat. Sehr nützlich zur ersten Orientierung sind auch die Nachworte von Bernd Witte zu ‚Ermunterung zum Genuß', ‚Heimliches Berlin' und ‚Kramladen des Glücks' (s. Anm. 1).
3. Loerke, Oskar: Franz Hessel. Pariser Romanze. In: O. L.: Der Bücherkarren. Besprechungen im Berliner Börsen-Courier 1920–1928. Hg. v. Hermann Kasack. Heidelberg, Darmstadt 1965. S.30.
4. Tucholsky, Kurt: Auf dem Nachttisch. In: K. T.: Gesammelte Werke. Hg. v. Mary Gerold-Tucholsky u. Fritz J. Raddatz. Bd. 6. Reinbek bei Hamburg 1975. S. 126.
5. Vgl. Walter Benjamin: Rezension von Franz Hessel: Heimliches Berlin. In: Die Literarische Welt 3 (1927), Nr. 49, S. 15.
6. Polgar, Alfred: Der Lastträger. In: A. P.: Fensterplatz. Hg. v. Wolfgang Drews. Hamburg 1959. S. 193.

7. Hessel, Franz: Der Kramladen des Glücks. Mit e. Nachw. v. Bernd Witte. Frankfurt a. M. 1983. S. 10.
8. Hessel: Kramladen. S. 23.
9. Witte, Bernd: Auf der Schwelle des Glücks – Franz Hessel. In: Franz Hessel: Ermunterung zum Genuß. Hg. v. Karin Grund u. Bernd Witte. Berlin 1981. S. 238.
10. Zit. n. einem maschinenschriftlichen curriculum vitae ihres Mannes, das Frau Helen Hessel verfaßt hat und das mir von Hartmut Vollmer zugänglich gemacht wurde.
11. Bibliographie der Übersetzungen Franz Hessels: Stendhal: Über die Liebe. München 1921; Charles Baudelaire: An die viel zu Frühe. In: Vers und Prosa 1 (1924), H. 8, S. 274; Honoré de Balzac: Junggesellenwirtschaft. Berlin 1924 sowie Seraphita. Bearb. einer älteren Übers. Berlin 1924; Giacomo Casanova: Erinnerungen. 10 Bde. Übers. u. hg. v. Franz Hessel u. Ignaz Jezower. Berlin 1925; Marcel Proust: Im Schatten der jungen Mädchen. Berlin o. J. (1925). (Zus. mit Walter Benjamin) sowie Die Herzogin von Guermantes. 2 Bde. München 1930. (Zus. mit Walter Benjamin); Yvette Gilbert: Lied meines Lebens. Berlin 1928; Marcel Arland: Heilige Ordnung. Berlin 1932; Jules Romain: Die guten Willens sind. 7 Bde. Berlin 1935–1938.
12. Hessel: Heimliches Berlin. Mit e. Nachw. v. Bernd Witte. Frankfurt a. M. 1982. S. 7.
13. Hessel: Kramladen. S. 13.
14. Hessel: Von den Irrtümern der Liebenden. Mit e. Nachw. v. Peter Härtling. München 1969. S. 49.
15. Hessel: Von den Irrtümern. S. 21.
16. Hessel: Von den Irrtümern. S. 26.
17. Hessel: Spazieren in Berlin. Mit e. Nachw. v. Janos Frecot u. 24 Photographien der Zeit. München 1963. S. 14.
18. Hessel: Ermunterung zum Genuß. Kleine Prosa. Hg. v. Karin Grund u. Bernd Witte. Berlin 1981. S. 57.
19. Hessel: Von den Irrtümern. S. 41.
20. Hessel: Der Kramladen. S. 117f.
21. Hessel: Kramladen. S. 23f.
22. Hessel: Kramladen. S. 226.
23. Hessel: Kramladen. S. 85.
24. Hessel: Von den Irrtümern. S. 94.
25. Hessel: Ermunterung zum Genuß. S. 61.
26. Hessel: Heimliches Berlin. S. 98.
27. Hessel: Pariser Romanze. Papiere eines Verschollenen. Frankfurt a. M. 1985. S. 16.
28. Hessel: Pariser Romanze. S. 14f.
29. Hessel: Pariser Romanze. S. 11.
30. Hessel: Pariser Romanze. S. 19.
31. Hessel: Spazieren in Berlin. S. 9.
32. Hessel: Spazieren in Berlin. S. 9.
33. Hessel: Ermunterung. S. 56.
34. Hessel: Ermunterung. S. 57.
35. Hessel: Ermunterung. S. 58.
36. Hessel: Ermunterung. S. 61.
37. Hessel: Kramladen. S. 65.
38. Hessel: Kramladen. S. 106.
39. Hessel: Kramladen. S. 73.
40. Hessel: Kramladen. S. 93.
41. Hessel: Kramladen. S. 93.
42. Hessel: Kramladen. S. 85.
43. Hessel: Von den Irrtümern ... S. 11.
44. Hessel: Pariser Romanze. S. 7.
45. Hessel: Pariser Romanze. S. 7.
46. Hessel: Pariser Romanze. S. 7.
47. Hessel: Pariser Romanze. S. 101.
48. Hessel: Pariser Romanze. S. 95.
49. Hessel: Pariser Romanze. S. 105.

50. Hessel: Pariser Romanze. S. 64.
51. Hessel: Pariser Romanze. S. 32.
52. Hessel: Heimliches Berlin. S. 103.
53. Hessel: Kramladen. S. 128f.
54. Hessel: Kramladen. S. 138; vgl. auch „Heimliches Berlin": „,Sie spielen eben nicht mit'", sagt die lebenslustige Margot zu Clemens Kestner. (S. 28)
55. Hessel: Kramladen Glücks. S. 164.
56. Hessel: Kramladen. S. 197.
57. Hessel: Kramladen. S. 209.
58. Hessel: Kramladen. S. 201.
59. Hessel: Kramladen. S. 192.
60. Hessel: Kramladen. S. 205.
61. Hessel: Ermunterung. S. 9.
62. Vgl. Walter Benjamin: Denkbilder. In: W. B.: Gesammelte Schriften. Hg. v. Rolf Tiedemann u. Hermann Schweppenhäuser. Bd. IV/1. Hg. v. Tillmann Rexroth. Frankfurt a. M. 1972. S. 305–438.
63. Vgl.: Merkprosa. Ein Lesebuch. Hg. v. W. Berthel. Frankfurt a. M. 1978.
64. Bloch, Ernst: Literarische Aufsätze. Frankfurt a. M. 1965. S. 79.

Drucknachweise

Die meisten Aufsätze und Essays dieses Bandes werden in dieser Form hier erstmals veröffentlicht, Ausnahmen bilden nur ‚Ein verbannter Göttersohn – F. M. Klinger' und ‚Berlin, eine Hauptstadt des 19. Jahrhunderts – A. Glaßbrenner, Leben, Werk und Zeit'. Vorfassungen oder Teilveröffentlichungen anderer Studien sind zum Teil an entlegener Stelle erschienen oder gar nicht mehr greifbar. Im einzelnen:

„Nicht zum Speculieren, zum Wirken ist diese Welt" – Adolph Freiherr von Knigge

Erstdruck unter dem Titel „Die Kunst der gesellschaftlichen Beredsamkeit – Nachwort zu Knigges Diskurs ‚Über den Umgang mit Menschen'". In: Adolph Freiherr von Knigge: Über den Umgang mit Menschen. Hg. v. Gert Ueding. Frankfurt a. M. 1977. S. 423–454; für diese Ausgabe überarbeitet und ergänzt.

Ein verbannter Göttersohn – Friedrich Maximilian Klinger

Erstdruck: Friedrich Maximilian Klinger: Ein verbannter Göttersohn. Lebensspuren 1752–1831. Eine Auswahl aus dem Werk. Hg. u. eingel. v. Gert Ueding. Stuttgart 1981. S. 7–16

Eichenkranz der Bürgertugend – Ludwig Uhland

Erstdruck: Frankfurter Allgemeine Zeitung vom 13. 12. 1983; für diese Ausgabe überarbeitet und ergänzt.

Rhetorik der Tat – Ludolf Wienbarg und seine Ästhetischen Feldzüge

Erstdruck: Literatur in der Demokratie. Für Walter Jens zum 60. Geburtstag. Hg. v. Wilfried Barner u. a. München 1983. S. 332–344; für diese Ausgabe überarbeitet und ergänzt.

Berlin, eine Hauptstadt des 19. Jahrhunderts – Adolf Glaßbrenner: Leben, Werk und Zeit

Erstdruck: Adolf Glaßbrenner: Welt im Guckkasten. Werkausgabe in zwei Bänden. Hg. v. Gert Ueding. Frankfurt a. M., Berlin, Wien 1985. S. 7–26

... und Poet dazu ... – Der Schriftsteller Wilhelm Busch

Erstdruck: Niedersächsische Landesausstellung zur 150jährigen Wiederkehr des Geburtstages von Wilhelm Busch. Hannover 1982. S. 26–35; für diese Ausgabe überarbeitet und ergänzt

Auf fremden Pfaden in die Heimat – Karl May

Entstanden aus drei Vorträgen: „Der Traum des Gefangenen. Geschichte und Geschichten im Werk Karl Mays" (Druckfassung: Jahrbuch der Karl May-Gesellschaft 1978. S. 60–86), „Die Rückkehr des Fremden. Spuren der anderen Welt in Karl Mays Werk" (Druckfassung: Jahrbuch der Karl May-Gesellschaft 1982. S. 15–39), „Die langandauernde Krankheit des Lebens" (Vortrag, gehalten auf der Tagung der Karl May-Gesellschaft in Königswinter am 28. 9. 1985)

Vom möglichen Leben – Otto Flake

Erstdruck: Otto Flake: Der Handelsherr. Mit einem Nachwort v. Gert Ueding. Stuttgart 1983. S. 122–150; für diese Ausgabe überarbeitet und ergänzt.

Anzeigen